APOSTANDO
NO
AMOR

APOSTANDO NO AMOR

LYNN PAINTER

Tradução de Alessandra Esteche

Copyright © 2023 by Lynn Painter
Copyright da tradução © 2024 by Editora Intrínseca Ltda.
Publicado mediante acordo com Simon & Schuster Books For Young Readers, um selo de Simon & Schuster Children's Publishing Division.
Todos os direitos reservados. Nenhuma parte desta publicação pode ser reproduzida ou transmitida, em nenhuma forma ou meio, eletrônico ou mecânico, incluindo fotocópia, gravação, armazenamento de dados ou sistema de recuperação, sem a autorização por escrito da Editora Intrínseca Ltda.

TÍTULO ORIGINAL
Betting on You

PREPARAÇÃO
Beatriz Araujo
Carolina Vaz

REVISÃO
Theo Araújo

DIAGRAMAÇÃO
Ilustrarte Design e Produção Editorial

ARTE DE CAPA E MIOLO
© 2023 Liz Casal

DESIGN DE CAPA
Sarah Creech © 2023 by Simon & Schuster, Inc.

ADAPTAÇÃO DE CAPA
Larissa Fernandez Carvalho e Leticia Fernandez Carvalho

CIP-BRASIL. CATALOGAÇÃO NA PUBLICAÇÃO
SINDICATO NACIONAL DOS EDITORES DE LIVROS, RJ

P163a

    Painter, Lynn
       Apostando no amor / Lynn Painter ; tradução Alessandra Esteche. - 1. ed. - Rio de Janeiro : Intrínseca, 2024.
       368 p. ; 21 cm.

       Tradução de: Betting on you
       ISBN 978-85-510-0973-4

24-92100
                    CDD: 813
                    CDU: 83-31(73)

    1. Romance americano. I. Esteche, Alessandra. II. Título.

Gabriela Faray Ferreira Lopes - Bibliotecária - CRB-7/6643

[2024]
Todos os direitos desta edição reservados à
EDITORA INTRÍNSECA LTDA.
Av. das Américas, 500, bloco 12, sala 303
22640-904 – Barra da Tijuca
Rio de Janeiro – RJ
Tel./Fax: (21) 3206-7400
www.intrinseca.com.br

À falecida Nora Ephron — a maior escritora de comédias românticas de todos os tempos e rainha-mãe dos filmes de outono que nos trazem tanto conforto.

E aos leitores que criam playlists, *moodboards* e vídeos — todos deviam ter a sorte de estabelecer conexões tão profundas com os livros.

CAPÍTULO UM

TRÊS ANOS ATRÁS

Bailey

Conheci Charlie no aeroporto, em Fairbanks, no Alasca.
Eu tinha acabado de me despedir do meu pai e tentava reprimir as emoções enquanto dava as costas para a vida que conhecia e me preparava para pegar um voo até o Nebraska, onde moraria com minha mãe, já que meus pais estavam oficialmente divorciados. Ergui o queixo e atravessei o aeroporto com minha mala de rodinhas cor-de-rosa, tentando ser madura, mas por dentro eu escondia a saudade do lugar e das lembranças que estava deixando para trás.

Foi quando me vi presa em uma fila enorme de pessoas esperando para passar pela inspeção de segurança, no meio de estranhos e aflita, pensando se meu aparelho faria o detector de metais apitar, que interagimos pela primeira vez.

A fila começou a andar, mas não consegui dar nem um passo porque tinha um casal se beijando na minha frente. Com vontade. Como se seus lábios tivessem se fundido e eles estivessem tentando se separar virando a cabeça de um lado para o outro.

Ou então estavam devorando o rosto um do outro.

Pigarreei.

Nada.

Pigarreei de novo.

Isso fez o cara abrir os olhos — eu só conseguia ver um olho — e me encarar. *Sem parar de beijar a garota.* Como se isso não fosse estranho o bastante, ele disse *para mim* com os lábios ainda colados nos dela:

— *Ai, meu Deus, que foi?*

O que saiu meio: "Amodesquefo?"

Então, o Olho se fechou, e os dois voltaram a se beijar.

— Com licença — falei, com os dentes cerrados, a ansiedade substituída pela irritação. — A fila está andando.

O Olho se abriu outra vez, e o garoto franziu a sobrancelha. Ele se afastou da namorada e falou alguma coisa para ela. Não sei o que foi, mas fez com que eles andassem. *Até que enfim.* Ouvi a jovem choramingar sobre quanto ia sentir saudade dele, e notei o sorrisinho que o garoto deu, sem dizer nada, enquanto seguiam pela fila de mãos dadas.

Mas não consegui superar o fato de eles parecerem ter a minha idade.

Como assim?

Eu estava indo para o primeiro ano do ensino médio. Pessoas da minha idade não se beijavam em público; elas ainda nem podiam tirar carteira de motorista. Pessoas da minha idade não tinham a audácia de *ficar se pegando* na fila da segurança do aeroporto, onde podiam levar um esporro.

Então *quem* esses exibidos caras de pau pensavam que eram, demonstrando afeto assim em público?

A garota saiu da fila e acenou para o cara, que devia estar aliviado por, enfim, conseguir respirar um pouco. Depois de passar pela segurança e reorganizar minhas coisas, conferi a hora no celular. Queria ser a primeira da fila quando o embarque começasse, então precisava chegar lá o mais rápido possível. Passei pelo babaca comedor de rosto enquanto ele mexia no celular e andei o mais rápido que consegui em direção ao meu portão.

Só consegui me acalmar quando me sentei bem ao lado do balcão de check-in, onde não perderia nenhum aviso importante e garantiria um lugar no início da fila.

Peguei o celular, vi se tinha alguma notificação no aplicativo da companhia aérea, coloquei os fones e procurei a Playlist de Avião da Bailey, que eu tinha acabado de criar. Enquanto relaxava no assento, observando os passageiros andando para lá e para cá no terminal, não pude deixar de me perguntar quantas pessoas estavam sendo obrigadas a ir para um lugar que não queriam e começar uma vida nova na qual não tinham o menor interesse. Se fosse para apostar, diria que ninguém. Eu devia ser a única pessoa no aeroporto inteiro que não parecia animada. Estava literalmente sendo obrigada a me mudar de mala e cuia, o que era uma droga. Fiquei pensando nisso durante aqueles sessenta minutos de espera, ainda mais quando uma Família Feliz de Quatro Pessoas se sentou na minha frente, parecendo estar num comercial dos resorts da Disneylândia, dando pulinhos de alegria e entusiasmo.

Ver toda aquela felicidade em família me deu vontade de me aconchegar no cobertor pequeno e rasgado com o qual eu ainda dormia (um segredo guardado a sete chaves) e chorar um pouquinho.

Então, dizer que eu estava tensa quando o embarque começou seria eufemismo. Eu era a primeira da fila — *vitória!* —, mas estava empolgada e extravasando do *meu* jeito. A inquietação dentro de mim viu a animação da Família Feliz e a levou para outro nível.

— E aí?

Virei para a esquerda, e lá estava o babaca comedor de rosto, sorrindo para mim como se fôssemos amigos.

— Procurei você por toda parte, amor — continuou.

Olhei para a fila atrás de mim, porque ele com certeza não estava falando comigo. Mas, quando virei para a frente de novo, o garoto estava se aproximando aos poucos, e precisei me afastar para que ele parasse do meu lado. Então, ele tocou o ombro no meu e deu uma piscadinha.

O que estava acontecendo? *Será que ele estava drogado?*

— O que você está fazendo? — sussurrei e segurei a alça da minha mala, tentando me afastar sem perder o lugar na fila.

Ele vestia um moletom que dizia *Sr. Nada* e uma bermuda larga, e não tinha nada nas mãos. Nenhuma mala, livro, casaco... que tipo de pessoa viaja assim?

O garoto chegou mais perto, até ficar com o rosto a poucos centímetros do meu, e murmurou:

— Relaxa, Oclinhos. Só não quero ficar na fila, então estou fingindo que estamos juntos.

Olhei para ele e me perguntei quem era o Sr. Nada. Era óbvio que ele tinha mais ou menos a minha idade e, no geral, era atraente. O cabelo era escuro, grosso e despenteado, e os lábios eram bonitos. Mas era muito convencido.

— Olha... Isso não é justo.

Ele ergueu a sobrancelha.

— Todo mundo tem que esperar na fila — falei, tentando não parecer uma criança gritando *"não é justo"* e, ao mesmo tempo, querendo comprar briga. — Se não queria esperar, devia ter chegado mais cedo.

— Como você? — indagou ele, o tom carregado de sarcasmo.

Ajeitei os óculos.

— Sim, como eu.

Por que esse garoto está enchendo o meu saco? Será que era carma, já que eu tinha imaginado a Família Feliz ficando presa no aeroporto? Era para o carma ser um gato, caramba, não *aquilo*. Taylor Swift, você me paga.

Ele inclinou a cabeça e olhou para mim.

— Aposto que você era representante de turma.

— *Oi?* — perguntei.

Dava para ver que ele quis me insultar, e fiquei dividida entre a vontade de dar um soco na cara dele e a de implorar, aos prantos, que ele me deixasse em paz. Olhei de relance para a fila mais uma vez, e o homem atrás de mim estava com um sorrisinho no rosto, prestando atenção na conversa. Voltei a olhar para o Sr. Nada.

— Não que seja da sua conta, mas todo mundo tinha sua vez de ser representante de turma na minha escola — sussurrei.

— Ah, sei.

Ah, sei? Um ruído saiu da minha boca, um misto de rosnado com gemido, e me perguntei se agredir outro passageiro era considerado crime federal.

— Você não... você não está *acreditando* em mim? — questionei, com os dentes cerrados. — É sério isso?

O garoto abriu um sorriso irônico.

— Não é que eu não acredite em você. Mas nós dois sabemos que você teria se oferecido, mesmo que não fosse obrigatório.

Como ele poderia saber disso? Não estava enganado, mas fiquei irritada por ele agir como se me conhecesse, sendo que não fazia nem cinco minutos que a gente havia se esbarrado. Eu estava com a cara amarrada, o nariz franzido, como se estivesse sentindo um cheiro ruim, mas era fisicamente impossível não reagir.

— Que seja — soltei.

Ele parou de falar, mas não se mexeu; ficou exatamente onde estava. Nós dois ficamos ali, um do lado do outro, olhando para a frente em silêncio. *Por que ele não se mexeu? Ele não vai ficar aqui, vai?* Depois de mais um minuto interminável de silêncio, não aguentei e quase gritei:

— Por que você ainda está aqui?

Sr. Nada ficou confuso com a pergunta.

— Quê?

Apontei para trás com o polegar.

— Nossa, é sério? — indagou. — Vai me obrigar a ir para o fim da fila?

Bufei.

— *Eu* não estou obrigando você a nada. É assim que as coisas funcionam.

— Bem, se é assim que as coisas funcionam…

Ele olhou para mim como se eu fosse uma idiota.

O aeroviário que estava ao lado do portão pegou o microfone e começou a anunciar nosso voo. Lancei outro olhar penetrante para o Sr. Nada, como quem dizia: "O que você ainda está fazendo aqui?", com direito a olhos esbugalhados e tudo, o que o fez balançar a cabeça e sair da fila.

Ele se virou para o cara que estava atrás de mim e disse:

— É assim que as coisas funcionam. Tudo bem.

E, embora eu tenha me recusado a me virar para observar, ouvi, no mínimo cinco vezes enquanto ele ia até o fim da fila, o resmungo:

— É assim que as coisas funcionam.

Por quêêêêêê? Por que aquele babaca convencido e sarcástico estava ali? *Ele está estragando a minha viagem*, pensei ao validar o cartão de embarque e seguir para o avião, o que era uma ironia, porque o voo em si era a *única* coisa que eu não estava odiando naquele dia.

Minha primeira vez viajando sozinha de avião era a única coisinha de nada que estava me deixando animada, algo que o Babacão parecia querer arruinar.

Só consegui relaxar depois de embarcar, guardar a mala no compartimento superior, mandar mensagem para meus pais e me sentar ao lado da janela. As pessoas ainda estavam se acomodando, mas estava tudo certo. Passei o dia inteiro estressada, mas agora... *Ahhh.* Fechei os olhos e senti que podia finalmente respirar aliviada.

Até que...

— Quais eram as chances de sentarmos juntos?

Abri os olhos, e ali estava o Sr. Nada, no corredor, os lábios comprimidos, parecendo tão feliz de me ver quanto eu estava de vê-lo.

CAPÍTULO DOIS

Charlie

Como se meu dia já não estivesse uma droga, meu lugar era bem ao lado da Srta. A Fila Está Andando.

Maravilha.

Ela me encarou com aqueles olhos enormes e piscou várias vezes, como se estivesse chocada por me ver ali, mas, pensando bem, ela parecia *mesmo* uma dessas garotas certinhas que *sempre* fica chocada quando a vida não é perfeita. Então cruzou os braços e respondeu:

— Uma em cento e setenta e cinco, eu diria.

Por algum motivo, senti vontade de debochar e repetir o que ela disse com uma voz fininha. *Uma em cento e setenta e cinco, eu diria.* Olhei para as fileiras atrás da nossa, até o fim do avião, me perguntando se alguém estaria interessado em trocar de assento.

E é *claro* que aquela garota sabia quantas poltronas havia no avião.

Assim que me sentei, o celular no bolso do meu casaco vibrou.

Eu sabia que era minha mãe, e também sabia que, se eu não respondesse, ela ia continuar mandando mensagens.

Peguei o aparelho e olhei para a tela.

Mãe: Chegou a tempo?

Eu me recostei um pouco na poltrona apertada; eu era alto demais para aviões.

E odiava viajar de avião.

Eu: Cheguei.

Afivelei o cinto de segurança, mas, antes mesmo de soltar um suspiro, meu celular vibrou de novo.

Mãe: Seu pai entrou com você no aeroporto ou só te deixou na porta?

Coloquei a mão no bolso, já necessitado de um antiácido. Coloquei duas pastilhas na boca, ignorei a pergunta (porque minha mãe surtaria com a resposta: *Ele me deixou na porta porque o estacionamento é muito caro*) e mandei:

Eu: Vovó Marie mandou um oi.

Sabia que aquilo ia fazer com que as mensagens parassem.

Minha mãe e minha avó paterna sempre foram próximas, mas, assim que meus pais decidiram se divorciar, isso foi por água abaixo. Agora minha mãe se referia a ela como "aquela velha resmungona", e vovó Marie chamava minha mãe de "aquela mulherzinha".

Quanta maturidade, não é mesmo?

Apoiei a cabeça no encosto e tentei aceitar o fato de que o verão havia acabado. Parecia que tinha sido ontem que eu estava superanimado para ir passar as férias no Alasca com a família do meu pai, mas ali estava eu, deixando a família (e Grace) para trás, voltando para a vida com minha mãe e seu novo namorado.

Já estava velho demais para sentir tanta saudade de casa, ainda mais quando o avião ainda nem tinha decolado.

Senti uma pontada no peito ao pensar em Grace e podia jurar que ainda sentia o cheiro frutado do produto que ela usava no cabelo. Uma indesejada onda de lembranças desse verão cheio das risadas dela passou na minha cabeça, e cerrei os dentes.

Que *droga*.

Guardei o celular no bolso, embora tudo que eu quisesse fosse me distrair com uma das nossas conversas bobas.

Mas não fazia sentido mandar mensagem para Grace. Tipo, nunca mais. Porque relacionamentos acabam todos os dias até quando as pessoas moram na mesma casa. Relacionamentos estão fadados a terminar, *ponto-final*.

E a simples ideia de um relacionamento a distância... Que piada.

A única coisa boa de manter contato com Grace era que talvez eu finalmente ficasse deprimido o bastante para começar a compor músicas ou a flertar com a bebida.

Ir embora — na velocidade de um avião — era a coisa certa a fazer.

Uma das comissárias deu início às instruções de segurança, e olhei para a Sra. Representante de Turma. Ela era bonita, mas o aparelho e o cabelo bagunçado não ajudavam em nada. Seus braços continuavam cruzados, e ela estava ouvindo com tanta atenção que achei que fosse pegar um caderno e começar a fazer anotações.

É, estava na hora de implicar com ela.

Aquela brincadeira na fila tinha me ajudado a não pensar em Grace por alguns minutos, então quem sabe fosse carma que minha poltrona ficasse bem ao lado da dela. Eu tinha me comportado o verão inteiro, então talvez o carma soubesse que eu precisava de uma distração.

É Taylor Swift... talvez o carma fosse uma garota de óculos.

CAPÍTULO TRÊS

Bailey

— Quanto você acha que ela ganha?

— Shh.

Tentei ignorar o Sr. Nada para ouvir as instruções da comissária de bordo.

— Ah, que isso... Não vai ficar ouvindo isso, vai?

Eu me recusei a olhar para ele.

— Por favor, fique em silêncio.

— Olha, para ser sincero, todo mundo sabe que, se alguma coisa der errado, a gente vai morrer — disse ele, a voz grave e rouca. — Nem eles acreditam no que falam, é só para dar aos passageiros uma falsa sensação de esperança, mas a verdade é que, se o avião cair, nossos restos vão se espalhar por vários quilômetros.

— Caramba! — exclamei. Nessa hora olhei para ele, porque tinha alguma coisa muito errada com o Sr. Nada. — Qual é o seu problema?

Ele deu de ombros.

— Não tenho problema algum, sou só realista. Vejo as coisas como elas são. Já você... deve acreditar nessa besteira. Deve achar que, se o avião cair no oceano a seis mil quilômetros por hora, o assento inflável vai te salvar, né?

Ajeitei os óculos e desejei que ele parasse de falar sobre aviões caindo. Não estava com medo, mas também não fazia muito sentido para mim um objeto pesado como um avião conseguir planar no céu.

— Pode acontecer — respondi.

Ele balançou a cabeça devagar, como se eu fosse a maior boba do mundo.

— Ai, que fofa. Você parece uma criancinha inocente que acredita em tudo que a mamãe diz.

— Eu *não sou* fofa!

— É, sim.

Por que eu não podia estar sentada ao lado de um empresário sério ou do Cara de Viseira na fileira da frente, que já estava dormindo? Nossa, até o bebê se esgoelando em algum lugar no final do avião teria sido melhor.

— Não, não sou — afirmei, irritada com quão aguda minha voz estava soando, mas era impossível evitar. Aquele cara estava me tirando do sério. — E, só porque você diz coisas chocantes como "ah, esse avião pode cair", não quer dizer que seja espertão ou mais realista que eu.

— Ah é? — perguntou ele, virando um pouco para ficar de frente para mim, e apontou para a minha mala. — Aposto que colocou todos os líquidos em potinhos dentro de um saco plástico antes de passar pela segurança, não colocou?

— Hum, isso é lei — respondi. Não queria que ele ficasse se achando. — Então não quer dizer nada.

— Não é lei. É só uma regra idiota que não ajudaria em nada num ataque terrorista.

— Então você não seguiu a regra?

— Não.

Duvido, pensei. Nunca que aquele cara — menor de idade, como eu — ia desrespeitar as leis dos céus. Com certeza estava mentindo. Mas resolvi dar corda.

— Então como você transporta os líquidos?

— Como eu quiser — respondeu ele, dando de ombros e mentindo com a maior tranquilidade, e fiquei com inveja de sua confiança. Mesmo que ele fosse um mentiroso compulsivo, eu gostaria de ser segura assim. — Às vezes coloco alguns na bagagem de mão, se estiver levando uma, às vezes coloco os frascos grandes na mala despachada, e hoje até enfiei um xampu no bolso só por diversão.

— Duvido — falei, pois não consegui deixar aquela passar.

Ele tirou uma amostra grátis de xampu do bolso da bermuda.

— Pois é.

— Não *acredito*. — Para meu horror, deixei escapar uma risada. Levei a mão à boca, tratando logo de esconder qualquer indício de que o Sr. Nada fosse minimamente divertido. — Por que você faz esse tipo de coisa?

Maldita seja minha curiosidade.

— Porque gosto da sensação de saber que sou melhor que eles.

— Eles *quem*? — perguntei, dividida entre achar divertido e irritante. — O pessoal da segurança? Os terroristas? O governo?

— Exatamente.

Revirei os olhos e tirei um livro da bolsa, na esperança de que ele pegasse a deixa e fizesse qualquer outra coisa que não fosse falar comigo. Deu certo até a decolagem, e, quando já estávamos no ar, ele virou para mim e disse:

— E aí?

Apoiei o livro aberto no meu colo.

— A gente não precisa conversar, sabia?

— Mas ainda não posso ligar o celular. Estou entediado.

— Você pode dormir.

— Prefiro conversar — disse ele, com um sorrisinho que confirmou que estava *tentando* ser irritante. — Faz quanto tempo que seus pais se divorciaram?

Quase engasguei, mas me contive. *Como ele sabe que meus pais estão se separando?*

E por que ouvir a palavra "divorciar" ainda me deixava enjoada?

Olhei para o coração vermelho que ilustrava a capa do livro.

— Por que acha que meus pais são divorciados?

— Ah, por favor, Oclinhos... é um clássico — respondeu ele, tamborilando os dedos no apoio de braço. — Adolescentes viajando sozinhos de avião são sempre filhos de pais separados. Pega um voo para ver o pai ou a mãe com quem não mora mais, pega outro voo para voltar, pega um voo para visitar os avós de parte do pai ou da mãe com quem não mora mais...

Engoli em seco e esfreguei a sobrancelha, com vontade de mandar que ele calasse a boca porque não gostei do que ele disse. Será que eu viraria uma filha "de pais separados" que acumula milhas e fica íntima dos comissários? Nunca pensei que precisaria passar por essa experiência triste de viajar sozinha mais de uma vez depois que tudo tivesse acabado.

Eu ainda não estava pronta para falar sobre isso, para usar a palavra com "d" em relação aos meus pais.

Ainda mais com o Sr. Nada.

— Isso quer dizer que os seus são divorciados? — perguntei.

Ele me olhou profundamente, um olhar que era quase uma conversa, e isso me fez pensar que talvez não fosse só um babaca. Mas, do nada, o momento se foi e o jeito espertinho voltou.

— Ah, são. Faz seis meses que o divórcio foi oficializado, e esta é a terceira vez que viajo sozinho.

Não queria fazer parte do clube dos filhos de pais separados; não queria nem saber que esse clube existia. Queria que minha vida voltasse ao normal, e não viver aquela versão surreal em que eu me via sozinha em um voo de dez horas sentada ao lado de um adolescente cético e especialista em divórcio sendo que eu podia estar em casa, no quarto onde cresci.

— Ainda está em negação, né? — indagou ele, olhando para mim como se eu fosse *mesmo* uma criancinha ingênua. — Eu me lembro dessa fase. Você acha que, se rejeitar a ideia, quem sabe tudo pode voltar ao que era. Que, se bater o pé e disser que nada vai mudar, quem sabe consiga enganar o universo, desfazer a mudança e fazer sua vida voltar ao normal, né?

Senti um aperto no estômago conforme ele dizia aquilo tudo, um calor que irradiava enquanto descrevia perfeitamente o que eu sentia. Pigarreei.

— Você não sabe nada sobre mim — retruquei. — Olha, deve ser muito chato mesmo ser "filho de pais separados", e eu sinto muito. Agora posso, por favor, ler meu livro?

Ele deu de ombros.

— Não estou impedindo você — respondeu.

Voltei a ler, mas não foi a distração que eu esperava, pois ficava meio que olhando para o lado para ter certeza de que ele não ia falar de novo. Eu sabia que uma hora ia acontecer — não era sortuda o bastante para ser deixada em paz —, então era impossível relaxar.

Ainda mais porque ele estava sentado todo retinho, pronto para atacar, e batucava os polegares nos apoios de braço como quem não consegue parar quieto. Meus olhos percorreram as palavras na página. Era uma boa leitura, mas pelo jeito não o suficiente para me fazer esquecer o Sr. Nada e a vida "nova" que esperava por mim quando o avião pousasse. Estava me esforçando tanto para entender o que estava lendo que levei um susto quando a comissária parou na minha fileira e perguntou se eu queria beber alguma coisa.

— E para você, querida?

— Ah. Pode me ver um copo com Coca-Cola normal e Coca-Cola Zero, misturadas? Sem gelo, por favor.

Senti ao Sr. Nada se virar na minha direção.

A comissária pareceu irritada, como se fosse ridículo uma adolescente estar lhe pedindo algo.

— Você tem que escolher um ou outro. Não posso servir os dois — disse ela.

— Na verdade, eu não quero os dois — falei, dando um sorriso que torci para parecer educado. — Veja, como você está servindo o refrigerante para os passageiros em vez de simplesmente entregar a lata, o que sobrar não vai ser desperdiçado. Então eu gostaria que servisse um pouco de cada no meu copo. Vai continuar sendo a mesma quantidade de líquido, mas com dois componentes.

Olhei de relance para o Sr. Nada, e ele estava sorrindo, a atenção totalmente voltada para mim. Seus olhos brilhavam, como se ele estivesse assistindo à sua série favorita, e percebi que devia estar reprimindo vários comentários sarcásticos.

A comissária me entregou o refrigerante meio a meio, e eu agradeci. Deu para ver que ela não foi com a minha cara. Tinha acabado de dar um gole quando ele disse:

— Agora eu entendi. Você é uma dessas garotas mão de obra.

— O quê? Como assim?

— Garota mão de obra — repetiu ele, me olhando como se tivesse me decifrado, como quem termina um quebra-cabeça.

— Uma garota que dá muito trabalho. Você quer uma bebida, mas quer dois tipos misturados. E sem gelo.

— É assim que eu gosto — declarei, tentando parecer descontraída e *não* na defensiva enquanto ele dava uma de sabe--tudo.

— Aham — disse ele, cruzando os braços. — Bem do seu jeitinho de quem gosta de dar trabalho.

— Não, eu não sou assim — rebati, um pouco alto demais, perdendo a batalha contra minha paciência.

— Lógico que é. Você tem que estar na frente do portão de embarque uma hora antes do voo porque quer se sentar na janela. É uma ótima representante de turma. Aposto que, quando servirem o jantar, o seu vai ser só um pouquinho diferente do dos outros, não vai?

Pisquei, atônita, e me recusei a responder.

Ele deu um sorrisinho.

— Estou certo, dá para ver na sua cara. Vegetariana?

Soltei um suspiro e desejei ter uma máquina do tempo para poder voltar e *não falar nada* com o Sr. Nada na fila da inspeção de segurança.

— Pedi uma refeição vegetariana, sim.

Ele ficou genuinamente feliz pela primeira vez desde que nos conhecemos.

— É claro que você é vegetariana.

— Eu não sou vegetariana — falei, muito entusiasmada por ele estar errado.

Ele baixou as sobrancelhas escuras.

— Então por que pediu a opção vegetariana?

Coloquei o cabelo atrás das orelhas, ergui o queixo e expliquei:

— Porque acho a carne servida no avião de qualidade duvidosa.

Isso me rendeu mais um sorrisinho arrogante.

— Viu? Mão de obra — afirmou ele.

— Shh.

Ergui o livro e tentei voltar a ler, mas duas frases depois o Sr. Nada perguntou:

— Quer saber como termina?

— O quê? — questionei.

— Seu livro.

Olhei para ele por sobre os óculos.

— Você já leu *este* livro?

Ele deu de ombros.

— Praticamente.

Eu queria dizer que duvidava, mas, em vez disso, falei:

— Isso não é uma reposta.

Sr. Nada girou o refrigerante no copo.

— Li o resumo e depois li os últimos três capítulos.

É *claro* que leu.

— Pra que você fez isso? — indaguei, deixando minha irritação transparecer.

Ele levou o copo à boca.

— Queria saber se o cara alcoólatra morre no final e, quando descobri, não quis mais ler.

— Ai, meu Deus. — Eu não sabia de onde o Sr. Nada tinha tirado toda aquela audácia, mas ele era muito irritante. Era o total oposto de uma personagem criada para ser superficial e secundária em um filme. Em vez de ser usado pelo roteirista para tirar um personagem da zona de conforto, o Sr. Nada era usado pelo universo para me irritar e me deixar mais mal-humorada do que eu já estava. — Por que estragar o final do livro? Quem faz isso?

— O que foi? Eu não te contei nada — respondeu ele.

— Contou, sim — afirmei, e dei mais um gole no refrigerante, irritada com o *spoiler*. — Se ele não morresse, você ia continuar lendo.

— Como você sabe? Pode ser que eu goste da morte e não queira ler um livro com um final feliz.

— Na verdade, eu não ficaria nem um pouco surpresa — comentei, com toda a sinceridade.

Se existia alguém capaz de encontrar prazer em um livro sobre morte com um final triste, só podia ser o Sr. Nada. Ele parecia gostar de ser do contra.

— Então continue lendo — disse ele, apontando para o livro com o queixo.

Fiquei irritada.

— É o que vou fazer.

Fingi ler durante alguns minutos, a raiva me consumindo. Ele era a cereja do bolo de lixo que era minha vida, e tinha tudo a ver eu me sentar bem do lado dele no voo que estava me levando para a minha indesejada nova vida.

Fiquei feliz quando ele se levantou para ir ao banheiro. Coloquei os fones de ouvido para que, quando Sr. Nada voltasse, eu não ouvisse mais seus comentários ridículos.

Que ideia brilhante!

Ele ficou absorto no celular quando voltou, e consegui algumas horas de leitura silenciosa antes que os comissários trouxessem o jantar.

— Sua lasanha vegetariana chegou.

As palavras me atingiram como um soco.

Tirei rápido o fone, olhei para cima e peguei a bandeja.

— Obrigada.

Esperei por alguma piadinha vindo da poltrona à minha esquerda e, como não escutei nada, comi um pedaço de lasanha e olhei para o lado. Ele estava digitando, a atenção toda voltada para o celular, e vi pela foto do contato que era sua namorada.

Não conseguia imaginar alguém querendo namorar aquele cara. Embora ele fosse relativamente bonito, exalava sarcasmo e cinismo. O que me deixou curiosa a respeito dela. Como era a garota que amava o Sr. Nada? Era bonita — pelo que pude ver —, mas seu gosto era duvidoso.

Sem conseguir me conter, perguntei:

— Ela mora no Alasca?

Ele tirou os olhos do celular e franziu o cenho.

— Quem?

Apontei com o garfo para a tela.

— Sua namorada.

Ele me olhou de soslaio e pôs o aparelho ao lado da comida na bandeja.

— Se quer mesmo saber, Srta. Intrometida, sim. Ela é de Fairbanks.

— Ah.

Eu me senti (um pouco) mal por ele, porque deixar quem amamos para trás é uma droga.

— Mas ela não é minha namorada — corrigiu ele, então cortou o frango, comeu um pedaço e gemeu, olhando no fundo dos meus olhos como um sociopata. — Nossa! Esse frango de qualidade duvidosa está uma delícia!

Suspirei.

Ele abriu um sorrisinho, feliz da vida.

— Eu moro em Nebraska e passei o verão no Alasca com meus primos — explicou ele. — Passei bastante tempo com ela, mas relacionamentos a distância não são a minha praia.

Engoli em seco e me lembrei do Sr. Nada dando aquele beijo na Garota de Fairbanks.

— Ela sabe disso?

Ele deu de ombros e respondeu:

— Vai ficar sabendo.

Que babaca. A coitada da garota deve ter chorado até chegar em casa, arrasada por vê-lo partir, e ele só deu de ombros e disse "vai ficar sabendo". Comi mais um pedaço de lasanha e não consegui me segurar.

— Você pelo menos vai dizer isso a ela?

Ele ergueu uma sobrancelha.

— O que foi? Está… preocupada com ela, ou algo do tipo? — perguntou.

Foi minha vez de dar de ombros, embora eu meio que quisesse tomar as dores da Garota de Fairbanks.

— Eu só acho que deixar a garota na expectativa é coisa de boy lixo.

— É mesmo? — questionou ele, pegando o refrigerante e dando um gole demorado. — O que *você* faria?

Limpei a boca com o guardanapo.

— Bem... para começar, falaria sem rodeios, sabe? Eu diria a ela...

— Você disse "sem rodeios"? — indagou, rindo como se eu fosse engraçadíssima e largando o copo na bandeja. — Quem fala assim? Quer dizer, minha avó talvez fale, mas ninguém com menos de...

— Esquece — interrompi, impressionada com o fato de que minha irritação por aquele garoto só aumentava.

— Ah, vai! Por favor, continue — pediu ele, contendo a risadinha, mas seus olhos continuavam sorrindo. — Desculpe.

— Você não está arrependido — declarei.

— Estou, sim. Juro. Por favor... me diga o que você faria. Quero muito saber.

— Não.

— Por favooooor?

Esfreguei a nuca.

— Tá bem. Eu diria aquilo que você falou de não querer um relacionamento a distância, mas de um jeito gentil para não perder a amizade. Afinal, você vai voltar para a casa dos seus primos um dia, não vai?

— Vou — respondeu ele, se inclinando para trás para pegar no bolso da calça jeans um... *antiácido?*

É um antiácido mesmo? Por acaso ele era um senhorzinho de sessenta anos com cinco netos? E estava tirando sarro de mim por parecer "velha".

Ele colocou uma pastilha na boca, e eu perguntei:

— Então não seria legal se você pudesse ser amigo dela quando voltasse para Fairbanks, e não o babaca que partiu seu coração?

Ele sorriu levemente — só de um lado — e semicerrou os olhos. Ficou me olhando por um bom tempo, mastigando o antiácido.

— Homens e mulheres não podem ser amigos — falou, por fim, como se fosse uma verdade absoluta e inquestionável.

O que não era. Eu tinha amigos homens (mais ou menos), e conhecia muitas outras garotas que também tinham. Eu me perguntei se ele era só mais um desses caras que gostam de ter opiniões controversas.

— Podem, sim — afirmei, semicerrando os olhos e esperando que ele argumentasse.

— Não podem, não — retrucou ele, como se fosse um dado científico, e não uma opinião ultrapassada.

— Podem — insisti, pousando o guardanapo em cima da lasanha sem gosto, me recusando a aceitar aquela afirmação ridícula. — Eu tenho amigos homens.

Ele balançou a cabeça.

— Não tem, não.

— Tenho, sim — rebati, na defensiva e com os dentes cerrados, porque quem ele achava que era para agir como se soubesse quem são meus amigos? Pigarrei e acrescentei: — Muitos, na verdade.

— Até parece. — Ele comeu mais um pedaço do frango, mastigando e engolindo sem pressa. — Você tem *conhecidos*. E eles devem ser legais com você. Mas nunca vão ser amigos de verdade... ponto-final. É impossível.

Refleti sobre o que ele disse por meio segundo e declarei:

— Olha, não concordo nem um pouquinho com o que você está dizendo, nem parei para refletir direito o demérito disso, mas por que você acredita nessa idiotice?

— Ouvi num filme. Já viu *Harry e Sally*?

— Não — respondi, mas tinha uma lembrança vívida dos meus pais assistindo ao DVD.

Meu pai amou, mas lembro que minha mãe disse que era muito "verborrágico", seja lá o que isso queira dizer.

— Minha mãe amava esse filme — comentou ele, parecendo também estar pensando numa lembrança. — Então, quando era criança, fui obrigado a assistir com ela umas cem vezes. O cara do filme, o Harry, diz que homens e mulheres não podem ser amigos, e nunca me esqueci disso porque ele tem toda razão.

— Não, ele...

— Você, por exemplo — continuou ele, como se eu não tivesse falado nada. — Você é uma mulher relativamente atraente, então, biologicamente, os homens ficam interessados. Se são solteiros e querem conversar com você, é porque, na verdade, querem ficar com você.

— Minha nossa! — exclamei, surpresa por ele ter dito que eu era "relativamente atraente", sendo que ele parecia se irritar com a minha existência, e indignada com o absurdo que ele disse. — Você está tão errado... Nem todo homem é antiquado assim.

— Não, eu sou homem, vai por mim. — Ele baixou o tom de voz antes de acrescentar: — Já imaginei todas as mulheres relativamente atraentes neste avião nuas pelo menos duas ou três vezes, e estamos longe de pousar.

— Ai. Minha. Nossa.

Fiquei de queixo caído e não conseguia fechar a boca. Ele era mesmo tão pervertido assim? E mais: homens fazem isso mesmo?

— E, antes que você diga "mas meu amigo Jeff está feliz com a namorada dele e a gente sai junto o tempo todo" — continuou ele, pegando o papel que embrulhava o canudo e o dobrando em um pequeno triângulo —, saiba que Jeff vai se afastar de você aos poucos porque a namorada dele vai ficar uma fera se ele continuar a amizade. Ela vai querer saber por que ele precisa de você se tem a ela. E, para falar a verdade, parte dele quer ficar com você também. Então ou ele vai dar em cima de você e ferrar com tudo, ou vai guardar você na lembrança para quando precisar e ser fiel à garota. De qualquer forma, essa tensão sempre vai estar no ar, fazendo com que a amizade seja impossível.

Ainda estava boquiaberta, como se ele tivesse acabado de confessar que tinha matado os pais. Fiquei olhando para aquele sorrisinho de satisfação sem conseguir acreditar que *aquele cara* tinha uma namorada.

— E a verdade é que nada disso faz diferença no fim das contas — disse ele. Então, largou o papel e completou, confiante: — Relacionamentos estão fadados ao fracasso. A probabilidade de você desenvolver uma doença letal é maior do que a de viver feliz para sempre com o amor da sua vida.

— Acho que você é a pessoa mais cética que já conheci — falei, com raiva da parte de mim que ficou preocupada achando que ele podia ter razão sobre os relacionamentos serem fadados ao fracasso.

— Sou realista — respondeu ele, todo pragmático, e apontou para minha bandeja. — Vai comer seu pão de alho?

— Pode ficar — resmunguei, rezando para que um vento forte nos levasse até Nebraska um pouco mais rápido.

Não via a hora de aterrissar para nunca mais ter que olhar na cara do Sr. Nada.

CAPÍTULO QUATRO

UM ANO ATRÁS

Bailey

A segunda vez que vi Charlie foi no cinema. Eu estava com Zack, meu namorado, e tínhamos acabado de comprar os ingressos quando ouvimos alguém batendo palmas perto da bomboniere.

— Quer ver o que é? — perguntou Zack, olhando para o celular. — Ainda faltam cinco minutos para o filme começar.

— Quero — respondi, sorrindo para seu rosto lindo.

Ele pegou minha mão e me levou em direção à confusão.

Eu era caidinha pelo Zack, o capitão lindo *e* inteligente do grupo de debate. Ele era tudo que eu não era — confiante, charmoso, extrovertido. Zack podia estar me levando em direção a um incêndio que eu iria atrás dele.

— É um convite para o baile de formatura — comentou, apontando para um ponto à esquerda do estande de pipoca, onde penduraram um cartaz de um filme falso. No lugar do título, dizia "BAILE?". E, em cima, tinha a foto de um cara com uma expressão de dúvida bem engraçada.

Era encantador e genial e, após semicerrar os olhos com a sensação de que conhecia aquele garoto de algum lugar, avistei o casal. Eles estavam em frente ao cartaz, sorrindo para um funcionário do cinema que tirava uma foto. A garota era baixinha, loira e bonita, e o cara era alto, bronzeado e um pouco malhado.

Ai, meu Deus... era o Sr. Nada!

O cara do aeroporto estava *bem ali*, no cinema do *meu* bairro. Como pode?

— Que ideia legal — disse Zack, falando do pedido.

Assenti, voltando à realidade.

— Muito fofo — resmunguei, meio confusa.

Naquele momento o Sr. Nada e eu nos entreolhamos, e senti um aperto na barriga. Fizemos contato visual por um segundo, até que desviei o olhar.

— É melhor a gente ir — disse para Zack, animada até *demais*.

Não sabia bem por quê, mas não queria ter que conversar com o Sr. Nada e com Zack ao mesmo tempo; era demais para mim.

O que não fazia nenhum sentido. Ele era só um estranho que tinha sentado ao meu lado em um voo longo. Não havia nenhum motivo para eu ficar ansiosa ao dar de cara com ele.

Mas fiquei.

Quase arrastei Zack até a sala de cinema e escolhi um lugar bem longe de todos. Íamos assistir a uma reprise de *The Good and the Best*, meu filme favorito da vida, mas quando começou vi que não ia conseguir entrar no clima.

Ver o Sr. Nada me deixou... inquieta.

Talvez fosse porque ele estava ligado a uma época ruim da minha vida, quando meus pais deixaram de gostar um do outro, quando eu me mudei para um lugar desconhecido e meu pai parou de se importar comigo. Eu ainda não conseguia ouvir o álbum da Taylor Swift que era popular naquela época, pois começava a chorar.

Toda. Vez.

Naquele mesmo dia do voo, logo antes de entrar na fila atrás do Sr. Nada, chorei como uma condenada no banheiro do aeroporto.

Não era à toa que vê-lo tenha me causado um pânico.

— Está com fome? — sussurrou Zack. — Vou pegar pipoca.

— Não — respondi, olhando para ele e pensando que Zack era gato até no escuro.

Estar com ele ainda era surreal para mim, para ser sincera. Não que eu não acreditasse no meu próprio valor, mas nós éramos pessoas muito diferentes, de grupos muito diferentes.

A maioria dos meus amigos — tirando os três que eram da mesma escola que eu — era uma galera viciada em livros que eu não conhecia na vida real. Além do conteúdo que criávamos e compartilhávamos em nossas redes sociais, eu contava meus segredos mais íntimos para eles e sentia que eles me conheciam melhor do que ninguém.

Mas nossa amizade era remota.

Zack, por outro lado, conhecia todo mundo da nossa escola e *gostava* de socializar. Todos os dias.

Estranho, né?

— Eu pego — murmurei. — Não quero que você perca nada.

— Tem certeza? — perguntou ele, sem tirar os olhos da tela.

— Aham. Já vi esse filme umas cem vezes.

Para falar a verdade, fiquei feliz por poder fugir das lembranças deprimentes que o Sr. Nada tinha invocado. Passei por Zack e saí da sala. Tirando a fila da bomboniere, que tinha três pessoas, o lugar estava vazio. Dois minutos depois que entrei na fila, ouvi alguém exclamar:

— Bu!

Não, não, não, não.

Antes de virar, me preparei para dar de cara com o Sr. Nada. Ele definitivamente estava mais alto e mais másculo do que no dia do voo, mas aquele olhar sabichão não tinha mudado nada. Senti um aperto no peito quando ele olhou para mim e soube que não haveria como escapar daquele reencontro.

Coloquei o cabelo atrás das orelhas e abri um sorriso forçado.

— E aí? Como estão as coisas?

— Ótimas — respondeu ele.

Exatamente ao mesmo tempo que eu disse:

— Parabéns pelo convite do baile.

Demos aquela risadinha constrangida de falamos-ao-mesmo-tempo.

— Obrigado. Se bem que, pra ser sincero, já era certo que ela aceitaria. Faz mais de um ano que estamos juntos.

Dei risada.

Ele me olhou, confuso.

Parei de rir e disse:

— Espera... Está falando sério?

— Estou.

Ele deu de ombros — minha nossa, me lembrei de sua propensão a dar de ombros como quem não liga para nada; era como se tivéssemos *acabado* de sair do avião — e explicou:

— Fizemos um ano de namoro mês passado.

Não consegui segurar o riso. Ele estava falando sério *mesmo*?

— Qual é a graça? — perguntou ele, e pareceu realmente não estar entendendo.

— Eu só... Sei lá... É tão *otimista* da sua parte — respondi, me lembrando de suas opiniões fortes (e deprimentes) sobre relacionamentos. — No avião, você me disse que relacionamentos são inúteis e que é mais provável pegar Ebola do que ter um final feliz.

Ele deu um sorrisinho galanteador e ergueu o queixo.

— Você lembra o que eu disse no avião, é?

— Lembro — falei, sem acreditar que aquele babaca estava se sentindo lisonjeado com o fato de eu me lembrar de suas palavras idiotas. — Porque foi estúpido. Suas opiniões eram tão *burras* que foi impossível esquecer.

— Você pensou em mim todos esses anos? — indagou ele, inclinando a cabeça e parecendo acreditar nisso piamente. — Que legal, Oclinhos.

Balancei a cabeça e abri a boca, mas não consegui pensar em nenhuma resposta para aquela arrogância.

E ele percebeu, porque o sorriso ficou maior, como quem estivesse se divertindo.

— Em relação às minhas opiniões sobre relacionamentos... O que posso dizer? Eu evoluí — disse ele.

— Com certeza.

A fila andou, e por dentro eu estava implorando para que ela andasse mais rápido e acabasse com a minha tortura.

— E você? — perguntou ele. Os olhos do Sr. Nada percorreram meu corpo inteiro antes de voltar ao meu rosto. — O Cara do Cabelo Bagunçado é seu namorado?

Não dê esse gostinho a ele, Bailey. Olhei à minha volta antes de responder, com *calma*:

— O cabelo dele *não está bagunçado.*

— Então eu me enganei — respondeu ele, colocando as mãos nos bolsos. — O Cara do Moletom Infantil é seu namorado?

Revirei os olhos, algo que eu quase não fazia mais. Minha mãe dizia que era grosseiro, e ela tinha razão, mas não consegui me conter na presença do Sr. Irritante.

— Zack, o cara com quem você me viu e que está com um moletom do tamanho certo, é meu namorado, sim — respondi.

— Contou para ele sobre a gente? — perguntou ele, voltando a abrir aquele sorrisinho sarcástico.

— O quê? — questionei, franzindo as sobrancelhas, o que parecia ser minha resposta-padrão (além de revirar os olhos) para o Sr. Nada. — Não. Quer dizer, não tem nada entra "a gente" para contar para ele.

— Você podia ter falado que somos amigos de longa data — sugeriu. — Sou o amigo com quem você atravessou o país de avião.

— Mas você não disse que homens e mulheres não podem ser amigos?

Cruzei os braços e senti uma onda de satisfação tomar conta de mim ao jogar o que ele mesmo disse na cara dele.

— Quê? Quando eu disse isso?

Ele parecia confuso, e fiquei muito feliz por fazê-lo lembrar quão ridículo tinha sido.

— Você me disse isso no voo de Fairbanks para cá.

— Por que será que eu falei isso? — Ele fez uma pausa breve.

— Na verdade, é isso mesmo. Homens e mulheres não podem ser amigos.

— Pois não? — interveio o atendente atrás do balcão, que estava esperando que eu fizesse meu pedido.

— Hum, me vê duas pipocas pequenas? Uma com manteiga, por favor.

— Claro.

Ele começou a registrar meu pedido.

— E poderia colocar as duas numa embalagem grande, por favor?

— Juntas? — O homem me olhou como se eu fosse doida, mas continuou sorrindo. — Claro.

Pensei ter ouvido uma risada atrás de mim.

— E poderia não misturar? — pedi, sentindo minhas bochechas um pouco quentes. — Obrigada.

— Mão de obra — sussurrou o Sr. Nada, mas me recusei a olhar para ele.

— E duas Coca-Colas grandes também.

— Tudo bem — respondeu o atendente.

E, assim que ele foi até a máquina de pipoca, o Sr. Nada cutucou meu braço.

— Não vai pedir uma Coca-Cola meio a meio? — questionou ele.

— Hoje, não — repliquei, embora quisesse *muito* uma.

Sabia que ele ia pensar que tinha razão sobre eu ser uma garota "mão de obra" se eu pedisse, então *não pude* me dar ao luxo.

— A propósito, gostei do cabelo — comentou ele, apontando para minha cabeça.

— Obrigada — respondi, surpresa por ele me fazer um *elogio*.

— A última vez que te vi estava tão...

Ele parou de falar, arregalando os olhos e erguendo as mãos ao lado da cabeça para sugerir quão volumoso meu cabelo estava. Claro. Estava demorando.

Quando o conheci no aeroporto, meu cabelo ainda parecia o da Mia Thermopolis no início do filme *O Diário da Princesa*: comprido, preto, cheio de frizz e desarrumado. O ensino médio chegou, e, ainda bem, agora eu usava um corte médio que alisava com chapinha.

Mas era *a cara* dele se lembrar disso e mencionar meu cabelo feio.

— Aqui está — disse o atendente da bomboniere, me entregando meu pedido enquanto eu fazia o pagamento.

Finalmente. Não queria ficar nem mais um minuto conversando com o Sr. Nada.

Virei e abri um sorriso.

— Bem, é isso... Até a próxima, eu acho.

— Até.

Comecei a me afastar e, ao abrir a porta da sala com o cotovelo, ouvi:

— Ei, Oclinhos...

Virei.

— Que foi?

Ele estava sério, sem aquele brilho diabólico que eu sempre via em seus olhos escuros.

— Quantas vezes você viajou sozinha desde que nos conhecemos? — perguntou.

Engoli em seco e o odiei um pouquinho por me fazer lembrar daquilo. O Sr. Nada estava coberto de razão; eu já tinha ido — sozinha — para Fairbanks de avião quatro vezes desde o divórcio. Eu definitivamente fazia parte do clube dos filhos de pais separados, um clube no qual nunca quis entrar.

— Quatro — respondi.

Ele assentiu — foi como se tivéssemos compartilhado algo significativo.

— A gente se vê, Oclinhos.

— É — falei. Então, pigarreei e sussurrei: — Tomara que não.

CAPÍTULO CINCO

Charlie

Fiquei vendo Bailey se afastar e me questionei qual era o meu problema.

Ela era aquela esquisitinha retraída com quem fui obrigado a sentar em um voo anos antes, mas por algum motivo foi bom encontrá-la. *Por que será?* Ela continuava tão complicada e fácil de irritar quanto antes, mas por algum motivo fiquei decepcionado quando ela foi embora.

Imaginei a ruga de irritação que eu sempre causava em sua testa e me dei conta de que... *Droga*, eu sabia o que era.

Ela era um livro aberto.

Sim, era uma garota estranha, mas, por algum motivo, quando olhava para ela, eu sabia exatamente o que estava pensando. Boa parte de seus pensamentos era irritante e às vezes parecia que precisavam de uns bons chacoalhões, mas eu gostava do fato de eles não oferecerem nenhuma resistência.

É lógico que isso provavelmente se devia ao fato de meu círculo social consistir em pessoas que gostavam muito de joguinhos. Tinha minha mãe, em uma batalha eterna consigo mesma para decidir *Quem implicar: os filhos ou o namorado*; meu pai, que não brigava mais por nada, apenas defendia a nova esposa, não importava o que acontecesse (mas ele jurava que suas decisões eram baseadas em "ser um bom pai"); minha irmã, que amava todos esses novos personagens em nossas vidas, mas tentava esconder isso de mim, pois sabia que *eu* odiava.

Acrescente Becca a esse grupo — eu *nunca* fazia a mínima ideia do que ela estava pensando —, e faz sentido o rosto ingênuo da Oclinhos ter me parecido tão revigorante.

— Pois não?

Parei de olhar para a porta pela qual ela tinha desaparecido e virei para o atendente da bomboniere.

— Ah, sim. Duas pipocas, por favor — pedi.

Paguei pelas pipocas, e, enquanto esperava, meu celular vibrou.

Becca: Quer ir pro Kyle depois? Parece que uma galera vai pra lá.

Não sabia o que responder.

Eu queria ir para a casa do Kyle?

Sim e, ao mesmo, *de jeito nenhum*.

Kyle era legal, e a gente sempre se divertia na casa dele; em qualquer outro dia, eu toparia com certeza. Mas, depois do convite para o baile, eu meio que queria ficar sozinho com Becca. Parecia que tinha acontecido algo *importante*, e eu queria aproveitar esse momento.

Droga. Era constrangedor quão sentimental ela me deixava.

Ainda parecia uma armadilha, como se o nosso relacionamento fosse acabar implodindo, mas, caramba, eu era tão feliz com ela que estava até disposto a considerar a possibilidade de estar errado.

Talvez nem *todos* os relacionamentos estivessem fadados ao fracasso.

Peguei a pipoca e fui para a sala, me perguntando o que a Representante de Turma acharia *desse* pensamento. Ela ergueria aquele queixo teimoso, achando que tinha vencido alguma discussão, e eu faria algum comentário sobre suas botas estranhas só para irritá-la.

Na verdade, as botas eram incríveis, mas eu preferia morrer a dizer isso a ela.

Mas isso não importava.

Eu nunca mais ia encontrar aquela garota.

CAPÍTULO SEIS

HOJE EM DIA

Bailey

— Isso não é nada saudável.

— Eu sei — disse a Nekesa, balançando o canudo do frappuccino e encarando a entrada da Starbucks, diretamente da nossa mesa nos fundos da loja. — Mas eu preciso saber.

Não sabia exatamente por quê, mas *precisava* saber.

Zack, meu ex-namorado, ia me buscar todo sábado de manhã porque dizia que gostava de tomar café comigo. Toda semana, não importava o que acontecesse, ele me levava para tomar um frappuccino e conversar.

Era uma coisa nossa. Sorrisos e cafeína à luz do dia.

Só nós dois.

Então, agora que ele e Kelsie Kirchner estavam "oficialmente" namorando, eu me perguntei se ele faria a mesma coisa com ela. No fundo, sabia que não, porque acreditava *mesmo* que aquilo era uma coisa só nossa, mas algo dentro de mim não conseguia deixar o assunto para lá.

E era por isso que Nekesa e eu estávamos acampadas em uma mesa nos fundos da Starbucks.

— Eu entendo, amiga — falou Nekesa, mas eu sabia que ela não entendia. Ela tinha um relacionamento superincrível com um cara perfeito; como ia entender a obsessão de ver se meu ex estava ou não repetindo nosso ritual com a namorada nova?

— Mas já faz dois meses, Bay. E você é boa demais para ele. Não acha que devia parar de ficar remoendo o que Zack está fazendo?

— Não estou remoendo — expliquei, embora soubesse que ela provavelmente tinha razão. — Só estou curiosa.

— Eu devia ter pedido um sanduíche — comentou Nekesa, suspirando. — Estou morrendo de fome. Por que não peguei um sanduíche? Eles vendem comida aqui, mas eu só pedi um *espresso* com espuma de leite. Onde é que eu estava com a cabeça?

— Não sei — respondi, abrindo o Instagram no celular. Eu tinha postado um vídeo na noite anterior, então era óbvio que eu estava dando uma olhada nas notificações de cinco em cinco minutos.

— Acho que vou pedir...

— Não — interrompi, largando o celular e segurando seu braço com um sussurro de pânico. — Se ele entrar, não quero que veja a gente.

— Por quê? Não é tão estranho assim estarmos na Starbucks — disse ela, revirando os olhos e tirando minha mão de seu braço. — Milhares de pessoas vêm à Starbucks, Bay. Pedir um sanduíche de café da manhã não é nada suspeito.

— Se você é minha melhor amiga e esta é a *nossa* Starbucks, é, sim.

— Esta é a *nossa* Starbucks? — perguntou ela, franzindo as sobrancelhas escuras.

Nossa, ela tinha as sobrancelhas mais lindas do mundo.

— Não "nossa" minha e sua, "nossa" minha e *dele*.

— Bailey! — exclamou, semicerrando os olhos. — Existe alguma coisa que na sua cabeça é sua e minha?

Fiquei brincando com o canudo, pensando um pouco.

Para nós, não era uma questão de *qual* lugar era nosso, e sim de qual lugar era *mais* nosso. Olhei para ela e disse:

— Com certeza a lojinha de um dólar de Springfield.

Ela riu.

— Nossa, aquele lugar é *muito* nosso. Balinhas e Coca-Cola.

— Todos os dias naquele verão — falei, abrindo um sorrisinho ao me lembrar da nossa obsessão com...

— Lembra que a gente passava horas maratonando *Big Time Rush*?

— Eu falar isso agora — comentei, rindo.

Tecnicamente, fazia poucos anos que eu conhecia Nekesa, mas a gente não se desgrudou desde aquele primeiro dia na aula de educação física do sr. Peek, mais conhecida como Masculinidade Tóxica I, quando ela jogou uma bola no nariz de Cal Hodge por ele ter dito: "Parece que os peitos da Bailey deram as caras."

Até hoje eu odeio Cal Hodge.

— Ah, os tempos mais simples antes de termos carros — disse Nekesa, rindo, mas então seu sorriso desapareceu. — Ah, droga.

— Ah, droga, o quê? — perguntei, ainda rindo. — O que foi?

Segui seu olhar até a porta e vi o que era.

Zack e Kelsie estavam lá. *Ai, minha nossa.* Estavam de mãos dadas, e ele estava meio abaixado, para ouvir o que ela estava dizendo. Ela sorria, ele também, e senti um aperto forte no peito.

Eles pareciam tão felizes.

Senti o estômago embrulhar ao vê-los andar até o balcão. Não conseguia acreditar. Ele estava mesmo trazendo *Kelsie* para tomar café sábado de manhã. Aquilo era tão bobo, mas senti um nó se formar na minha garganta de tanta saudade dele.

Eu tinha saudade de *nós dois* juntos.

Ele colocou a mão nas costas dela, e quase senti o toque nas *minhas* costas, porque ele sempre fazia isso quando estávamos juntos.

— Vamos — disse Nekesa, cutucando meu braço com o cotovelo. — Não gosto de te ver assim.

Isso atraiu minha atenção. Parei de olhar para Zack e indaguei:

— Oi?

Ela gesticulou para meu rosto:

— Você parece um filhotinho triste quando vê o Zack — explicou. — Acho que é meu dever, como sua amiga, afastar você de qualquer situação que te deixe mal assim.

Sorri, embora meu coração estivesse partido.

— Você não faz ideia de quanto eu te amo por isso, mas podemos esperar eles irem embora? Prefiro comer leite azedo a ter que falar com eles agora.

— Comer? — perguntou ela, inclinando a cabeça. — Não quis dizer *beber* leite azedo?

— Beber é só quando está levemente azedo, mas eu estava falando daquele leite esquecido há muito tempo, o que já virou pedaços sólidos. Eu ia precisar até de garfo e faca.

— Ah...

Esperamos o casal feliz ir embora — *graças a Deus eles pediram para viagem* — e fomos também. Eu estava indo até o carro, tentando esquecer a tristeza e não pensar neles, quando meu celular vibrou.

Mãe: Eu estava certa?

Revirei os olhos.

Eu: Talvez.

Mãe: Sinto muito, querida. Quem sabe isto faça você se sentir melhor: liguei para uma corrente de oração católica e pedi a eles que orassem para o intestino do Zack soltar.

Soltei uma risada.

Eu: Você não fez isso.

Mãe: Não, não fiz, mas agora vou ter que fazer.

Abri a porta do carona e entrei no carro de Nekesa.

Eu: O que vai fazer hoje, além de mentir sobre correntes de oração?

Mãe: Só isso. Meu único plano é mentir sobre correntes de oração.

Eu: Nós vamos ao mercado antes do trabalho... precisa de alguma coisa?

Ligando o carro, Nekesa disse:

— Diga à Emily que eu mandei um oi.

Eu: Nekesa mandou um oi, Emily.

Mãe: Mande um oi de volta e fale para ela que o álbum que ela me recomendou é muito ruim.

— Minha mãe disse que o álbum que você recomendou para ela é péssimo.

Nekesa fez uma careta, já saindo do estacionamento.

— O gosto musical dela é terrível.

Nekesa disse que você é terrível, digitei.

Mãe: Nekesa nem deve saber que eu era a presidente do fã-clube do Bobby Vinton.

Coloquei o cinto de segurança.

Eu: Quem é Bobby Vinton?

Mãe: Exatamente. Ei... pode comprar os ingredientes para fazer brownie?

Eu: Noite do cinema com massa crua de brownie quando eu chegar em casa?

Mãe: Esqueci que você ia começar no trabalho novo hoje. Não tenha medo de se impor e CONVERSAR com outros seres humanos. Além disso, COM CERTEZA noite do cinema com massa crua. Aliás, *Mens@gem para você* e E. coli... Tem coisa melhor que isso?

Seria impossível saber de cor quantas noites minha mãe e eu passávamos vendo TV e nos empanturrando naquele sofá bege-claro nos fins de semana. Eu odiava o divórcio pelo que ele tinha causado no meu relacionamento com meu pai, mas desde o dia em que minha mãe e eu nos mudamos para o apartamento de Omaha, éramos só eu e ela e a TV de quarenta e duas polegadas.

O trio perfeito.

Eu: Nada no mundo é melhor que Tom Hanks e salmonela. Vamos passar na livraria depois do trabalho, mas não vou demorar.

Mãe: Tom Hanks e as Salmonelas. Nome de banda. Ponto pra mim!

— Como funcionários do Planeta Diversãããã, vocês serão mobilizados para as frentes intergalácticas da felicidade. Sua dedicação de outro mundo vai ser essencial para vencermos a guerra contra o tédio terrestre. Então vamos saltitar pelo dia de hoje com nosso supersalto de alegria! Vamos, tropas do sol, continuem pulando até a música parar!

— A gente quer mesmo trabalhar em um lugar onde as pessoas dizem esse tipo de coisa? — gritou Nekesa enquanto pulava.

— Não muito — respondi, pulando um pouco mais alto a cada impulso.

O instrutor me olhou irritado lá do palco — é, com certeza ele nos ouviu —, onde gritava em um microfone ao lado do DJ enquanto cento e cinquenta funcionários em treinamento pulavam pela estrutura enorme de trampolins com um uniforme que imitava um traje de aviador.

O Planeta Diversããão — infelizmente isso não é um erro de digitação — era um "mega" hotel que ia abrir em duas semanas. Tinha parque aquático, trampolins interconectados, rampas de esqui, fliperamas, uma discoteca para adolescentes, cinema e uma sala de karaokê com direito a palco. Tinha mais umas vinte instalações das quais eu já tinha me esquecido desde o feirão de empregos ao qual Nekesa e eu fomos, mas o lugar era basicamente um cruzeiro enorme em terra firme.

Como nós duas odiávamos nossos empregos na época — ela trabalhava em um mercado e eu, em uma creche —, decidimos ir ao feirão e, se fôssemos contratadas, seria o destino.

Bem, fomos contratadas; nós e aquele um bilhão de pessoas pulando ao nosso lado naquele instante.

A equipe responsável pelo hotel era bastante barulhenta já às oito da manhã de um sábado, todo mundo muito empolgado, como se tivesse virado vários Red Bulls e injetado açúcar na veia antes de receber nosso grupo. Eu ia esperar para ter uma opinião formada quando a hora dos pulos terminasse e o treinamento de verdade começasse, mas a primeira impressão que tive foi que Nekesa e eu devíamos fugir dali assim que nos liberassem para o intervalo.

— Ai, minha nossa! — exclamou ela.

— O que foi? — perguntei.

— Bay.

Olhei para Nekesa, e ela estava com uma cara muito estranha, como se estivesse animada, mas também tentando se comunicar só com o olhar. Ela tinha um metro e meio de altura e era bem magrinha, então estava conseguindo pular superalto.

— Não olhe agora, mas tem um cara no trampolim Júpiter que não para de olhar para você.

— E eu não posso olhar? — questionei, esticando o pescoço para ver o tal Garoto do Júpiter. — Não que eu me importe.

— Bom, você pode *olhar* — disse ela —, mas não assim. Seja discreta.

— Beleza.

— E você *devia* se importar, ele é fofo.

— Ele deve estar olhando para *você* — falei, pensando em Zack mais uma vez e sentindo a tristeza bater de novo. — Ou olhando para mim e desejando que eu fosse mais parecida com Kelsie Kirchner.

— Quer parar com isso? — replicou Nekesa, me lançando um olhar que dizia que ela já estava *cansada* de ouvir aquele disco arranhado. — Caramba.

E eu entendia. Imaginava que devia ser *superirritante* ter uma amiga que não conseguia superar o ex, ainda mais porque Nekesa e o namorado dela eram loucamente apaixonados um pelo outro.

E era por isso que eu era muito grata por ter Eva e Emma; elas não se importavam com a choradeira.

Nós três éramos *iguaizinhas* quando o assunto era garotos.

Na noite anterior, todas nós postamos um vídeo sobre o último livro da Emily Henry. Foi total coincidência, o que levou a horas de conversas por mensagem, comovidas com quanto tínhamos amado o livro e com quanto era injusto os protagonistas da Emily Henry não existirem na vida real.

Com Eva e Emma, eu não sentia que precisava *superar* meus sentimentos. Elas eram amigas que me deixavam chorar e ainda me mandavam playlists e memes. Elas eram as amigas com quem eu compartilhava da minha necessidade de mergulhar de cabeça em romances da ficção, simplesmente porque me refugiar na alegria que eu *não* tinha era, de alguma forma, reconfortante e me dava esperança.

Nossa, como eu queria estar no meu quarto agora, relendo aquele livro da Emily Henry.

Mas, bom, eu não estava.

Olhei de soslaio na direção do Garoto do Júpiter, tentando ser discreta, procurando pelo cara de quem Nekesa falou, e levei um baita susto quando o vi.

Era impossível.

Impossível.

Semicerrei os olhos e virei bem o rosto, mas não havia como negar a verdade.

Não, não, não, não, nãããããão.

Não podia ser. Não podia. Ser.

Sr. Nada.

CAPÍTULO SETE

Bailey

— Ai, minha nossa.

Eu não estava acreditando que o Sr. Nada estava no meu novo emprego, dando pulinhos. Qual era a probabilidade de isso acontecer? *Coooooomo isto está acontecendo?* Tentei parecer indiferente e como se não estivesse nem aí ao olhar na direção dele e sussurrar:

— Eu conheço aquele cara.

— Ele é gato — disse Nekesa.

— Você acha?

Inclinei a cabeça e tentei avaliá-lo enquanto ele pulava. Era alto, tinha o cabelo escuro e os ombros largos — um ser humano atraente, eu acho —, mas para mim era impossível ver algo a mais que aquela cara de Sr. Nada.

Eu ainda conseguia ouvir o gemido dele comendo o *frango de qualidade duvidosa* do avião.

Nekesa também inclinou a cabeça e falou:

— Com certeza. Como *você* conheceu esse cara?

Entendi o que ela quis dizer, mas fiquei irritada por mais que fizesse todo sentido. Eu nunca saía por aí e chegava em caras para conversar, que dirá os bonitos que eu não conhecia, então a pergunta era válida.

Mesmo assim, *não* foi legal ouvir.

O DJ aumentou o volume de "Jump Around", do House of Pain, mas o instrutor parecia ter terminado a convocação matinal. Estava tomando café e olhando para o celular.

— Sentei ao lado dele num voo de dez horas há alguns anos, e ele foi um babaca completo — respondi, observando-o pular com uma naturalidade atlética que nem achei tão terrível. —

Ele tinha umas opiniões ridículas. Eu me lembro especificamente dele falando que homens e mulheres nunca poderiam ser amigos.

— Que estranho — disse ela, ainda olhando para ele.

— Né? — comentei. Ele continuou pulando na maior naturalidade, mas tive a sensação de que sabia que estávamos olhando para ele.

— Enfim, não importa — declarei. — Ele é um espertinho que me odiou desde o momento em que me recusei a deixar que ele furasse a fila de embarque. Vamos...

— Oclinhos? — gritou ele, do outro lado da Saltosfera, olhando bem para nós (para mim). — Bem que eu achei que fosse você.

Nãããããããããããão.

Meu coração acelerou, e minha vontade foi de sumir.

Ele desceu do Saltolim, atravessou o desfiladeiro, e veio pulando na nossa direção. Resmunguei algo educado como:

— É... sou eu. Tudo bem?

— Tudo — respondeu ele, erguendo um pouco o queixo, sem tirar os olhos dos meus, como se estivesse tentando ler meus pensamentos. — E com você?

Assenti e me perguntei se aquele cheiro — limpo e masculino — estava vindo dele.

— Tudo.

Será que tinha como ficar mais constrangedor?

— Vou testar o Salto Universal — disse Nekesa, apontando para a seção roxa, com os trampolins para adultos e uma área grande de pula-pula no meio. — Já volto.

E ela simplesmente nos deu as costas e saiu pulando, sem me dar nenhuma chance de impedi-la. Cerrei a mandíbula e me preparei para o ataque iminente de retórica inflamada.

— Então quer dizer que você também vai trabalhar aqui? — perguntei, tentando distraí-lo.

Ele franziu as sobrancelhas, como se estivesse decepcionado comigo por apontar o óbvio.

— Vou.

Agora ele resolve ser monossilábico? Eu daria qualquer coisa por esse comportamento naquele voo. Tentei puxar conversa mais uma vez e me dei conta de que nem sabia o nome dele.

— Meu nome é Bailey.

É isso mesmo? Era muito estranho não termos nos apresentado, mas nem um nomezinho sequer vinha à minha mente. "Sr. Nada" *combinava* com ele, mas talvez só porque era assim que eu sempre me referia ao garoto.

Bem, na minha cabeça, pelo menos. Nunca o chamei assim em voz alta.

— Charlie.

Charlie.

Tentei puxar papo de novo porque não estava dando conta do constrangimento.

— E como vai a namorada? Ainda está com a garota do baile?

Vi seu pomo de adão se mover quando ele engoliu em seco, e Charlie desviou o olhar para um ponto atrás de mim, como se algo tivesse atraído sua atenção. Por um instante, achei que ele não fosse responder, mas então disse:

— Não, a gente terminou.

— Ah. Sinto muito — falei, diminuindo a velocidade dos pulos e olhando bem para o seu rosto; por algum motivo fazia certa diferença para mim o traço de mágoa ainda estar ali. Consegui *sentir* a dor em seu olhar; a tristeza era familiar, uma amiga que tínhamos em comum. — Sinto muito mesmo, Charlie.

Ele voltou a olhar para mim, deu de ombros e diminuiu a velocidade dos pulos também.

— Fazer o quê, né? Uma hora ia terminar. E você? Continua com o Sr. Roupa Justa?

Eu me lembrei da mão de Zack nas costas de Kelsie enquanto ela pedia o café naquela manhã e senti meu estômago embrulhar. Ainda não conseguia acreditar que agora ele estava sorrindo e ouvindo o barulhinho do leite espumando com *ela*. Tudo bem Zack seguir em frente, mas por que ele tinha que levar nossos momentos junto? Soltei um suspiro e abri um sorrisinho descontraído.

— Não, a gente terminou também — respondi.

— A bruxa está solta, hein? — disse ele, e percebi pela rigidez de sua mandíbula que ele já estava *cansado* daquele papo furado cutucando sua ferida.

— Pois é — murmurei, sem saber mais o que dizer.

— Vocês dois não estão pulando! — exclamou o DJ, chamando nossa atenção e quase engolindo o microfone.

Revirei os olhos, e Charlie meio que deu um sorrisinho, e voltamos a pular. Ele colocou as mãos nos bolsos do traje de aviador e perguntou:

— E seus pais? Como está sendo o divórcio para você?

— Minha mãe está saindo com um cara agora, então está divertido — falei, sem saber ao certo por que estava respondendo à pergunta. Ele era o insuportável Sr. Nada, um estranho que eu não conhecia e de quem não gostava, mas continuei: — E meu pai está ficando louco com o preço das passagens de avião, então só Deus sabe quando vai ser minha próxima visita.

— Quando eles começam a namorar é a pior parte, né? — questionou ele, me lançando mais um daqueles olhares que diziam muito, como aquele que durou uma fração de segundo no avião três anos atrás. — Minha mãe tem um namorado que praticamente mora com a gente agora, e nem sei dizer como adoro quando ele come minhas torradas. Tipo, só de ver o cara à mesa de manhã já fico querendo matar um.

Dei risada ao ouvir isso, uma risada genuína e que fez com que eu me sentisse bem, porque eu me senti compreendida. Alguém, mesmo que fosse só o Charlie do avião, sabia exatamente como eu me sentia.

— No meu caso é o refrigerante. Ele toma litros de Coca-Cola normal, mas aí eu não posso...

— Você não pode fazer o meio a meio — comentou ele, me interrompendo, dando um sorriso discreto.

Deixei escapar uma risada. Fiquei chocada por ele se lembrar do refrigerante e entender.

— Bingo.

E, uau, aquilo foi um sorriso *de verdade*, sem deboche?

A música parou, e o DJ voltou a engolir o microfone.

— Muito bem, esquadrão, agora vamos pular para fora daqui. Peguem um donut e se dirijam até a Via Láctea para o lançamento.

— Imagino que seja uma sala de treinamento? — murmurei, decepcionada por nossa troca de histórias de terror familiar ter terminado antes de começar.

Não sei como explicar, mas aquele momento fugaz de empatia foi *bom*.

Era legal ter um parceiro de sofrimento.

Nossa... quão estranho era eu *querer* conversar com o Sr. Nada?

Talvez eu estivesse ficando doente.

— Ou eles vão nos colocar em órbita com um estilingue — respondeu ele, olhando com uma careta hilária de nojo para o DJ que engolia o microfone. — Seja o que for, acho que vai ser sofrido.

— Provavelmente — concordei.

Nekesa se juntou a nós quando saímos da área dos trampolins e fomos guiados pelo corredor.

Quando chegamos à Via Láctea, nos separaram em quatro grupos: Anãs Vermelhas, Anãs Brancas, Protoestrelas e Gigantes Vermelhas.

Sem erguer a mão, Charlie perguntou:

— Por que somos todos estrelas? É sério isso?

Deu para ouvir as pessoas rindo, mas a mulher alegre responsável pelo treinamento abriu um sorrisão digno de Miss Universo, sem se deixar abalar pelo sarcasmo.

— Isso mesmo, querido. Pensamos que seria muito divertido usar as estrelas para batizar nossas quatro equipes — respondeu ela.

Ele colocou as mãos nos bolsos da calça e encarou o chão, como se estivesse se segurando muito para guardar os comentários debochados para si mesmo.

Aí está uma novidade.

Mas, em sua defesa, Charlie parecia mesmo ter mudado totalmente desde a última vez que nos encontramos.

Estava mais alto, mas não no sentido de "ele cresceu um pouco nos últimos anos". Não, Charlie devia ter, tipo, um metro e noventa no mínimo — ele era *enorme*.

Mas não era só isso, seu rosto tinha mudado. Os olhos escuros continuavam com um brilho travesso, mas seu rosto tinha perdido a suavidade infantil e ganhado contornos esculpidos. Ele tinha uma certa contradição, eu acho.

Garoto *e* homem. Travesso *e* intenso.

A promessa de uma multidão de emoções.

É, Nekesa tinha razão: ele era *muito* bonito.

Não para *mim* — não, não mesmo —, mas, no geral, era um cara bonito.

Peguei o celular — *nenhuma mensagem* — e, depois de uma breve análise das pessoas ao redor, meus olhos se voltaram para Charlie.

Que estava *prestando atenção* nas orientações da mulher, como um novo funcionário interessado.

Uau, ele tinha *mesmo* mudado.

A instrutora começou a listar as equipes e a sala de treinamento de cada uma. Ninguém explicou *como* as equipes foram formadas, ou o que significavam, mas Nekesa e eu éramos Protoestrelas e ficamos na Via Láctea. Charlie foi chamado para se juntar aos Gigantes Vermelhas, que foram para Marte. Ele deu de ombros e seguiu o grupo, e fiquei dividida entre uma decepçãozinha por ele ter ido embora e um alívio gigantesco por não ser obrigada a trabalhar com ele o tempo todo.

Porque, embora ele parecesse ter amadurecido um pouco e tivéssemos tido uma interação decente, com certeza ainda havia o suficiente do Sr. Nada nele para me tirar do sério no dia a dia.

Quando ficamos sozinhos, cada um dos Protoestrelas recebeu um distintivo vermelho enorme com um *P* escrito para prender no uniforme. Disseram que nosso grupo faria parte da equipe administrativa e que nosso trabalho era manter a linha de frente da diversão unida. Receberíamos treinamento de recepcionista, representante de vendas, anfitrião de restaurante e concierge da diversão. Basicamente qualquer trabalho que envolvesse um pouco de responsabilidade e interação com os hóspedes cabia à nossa equipe.

Eu me senti um pouco ofendida quando o sr. Cleveland, o instrutor, explicou que nosso grupo obteve nota alta em profissionalismo, mas uma nota muito baixa em diversão. Ele disse que nossa linguagem do amor não era socializar, e sim seguir regras, e que, embora isso parecesse sem graça — ele disse exatamente isso —, éramos essenciais para o sucesso do Planeta Diversããão.

Ele também falou que as outras equipes desempenhariam papéis como "animadores de público", "incentivadores de tobogã", "instigadores de guerras de bolas de neve" e, meu favorito, "influenciadores de karaokê", então imaginei que o treinamento deles seria bem diferente do nosso.

Depois de mais ou menos uma hora de uma apresentação de PowerPoint superchata sobre a história da empresa (Divertretenimento S.A.), a porta lateral se abriu e Charlie entrou, totalmente de boa e muito à vontade em interromper nosso grupo, que era enorme.

O sr. Cleveland parou de falar.

— Pois não?

Se fosse comigo, teria morrido de vergonha se toda a Via Láctea virasse para me olhar. Mas Charlie continuou tranquilo, com as mãos nos bolsos do traje de aviador.

— Ah, é... — disse ele. — Parece que teve um engano. Acho que era para eu ter vindo para cá.

— Você é um Protoestrela?

Pressionei bem os lábios para não rir da cara de Charlie; ele fez uma cara engraçada, como se o sr. Cleveland tivesse dito algo ofensivo.

— Bem, foi isso que me mandaram dizer — respondeu. — Então, é, acho que sim.

O sr. Cleveland apontou para o assento vago na primeira fileira.

— Sente-se, por favor.

— Ótimo — disse Charlie, se jogando na cadeira.

— Chegou na hora certa, filho, porque estamos prestes a dar uma olhada no Manual do Funcionário da Divertretenimento — falou o homem, e riu alto por uma fração de segundo, como um palhaço. — Apertem os cintos, Protoestrelas, a coisa agora vai ficar séria.

Voltei a apertar os lábios para segurar um suspiro.

Nekesa revirou os olhos e disse, apenas mexendo os lábios:

— *Séria e chata.*

O sr. Cleveland começou a ler o manual palavra por palavra. Peguei um lápis e comecei a fazer anotações — o que mais eu podia fazer? Ele falou sobre o código de vestimenta (apenas uniformes), o esquema de pagamento e os benefícios trabalhistas, antes de finalmente fazermos uma pausa para o almoço.

Nunca fiquei tão feliz por poder levantar.

Todo mundo tinha um voucher para trocar por uma refeição gratuita na praça de alimentação, então Nekesa e eu — e o restante do grupo imenso de treinamento — saímos por um corredor longo e interminável que levava até a Galáxia dos Diverstaurantes.

— Talvez seja melhor fugir agora, antes do almoço — sussurrei para Nekesa.

— Oi?

Dei uma olhadinha para trás.

— Não é certo aceitar o almoço de graça se vamos desistir.

Nekesa olhou para mim como se eu tivesse acabado de confessar uma obsessão estranha.

— *Desistir?* Do que você está falando, Bay? Este lugar é uma loucura.

— Exatamente por isso.

— O que pode ser mais engraçado que este lugar? Posso trabalhar num mercado onde os clientes gritam comigo porque o cupom de desconto deles está fora da validade, ou posso ser uma Protoestrela, cuja avaliação trimestral é aprender a dançar uma coreografia. Isso aqui, minha amiga, foi um achado.

Era a cara de Nekesa dizer isso.

Às vezes, melhores amigas parecem gêmeas separadas na maternidade. Mas Nekesa e eu... nem tanto.

Ela era extrovertida, engraçada e estava sempre pronta para se divertir. Ela costurava as próprias roupas (que eram incríveis, por sinal), fazia aula de dança de salão por diversão e uma vez deu um soco na cara de alguém. Ela era como a heroína em um filme de zumbis que empunha uma estaca a grita: "Podem vir, seus frouxos!"

Eu era... Bem, o *contrário*. Estava sempre tentando acompanhar o ritmo dela. Eu seria a garota gritando "Espera aí!" e folheando o Livro das Regras dos Zumbis sem perceber o zumbi parado bem atrás de mim, prestes a comer meu cérebro.

— Nunca ouvi falar nessa dança que mencionaram — admiti, coçando a sobrancelha, inquieta, refletindo sobre trabalhar para uma empresa cujos valores eram *diversão* e *rir até a barriga doer*. — É ridículo um aumento depender de uma coreografia cafona.

— Só está com medo porque dança mal — alfinetou Nekesa, me cutucando com o cotovelo.

— É uma avaliação ridícula!

Eu dançava mal *mesmo* — Nekesa dizia que eu era retraída demais para gostar de dançar —, mas isso não mudava o fato de que aquela avaliação era absurda.

— Nekesa?

Nós duas nos viramos, e um cara baixinho e forte de cabelo loiro encaracolado correu até ela. Eu esperava que Nekesa fosse comentar algo engraçadinho porque ele usava um anel no dedo mindinho e um Rolex falso no pulso, mas, em vez disso, exclamou, com um gritinho:

— Ai, meu Deus... Theo!

Ela raramente dava gritinhos assim.

Seu rosto se iluminou quando sorriu para aquele estranho, como se estivesse realmente feliz em vê-lo.

O garoto, que estava com um uniforme igual ao nosso, exceto pelo distintivo roxo com um *GV*, sorriu.

— Deixe eu adivinhar: você é uma Protoestrela — disse ele.

— Nós duas somos — respondeu, apontando para mim, mas nenhum dos dois me olhou. Eles só voltaram a andar, e eu fui atrás. — Por que você chutou Protoestrela?

— O instrutor disse que os Protoestrelas são basicamente uns sabe-tudo que não sabem se divertir — disse ele, zoando ela. — E essa é a definição de Nekesa Tevitt.

Abri a boca para argumentar, porque ele tinha descrito o exato *oposto* de Nekesa, mas Theo logo acrescentou, com uma risadinha:

— Brincadeira... Eles obviamente colocaram você na equipe errada.

— Né? — concordou ela, erguendo os braços e juntando o cabelo com os dedos, como se quisesse fazer um rabo de cavalo. — Só pode ser a equipe errada, mas estou feliz porque quero ficar com a Bailey.

Ela apontou para mim com a cabeça, e, mais uma vez, nenhum dos dois olhou na minha direção.

— Ainda não acredito que você está aqui — continuou Nekesa. — Quando vocês voltaram para Omaha?

— No verão passado. Estou estudando na Escola Preparatória Kennedy.

Ah, a Escola Preparatória Kennedy... Então talvez o Rolex seja original.

— Como que eu não vi você na missa? — perguntou Nekesa. Então, ela parou de mexer no cabelo e olhou para mim. — Ele era meu amigo da catequese — explicou.

Eu não era católica, mas muitos dos meus amigos de Fairbanks também tinham passado os primeiros anos de escola fazendo aulas semanais na igreja. Eu nem sabia direito o que era catequese, minha família nunca foi muito de ir à igreja.

— A gente frequenta a São Patrício agora — respondeu ele, um pouco constrangido. — É mais perto da nossa casa.

— Ahhh, na área nobre — falou ela, implicando com ele.

Os dois sorriram, e eu me perguntei qual era a história ali. O tempo de catequese foi muito antes de eu me mudar para Omaha, então não conhecia Nekesa na época. Mas o clima entre eles era meio de paquera, o que era estranho, porque Nekesa era loucamente apaixonada pelo namorado, Aaron.

Eu devia estar entendendo errado.

Parei de ouvir a conversa quando vi que estávamos nos aproximando dos restaurantes. Eu estava morrendo de fome, mas também um pouco nervosa pensando no tipo de comida que o lugar ofereceria. Será que um estabelecimento cujos valores eram *diversão* e *rir até a barriga doer* se importava com valores nutricionais?

— Ouvi dizer que tem um bar escondido, logo atrás da Galáxia dos Diverstaurantes, onde a comida é muito melhor do que em todos os outros lugares — comentou alguém.

Virei para a direita e dei de cara com Charlie. *De onde ele surgiu?* Olhei para ele — nossa, tão alto —, ainda dividida entre levar um baita susto ao dar de cara com ele e sentir um alívio estranho com sua presença.

Era um pouco angustiante ficar me perguntando quando o Sr. Nada ia dar as caras e anular *aquele* Charlie.

— Sério? — perguntei.

Ele se aproximou um pouco mais, abrindo um sorrisinho aos poucos.

— É uma zona livre de crianças, então eles colocaram em outra ala. O DJ contou esse segredo para os Gigantes Vermelhas, mas, como agora sou da Casa dos Proto, trair os Gigantes Vermelhas é meu dever — completou Charlie.

— Nekesa, ouviu isso? — indaguei, cutucando-a com o cotovelo. — Tem um bar mais para lá.

— Você deixou de fora a parte sobre a minha coragem e o meu dever — murmurou Charlie.

— Eu sei — respondi, sem olhar para ele.

Ouvi Charlie dizer:

— Poxa!

E meio que me deu vontade de rir.

Nekesa olhou para mim e, então, para Theo.

— Tem um bar mais para lá — contou ela.

Theo balançou a cabeça e falou:

— A Pizzaria Constelação tem calzones em formato de Saturno. Dizem que os anéis são de grissini. Você *não pode* perder isso, Nekesa.

Ela olhou para mim e para Charlie.

— Ah, gente! Pizza em formato de planeta? *Preciso* comer isso.

Charlie enfiou as mãos no traje de aviador e se virou para nós, andando de costas.

— Eu vou para o bar, pizza em formato de Saturno é de mais pra mim — declarou ele. — Pode vir comigo se quiser, Bailey, caso prefira batata frita e uma conversa incrível a uma pizza ruim.

Por acaso ele estava me convidando para almoçar? E, se sim, por quê? Por que ele faria isso?

— A batata frita talvez seja uma boa ideia — disse, descontraída, embora ainda não estivesse entendendo aquela versão do Sr. Nada. — A conversa incrível, nem tanto.

Queria muito ir para o bar, mas não tinha certeza se desejava a companhia.

— Ah, vamos... Podemos continuar reclamando do pesadelo que é nossa família. — Charlie virou de novo e diminuiu o passo, caminhando ao meu lado. Então, disse baixinho, só para mim: — Desabafar agora para não matar ninguém depois.

Ele não *parecia* querer me irritar. Estava olhando nos meus olhos, mas parecia estar apenas esperando uma resposta — nada mais que isso. Era possível que ele estivesse mesmo mais maduro?

Eu sabia que provavelmente ia me arrepender, mas, ao ver Nekesa e Theo conversando sobre pessoas que eu nem conhecia, soltei um suspiro.

— Batata frita, então.

CAPÍTULO OITO

Charlie

Não imaginei que ela fosse aceitar.

Sim, eu tinha feito o convite, mas agora que Bailey estava se afastando dos amigos para ir comigo até o bar, me perguntei se não tinha sido um erro. Ela era toda certinha, devia pedir a comida com coisas à parte e pensar demais sobre os mínimos detalhes, e eu só queria relaxar e comer um hambúrguer. Não queria que ela fizesse o almoço parecer trabalho. Nem queria que ela tivesse uma impressão errada.

— Então — disse ela, olhando para mim enquanto íamos andando até o bar —, por que quis trabalhar aqui?

A verdade era que eu tinha me candidatado para aquele lugar idiota só para irritar o namorado da minha mãe. Ele tinha convencido minha mãe de que eu precisava de um emprego sério, e não ficar perdendo tempo "à toa no celular" e "jogando" (ele era *tão* babaca) o dia inteiro, então arranjei um trabalho na empresa mais idiota da cidade só para fazer com que ele revirasse o olho até não voltar mais.

E funcionou.

— Era isso ou um restaurante com um mascote de rato de dar arrepios — respondi, sem me dar ao trabalho de explicar direito, pois sabia que ela não estava nem aí. Bailey era, para todos os efeitos, uma desconhecida, embora eu a conhecesse o bastante para saber que não tinha lugar para mim na vida dela. — Sua vez, mesma pergunta.

Ela deu um sorrisinho, aqueles por educação, que não chegam aos olhos.

— Nekesa e eu nos candidatamos porque estávamos entediadas, e agora estou pensando seriamente em desistir.

— Porque você pula muito mal? — perguntei, tentando fazer aquele sorriso parecer mais sincero.

— Porque é muito idiota — respondeu ela, olhando bem para mim, como se quisesse que eu concordasse. — Não é? Quer dizer, tem um cargo que se chama *animador de público*. Acho que não dou conta de trabalhar num lugar onde pessoas adultas aprovaram isso.

Aquilo me fez sorrir, embora ela estivesse piscando rápido, daquele jeito dela, toda tensa.

— Esse argumento é a sua cara.

Fomos até o balcão fazer o pedido.

— Isso quer dizer que você está gostando? — perguntou Bailey.

— Nossa, não — repliquei, olhando o cardápio, e meu estômago roncou. — É um show de horrores. Mas meu carro precisa de gasolina, então infelizmente vou usar um traje de aviador mesmo não gostando.

— É a única coisa que não me incomoda — disse ela, animada. — Meio que gostei do corte do macacão.

Isso fez com que eu olhasse para o corpo dela, o que foi um erro, porque a última coisa que eu queria era que ela achasse que eu estava a fim dela. Tratei de voltar a olhar para seu rosto e fiquei aliviado ao ver que Bailey estava olhando para o cardápio, e não para mim.

Ufa, desviei da armadilha.

Mas, olhando suas bochechas rosadas, fiquei um pouco surpreso ao ver o quanto ela era bonita. Quer dizer, eu sabia que ela era atraente desde que nos conhecemos. Mas tinha alguma coisa nas sardas em seu nariz e no jeito como ela piscava, como se estivesse sempre pensando nas coisas, que eu achava… interessante.

— O que você vai pedir? — perguntou ela, colocando o cabelo atrás das orelhas. — Acho que vou pedir só batata frita mesmo.

Dei de ombros e pigarreei.

— Vou pedir só uns hambúrgueres e duas batatas. Talvez anéis de cebola e um cachorro-quente. Com licença, Oclinhos, vou mostrar como se faz.

— Vai ser uma cena e tanto — disse ela, impassível.

E, ao contornar Bailey para fazer meu pedido, me dei conta de que aquela era a primeira vez em semanas que eu respirava aliviado. Ela tinha umas vinte coisas que me irritavam, tudo em uma só pessoa, mas eu me sentia estranhamente relaxado perto dela. Talvez fosse o brilho que ela sempre tinha no olhar, como se estivesse esperando que alguma coisa mágica acontecesse. Todo aquele otimismo fazia com que *eu* fosse mais otimista também, o que era perigoso, mas um tanto inebriante.

Pegamos nossa comida e escolhemos uma mesa, e enquanto ela tagarelava para preencher o silêncio, espremendo três sachês de ketchup até a última gota, como uma doida, eu me dei conta de que não queria que ela se sentisse assim. Como se não soubesse ao certo como agir perto de mim. Como se estivesse esperando que eu agisse como um babaca.

Eu não era *sempre* um babaca, poxa.

— E aí, foi muito ruim? — perguntei, desembrulhando um dos hambúrgueres e estendendo o braço para pegar um dos quinze sachês de ketchup que ela tinha levado até a mesa. — Me conte sobre o divórcio.

Ela parou de espremer o sachê e franziu o cenho.

— Por que eu falaria sobre isso com *você*?

— Porque eu sei quanto é horrível e entendo — respondi, esguichando o ketchup na embalagem e passando o hambúrguer no molho.

Dava para ver que ela não confiava em mim — tudo bem, a gente mal se conhecia, então fazia sentido —, mas nunca vou esquecer o jeito como ela me olhou no avião quando mencionei a palavra divórcio.

Por uma fração de segundo, aquela postura irritadiça se esvaiu totalmente.

A ruga entre as sobrancelhas, a dificuldade para engolir, o jeito como ela respirou fundo — parecia que eu tinha dado um soco em seu estômago.

Ela se recuperou, mas aquela expressão passou a me assombrar.

Tanto que eu estava ali, tentando saber se ela estava bem.

Isso é bem estranho.

— Somos como soldados, comparando cicatrizes e histórias de batalhas. As pessoas que não passaram por isso não entendem, mas nós entendemos — declarei.

Ela fez um barulhinho, como se não necessariamente concordasse, mas suas sobrancelhas voltaram ao normal.

— Essa analogia é péssima.

— Concordo — falei, dando uma mordida no hambúrguer.

— Mas sofrer junto faz bem, e eu tenho muito sofrimento para compartilhar. Então me conte tudo.

CAPÍTULO NOVE

Bailey

— O que acho estranho é que todo mundo parece tirar de letra, menos eu — revelei, colocando o cotovelo na mesa e apoiando o queixo na mão enquanto Charlie terminava de comer seu terceiro cheeseburger. — Parece que sou a única, tirando as crianças pequenas, que não consegue aceitar o divórcio dos pais.

Essa era a grande verdade. Fala sério, eu tinha dezessete anos e ia terminar o ensino médio no ano seguinte. Seria uma adulta. Então por que ainda sentia uma tristeza tão esmagadora quando meu pai não ia aos eventos da escola? Quando o clube de arte fez uma apresentação e nossas criações foram exibidas em uma galeria de verdade, eu passei o tempo todo procurando por ele, como se ele fosse pegar um avião no Alasca para me fazer uma surpresa. Spoiler: ele não fez isso.

E por quê, quando o namorado da minha mãe ia lá em casa e se esparramava no sofá para ver TV só de meia, como se fosse da família, eu me fechava no quarto com uma saudade de casa tão avassaladora que chegava sentir falta de ar?

Charlie balançou a cabeça e deu um gole no refrigerante.

— Pelo menos parece estar guardando tudo para você, como o exemplo de pessoa certinha e retraída que você é.

— Para começo de conversa — falei, surpresa por estar não apenas compartilhando minha história com ele, mas *gostando* daquela interação —, eu não sou retraída.

Ele foi a segunda pessoa a me chamar de retraída no espaço de meia hora; *isso*, sim, doeu.

— Além disso — continuei —, como *você* saberia se eu sou certinha ou não?

Ele me lançou aquele olhar sabichão irritante e enfiou umas batatas no hambúrguer.

— Dá pra ver que você é certinha. E não tem problema, isso contribui para a paz. Eu explodo o tempo todo, então não só acho tudo uma droga, como minha mãe, o namorado babaca dela e minha irmã estão sempre irritados.

— Como? — perguntei, curiosa. — Como você explode?

Ele pegou o pedaço de picles no canto do prato e o enfiou no hambúrguer.

— Eu só sou sincero. Quando vejo Clark no corredor tarde da noite, eu falo: "Cara, por que você não vai pra sua casa, em vez de viver na nossa aba?" E, quando meu pai desmarca com a gente porque o filho da namorada tem um jogo de futebol, eu falo para ele que ele é um péssimo pai por escolher o filho dela e não a mim.

— Caramba — falei, me ajeitando na cadeira e olhando para ele, abismada.

Não conseguia nem imaginar esse tipo de interação conflituosa — nossa, fiquei ansiosa só de pensar —, mas respeitava a capacidade de Charlie de não ligar para os sentimentos dos outros.

Quer dizer, eu podia até sonhar em expressar esse tipo de sinceridade, mas, no fim das contas, não conseguia deixar as pessoas infelizes. Queria que minha mãe e meu pai — quando ele lembrava que eu existia — fossem felizes e queria *ser* a pessoa que os deixava felizes.

Criar esse tipo de confusão podia até parecer uma boa ideia por uns cinco segundos, mas eu me conhecia o suficiente para saber que a culpa que viria depois seria insuportável.

— Não acredito que você diz essas coisas.

— A recepção não é boa — respondeu ele, mordendo o hambúrguer agora super-recheado e olhou para as duas garotas atrás de mim. — Mas é a verdade.

— Não acredito que vou dizer isso, mas você meio que é meu herói.

Eu me recostei na cadeira e cruzei os braços, analisando-o. Conseguia imaginar Charlie dizendo aquelas coisas, e por alguma razão fiquei triste por ele, embora eu respeitasse sua coragem.

Ele deu um sorrisinho sarcástico, limpando as mãos no guardanapo.

— Isso porque você nem gosta de mim.

— Pois é — respondi, balançando a cabeça sem conseguir conter um sorriso, porque aqueles sorrisinhos travessos dele eram contagiantes. — Mas isso é revolucionário. Posso viver indiretamente por meio de você?

— Por que viver indiretamente? Incendeie algumas cidades você também com a sua raiva — incentivou ele, dando outra mordida no hambúrguer.

— É, hum... melhor não.

Dei um gole no milk-shake, desejando ter coragem para ser honesta. Eu queria ser sincera, de verdade, mas sem dúvida continuaria evitando conflitos.

— Acho que isso não ajuda em nada — falei, mexendo no canudo.

Ele largou o que restava do hambúrguer no prato, como se estivesse satisfeito.

— Mas vai fazer você se sentir melhor.

— Será? — perguntei, pensando no jeito de Charlie todas as vezes que nos encontramos. — Não vejo você pulando de alegria com a liberdade que suas palavras lhe deram.

— Talvez eu esteja pulando de alegria *por dentro* — rebateu ele, em tom de brincadeira, limpando as mãos e jogando o guardanapo no prato.

— É mesmo? — indaguei, mergulhando a batata frita no montinho de ketchup.

— As garotas gostam da minha rebeldia — respondeu ele, estendendo o braço e roubando uma batata, tirando a minha do caminho para mergulhar a dele no ketchup primeiro. Era curioso, mas algo na maneira como ele agia, como se fôssemos amigos íntimos, me deixava querendo saber mais sobre ele. — Não quero estragar isso com felicidade.

Dei uma bufada nada educada.

— Acho que não é tão atraente quanto você pensa.

— Ah, fala sério — retrucou ele, os olhos brilhando, como se quisesse sorrir enquanto mastigava. — Quando a gente se conheceu, você com aqueles olhões de coruja e de aparelho, não ficou caidinha pelo meu charme?

Balancei a cabeça, lembrando quanto ele tinha me deixado irritada.

— De jeito nenhum.

— Sério?

Ele franziu o cenho e me olhou como se eu tivesse acabado de confessar ser uma alienígena, o que me deu vontade de rir, porque como ele não tinha percebido naquele dia que foi um babaca?

— Por que não acredita em mim? — perguntei.

— Porque eu sou muito charmoso — respondeu ele, embora o sorrisinho dissesse que ele estava brincando.

— Ah, é mesmo? — falei, soltando o ar e rindo. — Acho que não percebi.

Charlie deixou escapar uma risadinha, e por um instante a sensação foi ótima. Naquele momento breve e fugaz, a interação com ele foi *agradável*. Então, ele disse:

— Espera... Eu não estou dando em cima de você, tá?

— Ai, minha nossa... Que nojo!

Balancei a cabeça, sentindo a irritação voltar. Por que ele sentia a necessidade de dizer aquele tipo de coisa? *O Sr. Nada não mudou nada mesmo.*

— Eu *sei* que você não está dando em cima de mim — disse, enfática.

— Beleza, ótimo — respondeu ele, empurrando o prato para o meio da mesa. — E que nojo mesmo.

Não conseguia acreditar na audácia dele; não só no comentário *nojento*, mas na coisa toda de anunciar que ele não estava dando em cima de mim.

— Por que dizer uma coisa tão...

— Sei lá — replicou ele, erguendo uma das mãos para me interromper, e logo depois a outra também. — Sei que duas pessoas nunca sentiram tanto desinteresse uma pela outra quanto a gente, mas queria ter certeza.

— Ah, mas você pode ter certeza — respondi, me lembrando do aeroporto de Fairbanks. — Sério, quando a gente se conheceu, eu fiquei abismada com quão irritante você era. Tipo, até aquele dia, acho que eu não sabia que uma pessoa podia ser tão insuportável!

— Eu também — concordou ele, assentindo.

— *Oi?* — perguntei, semicerrando os olhos. Eu não fui nada insuportável naquele dia. Na verdade, fui quietinha até demais.

— Eu não fui irritante.

Ele brincou com o canudo e falou, fazendo uma careta:

— Você não me deixou furar a fila por casa das regras. Irritante demais.

Estava prestes a explicar para Charlie que não havia nada de irritante em seguir regras sociais, mas Nekesa nos interrompeu, surgindo ao lado da nossa mesa com Theo.

— Ei! Adivinha? O sr. Cleveland sentou com a gente no almoço e, quando Theo contou que vai se formar em contabilidade ano que vem, o bom e velho sr. Cleves transferiu Theo para os Protoestrelas. Então agora ele também está na nossa equipe.

Olhei para os dois e fiquei um pouco irritada com a notícia. Theo parecia ser legal, mas Nekesa e eu fomos atrás daquele emprego juntas — como um time —, e a presença dele estava estragando o clima.

— Uau — disse Charlie, se recostando na cadeira e se espreguiçando. — Então você foi promovido? Eu fui rebaixado para os Protoestrelas só porque falei que glitter era o cartão de visita do demônio.

Nekesa soltou uma risada.

— Você disse isso?

— Te admiro por isso — declarou Theo, dando um sorrisinho para Charlie. — Tinha uma seção no manual dos Gigantes Vermelhas sobre a alegria infinita das bombas de glitter. Não acredito que você disse isso em voz alta.

— Ouça o que você acabou de falar e me diga se eu estou errado. — Charlie cruzou os braços. — "Alegria infinita das bombas de glitter". Fala sério!

Charlie e Theo começaram a conversar, e eu olhei para Nekesa.

— Tem certeza de que a gente não devia desistir e arranjar um emprego normal?

— Normal é chato — respondeu Nekesa.

Eu me distraí por um instante com os garotos. Eles estavam conversando daquele jeito baixinho e com um sorrisinho idiota no rosto de quando os caras estão falando sobre seios, e revirei os olhos.

Eu tinha *certeza* de que não aprovaria a conversa deles.

Nekesa estendeu o braço e pegou meu copo.

— Posso dar um gole?

Charlie parou de falar com Theo e virou para Nekesa, dizendo:

— Só se você gostar de milk-shake de baunilha com cacau maltado, mas só *meia* colher de malte e duas esguichadas de calda de chocolate, e não três. E só metade do chantili. Sem cereja.

Não tinha me dado conta de que Charlie me ouviu pedindo *tudo isso*, que dirá que, além de ouvir, ele se lembrava de cada detalhe. Parte de mim ficou impressionada com a memória impecável dele, mas uma parte ainda maior ficou surpresa com a intimidade com que ele agia comigo.

Porque a gente nem se conhecia, certo?

Então por que meio que parecia que que sim?

— É a cara da minha amiga — comentou Nekesa, erguendo o copo e dando um gole. — Ah, mas é tão bom! Dá tempo de eu pedir um?

— Não — falei.

E, ao mesmo tempo, os garotos responderam:

— Dá.

Nekesa me deu a língua, e eu olhei para o relógio.

— Bem, seja rápida. Não quero me atrasar.

— Ela, sim, é uma Protoestrela — provocou Theo.

Não consegui acreditar que ele era tão confiante a ponto de tirar sarro de *mim*, sendo que a gente tinha acabado de se conhecer.

— Olha só quem fala — provocou Nekesa —, Sr. Escola Particular.

— Você disse isso mesmo? — disse Theo, abrindo um sorrisinho galanteador. — Srta. Escola Pública.

— Acho que sim — respondeu ela, sorrindo.

— Pelo jeito alguém está mais ousada desde a última vez que nos vimos — falou Theo.

Fiquei observando ele inclinar a cabeça e olhar por um bom tempo para Nekesa.

— Não sei se fico com medo ou se gosto disso.

— Ah, você tá com medo — replicou Nekesa, olhando para ele antes de seguir até o balcão para fazer o pedido.

— Acho que as duas coisas são verdade. — Theo riu e foi atrás dela. — Estou com medo e gostando ao mesmo tempo.

Assim que eles se afastaram o bastante para não ouvir, Charlie murmurou:

— Esses dois *com certeza* vão se pegar.

— Você está *muito* enganado. — Ainda que o tom entre eles fosse um pouco de flerte, não queria dizer que ela ia trair o namorado. — Ela tem namorado.

Ele olhou bem nos meus olhos e perguntou:

— E daí?

— E daí que ela é superfeliz com Aaron, só isso — falei. Era a cara do Charlie imaginar o pior. — Theo é só um amigo de longa data.

— Um amigo de longa data que olha pra ela *daquele* jeito.

Segui seu olhar até o balcão, onde Nekesa ria alto de alguma coisa. E, tudo bem, Theo estava encarando ela.

Encarando *muito*, na verdade.

Ele olhava para Nekesa como se ela tivesse acabado de contar a coisa mais chocante e maravilhosa que ele já tinha ouvido na vida. Pelo amor de Deus, seus olhos estavam praticamente brilhando. Ainda assim, o que eu disse foi:

— Ele está olhando pra ela como se a achasse engraçada.

— Acredite em mim, se eles começarem a trabalhar juntos, vão se pegar em menos de um mês.

— Você é nojento — declarei, nem um pouco surpresa com aquela conclusão prática.

Era exatamente o que o Charlie do avião teria dito, e o do cinema também. Ele podia ter mudado em alguns aspectos, mas a tendência de presumir o pior continuava intacta.

— Mas é verdade. Mesmo que ela esteja feliz com Aaron, o Grande, aqueles dois estão se divertindo demais para quem não vai acabar se envolvendo.

— Então quer dizer que você ainda acredita naquela teoria idiota sobre amizade entre homens e mulheres? — perguntei, sem saber ao certo por que a frase saiu como uma pergunta se a opinião dele era tão óbvia.

— Não é uma teoria, Oclinhos... é um fato — explicou, esticando as pernas compridas debaixo da mesa. — E, aliás, colegas de trabalho são os piores, porque só percebem que estão virando "amigos" quando a "amizade" vira atração, o que acaba virando pegação.

— Essa teoria é péssima — protestei, olhando por cima do ombro dele e vendo Theo e Nekesa rindo juntos na fila. *Ele está errado, né?* — Eu garanto, não importa quanto tempo eles trabalhem juntos, não vai passar de amizade.

— Quer apostar? — indagou, os olhos brilhando de empolgação, embora seus lábios continuassem com aquele sorrisinho sarcástico que era sua marca registrada.

— Em quê?

— Cadê seu celular? — perguntou ele, já estendendo o braço.

— *Quê?* — questionei de novo, mas, por algum motivo, tirei o aparelho do bolso e o entreguei para ele. — O que você está fazendo?

— Salvando meu número para que a gente possa combinar os detalhes da aposta depois — respondeu ele, olhando para o balcão. — Shh, eles estão voltando.

Ele terminou de digitar o número e largou meu aparelho em cima da mesa.

Fiquei olhando para o aparelho como se fosse um revólver carregado, porque... *o que foi que aconteceu?* De repente eu tinha o número do Sr. Nada — *definitivamente aquilo não era o que eu esperava do meu primeiro dia no emprego novo* —, e ele queria fazer uma aposta sobre a fidelidade da minha amiga. Fiquei até meio tonta de tantos pensamentos que passaram pela minha cabeça.

— Vamos? — perguntou Nekesa, olhando para mim de um jeito estranho, e na hora eu soube que ela tinha visto Charlie mexendo no meu celular.

Peguei o aparelho, com a sensação de que tinha acabado de ser pega no flagra fazendo algo errado.

— Sim, vamos — falei, e me levantei tão rápido que derrubei a cadeira, que bateu no chão com um estrondo.

Quis sumir quando todos ao redor olharam para mim.

Droga.

Ao me abaixar para erguer a cadeira, me dei conta de que aquele trabalho muito provavelmente não seria a *diversãozinha boba* que Nekesa tinha imaginado.

CAPÍTULO DEZ

Bailey

— Mãe?

Entrei no apartamento e fechei a porta. Minha mãe não tinha planos de sair naquela noite, então o silêncio significava que ela provavelmente já estivesse dormindo.

O que era uma pena, porque eu estava animada para a noite do cinema, mas também um alívio, porque, se ela estava na cama, Scott com certeza já tinha ido embora e eu teria a casa só para mim.

Fofinho, nosso gato, veio e se esfregou nas minhas pernas, então deitou de barriga para cima e ficou rolando de um lado para o outro.

— Oi, Fofinho.

Tirei os sapatos e acariciei sua barriga peluda com o pé, só que ele se assustou com alguma coisa e correu pelo corredor.

— Doido.

Fui até a cozinha, abri a geladeira e peguei uma lata de refrigerante normal e uma de refrigerante sem açúcar. Estava bem desperta depois do dia estranho de treinamento e do passeio até que divertido com Nekesa e Aaron na livraria, então não via a hora de me esticar no sofá e ficar de bobeira maratonando *The Bonk*. Peguei um copo no armário e um pacote de Doritos.

Estava quase saindo da cozinha quando ouvi:

— Bay, é você?

Cerrei os dentes, parei e larguei a comida no balcão como se ela estivesse queimando minhas mãos. As latas tombaram e caíram dentro da pia.

— Sim.

— Pode vir aqui, por favor?

Respirei pelo nariz e fui em direção à sala. Minha vontade era de gritar ao ver Scott estirado no sofá com a TV no mudo iluminando o cômodo. Ele estava deitado de lado, vendo futebol com aquela meia branca grossa e idiota.

Por que ele não põe um chinelo?

— Cadê minha mãe?

— Foi dormir.

Então por que você ainda está aqui? Ele deu um sorrisinho sonolento, como se estivesse cochilando antes de eu chegar, e ver quão à vontade ele se sentia na nossa casa me fez cerrar os punhos com tanta força que tive certeza de que as palmas das minhas mãos estariam marcadas quando eu conseguisse fugir para o quarto.

— Sua mãe disse que você ia chegar antes das onze.

Hesitei por um instante e senti meu rosto esquentar.

— Ah, é? — perguntei.

Ele olhou para o relógio.

— Já passou das onze, Bay.

Bailey. Meu nome é Bailey, caramba. Coloquei o cabelo atrás das orelhas.

— A gente, hum... se empolgou um pouco na livraria.

— Relaxa, não vou contar para sua mãe — garantiu ele, com um sorriso que acho que era para ser caloroso e maduro. — Mas talvez você devesse se distrair menos da próxima vez para que ela não fique preocupada, não acha?

Meu rosto estava queimando, e tudo que consegui responder foi:

— É. Aham. Vou deitar.

Mas, por dentro, eu estava com muita raiva. Aquele homem estava me dando sermão por causa da minha mãe? *Scott* estava agindo como se ela fosse sua principal preocupação, como se fosse responsabilidade *dele* garantir que minha mãe estivesse feliz?

Cerrei os dentes e já tinha dado um passo quando ele perguntou:

— Vocês se divertiram?

Parei.

— Oi?

De novo aquele sorriso paternal.

— Vocês se divertiram fazendo compras? — indagou.

Retribuí o sorriso, fantasiando poder chutá-lo do sofá. Com um ferrão de manejar gado.

— Aham — respondi.

— Que bom — disse ele, se acomodando nas almofadas. — Boa noite, Bay.

MEU NOME É BAILEY, SEU BABACA SEM CHINELO! Minha vontade era de rugir como uma besta sanguinária do inferno, porque só meus amigos e minha mãe podiam me chamar de Bay.

Mas tudo que eu disse foi:

— Boa noite.

Assim que fechei a porta do quarto, tensionei a mandíbula e joguei a cabeça para trás com um grito silencioso. Era tão injusto. Nossa casa não era para ser o lugar onde a gente se sente à vontade? Tipo, relaxado e confortável? Eu sentia um aperto no peito de tanta saudade sempre que pensava na casa de Fairbanks. Não pela casa em si, mas porque parecia que já fazia uma eternidade que eu não vivia mais no aconchego de saber que os únicos habitantes da casa eram pessoas da minha família.

Nada de namorados, nem colegas de trabalho que berram "uhuul!" quando fazem a noite das garotas no nosso apartamento. Eu tinha tanta saudade de quando nossa casa era o meu verdadeiro lar que raramente me permitia pensar na vida antes do divórcio.

Doía demais.

Liguei minha TV do quarto, mas a presença de Scott já tinha estragado a maratona de *The Bonk*. Estava muito agitada para me concentrar num reality qualquer a ponto de não pensar em nada. Joguei o celular na cama e coloquei o pijama — uma camiseta desbotada do meu pai que batia no meu joelho — enquanto tinha um ataque silencioso de fúria.

A sensação era a de que eu ia explodir.

Meu celular vibrou, e não reconheci o número que apareceu na tela. Quando abri a mensagem, era de Charlie.

Charlie: E aí, Oclinhos?

Embora ele tivesse dito que ia mandar mensagem, não acreditei. Fiquei olhando para o celular na minha mão como se nunca tivesse visto um, me perguntando o que fazer. *Será que respondo e converso com ele? Será que ignoro e finjo que nunca aconteceu?* Eu estava com *muita* raiva de Scott para usar a razão. Mas, ao me jogar na cama, pensei no que Charlie tinha dito sobre como ele agia com o namorado da mãe. Será que ele explodia sempre que tinha vontade mesmo? Jamais conseguiria fazer isso, mas só de imaginar a cena já era sublime. Chamar Scott de cara de pau e mandar que ele colocasse um sapato naquele pé desagradável? Era um devaneio eufórico.

Em vez de responder um cumprimento qualquer, já fui logo desabafando.

Eu: O namorado da minha mãe acabou de chamar minha atenção por chegar tarde. Ela está dormindo, tipo, já foi para o quarto, mas ele ainda está aqui vendo TV. Será que existe um jeito de cometer um assassinato e não ser pega?

Ele começou a responder na mesma hora, e de repente...

Charlie: Pergunte por que ele ainda está aí e dê um jeito de usar a palavra "fracassado". Diga que ele tem que ir embora.

Eu não conseguia acreditar que estava sorrindo. A simples ideia de ter aquela conversa com ele era muito divertida.

Eu: Não posso fazer isso.

Ele começou a digitar várias vezes, mas de repente parou.

Na mesma hora que meu celular tocou.

Era Charlie.

Quase que por instinto, deixei o celular escorregar da minha mão.

Por que ele está me ligando?

Meu coração acelerou quando peguei o aparelho de volta, mais uma vez sem saber ao certo como agir. Conversar com Charlie por ligação, em vez de só trocar mensagens, era um grande avanço na nossa amizade e, por algum motivo, parecia imprudente.

Mas, por razões que não tive tempo de explorar, atendi.

— Alô? — falei, hesitante a respeito daquela nova forma de comunicação.

— Não arrega. Faça logo o que tem que ser feito.

Levantei só o suficiente para chutar as almofadas da cama e voltei a deitar.

— Eu não gosto de brigar.

— Você gosta de se esconder no quarto? — perguntou ele, sua voz soando mais grave ao telefone.

— Não.

— E, aliás, você não pode simplesmente abrir mão do seu território — disse ele. Dava para ouvir uma música tocando no fundo, e me perguntei o que ele estava ouvindo. — Assim que ele conquistar a sala, vai continuar avançando e ganhando terreno. Antes que você perceba, você vai estar morando num território onde ele é o rei. Não ceda.

Virei de barriga para cima, espantada com o fato de o cérebro de alguém funcionar daquela maneira. Amem ou odeiem, mas Charlie era definitivamente autêntico.

— Ele não está *ganhando terreno*, seu doido. Não é uma guerra.

— É óbvio que é — respondeu ele, e pareceu estar se movimentando. — Eu reagi com força, mas já era tarde demais. Agora o idiota praticamente mora aqui.

— Ahhh… — resmunguei. Havia três manchas que formavam uma flor no teto do meu quarto, e me perguntei o que tinha causado aquilo. — Que pesadelo.

— Não é?

Ouvi Charlie morder algo crocante.

— Então ele passa o tempo todo *aí*? — perguntei.

— Cada minuto.

— Ele age como se fosse da família?

— Como assim?

— Ah, ele é divide o aluguel com sua mãe e mora na sua casa e meio que é isso, ou ele só faz companhia quando vocês saem para comer?

Ele pareceu estar sorrindo ao dizer:

— Sua criança doce e ingênua, esperando uma versão fictícia do melhor que poderia acontecer. A resposta à sua pergunta é que Clark está sempre presente. Ele come com a gente, vê TV com a gente, anda de carro com a gente, manda mensagem pra gente e compartilha todas as suas opiniões ridículas com a gente. Semana passada, por exemplo, ele foi à reunião da escola com a minha mãe, perguntou ao meu professor de matemática se eu podia voltar às aulas antes para ganhar pontos extras, depois voltou para casa e, como quem não quer nada, disse que eu não estava me dedicando aos estudos.

— *Não* — falei, horrorizada. Era muito invasivo.

— Acredite em mim, gostaria que fosse mentira.

— É a pior coisa que já ouvi — comentei, olhando para aquelas manchas feias no teto.

— É por isso que você não pode ceder.

— Você tem razão.

— Mas, Bailey — disse ele, me repreendendo com um tom afetuoso —, você não vai nem sair do quarto, vai?

Balancei a cabeça.

— Não.

— Só vai esperar que o melhor aconteça? — perguntou ele, parecendo decepcionado comigo.

— Isso mesmo.

— Bem, tenho uma novidade para você, Oclinhos: o melhor nunca acontece.

— Então... — Virei de lado e me dei conta de que não queria desligar. Pelo jeito, lidar com pensamentos deprimentes que envolviam Scott e certo grau de insônia me levava a um nível de desespero tão grande que eu poderia encontrar consolo em Charlie. — Você continua otimista como sempre. Como um lindo raio de sol.

— Isso mesmo — disse ele, soando incrivelmente sério.

— Bem, quero acreditar que minha mãe vai acabar cansando do Scott e parar de namorar por um tempo.

Eu estava contando com isso.

Ele deixou escapar um barulhinho de discordância, como uma bufada, ou uma expiração pesada.

— É, isso vai acontecer, sim — disse ele.

— Se não acontecer, volto ao plano do assassinato.

— Esperta. Acho que você seria uma assassina e tanto.

— *Por que* você acha isso? — indaguei, pegando o controle remoto de cima da mesinha de cabeceira e zapeando os canais.

— Acabei de dizer que odeio brigar.

— Por causa daquela coisa do refrigerante meio a meio. Você é meticulosa, sabe? Provavelmente esquartejaria alguém em cima de uma lona e embrulharia cada parte individualmente em saquinhos e em jornais. Com luvas de borracha. Não deixaria cair nem uma gotinha de sangue.

— Nossa — falei, sorrindo mesmo não querendo. — Isso é bem sombrio, até para você.

— A assassina aqui é você — retrucou ele.

Fui passando pelos canais até, por fim, encontrar uma reprise de *Psych — Agentes Especiais*.

— Isso é você quem está falando.

— Olha, sobre a aposta... — começou ele.

— É, acho que não é uma boa ideia — interrompi, me sentindo culpada só de falar sobre aquilo.

— Não, é uma ideia *incrível* — retrucou ele, todo comprometido e animado com a aposta. — Pensei o seguinte: como todos nós vamos trabalhar na recepção, vai ser moleza ver o casalzinho em ação. Minha sugestão é: trinta dias ou beijo, o que acontecer primeiro.

Entrei embaixo das cobertas.

— Não. Não estou nem um pouco a fim de apostar com você sobre minha melhor amiga.

— E se eu dissesse que não é só pela amizade de vocês que você não quer apostar? — perguntou ele.

Soltei um suspiro.

— Então *você* vai me dizer agora por que *eu* não quero apostar.

— Exatamente.

A confiança de Charlie nas próprias opiniões era realmente notável.

— Você não quer apostar porque Nekesa é sua amiga e você quer confiar na lealdade dela. Mas, no fundo, você também sabe a verdade sobre o amor. Você tenta negar, como uma criancinha repetindo para si mesma que *não viu* os pais colocando os presentes que deviam ser do Papai Noel embaixo da árvore de Natal, mas está tudo ali, bem no fundo da sua psique.

— Você não sabe nada sobre minha psique — rebati, virando e me aconchegando ainda mais embaixo das cobertas. — Nem todo mundo é como você.

— Você viu os dois — continuou ele, me ignorando —, e sabe que, por mais que goste do namorado, Nekesa tem química com aquele babaca de escola chique. O amor é uma variável, e todo mundo, até Nekesa, pode ser infiel quando existe química.

— Errado — resmunguei. — E você é o demônio em pessoa.

— Vou interpretar esse insulto descabido como um "concordo, Charlie".

E, antes que eu pudesse contestar, ele perguntou, com aquela voz grave:

— E aí, o que você vai me dar quando eu ganhar?

Dessa vez, não tentei esconder o suspiro de irritação.

— Não faço a menor ideia — respondi, tirando os óculos e colocando-os na mesinha de cabeceira. — Tenho sessenta e oito dólares na minha conta e um gato com deficiência visual, então, infelizmente, não vai ser muito. Mas você não vai ganhar, então não estou muito preocupada.

Charlie voltou a mastigar alguma coisa.

— Que tal: quando acontecer o que eu acredito que vai acontecer, você vai ter que ficar disponível para o que eu precisar durante uma semana. Se eu precisar de uma carona, você vai ter que vir correndo até a minha casa assim que eu chamar. Se eu quiser uma barra de chocolate e uma caixa de camisinha GGGG, você vai lá comprar com um sorriso no rosto. O que acha?

— Para começo de conversa, você é nojento e… *vai sonhando* — falei, rindo contra minha vontade, porque ele não estava sendo pessimista, mas engraçado, do jeitinho dele. — Mas tudo bem porque ISSO. NUNCA. VAI. ACONTECER. Você é quem vai limpar a caixa de areia do Fofinho todo dia. E vai fazer isso com um sorriso no rosto.

— Três coisas — disse Charlie. — Primeira, perder não me preocupa. Segunda, que nome de gato mais *idiota*. E terceira... Ele fez uma pausa.

— Qual é a terceira coisa? — perguntei.

— A terceira coisa é que é *claro* que você tem um gato. Nunca conheci ninguém que fosse mais "futura senhorinha dos gatos" que você.

Apaguei o abajur e fechei os olhos.

— Tenho certeza de que quis me insultar, mas para mim foi um elogio porque gatos são incríveis. Obrigada, Charlie. Agora vou dormir. Boa noite.

— Gatos são terríveis — disse ele, bufando. — E boa noite para você também, Oclinhos.

Por mais cansada que eu estivesse, demorei um tempão para dormir depois que desligamos. Havia um pouco de verdade na percepção de Charlie sobre o amor.

Pensando racionalmente, eu sabia que aquilo era besteira.

Mas seu exemplo sobre química foi o que aconteceu com meus pais. Não houve traição, mas ao conviverem com pessoas com as quais tinham química, eles perceberam que não havia mais nenhuma no relacionamento deles.

Foi o que aconteceu com Zack também, embora nesse caso o papel da cerveja tenha sido tão importante quanto o da química.

Eu sabia que Charlie estava errado, mas suas palavras deram voz a uma partezinha de mim que questionava tudo.

E essa voz não precisava de nenhum incentivo.

CAPÍTULO ONZE

Bailey

Na manhã seguinte, entrei na cozinha morrendo de fome, sonolenta e completamente arrependida da decisão de ignorar o despertador nas três primeiras vezes que ele tocou. Precisava estar no Planeta Diversããão em meia hora para o segundo dia de treinamento, então ia ter que engolir um bagel e prender o cabelo em um rabo de cavalo. Só daria para me maquiar quando chegasse lá.

— Bom dia, minha única filha — disse minha mãe, sem tirar os olhos do jornal que estava na mesa.

A cozinha cheirava à café, que ela tomava aos litros, e me perguntei se tínhamos leite de amêndoa suficiente para transformá-lo em uma bebida gelada decente.

— Bom dia, matriarca — murmurei, abrindo o armário e pegando o pacote de bagels.

Tirei um do pacote, coloquei na torradeira e estava estendendo o braço para pegar um prato quando O PIOR ACONTECEU.

Scott entrou na cozinha usando uma calça de pijama quadriculada e uma camiseta branca gasta que dava para ver a floresta de pelos no seu peito.

— Olá, bom dia!

— Ai, minha nossa! — exclamei, puxando a camiseta que usava para dormir para baixo (embora ela batesse no meu joelho) e cruzando os braços sobre os seios sem sutiã. — É... eu não sabia...

— É, hum... Tudo bem. — Ele ergueu a mão e abriu o sorriso mais constrangedor do universo, morrendo de vergonha. — Tenho uma filha da sua idade, então... — Ele deu de ombros, parecendo desejar que o chão se abrisse e o engolisse. — Não se preocupe — balbuciou. — Tenho que ir tomar um banho mesmo. Então, se virou e saiu da cozinha.

Acho que fiquei olhando para o lugar onde ele surgiu do nada (e logo desapareceu) de queixo caído, mas não tenho certeza. O tempo parou, e os ruídos se confundiram conforme as consequências de tudo aquilo me atingiam. Ele tinha dormido na nossa casa. Ele tinha dormido... com minha mãe... na nossa casa. Como se morasse lá. Como se pertencesse àquele lugar. O que isso significava?

Acho que não seria a única vez, certo? Meu coração acelerou quando desejei com força que fosse, embora soubesse que aquilo aconteceria de novo. Será que ele estava se mudando aos poucos? Era isso? E minha mãe não devia estar preocupada com o que eu iria achar dessa situação, ou sei lá? Alguém não devia estar me protegendo dessa palhaçada?

E detalhe: e daí que ele tinha uma filha da minha idade? O que isso tinha a ver com o fato de que eu estava sem calça — e sutiã — na frente dele na nossa cozinha? Ele achava mesmo que ter uma filha mais ou menos da minha idade fazia alguma diferença? Como não tinha nenhum grau de parentesco com aquele babaca, eu era obrigada a discordar e dizer que não estava tudo bem para mim — aos dezessete anos — estar com os mamilos e as pernas à mostra na frente de um homem de quarenta e tantos anos.

— Bay, querida...

A voz da minha mãe — suave e com aquela rouquidão característica da manhã — me fez virar a cabeça. Eu, boba, pensei que ela fosse me ajudar. Pedir desculpa, vir ao meu resgate ou pelo menos me consolar naquela situação bastante perturbadora. Havia um sorriso em seu lindo rosto, mas ela estava olhando para o lugar onde Scott tinha estado, não para mim.

— Oi, mãe.

— Por que não vai vestir uma calça para tomarmos o café da manhã juntos? — Ela olhou para o meu rosto e apontou com o queixo em direção ao meu quarto, sussurrando: — Talvez seja melhor você se vestir *antes* de sair do quarto quando outras pessoas estiverem aqui, filha.

— Ai, que nojo — declarou Nekesa, revirando a bolsa no banco do carona enquanto eu dirigia. — ECA! Ele dormiu lá? O que sua mãe disse quando ele simplesmente saiu do quarto de manhã? Ela avisou você?

— Não. — Eu estava meio zonza com todas as perguntas de Nekesa, perguntas essas que eu já tinha feito a mim mesma um milhão de vezes naquela manhã. — Ela agiu como se fosse normal e como se, de alguma forma, eu estivesse errada por fazer exatamente o que faço todo dia.

— Não acredito que Emily não defendeu você.

— Né? — falei, me dando conta de que aquela tinha sido a pior parte. Minha mãe não ter me defendido.

— Qual é o sobrenome dele? — indagou Nekesa, pegando o celular. — Vou pesquisar esse babaca sorrateiro na internet e ver qual é a história dele. Scott de quê?

— Hall. Scott Hall — respondi.

Nekesa estava agindo feito doida, mas era bom ter alguém do meu lado. Às vezes, ela exagerava um pouco, mas eu sabia que apunhalaria a cara de alguém com um picador de gelo (palavras dela) por mim.

Diminuí a velocidade e virei à direita. Estava indo rápido demais, mas estava determinada a não me atrasar para o trabalho.

— Achei.

Olhei para ela, que estava rolando a tela.

— Ele tem Facebook. A foto do perfil é uma daquelas fotos de pai, normal — comentou ela.

Ela desceu um pouco mais a tela.

— Nenhum discurso político estranho, nenhuma publicação machista, nada pervertido até agora. Parece que ele tem uma filh…

— Da nossa idade, lembra? — falei, ainda fervendo de raiva por dentro por causa do encontro constrangedor.

— Ai, minha nossa.

— O que foi?

— Espera — pediu Nekesa, aproximando o celular do rosto.
— Espera aí.

— *O quê?*

Olhei para ela, morrendo de curiosidade.

— Não pode ser! — exclamou ela, e tirou os olhos da tela, chocada.

Eu estava assustada e esperançosa ao mesmo tempo. Será que ela tinha descoberto antecedentes criminais? Alguma coisa — qualquer coisa — que faria minha mãe dar um pé na bunda dele pra ontem?

— Pode, por favor, me dizer por que está pirando assim? — perguntei.

Ela balançou a cabeça e parecia genuinamente nervosa.

— Acho que não consigo nem dizer.

Fiquei feliz ao ver o sinal vermelho no cruzamento à frente porque, assim, pude pisar no freio.

— Pelo amor de Deus, o que foi?

— Tá, mas me promete que não vai surtar — falou ela, respirando fundo e estendendo a mão para me acalmar. — A filha dele... é a Kristy Hall.

— Não, não, é um sobrenome comum — repliquei, tentando me controlar, embora um nó enorme tivesse se formado na minha garganta. — Ele mora do outro lado da cidade, bem longe do nosso distrito. O nome é só coincidência.

— Bailey, não é.

Foi minha vez de ficar chocada olhando fixamente para Nekesa, sem acreditar. Não podia ser real.

— Se você estiver mentindo para mim...

— Não estou mentindo, amiga... Olha só — respondeu ela, estendendo o celular, e ali estava uma foto linda de Scott e Kristy Hall.

Juntos.

Kristy Hall... Por acaso o universo estava tirando uma com a minha cara?

Kristy era da nossa escola; ela era bonita, superpopular e me *odiava*. O que era estranho, porque eu era muito na minha e grande parte das pessoas nem sabia que eu existia. A maioria dos meus colegas de classe simplesmente me ignorava, mas, quando Kristy me via, ela não conseguia não mexer comigo.

"O que você está olhando?"

Ela era um pesadelo e a causa da minha ansiedade na escola. Tudo isso por causa de uma noite muito idiota.

Nekesa me arrastara para uma festa do time de futebol. Ela tinha começado a sair com Aaron e estava totalmente apaixonada por ele. Metade das pessoas lá estava caindo de bêbada e, como eu não conhecia ninguém, encontrei um lugarzinho num sofá e fiquei lendo *O conto da aia* no celular — sozinha — enquanto Nekesa e o novo namorado se pegavam em algum lugar no andar de cima.

Eu estava totalmente invisível até Callie Booth — melhor amiga de Kristy — se jogar no chão ao meu lado. Ela estava podre de bêbada, resmungando coisas sem sentido, e de repente apoiou a cabeça na minha panturrilha.

Fingi que não tinha percebido — ainda com a intenção de continuar invisível — até sentir algo molhado em minha pele.

Olhei para baixo, e ficou claro que ela tinha acabado de vomitar.

E estava com a boca encostada na minha perna.

Mexi a perna por puro reflexo. Afastei a perna do vômito e nem pensei que, se eu me mexesse, a testa dela poderia bater na mesa de centro de vidro à sua frente.

Mas pior que o barulhão que fez quando Callie bateu a cabeça e o gemido de dor que ela soltou foi Kristy ter entrado na sala no instante em que tudo aconteceu. Um minuto antes, eu estava ali quietinha, tomando conta da minha vida, e de repente Kristy Hall estava gritando comigo no meio da festa:

— Você chutou a cabeça dela?

Minha pressão subiu e eu senti meu rosto esquentar só de me *lembrar* desse momento, porque foi um verdadeiro pesadelo. Fiquei apavorada. Se Nekesa não tivesse descido bem na hora, tenho quase certeza de que aqueles seres malignos com jaqueta do time de futebol teriam me arranhado até a morte, aos berros.

Meu Deus. A Kristy Hall.

Eu precisava dar um jeito de fazer com que minha mãe terminasse com Scott antes que ouvir Kristy me xingando durante o café da manhã se tornasse uma possibilidade.

A maldita da Kristy Hall.

CAPÍTULO DOZE

Charlie

Assim que entrei no estacionamento, meu celular vibrou. Quase ignoro a notificação por vários motivos. Primeiro, eu sabia que era minha mãe, e estava cansado demais para lidar com ela. Clark ficava o tempo todo no ouvido dela dando conselhos parentais, então virou rotina ela me mandar mensagens sobre como eu poderia ser um filho melhor, um irmão mais atencioso e ser mais produtivo em casa.

Não, obrigado.

Segundo, meu expediente ia começar em dois minutos, então só de responder à mensagem eu já me atrasaria, e não queria que isso acontecesse no meu segundo dia.

Ainda assim, peguei o celular e dei uma olhada na tela.

Becca: Posso te ligar?

— Droga — murmurei, recostando a cabeça no assento e tentando pensar em como responder a essa pergunta enquanto meu coração batia loucamente.

Era idiota, mas só de ver o nome de Becca na tela do celular, meus sinais vitais disparavam.

Seria inteligente dizer que não e perguntar o que ela queria, um jeito de evitar ser sugado de volta para o vórtice Becca, mas eu não era inteligente.

Não, quando se tratava de Becca, eu era o homem mais burro do mundo.

Liguei para ela e fiquei esperando que Becca atendesse, me perguntando sobre o que ela queria falar. Fazia alguns meses que a gente tinha terminado, mas ela ainda me mandava mensagens aleatórias quando "pensava em mim", ou quando alguma coisa fazia com que ela se lembrasse de mim. Então, embora não houvesse mais nada entre nós e — segundo o que andavam dizendo — ela andasse de papo com Kyle Hart, eu me pegava trocando mensagens com ela por horas de tempos em tempos.

— Oi — disse ela, baixinho. Becca não podia fazer nada aos domingos porque seus pais diziam que era o dia da família, então imaginei que ela ainda estivesse na cama. — Eu estava morrendo de vontade de falar com você. Que bom que ligou.

Olhei pelo para-brisa e avistei um grupo de Anãs Vermelhas entrando no prédio.

— É?

— É. — Ela pigarreou. — Não quero que pareça estranho porque não é nada de mais, mas você não contou pra ninguém que a gente ainda conversa de vez em quando, né?

Droga. Passei a mão no cabelo.

— Não.

— Que bom — falou ela, aliviada. — Kyle disse uma coisa ontem que me fez perceber que as pessoas podem entender errado. Sabe, se souberem que a gente ainda se fala por mensagem.

— Entendi — respondi, sem conseguir pensar em mais nada para dizer.

— Ninguém entende que um homem e uma mulher podem ser amigos e nada mais que isso, apenas amigos — explicou ela, parecendo bem feliz ao divagar daquele jeito que sempre achei fofo. — Por que não podemos normalizar amizades entre homens e mulheres?

Porque elas não existem.

— Olha só, Becca, meu expediente começa em um minuto, então preciso ir — soltei, tirando a chave da ignição e me sentindo um idiota.

Eu sabia — *sabia* — que o amor era um caso perdido, mas, por algum motivo, esse conhecimento esvaía toda vez que eu interagia com Becca.

— Ah, tudo bem. Bem, se divirta no trabalho.

— Aham — falei, abrindo a porta.

— E, por favor, não conte para ninguém que...

— *Becca* — disse, com os dentes cerrados, não exatamente chateado, só... cansado. Exausto de ter que lidar com todas aquelas emoções. — Já entendi.

Balancei a cabeça ao desligar, porque era um saco estar certo o tempo inteiro. Bailey achava que eu era cético, mas a verdade era que ela não tinha passado por algo assim. Um dia vai acontecer e ela vai entender, mas eu meio que invejava o fato de ela ainda não ter passado por isso.

Eu meio que queria que ela tivesse essa experiência, que continuasse daquele jeito dela, acreditando no seu conceito de felicidade.

Coloquei uma pastilha de antiácido na boca e andei em direção ao prédio, contando com aquele trabalho idiota para não pensar um pouco na minha vida.

CAPÍTULO TREZE

Bailey

— Bem, já que você não vai matar esse cara, poderia transformar a vida dele num inferno para que ele nunca mais queira voltar para a sua casa.

— Como assim? — perguntei, olhando para Charlie, depois para Nekesa e Theo. Estávamos no primeiro intervalo, sentados a uma mesa no refeitório do Superburacão da Diversão do Planeta Diversããão, e, como Nekesa não tinha papas na língua, os garotos já estavam por dentro da vergonha que passei na minha primeira festa, de quanto eu era odiada pelas garotas populares da nossa escola e da realidade esmagadora que era a probabilidade da minha inimiga se mudar para a minha casa num futuro não tão distante.

— As possibilidades são infinitas — disse Charlie, e sua voz saiu baixa e meio rouca, como se ele estivesse entediado. Ou mal-humorado. Ele deu um golão no energético. — Você pode sentar entre ele e sua mãe no sofá sempre que ele estiver lá. Pode descobrir coisas que ele odeia e fazer *todas* elas, tipo, o tempo todo. Pode também descobrir o que ele gosta de fazer e estragar esses momentos.

— Exemplos, por favor — pedi, intrigada com esse artifício.

Nekesa sorriu de orelha a orelha e disse:

— Ele tem razão! Se descobrir que Scott gosta de futebol e ele for até lá em uma noite de jogo, você pode já estar vendo um documentário sobre, tipo, o Furacão Katrina. E você ainda ganha um bônus se conseguir deixar sua mãe superinteressada para que, quando Scott chegar, ele não tenha escolha a não ser assistir ao documentário deprimente.

— Ah... — falei, aquilo não parecia tão difícil.

Charlie acrescentou:

— Ou, se descobrir que ele é alérgico a cachorro, você pega o meu emprestado por uma hora e a gente deixa ele correr pela casa. O Undertaker solta muito pelo, então a gente pode deixar que ele role pelo sofá inteiro, e aí, quando o namorado da sua mãe deitar para ver TV, ele vai ter um ataque de asma daqueles.

— Não sei o que é mais inacreditável. Quão infantis e malvadas são as ideias estilo *Operação Cupido* de vocês — disse, com um sorriso —, ou o fato de o cachorro *dele* se chamar Undertaker, igual ao lutador famoso.

Charlie sorriu.

— Qual é o problema? Minha irmã mais nova ama luta livre.

Eu me perguntei como Charlie agia com a irmã. Será que ele era carinhoso e protetor, ou meio babaca? Sendo bem sincera, conseguia visualizar ambas as opções.

— Meu tio conseguiu um autógrafo do Undertaker no verão passado — acrescentou Theo, orgulhoso.

Isso fez Nekesa dar uma risadinha e jogar o papel do canudo nele.

— Ah, o Theozinho gosta de luta livre? — perguntou ela, brincando.

— Chega! — respondeu Theo, dando um puxãozinho no cabelo dela. — Já excedeu a cota de "Theozinho" por hoje.

Eles ficaram de sorrisinhos e risadinhas para lá e para cá, o que me fez lançar um olhar para Charlie.

Que também abriu um sorrisinho malicioso e assentiu devagar.

Semicerrei os olhos e balancei a cabeça, como se afirmasse: "Nunca vai acontecer." Embora Nekesa e Theo estivessem, *sim*, flertando, e meu olhar semicerrado perdeu o sentido quando Theo fez cócegas em Nekesa. Ele fez cócegas até ela soltar um gritinho, e Charlie abandonou qualquer sutileza ao se levantar e mexer os lábios dizendo "EU AVISEI", com um sorrisinho de quem sabe tudo.

Ahhhhh. Era tão irritante o jeito como ele sempre achava que tinha razão.

Nós quatro passamos o dia inteiro aprendendo a trabalhar na recepção. A maioria das nossas responsabilidades era cuidar do check-in e do check-out dos hóspedes, e atender ao telefone. Não parecia difícil, mas também não era exatamente divertido. Ao fim do dia, tivemos que nos revezar em um teatrinho. Eu estava mandando muito bem, arrasando como recepcionista, e o instrutor estava impressionado com minhas habilidades. Sabia que aquilo não tinha nenhuma importância, mas eu *gostava* de fazer um bom trabalho.

Sempre que Charlie fingia ser um hóspede e eu estava na recepção, ele fazia sotaques ridículos e vozes terríveis para tentar me fazer rir. Eu conseguia me controlar e manter o profissionalismo, mas quando ele fingiu ser uma francesa com uma voz bem aguda, deixei escapar uma risadinha.

— Srta. Mitchell — disse o instrutor, que não parecia estar se divertindo nem um pouco com as bobeiras de Charlie —, a realidade é que teremos, *sim*, hóspedes incomuns em nosso estabelecimento. A senhorita vai rir toda vez que eles solicitarem um quarto?

Olhei para Charlie; é sério que ele estava chamando a *minha* atenção? Eu não conseguia acreditar; era o segundo dia, e eu já estava na listinha dos bagunceiros. Comprimi os lábios e respirei fundo para me recompor.

— Claro que não. Eu vou... me comportar.

O instrutor assentiu, mas ainda parecia irritado.

Virei para Charlie para olhá-lo com a cara amarrada, mas ele deu uma piscadinha, o que tornou qualquer repreensão impossível. Porque... Ai, não! Por algum motivo, aquela piscadinha me fez sentir alguma *coisa* na barriga. Pigarreei e desviei o olhar.

O que foi isso?

Pigarreei mais uma vez e decidi que era só a fome fazendo meu estômago roncar.

Quando finalmente fomos liberados e nós quatro estávamos indo até os carros, minha mãe mandou uma mensagem.

Mãe: Scott e eu estamos a fim de comer pizza. Você anima?

— Droga — resmunguei, guardando o celular no bolso. O pavor por mais uma situação de intimidade forçada tomava conta de mim. — Ele já está lá em casa.

— Nem deve ter ido embora — disse Charlie.

Nekesa e Theo estavam ocupados demais conversando entre si para perceber que tínhamos falado algo.

— Cale a boca — retruquei, odiando aquela ideia. — Não está ajudando.

— Sério, só faça a vida dele um inferno — sugeriu Charlie, erguendo a mão. — É tão fácil.

Eu queria que fosse. Queria que fosse fácil e queria *muito* que funcionasse.

— Talvez eu precise *mesmo* bolar um plano.

— É claro que você precisa — falou Charlie, animado. — Uma pessoa controladora como você precisa fazer umas anotações.

Quis negar que era controladora, mas sabia que não ia adiantar. A gente só começaria uma discussão de dez minutos que terminaria com ele achando que tinha razão, embora não tivesse.

Não, a questão era se eu queria ou não fazer alguma coisa com relação a Scott. Se eu queria ou não *agir* para tentar tirá-lo de nossas vidas.

Aff, eu já ficava estressada só de pensar nisso tudo.

A ideia de bolar um plano era imatura; por um acaso eu era Lindsay Lohan (e Lindsay Lohan) armando um complô infantil para fazer com que meus pais voltassem, como em *Operação Cupido*? Queria acreditar que eu era melhor que isso.

E se, de alguma forma, meu plano desse certo e Scott fosse embora? *Eu* queria isso, mas e minha mãe? Não gostava nem de imaginá-la chateada, então como estava cogitando ser a causadora dessa tristeza?

Ao pensar nisso, no entanto, me lembrei da noite do cinema que não aconteceu. Era para ser minha mãe e eu, curtindo um momento juntas, como sempre fazíamos desde que ela se separou do meu pai, mas Scott passou a noite com a bunda no nosso sofá e colocou minha mãe para dormir antes mesmo de eu chegar em casa.

E a questão não era a massa crua de brownie — eu não era *tão* egoísta assim.

Na verdade, aquela era uma das únicas coisas que tinha sobrevivido ao divórcio. Nossa família tinha implodido, mas minha mãe e eu comendo massa crua de brownie juntas ainda era um resquício daquela época, um fragmento minúsculo que tinha sobrevivido ao colapso, que me conectava à família que um dia fomos. Eu não tinha problema com o fato de ela namorar — não queria que ficasse sozinha para sempre —, mas Scott era uma ameaça iminente a esses momentos que me eram muito caros.

— Você pode me ajudar? Tipo, de verdade, sem dar uma de espertinho?

Charlie ficou surpreso por um instante, então deu de ombros como se não estivesse nem aí.

— Claro. Eu ia parar para comer alguma coisa no caminho, então, se quiser ir comigo, podemos planejar sua estratégia de irritar-Scott-até-ele-meter-o-pé.

— Minha mãe e Scott vão pedir pizza, é melhor eu...

— Desmarcar com eles e ir comigo. Dã — retrucou ele, me olhando com as sobrancelhas erguidas.

— Como isso vai ajudar? — perguntei, me dando conta de que ele tinha *mesmo* um rosto bonito, apesar daquele jeito de Sr. Nada. *Nossa, eu adoraria passar rímel em cílios tão compridos como esses.* Não era justo ele ter nascido assim.

— Caos, tensão — respondeu ele, estendendo a mão e alisando o cacho do lado direito da minha cabeça que não estava cooperando nem um pouco naquele dia. — Vai ser um balde de água fria nos planos felizes deles.

— Tá. — Dei um tapa em sua mão e peguei o celular para mandar uma mensagem para minha mãe. Assim que abri meus contatos, falei: — Só preciso deixar Nekesa em casa primeiro.

— Theo — chamou Charlie, sem tirar os olhos de mim —, será que você pode dar carona pra Nekesa? Bailey e eu vamos pensar numa estratégia para a Operação Destruir o Namorado.

— Claro — respondeu Theo, não se importando nem um pouco.

Charlie resmungou "claro" para que só eu conseguisse ouvir.

— Obrigada — disse Nekesa, também parecendo não ter nenhum problema em ser redirecionada para Theo, o Gostoso. *Droga, talvez Charlie tenha razão sobre eles.*

Segui Charlie até o centro e estacionei em uma vaga com parquímetro. Quando entrei no restaurante, ele já estava sentado a uma mesa com cardápios.

— E aí? — falei, me sentando e tirando a bolsa transpassada no corpo. — Acha que pode dar certo mesmo?

— Fazer alguma coisa é melhor que não fazer nada, né? — replicou ele, amassando o papel do canudo em uma bolinha perfeita e jogando-a na minha direção.

— Acho que sim — respondi, ainda sem saber ao certo se era verdade.

Eu não sabia nem o que estava fazendo ali com ele.

Um garçom veio e anotou nossos pedidos, então fomos direto ao assunto. Charlie tinha muitas ideias de como eu poderia transformar nosso apartamento em um "ambiente inóspito" para o namorado da minha mãe, e devoramos a pizza enquanto eu rejeitava cada uma de suas ideias absurdas.

— Não posso fazer isso — declarei, gargalhando quando ele sugeriu que eu começasse a esconder os pertences de Scott.

Charlie era de um ceticismo que era ao mesmo tempo esquisito e absurdamente engraçado, e pelo jeito era a dose certa de humor que me agradava. Na maior parte do tempo, não dava para saber se ele estava falando sério ou brincando, mas o sarcasmo e a voz grave deixavam tudo engraçado. Balancei a cabeça e tirei um pedaço de pepperoni da fatia de pizza.

— Não posso.

— Por que não? — perguntou ele, pegando o copo vermelho da Coca-Cola que estava cheio de Mountain Dew. — Se ele perder os óculos toda vez que for à sua casa, talvez ele pare de ir, não?

— Parece simples demais — comentei, desejando que não fosse.

— O que está acontecendo no seu prato? — perguntou Charlie, largando o refrigerante e gesticulando com ambas as mãos.

Ele semicerrou os olhos, como se não conseguisse acreditar no que estava vendo, mas deu um sorriso. — Isso que está fazendo com a pizza é um sacrilégio. Devia ter vergonha.

— Não é, não — falei, olhando para a pilha de recheios. — Eu como tudo. Só que gosto de comer o queijo e todo o recheio primeiro, depois a massa.

— Por quê? — questionou ele, fazendo com que eu me lembrasse do Charlie do aeroporto ao balançar a cabeça com desgosto. — Sério.

Soltei um suspiro.

— Quer mesmo saber, ou só quer tirar sarro da minha cara?

Ele estendeu aquela mão grande e pegou uma azeitona do meu prato.

— As duas coisas.

— Tá. — Dei um tapa na mão dele. — Se você come tudo junto, não sente o sabor da massa por causa dos sabores dos recheios. Do meu jeito, você aprecia o sabor da carne, do pepperoni, das azeitonas e da cebola, e sente a textura e o gostinho fermentado da massa.

Ele abriu um sorrisinho, como se quase demonstrasse que entendia. Seus olhos escuros brilhavam um pouco quando disse:

— É nojento, mas o que você disse meio que faz sentido.

Ergui o queixo, me sentindo vingada de alguma forma.

— Eu sei. Por que não experimenta também?

— Experi...

— Mas primeiro beba água — sugeri, empurrando o copo para perto dele. — Para limpar o paladar.

Ele semicerrou um pouco os olhos — enxerguei um sorriso ali —, mas não disse nada. Em vez disso, fez exatamente o que eu disse. Deu um bom gole na água, bateu o copo na mesa e me olhou de um jeito ridículo — como se estivéssemos competindo para ver quem fica mais tempo sem rir — ao comer primeiro o recheio, depois a massa.

— Estou certa, não estou? — perguntei, apoiando o queixo na mão. — É muito melhor.

Ele se recostou na cadeira e ficou olhando para mim, sem dizer uma palavra, a cabeça inclinada como se estivesse tentando solucionar um mistério. Não estava mais sorrindo, não parecia querer me provocar, mas também não parecia infeliz.

Ele parecia estar... analisando o que eu disse.

Pigarreei e senti meu rosto esquentar.

— Tanto faz. *Eu* sei que estou certa, mesmo que você seja muito...

— Incrível — disse ele, a expressão ainda indecifrável.

— Não era a palavra que eu estava procurando, mas...

— Não — disse ele, abrindo um sorriso devagar. — Sua metodologia para a pizza. É incrível.

Hesitei por um instante. *Ele está de brincadeira?*

— Está dizendo que concorda comigo?

— Estou dizendo que parece que nunca senti o sabor da pizza antes. Obrigado, Bailey Mitchell, vulgo Oclinhos, por me mostrar como faz.

— De nada — falei, e foi impossível não abrir um sorriso de vitória de orelha a orelha. Não queria que ele soubesse quanto eu tinha gostado do elogio, então acrescentei: — Agora, de volta ao plano desonesto.

Ele me olhou por um instante antes de assentir e pegar o refrigerante.

— Falando nisso. Deixa eu te perguntar uma coisa.

— O quê?

— Acha mesmo que vai ter coragem de fazer as coisas que estamos planejando? Você meio que tem uma necessidade patética de agradar as pessoas.

— Não tenho, não — disparei, soando mais na defensiva do que eu gostaria, mas... que saco, me senti um pouco atacada.

Afinal, de onde as pessoas tiravam aquela conclusão? Só porque eu era *gentil* e preferia evitar conflitos não queria dizer que eu era patética. Nekesa dizia a mesma coisa de mim o tempo todo, e até Zack comentou algo parecido quando estávamos namorando.

— Calma, calma — disse Charlie, erguendo as mãos de repente como se tivesse sido abordado pela polícia. — Eu estava brincando.

Ergui a sobrancelha, mas minha irritação logo se dispersou pela expressão exageradamente dramática de Charlie.

— Sério? — perguntei.

— Tá, talvez eu estivesse falando sério — confessou ele, e o sorrisinho sem nenhum remorso o fez parecer um garotinho travesso. — Mas voltando ao que interessa... Vai ter coragem de fazer o que precisa ser feito?

— Não sei — repliquei, refletindo seriamente sobre a pergunta. Eu tinha muita dificuldade com qualquer confronto, então ele tinha razão em questionar minha capacidade nesse aspecto. — Tipo, eu *quero* fazer isso.

Ele soltou um suspiro e balançou a cabeça.

— Querer não é o bastante.

— Eu *sei* — choraminguei, sincera, e remexi a bebida com o canudo. — Queria ser mais como você.

— Eu sabia. — Ele se recostou na cadeira e cruzou os braços sobre o peito, que era tão largo que me perguntei se ele fazia natação. Então, continuou, todo convencido: — Sou um exemplo para você.

— Não passa nem perto.

— Se quiser me chamar de *tio* Charlie, ou mestre Charlie — sugeriu ele, sorrindo de um jeito engraçado que me fez querer sorrir também —, você pode.

— Prefiro mastigar vidro — falei, conseguindo manter o tom afiado apesar da vontade de rir. — Podemos voltar ao que nos trouxe aqui?

— Claro — respondeu ele, o olhar passeando por todo o meu rosto antes de se concentrar nos meus olhos. — Bem, na minha opinião, a primeira coisa que você precisa fazer é meditar e encontrar a filha da mãe que existe dentro de você.

— Ah, nossa.

— Esqueça os palavrões — acrescentou ele, rápido. — Mas você entendeu. Seja uma escrota.

— Ninguém é tão bom nisso quanto você. — Olhei para ele, para seu semblante sarcástico, que era tão natural. — Ai, meu Deus... Vamos.

— Oi? — perguntou ele, as sobrancelhas franzidas.

— Isso! — Era uma ideia brilhante. — Vou ser menos covarde se você for comi...

— Mais corajosa — corrigiu. Ele continuava franzindo o cenho, mas o brilho brincalhão não tinha sumido do seu olhar.

— E você pode levar seu jeito ranzinza.

Não queria que a gente fosse *cruel* com Scott, mas estava desesperada para fazer alguma coisa — *qualquer* coisa — para desacelerar aquilo tudo. Estava morrendo de medo de que minha vida mudasse outra vez e não podia deixar isso acontecer, pois ainda estava me acostumando à primeira mudança. Eu só precisava de mais tempo antes que minha mãe começasse a namorar sério — com *qualquer* pessoa.

— Vamos ser a dupla dinâmica da escrotidão — completei.

— Péssimo nome para uma dupla de super-heróis — comentou ele, me olhando, atento, como se estivesse pensando em um milhão de coisas.

— Eu deixo você ser o mais malvado — falei só para brincar com ele, colocando o cabelo atrás das orelhas, morrendo de vontade de saber o que se passava pela cabeça dele.

— Ah, você *deixa*, é? — Ele revirou os olhos. — E o que eu ganho com isso?

Minha vez de revirar os olhos.

— Você é *mesmo* um babaca. Que tal o fato de estar ajudando uma amiga?

— Colega de trabalho — corrigiu, e ouvi seu celular vibrar.

Ele tirou o aparelho do bolso e deu uma olhada na notificação.

— Isso, colega de trabalho — repeti, me sentindo um pouco *estranha* com aquela correção. Eu não fazia questão de ser amiga de Charlie Sampson, mas toda vez que ele falava que nunca seria meu amigo, eu me sentia um pouco rejeitada. — Afinal, Charlie Sampson jamais iria admitir que estava errado sobre a teoria da amizade entre homens e mulheres.

— Não é? — Ele tensionou a mandíbula ao olhar para o celular, mas logo a bloqueou e largou o aparelho na mesa. Não com raiva, mas como se estivesse *cansado*. Ele voltou a olhar para mim, e, embora estivesse com aquele sorrisinho babaca, não era um sorriso verdadeiro. — Prefiro morrer a estar errado.

— Eu morreria para provar que você está errado — retruquei, a fim de provocá-lo. — Então somos parecidos nesse quesito.

— Só que não — respondeu ele.

Estendi a mão por cima da mesa, segurando-o pela manga e sacudindo seu braço, desesperada para convencê-lo a me ajudar e com uma vontade bizarra de tirar aquela expressão do seu rosto.

— Por favor. Por favor. Por favor — implorei.

Ele deu um sorrisinho com o canto dos lábios que foi aumentando aos poucos e colocou a mão enorme na minha, prendendo-a contra seu bíceps.

— Está implorando. Gosto disso.

— Então você topa? — perguntei, um pouco pega de surpresa com o poder do sorriso dele. *Ou talvez seja o poder do combo sorriso e braço musculoso.*

— Posso seguir você até sua casa e ficar até o caos se instaurar — ofereceu ele, soltando o ar de um jeito dramático. Então, largou minha mão. — Aí você pode observar o mestre trabalhar. Com sorte, vai aprender alguma coisa.

— Já acabou? — perguntei, olhando fixamente para seu prato vazio. — Quero dar início à Operação Pé na Bunda do Scott de uma vez.

— Tão impaciente — disse ele, bagunçando meu cabelo. — Minha pupila inocente.

— Meu mestre babaca. — Dei um tapa na mão dele e arrumei o rabo de cavalo. — Vamos logo.

CAPÍTULO CATORZE

Charlie

O que eu estava fazendo?

Indo até a casa dela???

Fui sincero quando disse que tentaria ajudá-la, ainda mais porque Bailey era tão inocente e otimista que ia ficar arrasada quando a realidade mostrasse suas garras. Sabia que não íamos conseguir evitar isso, é *como a vida funciona*, mas, se pelo menos tentássemos, ela não se sentiria impotente.

Eu *odiava* me sentir impotente.

Porque a impotência era um pouco como ser estrangulado (eu disse *um pouco*). Há outra pessoa no controle enquanto você sente que não está conseguindo respirar e que aquilo nunca vai acabar.

É claro que vai acabar — uma hora vai acabar, de um jeito ou de outro —, mas isso não afasta o pânico.

Caramba, deve ter algo errado comigo.

Ajudá-la era uma coisa.

Mas ir até a *casa dela* para ajudá-la?

Péssima ideia.

CAPÍTULO QUINZE

Bailey

— Meu cabelo está bom? — perguntou Charlie.

Parei de procurar as chaves e olhei para ele, que estava com um sorrisinho idiota e mexendo no cabelo, como se desse a mínima. Assenti.

— Você está deslumbrante — murmurei.

— Obrigado.

Ao destrancar a porta, respirei fundo antes de entrar. Não tinha ninguém na cozinha, mas dava para ouvir a voz da minha mãe na sala.

— Seja escrota — sussurrou Charlie no meu ouvido, me fazendo estremecer. Ao que ele reagiu dizendo: — Eu reparei, hein?

Virei a cabeça na direção dele, e vi o sorrisinho sexy no seu rosto. O sorriso sugeria que ele sabia *muito* sobre todas as coisas das quais eu não sabia quase nada.

— Que foi? Não falei nada de mais. Só reparei que você ficou arrepiada.

Engoli em seco e odiei sentir minhas bochechas esquentarem na mesma hora.

— Tudo bem.

— Porque minha boca estava perto da sua orelha — provocou.

Eu teria ficado irritada mesmo que suas palavras não viessem acompanhadas daquela risadinha que eu ouvia o dia todo no trabalho quando ele conversava com Theo.

Tranquila. Inofensiva.

— Bay? — chamou minha mãe. — Você chegou?

— Cheguei. Desculpe o atraso — respondi, segurando Charlie pela manga e puxando-o até a sala.

Ele soltou um muxoxo em resposta.

Mas, quando entramos na sala, soltei o braço dele e cruzei os meus com força, pois odiei o que vi. Minha mãe estava apoiada em Scott no sofá, com as pernas encolhidas como se nunca tivesse se sentido tão confortável na vida. Ele estava com uma calça de pijama, uma camiseta larga e aquela meia branca que me deixava muito irritada.

Meu Deus, e se for tarde demais para impedir que isso vire rotina?

— Ah. — Minha mãe ficou surpresa ao ver Charlie. — Oi, pessoa que eu não conheço.

— É... — comecei, colocando o cabelo atrás das orelhas. — Este é o Charlie, ele trabalha comigo.

— Oi, Charlie — cumprimentou minha mãe.

E quando me virei para ele...

Droga.

Charlie estava com o sorriso mais encantador do mundo. Não era aquele sorrisinho preguiçoso que eu conhecia, mas um sorriso de orelha a orelha, digno de um comercial de pasta de dente clareadora. Os olhos semicerrados, as covinhas à mostra; minha nossa, ele estava sendo *simpático*.

Fiquei encarando, certa de que devia estar com o queixo caído.

— Oi. É um prazer conhecer a senhora — cumprimentou ele, sorrindo.

O sorriso da minha mãe era gigantesco — ela olhava para Charlie toda radiante. Scott se levantou e estendeu a mão, dizendo:

— Oi, Charlie. Eu sou o Scott.

O semblante encantador de Charlie se desfez e deu lugar ao sorrisinho sarcástico. Ele apertou a mão de Scott.

— Prazer. Você é o pai da Bay?

Mordi o lábio. Ele era um idiota mesmo.

— Não — respondeu Scott, levemente constrangido. — Sou um amigo da mãe dela.

— Amigo, é? — perguntou Charlie, encarando a calça do pijama de Scott e as meias nos pés. — Tá.

— Vamos pegar refrigerante — soltei, praticamente puxando Charlie em direção à cozinha.

Assim que saímos do campo de visão deles, eu me virei para ele com os olhos arregalados. E Charlie deu um sorrisinho. Um sorrisinho *vitorioso*. Eu não consegui conter uma risadinha, e quanto mais eu tentava abafá-la, mais aguda ela saía.

— Você é *horrível* — falei, tentando rir baixinho.

— Viu a cara dele? — perguntou Charlie, ainda sorrindo. — Acho que ele quis me bater.

— Shh, eles estão conversando.

Minha mãe estava sussurrando, e nós dois esticamos o pescoço para ouvir.

— Ele não quis dizer nada de mais — disse minha mãe, em um tom apaziguador.

Charlie cutucou minhas costelas com o cotovelo.

— Ah, eu quis, sim — murmurou ele, todo orgulhoso de si mesmo.

— Ah, ele quis, sim — rebateu Scott, petulante. — Acredite em mim, sei como adolescentes são.

Revirei os olhos, Charlie também.

— Será que você poderia só ser simpático com o amigo da Bay? — perguntou minha mãe. — Nada mais que isso, só simpático.

Fiquei boquiaberta com o tom de irritação da minha mãe, e Charlie ergueu as mãos em comemoração, como se tivesse acabado de ganhar a partida. *Ai, meu Deus. Será que isso ia dar certo mesmo?*

— Tenho que ir — declarou Charlie, me olhando com aquele sorrisinho. — Mas de nada por eu ser incrível.

— Nãããão — implorei, segurando e sacudindo seu braço. — Você está fazendo uma boa ação aqui.

— Sério, minha mãe vai pirar se eu chegar tarde.

— Tá bem — falei, soltando seu braço. — Mas podemos fazer isso mais vezes? Tipo, pode vir aqui em casa e ser escroto assim?

— Não perderia isso por nada desse mundo — respondeu ele, percorrendo os olhos escuros por todo o meu rosto antes de atravessar a cozinha. — Preciso ir para casa estudar — anunciou, inclinando o tronco em direção à sala para falar com minha mãe —, mas foi um prazer conhecer vocês.

— O prazer foi nosso, Charlie — respondeu ela. Mas Scott não disse nada. Charlie foi embora, e, quando voltei para a sala, os dois ficaram me olhando, curiosos.

— Então você e Charlie trabalham juntos, é? — indagou minha mãe, com um sorrisinho engraçado, como se quisesse arrancar informações de mim, mas sabendo que ainda era cedo demais para incentivar um romance depois de Zack. Ela olhou de relance para Scott e disse: — Ele é uma graça.

Pensei no rosto dele, e sim... ele era *mesmo* uma graça. Uma graça e muito irritante.

— Somos só amigos.

— Graças a Deus — murmurou Scott.

Nós ficamos encarando ele.

— O que foi? Só achei o garoto espertinho demais. O que é ótimo para um amigo, mas para um namorado, nem tanto.

— Nossa... — falou minha mãe, olhando para ele, confusa, com as sobrancelhas e os lábios franzidos.

— O que foi? — perguntou Scott, olhando dela para mim, então para ela de novo.

— Nada — respondeu ela, balançando a cabeça. — Eu só não esperava que *você* tivesse regras tão rígidas sobre namoro.

Ele colocou a mão no joelho dela e fez uma cara boba:

— Eu sou um enigma, não sabia?

— Acho que esqueci — respondeu ela, sorrindo e passando a mão no cabelo. — Sabe, que você é um *enigma*.

Ela me olhou como quem diz: "Olha só esse cara." Mas não consegui rir, nem sorrir, porque estava paralisada. Fiquei atônita ao ver os dois rindo juntos, felizes.

Nossa, será que é tarde demais?

Como é que eu ia conseguir separar a dupla mãe-e-Scott se eles estavam se dando tão bem? Queria muito ver minha mãe sorrindo e alegre, queria mesmo, mas não queria que um cara qualquer fosse responsável por isso.

Não queria que *ele* fosse o responsável por isso.

Não que eu fosse gritar "você não é meu pai", como uma criancinha, para qualquer homem que minha mãe namorasse; eu queria que ela tivesse uma vida social. Ela é minha pessoa favorita no mundo inteiro e merece ser feliz.

Mas, por outro lado, tipo, eu era uma adolescente que sabia que as coisas podiam mudar num piscar de olhos. Meu pai me apresentou Alyssa — uma mulher com quem estava "saindo" — por FaceTime em uma sexta-feira qualquer de setembro, e no fim daquele mesmo mês já não ligava nem mandava mensagem mais.

Era um silêncio ensurdecedor, que até para um silêncio era avassalador em sua inexistência absoluta.

Será que é tão difícil assim mandar uma mensagem de vez em quando, só para que sua FILHA saiba que você está pensando nela?

E esse era o problema, para falar a verdade.

Ele obviamente não estava pensando em mim.

No dia anterior, vi nas redes sociais de Alyssa que eles tinham acabado de voltar do Havaí.

Então quem vai me julgar por querer desacelerar as coisas?

— Vou dormir — falei, pois precisava sair dali. — Boa noite.

Depressa, fui para o meu quarto e tentei não ficar pensando em tudo que estava acontecendo, mas não consegui tirar aquilo da cabeça. Vesti um short e uma camiseta e deitei na cama.

E se ele se mudar para cá?

Sabia que era cedo demais para isso, mas não consegui tirar essa ideia da cabeça. O que é que eu ia fazer se Scott se mudasse para nossa casa? Só de pensar que uma pessoa — qualquer pessoa — podia entrar na nossa vida assim me dava um calafrio.

Meu celular vibrou enquanto eu procurava alguma coisa para ver na Netflix.

Charlie: Eles falaram alguma coisa sobre mim?

Eu: Scott achou você espertinho demais e ficou feliz por eu gostar de você só como amigo.

Charlie: Colega de trabalho.

No escuro, soltei um suspiro.

Eu: Ah, é. Como ouso presumir que somos amigos, né?

Charlie: Perdoo a ousadia.

Eu: Ah, obrigada.

Charlie: Então, queria te fazer uma pergunta, Oclinhos. Claramente estamos solteiros... Você está procurando um relacionamento? Está a fim de alguém?

Eu não sabia o que achar dessa pergunta. Fazia sentido ele estar curioso — eu me perguntava a mesma coisa sobre ele —, mas me senti meio boba ao responder:

Eu: Acho que estou aberta, mas não estou a fim de ninguém agora. E você?

Charlie: Também.

Eu me lembrei de quão feliz ele estava aquele dia no cinema, no ano anterior.

Eu: Você ainda gosta da Garota do Cinema?

Charlie: Sim e não.

Não conseguia acreditar que ele tinha respondido à minha pergunta com certa seriedade.

Eu: O que isso quer dizer?

Charlie: Quer dizer que não gosto mais da Becca. Ela parece feliz com o novo namorado idiota, e eu decidi que acho os cílios dela compridos demais. Quer dizer, que tipo de pessoa acorda todos os dias de manhã parecendo a rena Clarice?

Eu: Quem?

Charlie: A rena que acha o Rudolph fofo. O nome dela é Clarice. Lembra? O Rudolph, a rena do nariz vermelho?

Soltei uma risada.

Eu: Achava que você tinha nascido ranzinza demais para gostar de especiais de Natal.

Charlie: Confissão: eu amo festas de fim de ano. Não sei por que, mas o Natal me deixa bem animadinho.

Isso me fez rir.

Eu: Talvez você devesse reformular essa frase.

Charlie: Como se alguém fosse entender errado e achar que eu bato uma pensando no Natal... por favor, né, Oclinhos. MAS TUDO BEM. Eu adoro essa época.

Escolhi uma série que eu já tinha visto mil vezes — *Schitt's Creek* — e coloquei o episódio da caça ao peru.

Eu: Então, se já superou a menina, por que respondeu "sim e não"?

Charlie: Eu já superei a BECCA, mas não a sensação horrível de levar um fora. Não quero voltar com ela, mas também não quero passar por tudo isso de novo.

Eu me identificava com esse sentimento, mas eu *queria* voltar com Zack.

Nossas circunstâncias eram totalmente diferentes, no entanto, porque Zack e eu nunca devíamos ter terminado. Tivemos uma briguinha boba e, se ele não tivesse ido a uma festa com MUITA cerveja, teríamos voltado na manhã seguinte e tudo teria ficado bem.

Mas, em vez disso, ele bebeu tanto que ficou com Allie Clark.

Ele veio até aqui no dia seguinte, implorando que eu o perdoasse porque a culpa era do barril de chopp da festa, mas dei o dedo do meio para ele e o mandei vazar daqui.

Mas era para ser algo temporário.

Eu sabia que ia acabar perdoando Zack. Só não conseguia perdoar naquele momento. Estava tão revoltada. E decepcionada, pensando melhor agora.

Mas, em vez de voltar e implorar pelo meu perdão mais uma vez, Zack começou a sair com Courtney Sullivan. Eu *sabia* que não significava nada, que ele ainda me amava e que, assim que eles terminassem, a gente ia voltar.

Só que agora ele estava saindo com Kelsie.

Eu: Eu não conhecia você nessa época. O que aconteceu, afinal?

Charlie: Ela decidiu que tinha uma conexão mais forte com outra pessoa.

Eu: AFF.

Não conseguia nem imaginar levar um fora *por causa* de outra pessoa; já era ruim ver Zack com alguém *depois* do término. **Charlie: Né? Como se o problema não fosse eu, e sim a energia que ela sentia perto de alguém ou de alguma coisa. Que desculpa idiota.**

Eu concordava, embora uma pequena parte de mim estivesse se perguntando se na verdade ela só quis ser gentil, pois estava era cansada do sarcasmo do Sr. Nada. Mesmo assim, quis apoiá-lo.

Eu: Muito idiota.

CAPÍTULO DEZESSEIS

Bailey

As semanas seguintes se resumiram basicamente a escola, trabalho e Charlie. Ele e eu éramos escalados toda terça e quinta-feira à noite, e Nekesa e Theo ficavam com as segundas e quartas. Nós quatro trabalhávamos juntos nos fins de semana, e Charlie passava quase o tempo todo me mandando mensagens sobre o "clima" entre Nekesa e Theo.

Charlie: É tipo a DÉCIMA vez que ela toca no braço dele.

Eu: Você é doido.

Charlie: Você precisa contar os toques DELE, Oclinhos.

Eu: Por que eu faria isso?

Charlie: Dados. Tudo o que importa são os dados.

Eu: O que isso quer dizer?

Charlie: Se você não sabe, não sou eu que vou te dizer. Comece a contar.

E eu fiz exatamente isso. Charlie sempre me convencia a fazer coisas idiotas, que eram inúteis e bobas, coisas que eu nunca faria e que não devia aceitar fazer, mas era mais fácil simplesmente entrar no jogo dele.

— Barrinha de cereais — disse Charlie, olhando para o homem sem camisa e com calção de banho que se aproximava da máquina de venda automática.

— Não. — Olhei para o peito peludo do cara e tive *certeza* de que ia ganhar dessa vez. — Ele é do tipo Cebolitos.

Eu me debrucei no balcão da recepção, ao lado de Charlie, tentando enxergar.

Charlie tinha inventado um jogo — Aposta da Máquina de Venda Automática — em que tentávamos adivinhar o que os hóspedes iam comprar quando víamos que estavam se aproximando da máquina.

Era só um dos *inúmeros* jogos que Charlie viria a inventar para passar o tempo na recepção. Eu me perguntava se ele odiava ficar entediado, ou se o problema era a ideia de ficar sozinho com seus pensamentos, porque ele se esforçava bastante para inventar coisas que evitassem o que quer que ele estava tentando evitar.

— Acha que um cara que leva a depilação tão a sério — disse Charlie, baixinho, pelo canto dos lábios — deixaria migalhas de salgadinho *entrarem em contato* com sua cabeleira do peitoral? Soltei uma risada.

— Seja gentil.

— Eu sou — respondeu ele, ainda olhando para o homem.

— Tenho muito respeito por qualquer um que escolha cultivar um peito de urso em cima e deixar lisinho embaixo. Esse cara tem estilo.

— Shh — pedi, reprendendo-o e observando com atenção o homem inserir as notas na máquina.

Charlie apoiou todo o peso do corpo em mim, me fazendo cambalear.

— Shh *você*.

— Para — falei, mas nós dois ficamos quietos quando o cara apertou o botão.

— Isso! — exclamou Charlie, dando um soquinho no ar. Então, aproximou o rosto do meu e disse: — Quem é o melhor, Bay? Você ou eu?

— Alguém já te disse que você é insuportável quando ganha?

— perguntei, incapaz de conter o sorriso ao vê-lo agir como uma criança.

— Então eu devo ser insuportável o tempo todo — retrucou, com um sorriso largo e convencido.

— E é mesmo. É uma definição perfeita para você, na verdade. Constantemente insuportável.

Quando não estávamos trabalhando juntos, eu passava quase o tempo todo implorando a Charlie que fosse lá em casa porque, quando ele ia, ou Scott ficava quieto, o que me fazia acreditar que Charlie estava me ajudando a ganhar tempo e desacelerar o progresso do relacionamento, ou ele chegava antes de Scott e, como num passe de mágica, Scott nem aparecia. *Era quase como se ele não quisesse estar presente quando Charlie estava lá em casa.* Apesar disso, minha mãe ainda parecia feliz com Scott e as coisas entre os dois não estavam desmoronando. Mas, considerando que eu tinha que lidar com aquele relacionamento diariamente, eu já considerava uma vitória sempre que Scott não aparecia.

E foi assim que acabei devendo um favor a Charlie.

Estava estudando no meu quarto em uma quarta-feira qualquer, com a música no último volume nos fones de ouvido para não ouvir Scott e minha mãe conversando na sala, quando Charlie me mandou uma mensagem.

Charlie: Preciso de um favor, Oclinhos.

Eu: Que favor?

Charlie: Quero que vá a uma festa comigo sexta à noite.

O quê? Isso me fez pausar a música. Ele queria que eu fosse a uma festa com ele? *Com ele?* A gente não fazia esse tipo de coisa; só ficávamos juntos no trabalho e na minha casa. Por que ele queria que eu fosse a uma festa com ele?

Eu: Quê????

Em vez de responder por mensagem, Charlie me ligou. O que, sendo justa, ele fazia o tempo todo. Quando algo exigia explicação, ele quase sempre apelava para a ligação.

Atendi já perguntando:

— Que tipo de festa? Aniversário de criança?

Queria que ele dissesse sim, porque não queria que fosse algo que pudesse deixar um clima estranho entre a gente.

— Como se eu fosse submeter você a esse tipo de tortura — respondeu ele, baixinho e meio rouco, como se tivesse acabado de acordar. — É só uma festinha na casa de um amigo.

Uma festinha na casa de um amigo dele?

Sem pensar, eu disse:

— Tá, mas a gente não faz esse tipo de coisa. — Fui até a janela e fechei a cortina, tentando explicar sem deixar transparecer que eu estava achando que ele estava a fim de mim. — Nunca envolvemos a escola ou amizades.

— É por isso que é um favor — retrucou ele, e pigarreou. — Minha ex e o imbecil do novo namorado dela vão estar lá, e eu não estou nem aí para isso, mas também não quero sair como coitado. Se você for comigo, vou poder relaxar e me divertir sem me preocupar se vou estar com cara de triste.

Tudo bem, não era tão ruim assim. Fiquei aliviada por ele não estar me convidando para sair, embora estivesse sentindo um friozinho na barriga por *algum* motivo.

— Eu vou me divertir?

— É claro que sim. Você vai estar comigo.

— Isso não é tão certo quanto você imagina — falei, me perguntando como eram os amigos dele. — Tenho quase certeza de que você é a pessoa mais insuportável que eu já conheci na vida.

— Errado — rebateu ele, e pensei ter ouvido um cachorro latindo no fundo. — Todo mundo sabe que pessoas quietinhas confundem "divertido" com "insuportável" o tempo todo.

— Pessoas insuportáveis confundem "normal" com "quietinha" o tempo todo. Isso, sim.

— Ah, Oclinhos, você fica muito fofa quando está irritada.

Isso me fez sorrir, e fiquei feliz por ele não poder ver. Aquele garoto *não* precisava saber que sua baboseira sarcástica era engraçada às vezes.

— Parece até que você está *tentando* fazer com que eu diga não.

— Por favooooooooooor, aceite — implorou ele. — Por favor, por favor, por favor, por favor, por favor.

— Seus amigos são do tipo festa com barril de chopp? — perguntei, minha mente mudando o foco para a festa em si. — Ou do tipo festa com jogos de tabuleiro?

Eu não era de ir a festas. Qualquer que fosse a resposta, eu não tinha uma opinião formada a respeito, mas meus amigos e eu não costumávamos sair com pessoas que se reuniam para tomar cerveja. Zack e os amigos dele bebiam bastante, mas ele nunca me levou a uma festa.

— Essa festa vai ter de tudo — explicou Charlie, parecendo mais feliz já que eu ainda não tinha recusado. — Bebidas na frente, jogos nos fundos, provavelmente alguns caras fumando escondido em algum lugar no segundo andar.

— Então quer dizer que vou ser acusada de porte de drogas?

— Se você for comigo, Bay — disse ele, a voz suave, baixinha e sincera, o que era um choque —, garanto que vai voltar para casa em segurança.

Sempre que ele me chamava de Bay, eu me sentia um pouquinho estranha. O que, para falar a verdade, também era estranho, porque Nekesa e minha mãe me chamavam assim *o tempo todo*. Mas, na voz de Charlie, eu me sentia mais íntima dele do que realmente éramos.

Pigarreei.

— Você se lembra da história da minha única festa com bebida, né?

— Vômito na perna, lembro — respondeu ele, achando graça da situação. — Prometo que não vou sair do seu lado.

Por algum motivo, deu para ver que ele estava sendo honesto. E fiquei surpresa ao perceber que isso me tranquilizava.

— Bem — falei —, como vou saber o que vestir se não souber de mais detalhes? Tipo, é uma festa do pijama? A fantasia? Vai ser servido um menu com sete pratos? Talheres chiques?

— Pare de pensar demais, Oclinhos. — Mesmo por ligação, eu sabia que ele tinha revirado os olhos. — Você fica bonita com aquela blusa preta e branca que sempre usa com calça jeans e a bota que aperta seus dedos.

Isso me fez parar. Eu nunca — NUNCA — imaginei que Charlie reparava nas roupas que eu usava. Sempre achei, desde aquele dia no aeroporto em Fairbanks, que ele só me visse como, sei lá, uma garota irritante e certinha.

Para a conversa não ficar constrangedora, brinquei:

— Está a fim de mim, é, Sampson? Por acaso está apaixonado por mim em segredo e decorou todo o meu guarda-roupa?

— Dá um tempo — respondeu ele, ainda parecendo achar graça naquilo tudo. — Só porque eu reparei na sua roupa não quer dizer que estou a fim de você, Oclinhos.

— Ufa!

— Mas eu *gostaria* que você fingisse estar meio que a fim de mim na festa — disse ele.

— Você está cheio de surpresas hoje.

— Por quê? Só quero aparecer numa festa com uma garota bonita que dê a entender que está saindo comigo. Isso não significa que eu queira lamber seu pescoço ou chamar você de namorada, só quer dizer que estou muito inseguro com essa festa. Tá?

Dei risada — não consegui segurar. Ele parecia muito contrariado por admitir que eu era bonita e também muito decepcionado consigo mesmo por ligar para as aparências.

Era ridículo, mas o fato de Charlie me achar bonita era *importante* para mim. Ele era um sem-noção insuportável, mas, como ele não gostava de muitas pessoas, era boa a sensação de saber que tinha reparado em mim.

— É, continue rindo, é muito engraçado — reclamou, e deu para ouvir o sorrisinho em sua voz. — Você é uma chata.

— Ah, Charlie, não sou, não — falei, ainda dando risada, e me dei conta de que eu *queria* ajudá-lo. — E tudo bem, eu vou com você.

— Sério? — perguntou ele, surpreso, embora eu achasse que estivesse evidente desde o início.

— Sério. — Estalei as costas e desejei não ter mais nada para estudar. — Não conheço seus amigos, então não preciso fingir que sou descolada.

— Pode, por favor, fingir só um *pouquinho*? — indagou ele.

— Quanto exatamente?

— Bem... — disse ele, agora com a voz mais grave e parecendo à vontade, como se estivesse deitado no sofá, vendo TV.

— Eu gostaria de não ter que lidar com imprevistos no banheiro ou vômito em público.

— Acho que consigo atender a essas exigências. E o que você acha de sair cantando do nada, como num musical?

— Contanto que não seja um musical do George Gershwin, tudo bem — respondeu ele, enojado. — Não suporto esse compositor.

— Você é comunista? — questionei.

— Os comunistas odeiam Gershwin?

— Ninguém odeia ele — respondi, me perguntando como era possível ser divertido conversar com Charlie pelo telefone considerando que ele era um pé no saco na maior parte do tempo. — Por isso a hipótese do comunismo.

— Devia ter mais cuidado com suas hipóteses, Oclinhos.

— Eu sei. Foi mal.

— Está perdoada, mas só porque vai fingir estar a fim de mim sexta à noite.

Fechei o livro, levantei e me joguei na cama.

— Esse vai ser o maior desafio da minha vida. Eu devia ser imediatamente indicada a um Oscar se conseguir convencer todo mundo.

— Ah, você vai conseguir — provocou ele, com um tom quase de flerte. — Vou fazer com que seja tão fácil que você vai até esquecer que não gosta de mim.

— Impossível — falei, me aconchegando embaixo do cobertor.

— Espere e verá, Oclinhos. Espere e verá.

CAPÍTULO DEZESSETE

Charlie

Balancei a cabeça e guardei o celular no bolso, ciente de que eu era um idiota completo por convidar Bailey para a festa. Eu lhe disse que queria que ela fosse só para que Becca não me achasse um coitado, o que era verdade, mas o principal motivo era mostrar que eu já tinha superado o término.

Entrei na cozinha, abri a geladeira e peguei o leite.

— Já tomou o antiácido?

Virei, e minha mãe estava parada à porta da cozinha. Assenti.

— Tentou fazer algum dos exercícios que o dr. Bitz passou? — perguntou ela, preocupada, indo até a pia pegar uma taça do escorredor.

Engoli em seco e não quis responder. Odiava essa pergunta, odiava que ela *existisse*. Porque, por mais que todos gostassem de falar sobre a importância de cuidar da saúde mental, ter esse problema fazia eu me sentir um fracasso.

E nem era um problema *de verdade*.

Eu me preocupava demais com as coisas, e o resultado era um enjoo irritante. Não era nada de mais. Mas parecia que eu tinha algum problema, ainda mais quando minha mãe tentava ajudar mencionando *exercícios* mentais que o *terapeuta* achou que pudessem me ajudar.

Mas, de novo, não era nada de mais.

— Tentei — respondi, fechando a geladeira e levando o leite até a mesa, onde tinha deixado o copo. — Está tudo bem. Acho que é porque jantei o que sobrou da pizza.

— Ah, que bom — disse ela, parecendo aliviada ao pegar a garrafa de vinho tinto na bancada e se servir. — A gente foi comer um frango antes de você chegar.

— Que bom que perdi. — Dei um sorriso para tranquilizá--la. — Odeio frango.

— Eu sei — comentou ela, abrindo um daqueles sorrisos largos de mãe que me deixavam feliz e melancólico ao mesmo tempo. — Você sempre odiou frango.

— Alguém precisa ser o gênio da família.

— Fale comigo quando sua nota de matemática aumentar — rebateu ela.

— *Touché*.

Depois que ela subiu, voltei a pensar na festa enquanto tomava leite (minha prevenção caseira ao enjoo, que nunca funcionou).

Estava evitando sair com *todo mundo* desde o término com Becca, principalmente porque não queria encontrá-la ou precisar explicar o que tinha acontecido. Só aceitei ir à casa do Chuck na sexta-feira porque ele ia se mudar na semana seguinte e aquela talvez fosse minha última chance de vê-lo.

Mas agora parecia uma oportunidade, pensei, virando o leite como um calouro virava uma lata de cerveja na faculdade.

Eu era muito idiota por ter *pedido* a Becca que me mandasse mensagem caso quisesse voltar comigo, mas foi o que senti naquele momento. Eu estava feliz por ela estar feliz (mais ou menos), mas não tinha nenhum interesse em ser amigo dela.

Se meu plano desse certo, talvez conseguisse transmitir o seguinte: "Charlie está disponível para bancar o namorado se você se der conta de que sente falta de ligar para ele às três da manhã, mas ele tem outras opções caso esteja interessada apenas em manter a amizade."

Eu não planejava mentir e dizer às pessoas que Bailey e eu estávamos juntos, mas se Becca quisesse tirar as próprias conclusões... Bem, eu não podia fazer nada para impedi-la, não é?

Servi mais um copo de leite.

Mas eu também não podia ignorar a parte de mim que estava um pouquinho animada para encontrar Bailey fora do trabalho e da nossa parceria para destruir o relacionamento da mãe dela. Como será que ela era quando saía para se divertir?

Quem era Bailey, para além da *Oclinhos*? E por que eu estava tão curioso para descobrir?

Alguma coisa nela me atraiu desde que nos conhecemos e, por algum motivo, eu *gostava* de conversar com ela.

Nós não tínhamos nada em comum. NADA.

Mesmo assim, nunca esqueci a nerd de óculos no aeroporto, pigarreando e repetindo "com licença". Havia uma certa ousadia naquele jeito reprimido de seguir regras que eu achava divertido, algo adorável na forma como ela não me deixou furar a fila, mas se sentiu mal por isso.

Bailey não era como as outras pessoas.

Então, por mais que eu soubesse que ela ia me tirar do sério na festa, por que eu estava tão animado para vê-la?

CAPÍTULO DEZOITO

Bailey

Quando Charlie mandou mensagem sexta-feira à noite para me avisar que tinha chegado, mandei mensagem para minha mãe antes de sair.

Eu: Vou com o Charlie na casa de um amigo dele.

Nem precisei procurar onde ele tinha estacionado, porque Charlie começou a buzinar.

Alto.

Sem parar.

Revirei os olhos e corri até o Honda preto, abri a porta e entrei.

— Você é um babaca.

Ao volante, relaxado, Charlie deu um sorriso enorme, como se estivesse se divertindo *muito* ao implicar comigo. Seu olhar caloroso me percorreu de cima a baixo — meu rosto, minha roupa, minhas pernas, e subiu de novo —, e senti um frio na barriga.

Então, ele disse:

— Caramba. Você está usando *exatamente* o que eu disse. É muito boazinha mesmo.

Depois de bater a porta, estendi o braço para pegar o cinto de segurança, o frio na barriga passando quando Charlie desviou o olhar para o retrovisor.

— Quer mesmo me fazer voltar lá para dentro e trocar de roupa?

— Vou ficar quieto — replicou ele, engatando a ré e saindo da vaga. — Mas ficou bom. Você está muito bonita.

— Por acaso você acabou de me elogiar? — perguntei, ajustando o cinto.

— Estranho, né?

— Não sei como reagir, para ser sincera.

Na verdade, eu não sabia como reagir a ele como um todo. Eu conhecia o Charlie de camiseta, o Charlie de moletom e o Charlie de traje de aviador, mas aquele Charlie... *Uau*. Ele estava com uma camisa xadrez de botão — Ralph Lauren? —, um relógio bacana, calça jeans e um sapato *muito* bonito.

Mas o *uau* não era por isso.

Era a combinação do cheiro do sabonete com a aparência dos cabelos grossos, pelo qual ele parecia ter passado a mão várias vezes. Ver Charlie se esforçando tanto o colocava em outro patamar, com o qual eu não estava acostumada.

Charlie Sampson era bonito, mas o Charlie da festa era *muito* gato.

Ele olhou para mim e deu um sorrisinho.

— Bem, não fique estranha assim comigo. A roupa está bonita, mas o fato de as coisas na sua bolsa provavelmente estarem organizadas por formato tira boa parte do encanto.

— Estava demorando... — falei, abaixando o quebra-sol para me olhar no espelho. — Como é o nome da sua ex mesmo?

— Oi? — Ele olhou para mim de novo, e então para a frente.

— Ah. Becca.

— Becca — repeti, colocando a mão no bolso da calça para pegar o batom. — Vocês são educados um com o outro?

Ele fez um som de escárnio e mudou de faixa.

— Pelo amor de Deus, não sou um idiota. É claro que somos educados.

Olhei para ele, que estava todo sério dirigindo pela Maple Street.

— Ah, é? — perguntei.

— É.

— *Mesmo?*

— Sim. — Ele balançou a cabeça como se eu fosse uma doida. — Para com essa baboseira. Eu trato Becca exatamente como trato você.

— Ah, então é sarcástico, mas divertido o bastante para que seja aceitável.

Ele ergueu as sobrancelhas e assentiu.

— Tipo isso.

— Entendi. — Passei o batom, fechei o quebra-sol e me virei para Charlie. — E como são seus amigos? Barulhentos? Quietinhos? Engraçados? Esnobes?

— *Meus* amigos são bem de boa. E engraçados.

Não sei por que, mas perguntei, nervosa:

— Acha que eles vão gostar de mim?

Ele me olhou rapidinho e pareceu querer rir, talvez por causa dos olhos semicerrados.

— Você pode ter mudado por fora, mas continua a mesma garota de aparelho do aeroporto, né?

— Não, definitivamente não — respondi, na defensiva, irritada por ele estar tirando sarro da minha insegurança. — Já você, Charlie, continua o mesmo babaca sabichão que eu conheci em Fairbanks.

— Ei — disse ele, deixando escapar uma risadinha ao diminuir a velocidade e parar no sinal fechado. — Calma lá. Eu *gostei* da garota de aparelho.

— E agora está mentindo — retruquei, virando no assento para olhar bem para ele. — Porque já admitimos que a gente se odiou.

Os olhos dele foram do meu rosto para o meu cabelo e voltaram para o meu rosto.

— Como eu poderia esquecer?

— Quer dizer — falei, colocando o cabelo atrás das orelhas e me lembrando daquele dia —, eu era só uma garota simpática, tentando sobreviver ao primeiro voo sozinha, e de repente *você* apareceu, todo babaca, seduzindo uma garota na fila da segurança como um mini... Hugh Hefner.

— Para começo de conversa, "seduzindo"? — questionou ele, pisando no acelerador quando o sinal ficou verde. — Fala sério, Oclinhos.

— É — concordei. — Não sei de onde veio isso.

— Além disso, Hugh Hefner era um escroto. O Charlie jovem, por sua vez, era tão irresistível que Grace Bassett me agarrou no aeroporto.

— Sério? — perguntei, sem esconder o sarcasmo. — Não acredito.

— Vai por mim, ela implorou por aquele beijo.

— Isso é o que você quer que eu pense.

— *Touché.*

Quando Charlie estacionou o carro em frente a uma casa grande e bonita no fim de uma rua sem saída, o frio na barriga voltou. Havia três carros na entrada e alguns outros na rua, então, embora não parecesse ser uma festa enorme, era maior que minhas reuniões com quatro amigos.

Mas foi como se Charlie soubesse que eu estava nervosa, porque ele tirou um pacotinho de antiácido do bolso, colocou duas pastinhas na boca, e disse, com uma voz tranquilizadora:

— Vou fazer com que seja divertido, prometo.

Saímos do carro e, enquanto andávamos até a varanda, eu me perguntei como ele se comportaria na festa. *Quem* era Charlie Sampson quando estava com os amigos?

— Vai ser rápido e indolor. Não se preocupe — garantiu ele.

Subimos os degraus da varanda, e Charlie abriu a porta como se já tivesse entrado ali centenas de vezes. Ouvi uma música tocando alto — "Nobody Knows", do Driver Era (eu amava o álbum *X*) — e vi pessoas espalhadas por toda parte.

Entrei atrás dele, respirando fundo e me lembrando de que aquilo não era nada de mais. Eu não conhecia ninguém na festa, então todos podiam me odiar e isso não faria diferença alguma.

Passamos por dois caras sentados no sofá, ouvindo uma loira bonita falar sobre algo que parecia ser fascinante. À direita, um grupo estava reunido ao redor da mesa de jantar, que estava cheia de cartas e latas de cerveja, e algumas pessoas assistiam a qualquer que fosse o jogo com muita atenção. Cruzamos por pessoas em pé rindo e batendo papo. Seguindo Charlie, dei uma olhada na cozinha, com o estômago vazio, me perguntando se haveria algo para comer, um salgadinho ou torradinhas com patê, até que me dei conta de que aquela não era uma festa onde eu encontraria travessas cheias de comida.

Era exatamente o que qualquer pessoa esperaria de uma festa de adolescente, embora não parecesse tão caótica.

Mas ainda era cedo.

As pessoas ficavam olhando para a gente, e não consegui afastar o pensamento de que todos estavam prestando atenção em nós dois. Coloquei o cabelo atrás das orelhas e puxei a barra da blusa. Sim, estava começando a me sentir um pouco insegura, e deve ter sido por isso que Charlie se aproximou e sussurrou em meu ouvido:

— Vamos até a cozinha.

A gente foi até a cozinha — NADA de comida, eu estava certa —, e lá um cara loiro e alto disse:

— Caramba, Sampson, até que enfim. Estava começando a achar que ia dar um perdido na gente.

Charlie apontou para mim.

— Tive que buscar a Bailey.

— Finalmente vamos conhecer a Bailey — declarou o loiro, que estava apoiado na bancada, com um sorriso simpático. — Meu nome é Adam, tenho certeza de que ele já falou tudo sobre mim. Esse é o Evan, e aquele ali é o Eli.

Fui pega de surpresa e fiquei perdida por um instante, olhando para os garotos sentados à mesa. *Charlie tinha falado de mim para os amigos?*

— Oi — falei, sorrindo e fingindo que já sabia que eles existiam. — Prazer, gente.

— O que acha desta camisa? — perguntou Evan, apontando para a camisa de botão cor-de-rosa que estava vestindo.

— Nossa, cara, chega de falar dessa camisa — resmungou Adam, rindo e balançando a cabeça.

— Você que não para de falar dela — respondeu Evan, alto.

Eli riu e falou:

— É linda, cara. Agora chega.

— Eu gostei — comentei, sem saber se Evan queria mesmo minha opinião.

— Cerveja? — indagou Adam.

— Não, valeu — replicou Charlie. — Bay?

— Não, obrigada — falei, olhando para ele e me perguntando se Charlie bebia e estava recusando por minha causa. De qualquer forma, fiquei feliz por ele não beber. Eu não tinha nada contra bebida, mas eu meio que gostava de ter controle e a ideia de perder as inibições na frente dos outros era terrível.

— Preciso falar... — disse Eli. — Imaginei você um pouco mais, é...

— Feia? — sugeriu Evan, olhando para Eli e assentindo. — Eu também.

— *Quê?* — perguntei, olhando para Charlie. — Disse a eles que eu era feia?

— Não — respondeu ele, rindo.

— Não — repetiu Eli. — Ele fala de você como se fosse uma colega de trabalho qualquer. Esqueceu de falar que você...

— Que eu não sou *tão* feia assim? — completei, olhando para Charlie sem conseguir segurar a risada.

— Exatamente — concordou Eli, aliviado por eu não ter entendido errado o que ele quis dizer.

— Charlie! — Alguém gritou da sala. — Precisamos de você aqui.

Ele olhou para mim e questionou:

— Quer fazer parte dos universitários comigo?

— Oi?

— Charlie é um gênio do quiz, então todo mundo quer ficar no time dele — explicou Eli, pegando a lata de cerveja à sua frente. — Tanto que agora ele é o universitário, e as pessoas podem pagar por uma consulta.

Olhei para ele, chocada.

— Isso é verdade? Você é inteligente? — perguntei.

— Eu sou um *gênio* — respondeu ele.

Ah, claro.

— Pior que ele é mesmo — retrucou Eli.

— *Não* acredito — falei.

Quer dizer, era óbvio que Charlie era inteligente, mas nunca imaginei que fosse alguém que se desse ao trabalho de ir bem na escola. Pessoas como ele em geral matavam aula e dormiam na sala.

Sério que ele era um gênio?

— Charlie! — chamou o grupo que estava à mesa de jantar, como se a pessoa de quem mais gostavam no mundo inteiro tivesse acabado de chegar. Ele só deu um sorrisinho e ergueu a mão, como se aquela cena fosse corriqueira.

Na verdade, *todo mundo* ficava feliz ao vê-lo, e não só pelo seu talento para o jogo. Quase todas as pessoas por quem passamos até chegar à sala sorriram e gritaram um "E aí, Charlie!", como se ele fosse um velho amigo voltando de uma longa viagem.

Não sabia o que pensar. Eu gostava do Charlie — uau, eu gostava *mesmo* do Charlie —, mas era meio surpreendente que tantas outras pessoas também gostassem. Eu imaginava que ele fosse aquele tipo de cara que levava um tempo para se afeiçoar. O tipo de cara que só quem conhece entende.

— Sampson! — exclamou um cara de camiseta branca e calça vermelha (e com uma barba cheia). — Não acreditei quando Tad disse que você vinha. Faz um tempão que a gente não se vê.

— Eu trabalho todo fim de semana — disse Charlie, e olhou para mim. — Falando nisso, essa é a Bailey.

— E aí, Bailey? — cumprimentou o cara, sorrindo como se eu fosse fantástica só por estar *com* Charlie. — Eu sou o Austin.

— Amei sua calça, Austin — elogiei, desejando ter aceitado a cerveja que Eli ofereceu só para estar segurando algo e parecer que me encaixava ali. — Ousada.

— Né? — disse ele, concordando e olhando para a calça vermelha. — Para mim, essa calça passa a mensagem de que eu sei exatamente quem sou.

— Você é o cara da calça vermelha — falei, rindo e simpatizando com Austin logo de cara.

Ele parecia ser o tipo de pessoa que estava sempre sorrindo. Austin parecia legal e exalava positividade, o que contrastava com o jeito de Charlie. *Esses dois são amigos?* Parece que os opostos se atraem mesmo.

— Também conhecido como o Cara das Escolhas Duvidosas — acrescentou Charlie. — Ou talvez Inimigo da Moda.

Isso fez Austin cair na gargalhada e contar uma história sobre alguém que eles conheciam.

Comecei a me perguntar por que fazia tempo que Charlie não *saía com os amigos*. Sim, ele trabalhava aos fins de semana, mas eu sabia que estava de folga toda sexta à noite.

Então, o que ele fazia no seu tempo livre? Ficava sozinho em casa, sofrendo pela ex? Será que tinha alguma obrigação familiar que o distanciava dos amigos? Por que ele andava sumido?

Considerando a reação das pessoas na festa, ele claramente era uma pessoa sociável, então... o que estava acontecendo?

E por que estou tão curiosa?

— Ai, meu Deus, é o Charles! — gritou uma ruiva baixinha, que veio correndo e deu um abraço apertado nele. Ela ficou muito feliz ao vê-lo ali. — Você voltou!

Então ela olhou para mim e disse:

— Oi. Eu sou a Clio.

— Bailey, prazer — respondi, com um sorriso largo, porque era impossível não sorrir para ela.

Clio tinha um sorriso caloroso, do tipo que também sorri com os olhos, deixando-os enrugadinhos nos cantos. Ela *irradiava* gentileza. Senti meus ombros relaxarem.

— Obrigada, Bailey, por tirar esse idiota de casa.

Sério, qual era a história do enclausuramento de Charlie?

Charlie colocou a mão no rosto de Clio e o empurrou, de brincadeira.

— Só porque tenho uma vida não quer dizer que virei um eremita.

— Que seja — disse ela, estendendo o braço para pegar uma lata de cerveja na mesinha de centro. — Se prepare para nos passar as respostas.

Sentamos no sofá, e Charlie se aproximou e sussurrou:

— Belisque minha perna ou algo do tipo se ficar entediada, e a gente vai embora.

— Assim? — perguntei, beliscando sua perna com força.

Ele balançou a cabeça devagar.

— Você tem *muita* sorte de eu ser um cara legal. Se Eli fizesse isso, eu acabaria com ele.

— Nossa, que medo! — murmurei, pegando o celular para ver se meus pais não tinham mandado mensagem.

Ouvi Charlie rir quando Clio começou a me explicar as regras do jogo. Era um quiz de conhecimentos gerais, mas para a nossa geração. Todas as perguntas eram sobre coisas com as quais todos estavam familiarizados, mas exigiam que o jogador soubesse os mínimos detalhes, como: "De que cor era o roupão que Jess estava usando quando ela e Nick se beijaram pela primeira vez em *New Girl*?"

Sempre que um grupo perdia um ponto, tinha que subir na mesa de jantar e cantar uma música escolhida pelos demais jogadores. Fiz dupla com Clio, e todos os convidados foram até a sala para assistir.

Charlie pelo jeito era um mercenário. Se a dupla não soubesse a resposta, tinha a opção de pagar um dólar pela ajuda dele. E o impressionante foi que ele acertou todas as vezes que foi consultado.

Então, quando Clio e eu ficamos em dúvida quanto à resposta de "Com o que Michael Scott embrulha o pé depois de pisar no grill, em *The Office*?", Charlie bateu a perna na minha.

Olhei para ele, que balançou as sobrancelhas para mim, daquele jeito insuportável.

— Acho bom você colocar um dólar na minha calcinha fio dental imaginária, Oclinhos.

— Agora fiquei enjoada, muito obrigada — respondi.

— Você tem um dólar, Bailey? — perguntou Clio. — Porque talvez ele tenha razão. Sei que Michael Scott embrulha o pé com plástico-bolha, mas não consigo lembrar com o que mais.

Eu não podia fazer aquilo. Não podia dar dinheiro a Charlie, que parecia tão presunçoso. E, quando ele começou a cantar "paga, paga, paga" e todo mundo começou a entoar junto, fui obrigada a me posicionar.

— Não precisamos disso — falei, olhando para Charlie e erguendo as sobrancelhas. — Michael Scott embrulha o pé com plástico-bolha, e só.

— Jurados? — perguntou Charlie, e olhei para ele. Ele estava *muito* feliz, então eu soube que tinha errado.

— Bailey está certa — declarou a loira com o cartão-resposta na mão. — Ele embrulha, *sim*, o pé com plástico-bolha.

— Toma — falei.

— Mas — acrescentou ela, largando o cartão e abrindo um sorrisinho. — O plástico-bolha é preso com fita adesiva.

— Isso não é um embrulho — argumentei enquanto a sala explodia em risadas e ruídos. — A fita não faz parte do embrulho, é só pra colar.

Charlie balançou a cabeça, rindo.

— Por que você não me ouviu? — indagou ele.

— Porque eu prefiro cantar em cima de uma mesa a admitir que você tem razão — respondi.

— Vamos, Bailey — disse Clio, com um sorrisinho levemente embriagado. — É a nossa vez.

— Poxa, eu só vim acompanhar o Charlie — comentei, tentando a sorte, mas ela pegou meu braço. — Sou convidada. Eu não devia estar sujeita às mesmas...

— Vamos logo — insistiu ela, me puxando para a sala de jantar.

— Charlie — falei, olhando para ele. — Não acha que devia me salvar?

— Eu tentei — respondeu ele, sorrindo —, mas você não quis usar a calcinha fio dental imaginária.

— Qual é a música? — perguntou Clio, ligando o karaokê com o controle remoto depois de subir na mesa.

Todos começaram a gritar sugestões, e então Charlie disse:

— "All Too Well", da Taylor Swift. A versão de dez minutos.

CAPÍTULO DEZENOVE

Charlie

Todos gritaram, e Bailey me olhou como se quisesse me dar um soco na cara. Ela semicerrou os olhos e franziu as sobrancelhas, e me dei conta de que eu me sentia absolutamente à vontade com ela me olhando daquele jeito.

Eu meio que gostava disso, para falar a verdade.

Implicar com Bailey era meu novo passatempo favorito.

Mas o que ela não entendeu *desta vez* foi que eu estava lhe fazendo um favor quando escolhi aquela música.

"All Too Well" começou, e todos voltaram a gritar.

E, de repente, como eu imaginava, todo mundo começou a cantar com Clio e Bailey. Era como se estivessem cantando com a Taylor, alucinados.

You almost ran the red 'cause you were looking over at me

Bailey estava rindo, dividindo o microfone com Clio, e fiquei um pouco impressionado com o modo como ela estava lidando com a situação. Eu esperava que a Srta. Representante de Turma ficasse nervosa, mas na verdade ela estava tranquila.

— Você não disse que ela era chata? — perguntou Eli, sentando-se ao meu lado no sofá. — Ela é a maior gata.

Olhei para Eli, que estava encarando Bailey, sorrindo, e alguma coisa naquela cena não me caiu bem.

— Nunca disse que ela era chata — respondi.

Bailey fez um agudo, o nariz todo enrugadinho.

Fuck the patriarchy
Key chain on the ground

— Só disse que ela era meio nerdzinha.

— Bem, combina com ela — falou ele.

Mas eu não gostei do jeito como ele disse aquilo. Como se a aparência fosse a característica mais importante de Bailey. Qual era o meu problema? *Relaxa.* Eu precisava relaxar. Eli só estava me incomodando porque eu sentia que precisava proteger Bay. Só isso. Eli não estava fazendo nada de errado.

— É — concordei.

Ela podia ser muito irritante, mas estava mesmo linda dançando em cima da mesa.

Era um pouco perturbador, para ser sincero.

No momento em que pensei isso, ela olhou para mim. Com os olhos quase fechados, sorria e cantava, o que me fez sorrir também, e aí ela errou a letra. Cantou a palavra errada bem alto no microfone, e não sei qual foi a cara que fiz, mas fez com que ela começasse a rir.

E alguma coisa naquela cena me acertou em cheio.

Foi por isso que eu estava rindo e cantando junto feito bobo quando olhei para trás e vi Becca e Kyle chegarem, sorrindo um para o outro.

Mas que *droga.*

CAPÍTULO VINTE

Bailey

Eu estava tendo uma crise de riso — e cantando — quando vi o que aconteceu.

Charlie estava sorrindo de um jeito engraçado para mim, cantando "All Too Well", e de repente sua expressão mudou totalmente.

O sorriso sumiu, de repente, e ele engoliu em seco, fazendo seu pomo de adão subir e descer. Olhei para o casal que tinha acabado de entrar, e — caramba — era *ela*. A garota bonita do cinema.

A ex-namorada de Charlie.

Ele mudou de expressão de novo, tão rápido quanto antes. Voltou a olhar para mim e sorriu, mas o sorriso não chegou aos olhos. Fiquei feliz ao perceber que a música estava acabando, porque não queria mais cantar.

Ver a ex dele com o namorado novo foi terrível.

— Muito obrigada, Omaha! — disse Clio no microfone, sorrindo para mim. — E vou torcer para que a gente não suba mais aqui hoje.

Ela largou o microfone, e saltamos da mesa ao som de aplausos.

— Isso foi *horrível* — comentou Eli, batendo palmas devagar e sorrindo de onde estava, ao lado do Charlie no sofá. — Nota dez.

— Nossa, obrigada — respondi, mas sem tirar os olhos de Charlie, que parecia desconfortável.

Ele estava numa pose relaxada, com os tornozelos cruzados, o braço apoiado no encosto do sofá e um sorrisinho, mas a tensão transparecia na mandíbula tensa e no olhar perdido.

Quando me sentei ao lado dele, Becca e o namorado se aproximaram.

Droga.

O cara sorriu para Charlie.

— Sampson, e aí? Tudo bem?

Ele — como o restante do mundo — parecia feliz ao ver Charlie.

A ex dele também. Ela abriu um sorriso. Um sorriso *carinhoso.* Como se ele fosse um amigo de longa data. Um sorriso feliz, gentil e nada fingido, e imaginei que ver aquela expressão e os dedos dela entrelaçados nos do namorado devia ser péssimo. Não pude deixar de me sentir mal por Charlie.

— Sua mãe sabe — brincou Charlie, com um sorrisinho malicioso que parecia dizer a todos que ele estava zoando e que eles eram amigos e rá-rá-rá é uma piada com a mãe dos outros.

— Pergunte pra *ela.*

O garoto caiu na gargalhada, e a ex de Charlie sorriu. Fiquei surpresa ao ver que pelo jeito eu era a única que entendia o verdadeiro significado daquelas palavras. Todos achavam Charlie muito engraçado, mas ele usava humor e sarcasmo como mecanismo de defesa.

O tempo todo.

Já tinha percebido isso quando ele falava sobre o relacionamento com os pais, mas de repente ficou claro que ele agia assim em qualquer situação.

É lógico que, se eu dissesse isso a ele, Charlie provavelmente bagunçaria meu cabelo e tiraria sarro de mim por tentar dar uma de Freud, mas, nossa... estava na cara.

E, agora que percebi, era impossível não pensar nisso.

E é o único jeito de explicar por que eu sorri para o namorado novo.

— Oi, eu sou a Bailey. *Amiga...* do Charlie...

Olhei para Charlie, com a cabeça um pouco inclinada, como se eu ser ou não uma *amiga* fosse uma piada interna. Ele percorreu todo o meu rosto com seus olhos escuros em uma fração de segundo e, quando *entendeu*, foi abrindo um sorrisinho sedutor aos poucos, o que me deu um friozinho na barriga.

Caramba... Charlie sabia ser *sexy* quando queria.

Alguma coisa no canto dos seus olhos enrugadinhos, no olhar preguiçoso, cheio de malícia, quase como se ele quisesse fugir dali comigo.

Eita.

Afastei esse pensamento indesejado porque o mais importante era que seus olhos tinham voltado à vida. Não sei por quê, mas odiava ver Charlie tão infeliz.

— Eu sou Kyle, e esta é Becca — disse o garoto.

Eu sorri, assenti e tive que me esforçar para não ficar olhando muito para Becca.

Mas era impossível.

Porque eu estava tentando entender o casal Becca e Charlie. Mais que isso, estava tentando entender a ideia de Charlie gostar tanto de alguém a ponto de ter dificuldade de superar essa pessoa.

Porque ele pode ter me convidado com a desculpa de manter as aparências, mas eu não era idiota; era tudo por causa dela. Charlie era daquelas pessoas raras que não estão nem aí para o que os outros pensam, então o fato de ela ter feito com que ele se importasse significava alguma coisa.

— Vocês perderam "All Too Well" — comentei, tentando dar uma de festeira descontraída, mas na verdade eu *odiava* bater papo com estranhos porque ficava super sem graça.

— Ah, a gente ouviu o finalzinho — replicou Becca, falando comigo, embora seus olhos azuis não parassem de voltar para Charlie. — Não pediu ajuda aos universitários?

Isso fez com que ela e Charlie trocassem um sorriso, e por algum motivo não gostei. Eles estavam compartilhando lembranças naquele olhar, lembranças de momentos que viveram juntos, e senti um desconforto ao testemunhar aquele *segundo* do que quer que tenha sido.

Não sei por que, mas odiei.

Devia ser porque, apesar de tudo, não gostava de vê-lo triste.

Só podia ser isso.

— Bay é teimosa demais para pedir ajuda — disse Charlie, e meio que se inclinou na minha direção. Tipo, tecnicamente, foi só um toque de ombros, um empurrãozinho, mas demonstrava uma intimidade que Charlie e eu *não* tínhamos. — Se não me engano, as palavras que ela usou foram que ela prefere cantar em cima de uma mesa a admitir que eu tenho razão.

Isso me pegou de surpresa, e eu ri, chocada por ele se lembrar do que eu tinha dito. Dei de ombros, e não sei o que me deu, talvez uma necessidade bizarra de protegê-lo de cicatrizes emocionais, mas entrelacei os braços em seu bíceps esquerdo e apertei.

Sim, eu *abracei* o braço dele.

— E continuo preferindo — declarei.

Charlie olhou para mim, o único sinal de surpresa era uma ruguinha de nada entre as sobrancelhas, e disse:

— Espera, tem um cílio aqui.

Parei de respirar quando ele aproximou o rosto do meu e, com a mão livre, tocou na minha bochecha com delicadeza. Foi uma fração de segundo, mas pareceu que o tempo parou quando nossos olhos se encontraram.

O que está acontecendo? Respirei fundo e me senti um pouco agitada, meu coração disparando quando ele me olhou de cima a baixo. Aqueles olhos castanhos me hipnotizaram como um feitiço, uma magia que me impedia de desviar o olhar de sua mandíbula, que se contraiu e, logo em seguida, relaxou.

De repente, como se alguém tivesse apertado um botão, tudo voltou à velocidade normal.

O barulho da festa voltou, Charlie se endireitou, e voltamos a conversar com a ex e o novo namorado dela.

Só que, em vez de deixar que a mão caísse ao lado do corpo, ele a deixou descansar na minha coxa.

E não foi "sem querer", mas quase me agarrando mesmo, com o polegar e o indicador pressionando levemente.

Olhei para seus dedos compridos e me perguntei por que eu estava sentindo tanto frio na barriga. Por que ver a mão de Charlie na minha perna estava causando um caos dentro de mim?

O. Que. Está. Acontecendo?

Ao me dar conta de que estava encarando sua mão, me obriguei a voltar a olhar para seu rosto. Charlie estava me lançando aquele sorrisinho bobo de sempre, e percebi que estava me deixando levar pelo joguinho.

É só o Charlie, sua idiota.

Mas eu ainda sentia o toque dele na minha coxa.

Pigarreei.

Becca olhou para a mão de Charlie, então ergueu o olhar.

— Sabe onde a Brittany está? — perguntou ela. — Ela foi pegar cerveja para a gente.

— Ela estava na cozinha quando chegamos — respondeu Charlie.

Não pude deixar de notar que seus olhos a sorviam por inteiro quando ele observava Becca. Será que Charlie sabia quanto seus sentimentos transpareciam quando ele olhava para ela?

E por que eu achava isso um pouco irritante?

— Britt! — gritou ela, segurando o namorado pelo braço ao ir em direção à cozinha. — Cadê você?

Quando eles saíram, soltei o braço de Charlie e fiz de tudo para não olhar para ele. Não sabia ao certo como lidar com aquela coisa estranha que tinha surgido entre nós dois. Eu sabia que tinha me deixado levar um pouquinho pela nossa farsa, mas será que ele saberia que não passou disso?

— Oclinhos.

— Hum? — Tentei parecer descontraída ao erguer as sobrancelhas, como se estivesse interessada no que ele ia dizer. — Que foi?

Ousei olhar para Charlie, e ele estava me olhando de um jeito meio estranho.

Era... sincero, talvez? Ele soltou minha coxa e pigarreou.

— Você foi muito bem — elogiou. — Obrigado.

— De nada.

— Vamos, Clio — insistiu Charlie, indo atrás dela em direção à entrada.

Saí e fechei a porta, enquanto Charlie tentava fazer com que ela cedesse.

— Vamos!

— Eu estou bem — respondeu Clio. Bem, na verdade *gritou*, sorrindo ao andar pela varanda e ir até o jardim.

— Não — disse Charlie, dando um salto da varanda e aterrissando na frente dela. Ele dobrou os joelhos, para que seu rosto ficasse nivelado com o dela (ele era uns trinta centímetros mais alto). — Não vou conseguir dormir se deixar uma das minhas pessoas favoritas dirigir bêbada. Por favor, deixe que eu levo você para casa, porque preciso do meu sono de beleza.

O sorrisão que ela abriu me fez sorrir também, até porque... o que mais eu poderia fazer?

O garoto babaca do aeroporto era tão charmoso que chegava a ser ridículo.

Na verdade, não era isso.

Não era *charme* que estava fazendo com que Clio e eu nos derretêssemos, era *gentileza*. O garoto babaca do aeroporto claramente se importava com a amiga e estava determinado a cuidar dela.

Nossa, era encantador até *demais*, como o sol em um dia de primavera. Tão maravilhoso que você quer ficar olhando para ele o dia todo, mas as consequências são córneas queimadas e visão prejudicada.

Colocamos Clio no banco traseiro, e, depois de colocarmos o cinto de segurança, Charlie falou, dando a partida:

— Ah, meu amigo Eli me perguntou se podia te chamar para sair.

O quê? Sabia que devia agir como se já tivesse passado por isso, mas o que eu queria mesmo era dizer: *Tem certeza? Será que ele não me confundiu com outra pessoa?*

Não que eu achasse que era impossível alguém se interessar por mim, mas não interagi muito com Eli, só trocamos algumas palavras.

— Por que ele perguntaria isso para *você*? — questionei, como quem não queria nada, lidando com o choque de alguém ter reparado em mim. — Você é o que, meu pai?

Charlie engatou a marcha e saiu.

— Sou amigo dele, e Eli só queria ter certeza de que eu não me importaria. Fica calma.

Olhei para Clio, que parecia estar dormindo sentada, e tentei decidir como me sentia com aquela reviravolta. O amigo de Charlie era bonito e parecia ser legal, mas não era o Zack.

— Como ele é? — indaguei, decidindo não descartar a oportunidade antes de ter todas as informações.

— Ai, meu Deus, eu adoro o Eli — disse Clio, com os olhos fechados. — Ele é lindo e um amor de pessoa.

Isso me fez sorrir para Charlie.

— Acho que você ia gostar dele — acrescentou ele, olhando pelo retrovisor antes de mudar de pista.

— Sério? — quis saber, olhando para ele, por algum motivo surpresa.

— Sim — respondeu ele, com uma expressão indecifrável, descansando o pulso no volante. — Quer dizer, *eu* gosto dele, Eli é charmoso, e você não está a fim de mais ninguém, né?

— É... — respondi, olhando para a escuridão pelo para-brisa e pensando em Zack.

Mas devo ter feito alguma cara estranha, porque ele arregalou os olhos.

— Caramba, de quem? De quem você está a fim?

— De ninguém — menti, mas Charlie não acreditou.

— Ah, vai, Oclinhos — falou ele, com um olhar travesso. — Não conheço seus amigos, então pode me contar. Tem alguém fazendo seu coraçãozinho bater mais forte?

— Ah, não é bem *assim* — respondi, desdenhosa, tão longe de estar com o coração assim que não era nem engraçado.

— Espera aí — disse ele, me olhando de relance antes de voltar a prestar atenção na rua. — Você ainda gosta do seu ex?

— Não! — rebati, *muito* na defensiva. Olhei para Clio e repeti, bem mais baixo. — Não.

— Caramba, gosta, *sim* — retrucou Charlie, erguendo as sobrancelhas. — Dá para ver.

— Dá para ver como? Isso é ridículo — afirmei, com uma risadinha falsa, tentando disfarçar.

— Eu só sei. — Charlie olhou para mim por uma fração de segundo, e seu rosto ficou sério, seu sorriso se desfez de repente, e ele deu de ombros para enfatizar que não sabia como explicar.

— Porque a verdade é que *você* ainda gosta da Becca — sussurrei.

Ele não concordou, mas também não negou, e parou no sinal vermelho.

Charlie sustentou meu olhar por um tempo.

— E aí, vocês se falam? Como é? — perguntou ele.

Na maior parte do tempo, eu não falava sobre mim e Zack. Por vários motivos.

Não queria ouvir opiniões sobre como eu precisava superar ou sobre a personalidade de Zack, e com certeza não queria que me achassem carente por não conseguir simplesmente esquecê-lo.

Eu provavelmente diria essas coisas para alguém que estivesse na mesma situação que eu, para ser sincera.

Mas a verdade sobre os relacionamentos é que ninguém de fora sabe dos pequenos e singelos momentos que pertencem só aos dois. São *esses* momentos que fazem com que a gente se apegue à pessoa, porque foi só para nós que ela mostrou aquele lado de si.

Um lado que ninguém mais conhece.

Como a vez em que cantamos sussurrando a letra inteira de "A Groovy Kind of Love", do Phil Collins, quando ele me levou para o quarto dele às escondidas e eu fiquei presa lá porque a mãe dele não saía nunca; o dia em que ele ficou com os olhos *cheios* de lágrimas quando contei que meu pais brigavam o tempo todo; quando ele me beijava enquanto eu estava no meio de uma frase porque dizia que não ia aguentar esperar mais um segundo; e o álbum *Rattle and Hum*, do U2 — que ele comprou quando fomos a uma loja e disse que Bono com certeza tinha escrito "All I Want Is You" para nós dois.

As várias piadas internas continuavam em meu coração, me impedindo de seguir em frente.

Mas eu sabia que esses pensamentos me faziam parecer uma criancinha apaixonada, então era mais fácil deixá-los só na minha cabeça.

E por isso que foi bem estranho que, naquele momento, eu tenha me sentido segura para compartilhar isso com Charlie. Dei de ombros.

— Não. Ele está saindo com outra pessoa.

Eu esperava que Charlie risse e dissesse quanto eu era patética, mas não foi isso que ele fez. Quando o sinal abriu, ele assentiu.

— Então por que você não superou? — questionou.

— Não sei — respondi, na defensiva, irritada porque ele estava falando igualzinho a Nekesa.

— Não... não quis parecer insensível — explicou ele, erguendo a mão como se quisesse reformular as palavras. — O que eu quis dizer foi que, hum... na maioria das vezes, quando o casal tem um término normal, mesmo que ainda sintam alguma coisa um pelo outro, os dois seguem em frente. Então, se uma garota inteligente como você não conseguiu superar, deve ter um motivo. Algo que está dificultando.

Semicerrei os olhos, desejando poder enxergar dentro do seu cérebro.

— Como assim? — perguntei.

— No meu caso, por exemplo — sussurrou ele, constrangido —, Becca ainda me manda mensagens o tempo todo, só como amiga, mas às vezes parece *muito* que ainda estamos juntos, e eu fico confuso.

— Ah, que droga — falei, imaginando o rosto de Becca, me perguntando se ela estava fazendo um joguinho com ele. Só passei um minuto com ela, então não fazia a menor ideia, mas esperava que ela não estivesse usando Charlie, alimentando falsas esperanças só para que ele não a superasse.

— Né? — Ele abriu um sorrisinho, mas não de felicidade ou animação. Era um sorriso autodepreciativo, como quem diz: "Eu sou um idiota." — Então eu estava me perguntando se não tem um motivo para você ainda estar envolvida.

Olhei para aquela cara irritante do Charlie e pensei em quão estranho era aquela conversa sobre o término ser mais intensa que qualquer outra que eu tive com Nekesa, ou com qualquer outra pessoa.

Respirei fundo.

— No nosso caso, o término foi um engano.

Ele ergueu a sobrancelha.

— Eu sei, parece uma coisa que qualquer ex-namorada diria. Mas é verdade.

Contei para ele que eu tinha terminado com Zack quando estava brava, esperando que a gente fosse voltar, mas Zack achou que fosse o fim do nosso namoro e começou a sair com outra pessoa. Quando Charlie parou na frente de uma casa — de Clio, provavelmente —, eu concluí:

— Então meio que parece que não acabou.

— Ah. — Parecia que ele queria dizer alguma coisa, mas estava se segurando. Seus olhos percorreram meu rosto, e ele perguntou: — E você voltaria com o cara se ele pedisse?

Essa... era uma boa pergunta. Eu achava que sim, mas a pergunta de Charlie me fez perceber que eu ainda não aceitava muito bem que Zack tivesse *me* superado tão rápido. Se ele sentisse por mim *metade* do que eu sentia por ele, não deveria ter demorado um pouquinho mais? Não deveria ter insistido um pouquinho antes de desistir?

— Acho que sim — admiti, sabendo que era a resposta errada, mas ao mesmo tempo sendo sincera. — E você? Voltaria com Becca se ela pedisse?

— Chegamos! — exclamou Clio, se enfiando entre nós dois.

— Chegamos! É a minha casa.

— Isso mesmo — disse Charlie à amiga levemente embriagada, mas ainda olhando para mim. Ele deu um sorrisinho com os lábios fechados, reconhecendo o sofrimento que tínhamos em comum, então tirou a chave da ignição e abriu a porta. — Vamos levar você para dentro, srta. Clio.

CAPÍTULO VINTE E UM

Bailey

Abri a porta do apartamento e fiquei surpresa ao ver que as luzes da sala ainda estavam acesas. Minha mãe quase nunca ficava acordada até a meia-noite, então olhei para Charlie apavorada. Eu tinha ajudado Clio para garantir que ela subisse até o quarto dela quietinha — e foi o que aconteceu —, mas isso fez com que eu chegasse mais tarde em casa.

Atravessamos a cozinha, e, quando entramos na sala, minha mãe e Scott estavam sentados lado a lado no sofá. A TV estava ligada, mas eles olhavam para mim como se estivessem me esperando aparecer na porta.

— E aí, corujas — falei, abrindo um sorriso na esperança de parecer descontraída. — Achei já que estariam dormindo.

— Bay — disse minha mãe, irritada. Senti um aperto no peito, ela raramente ficava brava comigo. — Meia-noite quer dizer meia-noite.

— Eu sei, desculpa — respondi, e olhei para Scott, que estava olhando fixamente para alguma coisa às minhas costas.

Para *alguém*.

Ele parecia estar fuzilando Charlie com o olhar.

— Tivemos que levar uma amiga do Charlie em casa de última hora, por isso me atrasei.

— Mas você tem que pensar em tudo isso para não passar da hora, querida — retrucou minha mãe, cruzando os braços. — Faz parte de "ter idade suficiente para ficar fora até a meia-noite".

— Eu sei. — *Por que ela está pegando tanto no meu pé?* Minha mãe era supertranquila, ainda mais porque eu nunca saía, a não ser para ir a uma cafeteria ou a uma livraria. — Foi de última hora. Charlie viu que ela não estava bem para dirigir, então pegou a chave dela e insistiu...

— Ela estava *bêbada*? — perguntou Scott, como se eu tivesse acabado de dizer que ela era uma assassina.

Franzi o cenho ao me perguntar por que o Meia Branca estava se intrometendo na minha vida. Pigarreei.

— Bem, não diria *bêbada*...

— Mas ela bebeu — insistiu Scott, e olhou para Charlie, depois para minha mãe. Então me indagou: — Você estava em uma festa com *bebida alcoólica*?

Charlie fez um barulhinho, como se tivesse achado graça nas palavras ridículas de Scott.

— Ela bebeu, mas isso não quer dizer que todo mundo estava bebendo — expliquei.

Scott olhou para minha mãe com certa expectativa, como quem quisesse que eu fosse punida.

Fiquei muito irritada. Quem ele achava que era, o *marido* dela? Que direito tinha de instruí-la de acordo com as expectativas parentais *dele*?

E como se isso tudo já não fosse ridículo, a verdade era que a filhinha do Scott ia a festas *o tempo todo*.

— Isso não pode se repetir, Bay — declarou ela, constrangida.

Parecia que estava atuando, que estava dizendo aquilo porque sabia que Scott esperava que ela fizesse isso, o que me deixou ainda mais irritada. Minha mãe era uma mulher incrível — por que ela ia permitir que ele a tratasse assim?

— É só *isso*? — quis saber Scott, olhando para minha mãe como se ela tivesse me elogiado por chegar tarde.

— *Só* — respondeu ela, olhando para ele com uma irritação que me deu vontade de aplaudir. — Bailey sempre foi responsável. Confio nela.

— Mas antes ela não saía com o Sr. Engraçadinho aí.

— *Scott* — repreendeu minha mãe, e olhou para ele como se estivesse envergonhada com aquela imaturidade.

— Como você sabe com quem eu saio? — questionei, baixinho, mas surpresa pelo simples fato de ter perguntado.

Eu odiava confrontos, mas odiava ainda mais aquele *estranho* se intrometendo na nossa vida. Ele não sabia nada a meu respeito, e o fato de ele ousar se meter assim era muito invasivo e até meio controlador.

De certa forma, era um insulto ao meu *pai* também, o que não fazia sentido, mas agravava a dolorosa sensação de ardência no meu peito.

— Você chegou agora, então acho que o que eu faço não é problema seu — disparei.

— Eu vou nessa — anunciou Charlie, e, quando me virei para ele, a expressão em seu rosto me deixou surpresa.

Ele estava meio corado e constrangido. Não se parecia em nada com o arrogante de sempre.

Quase como se tivesse ficado incomodado com o que Scott disse.

Senti uma vontade estranha de proteger Charlie e me perguntei por que isso acontecia com tanta frequência. Ele era arrogante, insuportável e obviamente não precisava da minha proteção, mas, quando vi seu rosto naquela festa — e ali na sala da minha casa —, ele parecia tão vulnerável. E isso me chateou.

— Obrigada pela carona, Charlie — agradeci, e fiquei com vontade de acrescentar: "E por ser o tipo de cara que insiste em levar Clio para casa." Mesmo sabendo que isso não ajudaria em nada naquela situação.

Quando ele foi embora, fui me deitar, furiosa porque Scott (a) achava que precisava se preocupar com a minha vida, (b) foi um babaca com Charlie, e (c) claramente já estava dormindo todo dia na minha casa por tempo indeterminado. Fiquei muito irritada, e muito triste, porque parecia que eu não tinha nenhum controle sobre nada. Tudo estava mudando — mais uma vez —, e eu não podia fazer nada para impedir.

Foi quando ouvi.

Estava deitada na cama, enrolada no cobertor que eu tinha desde que morava no Alasca, quando ouvi os dois. Scott e minha mãe estavam discutindo sobre *mim*, e Scott não parecia feliz.

Caramba, será que está funcionando?

— Se você não se impuser, ela vai passar por cima de você.

Ah, não vou, não. Eu me aconcheguei no travesseiro. *Mas, se eu passar, não é da sua conta.*

— Não, ela não vai — rebateu minha mãe, parecendo irritada e cansada.

Eu me senti mal por ter contribuído no seu cansaço. Ela era meu ser humano favorito no mundo inteiro, e eu só queria que ela estivesse descansada e feliz.

— Sei que parece que não, mas veja Kristy. Ela é uma pestinha malcriada, mas nem sempre foi assim.

Caramba, ele falava da própria filha assim?

— Bailey *não é* igual a Kristy — retrucou minha mãe, ofendida. — Elas são muito diferentes.

Então minha mãe conhecia Kristy?

— Eu sei, Em — disse Scott, pesaroso —, mas acredite em mim... ela era um doce até certa idade, quando Neal e Laura perderam totalmente o controle e a deixaram fazer o que quisesse.

— Mas seu irmão é um frouxo, vai — disse minha mãe. — Não é a mesma coisa.

Espera aí. O quê?

— Verdade. Mas estou dizendo, garotos como Charlie...

— Não vão fazer com que Bailey fique igual à sua sobrinha malcriada — interrompeu ela.

Sobrinha? Kristy era sobrinha *dele?* O alívio tomou conta de mim, deitada ali, sorrindo no escuro e querendo guinchar como um... Bem, como um animal que guincha quando está feliz.

Kristy não era filha dele — caramba!

Sim, eu estava gritando no travesseiro e sacudindo os pés.

— Ele é um bom garoto — garantiu minha mãe, e me senti sortuda por ela ser uma pessoa tão compreensiva. — Você só teve uma primeira impressão ruim. Você vai ver.

O mais estranho foi que ela acertou em cheio. Charlie *era mesmo* uma pessoa decente.

Só que primeiro era preciso passar por muita conversa-fiada até ver esse lado.

Sim, estive esse tempo todo convencida de que o Sr. Nada era um grande babaca. Eu teria apostado dinheiro que ele era Problemático com P maiúsculo. No entanto, quanto mais tempo eu passava com ele, mais me dava conta de que isso não era verdade.

Nem um pouco.

Eu ainda não sabia exatamente o que ele *era*, mas estava começando a ver o que ele *não era*.

CAPÍTULO VINTE E DOIS

Charlie

— Quem vai pegar a Coca-Cola para nós? — perguntou Nekesa. A equipe da recepção do Planeta Diversããão tinha direito a uma garrafa de refrigerante de cortesia por turno, o que sempre levava à discussão sobre quem buscaria a bebida. Nekesa olhou para Bailey, sabendo que ela ia ceder porque a amiga sempre cedia.

— Eu não vou — respondeu Theo de onde estava, agachado no chão, tentando consertar a impressora pela terceira vez só naquele dia.

Theo era um tapado com as habilidades tecnológicas de um idoso, mas eu não estava disposto a ajudá-lo.

"Consertar" a impressora deixava Theo um pouco menos tagarela que o normal.

— Nem eu — murmurei —, porque fui da última vez.

— Não conta, porque você estava trabalhando sozinho — disse Bailey, revirando os olhos e observando meus pés em cima da mesa e o livro em minhas mãos com desgosto.

— Você sabe que vai acabar indo — retruquei.

— É — concordou Theo. — Vai logo, Bailey.

— Aff... eu vou, seu bando de chatos — declarou Nekesa, lançando um olhar para Theo e para mim. — *Eu* posso explorar a Bay por causa da nossa amizade, mas *vocês* não podem.

Na verdade, achava que *eu* podia explorar a Bay porque ela revidaria — com tudo — se não estivesse a fim.

Theo parou de mexer na impressora.

— Vou com você, porque não vai conseguir carregar sem derramar.

Ele era péssimo de paquera, mas Nekesa parecia gostar.

— Consigo, sim — respondeu Nekesa, rindo, e abriu um sorriso largo para Theo.

Com uma ruguinha na testa, Bailey observava os dois com atenção, e posso jurar que dava para ouvir o caos que estava seu cérebro. Ela sabia que a amiga estava de paquerinha, sentia a química entre Theo e Nekesa, e procurava desesperadamente um jeito de intervir.

Vai por mim, Bay, pensei quando ela colocou o cabelo comprido atrás das orelhas, *colegas de trabalho não podem ser amigos.*

— Acho que não — disse Theo, de um jeito meio cantadinho e um tanto repulsivo, e os dois saíram andando pelo corredor que levava aos Diverstaurantes.

É... era só uma questão de tempo.

Bailey tirou o celular do bolso de seu traje de aviador.

— Não faça isso — alertei.

— Isso o quê? — perguntou ela, parecendo surpresa por eu estar de olho nela.

— Não se mete nisso — repliquei, largando o livro e abaixando os pés. — Nekesa é bem grandinha.

— Não estou nem aí pra sua aposta — disse ela, mordendo a bochecha ao guardar o celular e abrir a lista de reservas para ver se alguém tinha cancelado.

— Ah, é?

— Não tanto quanto você — acrescentou ela, se corrigindo. Ela soltou um suspiro longo e pigarreou. — Enfim, Nekesa é bem grandinha *mesmo*, e superapaixonada pelo namorado.

— Sei...

— Para — rebateu ela, com os dentes cerrados, olhando para mim. — Ela *é*, sim.

— É claaaro que é — falei, alongando as palavras só para irritá-la. — Continue pensando assim, Bay.

— Vou continuar — murmurou ela, fazendo aquele beicinho que dificilmente *não* me arrancava um sorriso. — Por que não volta para o seu livro e me deixa em paz?

Eu estava gostando muito do último livro do Haruki Murakami — não conseguia largar a leitura apesar das coisas que estava odiando no enredo —, e, quando comentei isso com Bailey no dia anterior, ela respondeu que nunca tinha ouvido falar do autor até Joe Goldberg falar sobre ele.

O que me levou a admitir que eu nunca tinha ouvido falar em Joe Goldberg, o que a levou a passar meia hora falando sobre os livros da série *Você*, da Caroline Kepnes.

Ela se ofereceu para me emprestar os livros, e eu recusei com educação.

Eu me ofereci para emprestar a ela meus outros livros do Murakami, e foi a vez *dela* de recusar com educação.

— Pode ficar com sua literatura erudita — declarara, erguendo o queixo como fazia quando queria defender um argumento.

— Prefiro uma leitura leve.

E com "prefiro uma leitura leve" ela quis dizer que lia cinco ou seis romances. Por *semana*.

Como eu sabia disso?

Porque eu a stalkeava nas redes sociais, é claro.

Bailey, a Introvertida, tinha um perfil literário com *milhares* de seguidores no qual postava fotos e resenhas dos livros que tinha lido. Suas postagens eram inteligentes, engraçadas e muito envolventes, e, embora eu conhecesse esse lado dela, era muito esquisito vê-la tão ousada quando era tão... controlada e preocupada na vida real.

Ela era uma contradição fascinante.

— Com licença.

Bailey e eu olhamos para o balcão, onde uma mulher loira e baixinha usando uma saída de praia florida aguardava com a testa franzida. Ela parecia prestes a soltar os cachorros na gente, e eu reprimi um suspiro.

— Ah, olá — disse Bailey, se aproximando. — Em que posso ajudar?

Só de olhar para a mulher deu para ver que ela ia *acabar* com Bay.

— Pode — falou ela, pigarreando. — Tem um garoto alto no Mundo da Água que furou a fila do tobogã. E não é só isso, ele nem parece ter idade para usar o brinquedo.

— Sim... — respondeu Bailey, claramente esperando pelo restante da história.

A mulher olhou para mim e voltou a olhar para Bailey.

— Eu gostaria que ele fosse convidado a se retirar.

— Hum, se retirar... — repetiu Bailey, confusa. Eu só conseguia ver seu perfil, mas sabia que sua testa estava franzida. — Alguém avisou a ele, ou...

— Não, quem sabe *você* possa fazer isso — rebateu a mulher, erguendo a voz e fechando ainda mais a cara. — Não vai pedir que *eu* faça o seu trabalho.

Levantei, sentindo uma necessidade estranha de proteger Bailey do confronto.

A mulher não devia ter mais que um metro e meio, mas tinha aquela aparência engomada que exala dinheiro e poder. As unhas pintadas de um vermelho vibrante, um anel de diamante, batom (embora estivesse com roupa de banho), bolsa de praia da Louis Vuitton... o pacote completo.

— Eu... eu não ia pedir — balbuciou Bailey, ficando com o rosto vermelho. — Eu só...

— Eu falo com o garoto — interrompi, parando ao lado de Bailey. — A senhora disse que ele está no Mundo da Água?

A mulher assentiu, satisfeita.

— Isso.

— Vou dar um jeito no espertinho já, já — falei, meio irônico.

— Obrigada — respondeu ela, e olhou para Bailey com ar de soberba, como quem diz: "Viu? É assim que se trata um cliente."

A mulher saiu andando pelo corredor.

Minha vontade era de gritar: "Eu estava sendo sarcástico, sua bruaca!"

— Espertinho? — disse Bailey, me olhando de um jeito ultrajado. — Quase vomitei.

Eu me aproximei e falei:

— Pare de mentir. Eu fui um charme.

— Se com "um charme" você quer dizer "irritante" — replicou ela, mordendo o lábio é tentando não sorrir quando fingi ser mais alto e imponente —, então, sim, foi isso mesmo.

— Bailey Oclinhos Mitchell, está me dizendo que não sabe o significado da palavra "charme"? — perguntei, abrindo um sorrisinho e cutucando a ponta do seu nariz com o indicador.

Ela soltou uma risadinha.

— Só sei que não é uma palavra para definir você.

Nós dois estávamos sorrindo, e, por algum motivo, senti um fio invisível me puxando em sua direção.

— Para alguém que tem regras tão rígidas contra furar filas — falei, sem me mexer, sentindo um frio na barriga ao ver a ruguinha em seu nariz —, sua hesitação foi bem surpreendente.

— É, bem... — sussurrou ela, de repente. — Acho que a situação do aeroporto teve mais a ver com *quem* furou a fila do que com o *furo* em si.

— Ah, é? — questionei, lutando contra o desejo de me aproximar ainda mais.

Mas, caramba. Eu *queria* me aproximar.

Mas... era a Bailey.

E estávamos no trabalho.

Definitivamente havia uma corrente de eletricidade naquele espacinho entre nós — *droga, droga, droga* —, o que me fez dar um passo para trás.

— Preciso dar um jeito no espertinho.

— É — respondeu ela, piscando rápido e pigarreando ao se virar para o computador. — Vá dar um chute no traseiro dele.

CAPÍTULO VINTE E TRÊS

Bailey

Dar um chute no traseiro do dele???

Nossa, eu era uma idiota.

Fui até a salinha dos fundos para pegar mais uma resma de papel enquanto Charlie ia até o Mundo da Água. Tentei manter a calma, mas todas as células do meu corpo pareceram entrar em curto-circuito. Meu rosto estava queimando e o frio na barriga era avassalador, e me agachei para pegar o papel na prateleira mais baixa.

Charlie estava dando em cima de mim.

Charlie Sampson *com certeza* estava flertando comigo, e eu estava correspondendo.

Minha nossa.

Eu *gostei* de flertar com Charlie.

Minha nossa, minha *nossa*!

O que aquilo queria dizer?

Abasteci a impressora e fiquei repassando aquela interação mentalmente. O sorrisinho, a voz rouca dele quando disse "Ah, é?", o jeito como se aproximou de mim quando tocou meu nariz.

O que foi aquilo?

Queria mandar uma mensagem para Nekesa, mas de repente ela era a última pessoa para quem eu pediria uma opinião sobre flertes no ambiente de trabalho. Agitada e ansiosa, comecei a trabalhar loucamente, me perguntando o que Charlie queria, o que eu queria, como ficava Zack nisso tudo, como ficava Becca nisso tudo, e, meu Deus, era o Charlie! Respirei fundo, feliz pela distração quando Nekesa e Theo voltaram. Mas logo depois Charlie voltou também, tomando uma pastilha de antiácido como se nada tivesse acontecido.

— Problema resolvido — declarou Charlie.

Abri o grampeador e comecei a abastecê-lo com grampos, obrigando meus olhos a se concentrar na tarefa.

— O que você fez? — indaguei.

Ele deu a volta no balcão e respondeu:

— Chutei um traseiro.

Soltei uma risadinha e me concentrei nos grampos.

— Quer dizer então que falou "não fure a fila"?

Ele abriu a lista de reservas no computador, sem olhar na minha direção.

— Quer dizer que fingi falar com o garoto enquanto a ricaça me observava do outro lado da piscina. Na verdade, eu não disse uma palavra.

— Uau, que poderoso — elogiei, fechando o grampeador.

— Né? — respondeu ele.

Nessa hora, olhei para Charlie, que estava olhando para mim. Não consegui ler a expressão em seu rosto, mas por algum motivo me senti um pouco melhor por ele implicar comigo com aquele seu jeito de sempre.

— Você me deve uma por resolver essa, Oclinhos.

— Acho que não devo, não — brinquei, tentando avaliar a situação.

— Ela ia acabar com você, então fiz um sacrifício pela equipe e fui até o Mundo da Água só para te ajudar. — Ele balançou a cabeça e acrescentou: — Aceito uma nota de vinte dólares novinha ou um chocolate da máquina; qualquer um dos dois está ótimo.

— É, acho que você merece um pacotão de nada ou uma caixona de ar — falei, passando por trás dele para abastecer o outro grampeador. — Qualquer um dos dois está ótimo.

Ouvi Charlie rir, e tudo voltou ao normal.

Eu me convenci de que a coisa toda tinha sido causada pelo baixo nível de açúcar em meu sangue, porque eu tinha me esquecido de comer algo antes de ir para o trabalho.

Tudo fruto da minha imaginação.

Né?

Naquela noite, quando cheguei do trabalho, minha mãe e Scott estavam sentados à mesa da cozinha, me esperando. Eles estavam felizes e sorridentes, superanimados, o que me deixou apavorada na mesma hora.

— E aí? — perguntei, largando a bolsa na entrada, tirando os sapatos e indo até a geladeira. — Estavam jogando uma partida emocionante de buraco, ou algo do tipo?

Os dois deram risada, entusiasmados demais, e minha mãe disse:

— Scott tem uma surpresa pra gente.

Abri a geladeira e dei uma olhada embora não estivesse vendo nada, esperando para saber qual era a surpresa que eu sabia que ia odiar.

— Ah, é?

— Semana que vem é o recesso de outono — disse ela —, e, já que você não tem aula, Scott pensou em...

— O que acha de irmos esquiar em Breckenridge? — interrompeu ele, com um sorrisão no rosto, como se tivesse acabado de anunciar que ganhou na loteria.

— O quê? — questionei, fechando a porta da geladeira.

Eles olhavam para mim cheios de expectativa, e senti um aperto no peito.

Eu nunca tinha esquiado, nem minha mãe, então não sabia exatamente qual era o plano deles. A filha de Scott (que não era Kristy — uhuuul!) também não teria aula; eles estavam planejando uma viagem para nós todos, *juntos*?

De jeito nenhum.

Fiquei tonta ao sentir o nervosismo e o pavor tomar conta de mim de repente, o medo que tive das intenções deles me atingindo como um soco. Seria aquela uma tentativa de junção das famílias? Será que a "viagem" era o início de alguma coisa?

Todo mundo que eu conhecia já tinha ido para Breckenridge, e parecia incrível. Uma cidadezinha charmosa nas montanhas, chalés pitorescos — sempre quis visitar, para falar a verdade. Mas não ia deixar Scott pensar que podia planejar uma viagem em família como se fôssemos uma família.

Meu Deus, estava com aquela sensação de falta de ar de novo só de olhar para eles ali, sorrindo para mim. Minha mãe parecia tão feliz. Então, o que eu poderia fazer? Eu *queria* que ela fosse feliz; queria que ela fosse mais feliz do que nunca.

Mas a que custo?

Scott era uma ameaça à minha vida confortável. Não o tipo de conforto que é um mimo, como lençóis bacanas ou chinelos macios, e sim o conforto presente naquela parte da vida que nos protege. Aquela em que podemos relaxar e aproveitar enquanto o restante do mundo pega fogo.

A parte da vida em que podemos ficar à vontade.

Nossa vida — a que construímos depois do divórcio e antes de Scott — tinha esse conforto.

O que fazia de Scott o verdadeiro oposto disso.

O potencial agente de mudança num lugar que deveria permanecer inalterado.

Droga.

— Scott alugou um apartamento na rua principal, com uma varanda que dá para o telhado de um restaurante — informou minha mãe, a voz subindo aos poucos como se ela nunca tivesse ouvido nada tão divertido.

Ela passou a mão no cabelo loiro, e, olhando para minha mãe, me dei conta de que nem tinha percebido que ela estava de cabelo solto.

O que é que estava acontecendo?

Minha mãe estava sempre de rabo de cavalo.

Agora estava com o cabelo solto? Para *ele*?

Ela continuou tentando me convencer, dizendo:

— Pensamos que seria legal ir pra lá no outono, quando as folhas começam a mudar de cor. Vai ser rápido, só três dias. O que acha?

O que eu acho é que talvez eu comece a chorar como uma criancinha agora mesmo.

Eu sabia que aquilo era uma possibilidade, Scott entrar de vez em nossas vidas, mas de repente tudo estava acontecendo rápido demais.

Do nada, mais um pensamento terrível me ocorreu. Se Scott criasse raízes, será que meu pai se afastaria ainda mais? Será que ele veria isso como um motivo para ficar ainda mais ausente do que já era?

— Hum... — Tentei sorrir e assenti. Tipo, várias vezes. A ponto de parecer que minha cabeça ia cair do pescoço de tanto que eu a mexia. — É... parece incrível, mas acho que vou ter que trabalhar. Mas vocês deviam ir.

Vi o rosto da minha mãe se fechar. Sempre achei que era só uma expressão — "de cara fechada" — até aquele momento. Seu sorriso largo e que alcançava os olhos, deixando-os enrugadinhos, se transformou em uma linha horizontal fina que denotava surpresa e decepção. Com a voz rouca, ela disse:

— Você deve conseguir alguém para ficar no seu lugar.

— Eles estão com poucos funcionários — menti, me odiando por isso, mas odiando Scott ainda mais. — Mas posso tentar.

— Adoraria ensinar você a esquiar — falou Scott, sorrindo. — Se quiser aprender, claro.

Olhei para minha mãe. Ela *sabia* que eu queria esquiar quando era pequena, e me senti traída por ela ter claramente contado. Cerrei os punhos.

— É... eu adoraria, mas acho que dessa vez não vai dar.

— Vamos, Bay — incentivou ele, inclinando a cabeça e se dirigindo a mim como se fôssemos amigos. — Vai ser incrível, eu prometo. Você nunca mais vai me ouvir dizer isso, mas falte ao trabalho e venha com a gente.

Com a gente. Eu estava ficando farta de ver Scott se referindo a ele e a minha mãe como uma *dupla*, quando na verdade eu e minha mãe éramos a *dupla* e ele era só o cara que não ia embora. Respirei fundo.

— Quem sabe na próxima.

— Bailey, não acho que... — começou minha mãe.

— *Eu não quero ir, tá bem?*

Não era minha intenção, mas fui grossa. Não sabia de onde aquilo tinha vindo, mas também não queria retirar o que disse. Comprimi os lábios.

— Preciso estudar — acrescentei.

Fui para o meu quarto e fechei a porta, me sentindo horrível. Por ter gritado com minha mãe, por deixá-los decepcionados com a viagem e, acima de tudo, pelo fato de que as coisas estavam definitivamente progredindo com Scott e logo sua presença em nossa vida seria constante.

Eu já podia *sentir*; não tinha mais jeito.

Pisquei para conter as lágrimas — lágrimas idiotas e imaturas — e me perguntei quando minha vida ia parar de mudar sem que eu quisesse.

Eu me joguei na cama e liguei a TV com o controle remoto.

— Bailey. — Minha mãe bateu à porta, como eu sabia que ia acontecer, porque não éramos o tipo de pessoa que deixa algo como aquilo passar. — Posso entrar?

— Pode.

Ela abriu a porta, e eu já sabia o que ia acontecer. *Sabia* que ela ia me convencer a viajar com Scott. E eu não tinha ideia do que fazer. Claramente, não era nada de mais — uma viagem curta —, mas me lembrei do que Charlie disse na primeira vez que conversamos pelo telefone.

Ele vai continuar avançando e ganhando terreno.

— Está tudo bem? — perguntou ela, fechando a porta e se sentando na beirada da minha cama. — Não é do seu feitio ser grosseira assim.

— Desculpa — falei, e estava mesmo arrependida.

Olhei para o rosto dela — os olhos azuis, as sobrancelhas claras, os lábios que tinham dito tudo que eu achava que precisava ouvir a vida inteira — e fiquei desesperada. Era tão infantil, mas fiquei desesperada porque não queria abrir mão da *nossa* dupla.

— Não entendo, Bay — disse ela, estendendo o braço para acariciar meu cabelo. — Scott estava tão animado quando teve a ideia, porque quer conhecer você melhor. Achou que seria um jeito descontraído de a gente se divertir junto.

— Eu sei — repliquei, buscando palavras que não piorassem a situação entre nós. — Mas ainda não me sinto pronta para *viajar* com ele.

— Não é uma viagem — respondeu ela, cruzando os braços.

Ela estava usando a camiseta com os dizeres *I'm the problem*, um verso da música "Anti-Hero", que comprou quando o álbum *Midnights*, da Taylor Swift, foi lançado. — É só um fim de semana divertido fora de casa. Só isso.

— Só nós três? — indaguei, me preparando para a menção à filha.

— Olha... — Ela fez um beicinho. — Acho que tudo bem se você quiser levar Nekesa.

— Sério? Posso mesmo?

Ela obviamente não tinha entendido a pergunta, mas, meu Deus, se eu pudesse levar Nekesa, nós duas poderíamos nos livrar deles e curtir o Colorado, e mesmo quando estivéssemos todos juntos não pareceria tanto uma viagem forçada em família.

Ela deu de ombros, e me senti um pouco culpada por obrigá-la a fazer um acordo.

— Não vejo problema. O apartamento tem dois quartos e um sofá-cama na sala, então, se ela não se importar de ficar no sofá, acho que tudo bem.

— Uau — falei, tirando o cabelo do rosto e sentindo o alívio tomar conta de mim. — Assim vai ser bem mais, quer dizer, um pouco menos...

Não sabia como colocar em palavras sem fazer com que minha mãe se sentisse mal por causa de Scott.

— Eu entendo, Bay — declarou ela, e deu para ver que entendia mesmo.

Fiquei com vontade de abraçá-la, porque, por mais que não gostasse de Scott, eu amava minha mãe e não queria que *ela* ficasse triste por minha causa.

Era como se equilibrar em uma corda bamba de culpa.

Peguei o celular e mandei uma mensagem para Nekesa assim que minha mãe saiu.

Eu: O que acha de ir para o Colorado?

Estava fervilhando com minhas próprias emoções, mas, enquanto esperava pela resposta, me dei conta de que na verdade até que estava animada com a viagem.

Só se ela puder ir.

Sim, Scott estaria lá, mas Nekesa sempre deixava tudo melhor, e eu sabia que aquela viagem não seria exceção.

Nekesa: Colocando minha camisa xadrez e meu coturno na mala agora mesmo.

Isso me fez sorrir.

Eu: É sério! Scott vai nos levar para passar o fim de semana em Breckenridge, e eles disseram que você também pode ir.

Nekesa: Mas a gente não odeia o Scott?

Essa mensagem fez com que eu me sentisse mal.

Eu: A gente não odeia o Scott, a gente só odeia o fato de ele estar se intrometendo na minha vida.

Nekesa: Acho que não é muito diferente.

Eu: Você vai ou não???

Nekesa: Vou falar com a minha mãe. Já volto.

Aguardei ansiosamente enquanto procurava roupas para usar na montanha e dei um gritinho quando Nekesa respondeu:

Nekesa: Quando a gente vai??? ☺

Na manhã seguinte, embora ver o Meia Branca na cozinha tenha me deixado irritada como sempre, agradeci a ele pela viagem.

— É muito gentil da sua parte convidar a gente e me deixar levar uma amiga — comentei.

Foi minha mãe que sugeriu levar Nekesa, não Scott, mas ele poderia ter recusado ou reagido como um babaca.

Em vez disso, ele sorriu e, entre uma mordida e outra no bagel, disse:

— Quanto mais gente melhor. Na verdade... chega. Quatro é bom. Cinco é demais...

— Já diria o ditado — falei, e ele riu.

Antes de sair, ele me mandou um link do apartamento para que Nekesa e eu pudéssemos ver as fotos, o que levou a uma videochamada de uma hora conversando sobre roupas, atividades e logística.

Nós duas tínhamos que trabalhar sábado de manhã — só meio expediente, então Scott e minha mãe iam sair cedinho, e nós iríamos depois. Na minha opinião, era o melhor dos mundos, porque não precisaríamos nem ir de carro com ele. Desde que não rolasse nenhuma loucura, tipo Scott pedir minha mãe em casamento na pista de esqui, até que poderia ser uma viagem legal.

CAPÍTULO VINTE E QUATRO

Bailey

Na noite anterior à viagem, Nekesa me ligou chorando.

— Ai, minha nossa, o que aconteceu? — perguntei, me sentando na cama, onde estava assistindo a uma reprise de *Monk: Um Detetive Diferente*.

Ela estava fungando e tentando controlar o choro, mas o resumo da história foi que tinha chegado em casa muito tarde na noite anterior (porque acabou pegando no sono na casa do Aaron) e brigado com os pais, e agora eles não queriam deixá-la viajar. Estava de castigo por tempo indeterminado, só podia sair de casa para ir para o trabalho e para a escola.

Eu sabia que devia responder de um jeito carinhoso, com palavras que fizessem minha melhor amiga se sentir melhor.

Mas *caramba, eu não podia ir sem ela!* Simplesmente não podia.

— E se minha mãe ligar para a sua? — indaguei, desesperada. — Acha que pode ajudar?

— Não — respondeu ela, ainda chorando. — Estou muito ferrada. Vou ficar *meses* de castigo.

— Nãããããããão — falei, gemendo.

Era tarde demais para desistir da viagem, e eu estava sendo tão legal com Scott por deixar Nekesa ir que ele com certeza ia forçar a coisa do quero-ser-seu-amigo agora que ela não ia mais.

— Olha, sei que você não vai topar — disse ela, fungando alto e, em seguida, assoando o nariz —, mas que tal levar o Charlie?

— O quêêê? O quê? O QUÊ?! *Não.* — A ideia era ridícula. *Não era?* Era ridícula. Eu não podia levar *Charlie.* Isso seria loucura. Minha voz saiu um pouquinho estridente ao questionar:

— Por que eu faria isso?

— Olha... — Ela pigarreou. — Comentei com Theo, e ele concorda que pode...

— Quando você conversou com Theo? — quis saber, interrompendo-a.

Ela contou ao Theo que estava de castigo antes de contar pra mim?

— Acabei de falar com ele no telefone.

Uau.

— Vocês se ligam agora? – indaguei, tentando parecer indiferente.

— Às vezes, mas não é nada de mais — respondeu ela, não dando muita bola. — Aaron sabe e não se importa.

Será que ele não deveria se importar? Eu me perguntei como reagir porque, embora não fosse da minha conta e ela não estivesse preocupada, parecia que era meu dever como amiga interferir.

— Tem certeza de que isso é uma boa ideia? — perguntei, mantendo a voz leve e despreocupada, embora eu não estivesse me sentindo tranquila.

Sabia que Charlie diria para eu não me intrometer, mas a felicidade de Nekesa era mais importante para mim. Eu precisava que ela parasse e pensasse um pouco, antes que se arrependesse.

— Você não acha que o Theo dá em cima de você?

— Que nada, ele só é brincalhão — respondeu, e deu para perceber que acreditava mesmo nisso. — Enfim, voltando à viagem. Ligue para o Charlie.

Hum... Ela mudou de assunto bem rápido, mas... tudo bem. Decidi ignorar e me concentrar na tragédia atual.

Deixei meu corpo cair no colchão, começando a surtar só de pensar em viajar com Charlie para Breckenridge.

— Eu *definitivamente* não posso viajar com Charlie.

— Você não quer ir sozinha, e ele é seu outro melhor amigo. *Por que* não? — indagou ela.

Havia milhões de motivos, começando pelo fato de que era *Charlie Sampson.*

Além disso, meu outro melhor amigo? Onde? Quando? Por quê? Como?

— Não só devia levar Charlie, como... o que acha de fingir que estão namorando?

— *O quê?* Você *pirou?* — soltei, meio alto, considerando que minha mãe e Scott estavam dormindo no quarto ao lado. Baixei o tom de voz e continuei: — Nem pensar.

Não conseguia nem *imaginar* uma coisa dessa. Já foi estranho quando Charlie me convidou para ir à festa do amigo dele para dar uma força com a situação da ex. Mas isso era diferente. Fingir gostar de Charlie? Explorar o que *isso* envolvia? Não. De jeito nenhum.

Só de pensar senti um frio na barriga, mas não importava porque aquilo não ia acontecer.

De jeito *nenhum.*

— Vocês sempre dizem que são só amigos, né? Tipo, não tem nenhuma química...

— Isso. Nenhuma química — respondi, o que era verdade. *Na maior parte do tempo.*

Um flerte no ambiente de trabalho podia até ter feito meu coração disparar, mas eu já tinha decidido que aquilo não era nada de mais. NADA DE MAIS. Eram apenas dois seres humanos que por acaso estavam perto um do outro, e a temperatura corporal aumenta naturalmente nesse caso. É ciência. E não QUÍMICA.

Ainda assim, isso não significava que eu quisesse embarcar em um fim de semana de afeto fingido. Não, não, obrigada.

— Na verdade — acrescentei —, fico até meio enjoada só de pensar em nós dois juntos.

— Então qual é o problema? Finja que está namorando ele. Imagina o climão se você aparece de mãos dadas com Charlie?

De mãos dadas??? Isso parecia... perigoso, por algum motivo.

— Nekesa, amiga, isso é a vida real — falei. — E não uma comédia romântica.

Namoro falso era coisa de filme. A mera sugestão desse tipo de comportamento era loucura, principalmente vindo de Nekesa, que sempre fora uma amiga tão prática.

— Se joga — disse ela, fungando. — O que você tem a perder?

Meu Deus, Scott ia *mesmo* perder a cabeça. Aquilo podia estragar a viagem para ele, o que a parte bondosa de mim não queria que acontecesse, mas a desesperada queria.

— Mas não tem como causar um climão *sem* fingir que estamos namorando? Não que eu esteja cogitando, mas só a presença dele já agitaria as coisas. Não acho que preciso fingir gostar dele.

— Bay, você sabe tão pouco sobre os homens — retrucou ela, finalmente voltando a falar como a Nekesa de sempre. — Que neném inocente.

— Vai se ferrar — falei, rindo, ainda mais porque ela tinha razão. Eu sabia muito pouco sobre os homens.

Tirando Zack. Eu sabia tudo sobre ele.

Nekesa riu e fungou de novo.

— O que eu quis dizer é que seu pai não anda lá muito presente desde que você começou a namorar, então você foi poupada da burrice masculina.

Nekesa estava sendo prestativa e gentil, mas aquele resumo sucinto de quanto meu pai estava ausente me fez sentir um aperto no peito.

Engoli em seco e imaginei o rosto do meu pai.

— Acho que é verdade.

— Tem uma coisa primitiva, meio homem das cavernas, que acontece com os pais quando eles veem caras de quem não gostam com a filha deles. Eles viram felinos, sibilam e fazem xixi nas calças — revelou ela.

— Eu... mas... *como é?* — perguntei.

— E, embora Scott não seja seu pai, como ele já odeia Charlie, Theo e eu achamos que ele vai logo fazer cocô em todas as roupas se o vir segurando sua mão.

Por que aquelas palavras não paravam de me dar frio na barriga? Por que só de imaginar aquilo parecia que eu estava mergulhando em águas desconhecidas? Ainda que fosse um namoro falso...

Mas talvez o mais importante: Nekesa e Theo andavam falando sobre mim e Charlie? Será que foi ela que tocou no assunto, ou ele? E por que Theo estava opinando?

— E você não acha que, mesmo que a presença do Charlie não ajude em nada no combate contra Scott, ele seria uma companhia divertida na viagem? Digo, ele criou o Corrente do Lixo, jogo que faz a gente brigar para ver quem vai ser responsável por esvaziar as lixeiras, de tão divertido que é. Ele faz tirar o lixo ser divertido, Bay! Imagine o que ele não faria em um passeio nas montanhas.

— O que está acontecendo? — questionei, a voz subindo uma oitava por causa do absurdo daquela situação. — Por que parece que você está tentando me convencer a ficar com o Charlie?

Meu sexto sentido estava formigando.

— Não é isso, Bay, confie em mim — garantiu ela, e ouvi seu irmão mais novo no fundo. — Só estou tentando pensar num jeito de fazer com que a viagem ainda seja boa para você.

— Hum... — resmunguei, desconfiada.

— E seria *mesmo* muito divertido viajar com ele.

Ela não estava errada. Por mais *Charlie* que ele fosse, com todo aquele cinismo, ele *era* hilário.

Caramba, uma festa inteira tinha praticamente aplaudido quando ele entrou.

Percebi que Nekesa estava ficando impaciente.

— Entãããão? O que acha?

Respirei fundo, sentindo o estômago pesar só de pensar que estava de fato considerando fazer aquilo. Viajar com Charlie era muito íntimo — independentemente do que Nekesa dissesse —, e eu não sabia como levar aquilo de um jeito natural.

— Entãããão... para começo de conversa, nem sei como eu o convidaria. Não quero que ele interprete da forma errada.

Sério, eu ficaria preocupada pensando que talvez ele estivesse a fim de mim se ele me perguntasse: "Quer passar o fim de semana no Colorado com a minha família?" E — nossa! — eu ia *odiar* se ele pensasse isso.

Eu ia *morrer* se ele pensasse isso.

Charlie não se sentia à vontade nem para me chamar de amiga. Na cabeça dele, éramos apenas *colegas de trabalho* — embora soubéssemos que éramos mais que isso —, porque só assim ele conseguia lidar com o fato de que sua hipótese idiota podia estar errada.

— Deixa comigo — assegurou ela, fungando mais uma vez.

— O que quer dizer com *isso*?

— Theo e eu estamos... é... conversando com Charlie desde que pensamos nessa ideia há uma meia hora, então acho que posso dizer que ele vai reagir bem.

— O *quê*? Há meia hora? Como você pôde propor isso a ele antes de falar comigo?

— Porque conheço você, Srta. Exagerada — replicou ela, e ouvi um sorrisinho em sua voz. — Queria bolar um plano antes de te contar para que você não surtasse por ter que viajar só com sua mãe e Scott.

— Nekesa! — exclamei. Meu coração batia muito forte, o pânico aumentando. — Isso não foi legal!

— Eu fiz por amor, ó minha Bay maravilhosa, doce e irresistível.

— Não tente se livrar dessa com elogios — rebati, mas em algum lugar bem lá no fundo eu estava grata por Nekesa ter quebrado o gelo para mim.

Tudo bem, talvez ela me conhecesse bem mesmo. Bem demais.

— Preciso desligar, mas vou colocar você no grupo — disse ela.

— Mas você...

Ela já tinha desligado, e meu celular apitou com uma mensagem. Olhei para a tela. Nekesa tinha mandado prints da conversa. Começava com Nekesa mandando:

Nekesa: Não posso ir para Breckenridge, Bay vai me matar.

Após explicar o que tinha acontecido, e Theo tentar fazer com que ela se sentisse melhor (**coloque a leitura em dia, sua encrenqueira**), Charlie mandou:

Charlie: Bay vai ficar arrasada. Tem certeza de que não tem como convencer seus pais?

Algo naquela preocupação me fez sentir um quentinho no peito.

Nekesa: Absoluta.

Charlie: Então ela vai ter que viajar só com a mãe e o Cara da Meia. Que pesadelo.

Nekesa: Você devia ir.

Era surreal ler a conversa deles; parecia que eu estava espiando alguém, embora tivesse permissão.

Charlie: O cara me odeia, melhor pensar em outra solução.

Não sei por quê, mas me senti bem ao ver que sua resposta imediata não foi uma recusa.

Theo: Espera, isso super ia aumentar a tensão mãe/namorado, não ia?

Nekesa: SIIIIIIM, MEU DEUS, VÁ E FINJAM QUE ESTÃO NAMORANDO.

Charlie: FINGIR QUE ESTAMOS NAMORANDO. Isso é um filme, por acaso??? Como isso ia ajudar?

Obrigada, Charlie! Pelo menos não fui a única a achar essa ideia uma loucura.

Theo: Se o namorado odeia você, vai odiar mais ainda se vocês aparecerem juntos. Pq isso significaria que vc não vai desaparecer tão cedo. É uma AMEAÇA ao território dele.

Revirei os olhos, voltando a sentir aquela claustrofobia de antes só de pensar que eu e minha mãe éramos "território" de Scott.

Charlie: Tá, isso faria o cara perder a cabeça. MAS é provável que ele só não aceite que eu vá.

Scott não aceitaria mesmo.

Nekesa: Bailey e eu íamos amanhã depois do trabalho e encontraríamos os dois lá. Então basicamente ele só vai saber quando vocês chegarem lá, e não vai poder dizer não quando já estiverem no Colorado.

Será que eu — Bailey, aquela que não deixa os outros furarem fila — teria a coragem de simplesmente aparecer lá com Charlie? Será que eu conseguiria? Será que eu queria ter essa coragem?

Charlie: Isso com certeza deixaria o clima tenso, nossa.

Foi aí que eu entrei na conversa.

Eu: DEIXARIA MESMO. CARAMBA.

Theo: Bailey está aqui!

Charlie: É uma LOUCURA, mas eu vou se você quiser, Bay.

Dei um gritinho, incrédula — ou talvez ansiosa, ou nervosa —, porque a ideia parecia mesmo possível.

E eu não tinha certeza se queria que ele fosse.

Nekesa: VÃÃÃÃÃO! Estou morrendo de curiosidade para saber como vai ser.

Eu: Você realmente abriria mão de alguns dias do recesso? E fingiria ser meu namorado???

Parecia que eu estava pedindo demais.

Theo: Ele vai fingir que aaaaaama você.

— Cale a boca, Theo — resmunguei sozinha na escuridão.

Nekesa: Você é tão idiota. ;)

Charlie: Eu iria para o Colorado, por mim já está combinado.

Meu celular começou a tocar — era Charlie —, e atendi dizendo:

— Mas Scott provavelmente vai ser um babaca com você o tempo todo.

— Eu dou conta — respondeu Charlie, com a voz rouca, como se estivesse dormindo há pouco.

— Hum...

Não sabia mesmo o que fazer. Teoricamente, o que Nekesa, Charlie e Theo estavam propondo podia me ajudar com o dilema de Scott e garantir um fim de semana (meio que) divertido. Mas havia tanto no que pensar...

A reação da minha mãe e de Scott quando Charlie chegasse lá — seria uma explosão de infelicidade garantida. Passar oito horas viajando com Charlie; eu já tinha passado por isso, e não tinha sido nada agradável.

E — o mais importante — fingir *namorar* Charlie.

Nossa amizade estava a salvo porque era só isso. Amizade. Bem, para ele *nem isso* era; ele dizia que éramos só colegas de trabalho.

Então o que ia acontecer quando passássemos um fim de semana fingindo namorar? Tudo podia ficar bem e voltar ao normal quando chegássemos em casa, mas e se não ficasse? E se ultrapassássemos um limite irreversível?

— Bay, se você não quiser, está tudo bem.

Eu não sabia *o que* eu queria. Levar Charlie era uma ideia divertida, e eu não queria ir sozinha, mas estava preocupada, pois também podia dar muito errado.

— Hum... — murmurei, abrindo a gaveta da mesinha de cabeceira e procurando o esmalte coral enquanto tentava tomar uma decisão. — Bem, para começar, tenho medo de que você só esteja aceitando para ser gentil.

— Alguma vez eu fiz isso? — questionou ele, friamente.

Abri um sorriso apesar do nervosismo, porque era uma pergunta capciosa. Ele não fazia nada só para ser gentil, mas às vezes também me surpreendia ao ser tão atencioso.

Charlie Sampson, uma contradição ambulante.

— Bem, não.

— Acho que pode ser muito divertido — disse ele —, mas, se preferir não arriscar, tudo bem.

Pensei no fim de semana, eu num apartamento só com minha mãe e Scott.

— Quero *muito* que você vá, mas talvez eu deva perguntar...

— Não — disse Charlie, me interrompendo. — Faça o que quiser, mas, se perguntar, eles *com certeza* vão dizer não. Se só aparecermos em Breckenridge do nada, você no meu carro, eles não vão poder me mandar voltar.

E lá estava ela de novo — a coragem gigantesca que eu não sabia se tinha. Fechei a gaveta e me joguei nos travesseiros.

— Isso é diabólico.

— Obrigado.

— E assustador — acrescentei. — Sei que você é *você*, mas a ideia de aparecer lá do nada não te deixa nervoso?

Eu esperava que ele fosse dizer não.

— Deixa — admitiu, com naturalidade. — Mas também sei que eles não vão querer jogar fora a viagem, então vão escolher lidar com a situação de um jeito que preserve o fim de semana pelo qual Scott já pagou.

Ele tem razão. Sua confiança aumentou a minha, tanto que me ouvi dizer:

— Tá, então talvez a gente deva fazer isso, sim.

Eu soltei um gritinho?

Caramba, eu não conseguia acreditar que a gente ia mesmo fazer aquilo.

— Essa é a minha garota — falou.

— Shh.

Senti certo alívio por ter tomado a decisão, mas na mesma hora comecei a pensar na logística.

— Espera, e a sua mãe? — perguntei. — Não precisamos ver com ela se você pode viajar por uns dias?

— Ah... — disse ele, e pigarreou. — Ela confia em mim.

— Mesmo sendo *mais de um dia? Em outra cidade?* — perguntei, chocada. — É muita confiança para alguém que ainda está na escola.

— Uma das vantagens do divórcio — respondeu ele, parecendo cansado do outro lado da linha. — Ela está tão ocupada com o namorado e minha irmã mais nova que, sempre que não estou por perto, acho que solta um suspiro de alívio.

— Duvido — retruquei, me sentindo mal por ele, como se alguém tivesse me golpeado. Fosse verdade ou não, fiquei triste por saber que ele achava que a mãe não o queria por perto. — Tenho certeza de que não é verdade.

Mais baixo que de costume, e um pouquinho mais sério, ele replicou:

— Eu não apostaria nisso.

Eu não conhecia a mãe de Charlie, então tentei acreditar que esse era o jeito dela, e não uma generalização a respeito de mães divorciadas.

Mas estaria mentindo se dissesse que uma pequena parte de mim ouviu aquelas palavras e não pensou: *E se isso acabar acontecendo comigo e com a minha mãe?*

— Enfim, não importa — afirmou ele, a voz mais alta e mais típica de Charlie. — Sabe por quê?

Virei de lado.

— Por quê?

— Porque amanhã vou para as montanhas — respondeu ele.

— Você já foi? — questionei, gostando da animação em sua voz. Ele parecia empolgado para a viagem, o que acendeu algo em mim.

Fiquei mais animada.

— Não no Colorado, só no Alasca — replicou ele.

— Dã — falei, imaginando as Montanhas Brancas. — Esqueci que seus primos moram lá.

— Dã mesmo — concordou ele. — Eu sinto falta das montanhas. Você não?

— Sinto, sim.

Mas eu não me permitia mais pensar na minha antiga casa. Tinha passado tantas horas fechando os olhos e pensando nela, e isso só me deixava triste. Era melhor esquecer.

— Você sabe esquiar? — perguntei.

— Não.

— Vai querer tentar?

— Não.

— Que maravilha ouvir isso! — exclamei.

Nekesa só queria saber de esquiar, mas eu queria caminhar pelas montanhas e tomar café em cafeterias charmosinhas. Houve uma época em que eu quis aprender, mas não com Scott se oferecendo para me ensinar.

— Também não vou querer.

— Porque é muito desastrada?

— Eu não sou desastrada — rebati, rindo e pegando o controle remoto para ligar a TV. — Por que disse isso?

— Você tem jeito de quem vive tropeçando por aí.

— Que fofo. — Balancei a cabeça. — Obrigada.

— Não foi uma crítica — provocou.

— Qual é o lado bom de um comentário desse? — indaguei em tom de brincadeira.

— Só quis dizer que, com suas pernas finas e seus pés grandes, às vezes você parece um filhotinho de cachorro.

— Ai, meu Deus — falei, rindo. — Só melhora.

— O que foi? — disse ele, e ouvi um sorriso em sua voz.

— Filhotinhos são fofos. Filhotinhos são lindos. As pessoas aaaaaamam filhotinhos.

— Aham — concordei, abrindo a Netflix.

— Irritei você a ponto de perder a viagem para o Colorado? — perguntou ele.

Eu me recostei no travesseiro.

— Ainda não acredito que você vai comigo. É meio surreal, para falar a verdade.

Louco, absurdo, avassalador e surreal.

— Pois é. Estou animado para ir ao Colorado, mas para viajar com você... nem tanto — retrucou.

— O quê? — Encontrei *Mens@gem para você* na lista de comédias românticas e cliquei. — Por quê? Sou uma ótima companheira de viagem.

— Eu já viajei com você, lembra?

É claro que eu lembrava. Ele sabia disso. Eu sabia disso. Mesmo que parecesse ter acontecido há uma vida.

— É por isso que *eu* estou apavorada. Já eu, no entanto... sou uma companhia fantástica.

— Ah, Oclinhos — disse ele, me censurando, e quase consegui *ver* o sorrisinho provocador. — Aposto que já calculou o tempo para cada parada, organizou os lanches em saquinhos e criou playlists para lugares específicos do mapa.

Era um pouco chocante saber quanto ele me conhecia.

E... eu meio que gostava disso.

Ele conhecia todas as minhas manias e meu jeitinho organizado, e eu nunca sentia que isso o decepcionava ou o desanimava.

Eu *gostava* quando ele implicava comigo porque isso me fazia rir dessas coisas também. Eu ficava à vontade com eles. Era *bom* rir de mim mesma em vez de me sentir constrangida.

— As paradas são meras sugestões — expliquei —, e você está enganado a respeito dos lanches. — Ele não estava. — E acho incrível ter uma trilha sonora para cada trecho da viagem.

— Você parece uma doida. Além do mais, já que vou dirigir, eu controlo a música.

Não conseguia nem imaginar o que Charlie ouvia. *Rap, talvez? Bo Burnham.*

— Não é justo.

— Também não é justo *só eu* ter que dirigir — respondeu ele, tentando argumentar.

— Podemos revezar — ofereci, embora eu não quisesse.

— E deixar você ameaçar a santidade do vínculo que tenho com meu carro? Acho que não.

Dei uma risada baixinho, vendo na TV Tom Hanks caminhar por Nova York no outono.

— O que você está fazendo agora? — questionei.

— Assistindo Lawrence Welk e me tocando.

— Primeiro, ecaaaaaa — falei, rindo contra minha vontade. — Segundo, Lawrence Welk?

— Estou acariciando a minha barba, sua pervertida, que mente poluída — disse ele, e pareceu estar rindo. — Perdi o controle remoto, se quer mesmo saber, e minha TV está sempre no mesmo canal quando eu ligo.

— Você realmente está aí deitado vendo um programa antigo com umas pessoas cantando porque é preguiçoso demais para procurar o controle remoto?

— Tipo isso.

— Então, quando diz "acariciando a barba", na verdade está se referindo aos pelinhos patéticos que tem no queixo, né?

— Poxa, Bay, não precisa ser malvada — rebateu ele, e gostei de como sua voz soava quando dava para perceber que ele estava sorrindo. — Esses pelos são evidência concreta de uma barba iminente.

— Acho improvável — impliquei.

— Evidência da minha masculinidade — respondeu ele.

— Barba *não é* evidência de masculinidade — argumentei. — Não que isso que você tem no queixo possa ser chamado de barba.

— Não acredito que você odeia minha barba tanto assim — disse ele, fingindo indignação, sem sucesso, porque ouvi a risada que ele deixou escapar.

— Não acredito que você está insistindo em chamar isso de barba.

— Quer que eu tire para amanhã? — indagou ele.

Isso me surpreendeu.

— O rosto é seu, pode fazer o que quiser.

— Mas o que você prefere? — insistiu, e me perguntei se ele se importava mesmo com minha opinião.

— Tira — respondi, pensando em seu rosto. — Não são os pelos em si que me incomodam, mas você tem um rosto bonito, e a barba esconde isso.

Silêncio... e de repente:

— Ai, caramba, você está apaixonada pelo meu rosto.

— Cala a boca e para de me deixar enjoada — retruquei, me recostando na cabeceira. — Sendo objetiva, você tem um rosto agradável que outras pessoas podem até apreciar.

Ouvi ele rindo de novo.

— Mas você não.

— Não, não mesmo — declarei.

Na verdade, achava até engraçado ser amiga de alguém tão bonito, mas que para mim era *indiferente*.

— Às vezes fecho bem os olhos quando estamos juntos, só para não ter que olhar para seus olhos, suas bochechas e esse seu nariz tenebroso — falei.

Ele riu mais uma vez.

— Olha, quero fazer uma confissão — soltou ele.

— Aff, odeio confissões.

— Eu sei — disse ele. — É a pior coisa.

— Mas pode falar.

— Tá. Então. Quando vi você no cinema ano passado, antes de você abrir a boca e me lembrar o pé no saco que você é, eu achei você atraente.

Deixei escapar uma risada disfarçada de tosse.

— Você acabou mesmo de dizer que me achou atraente até se lembrar da minha personalidade? Era para ser um elogio?

— Ah, Bay, você entendeu. — E, com a voz quase falhando, continuou: — Olhei para você, pensei: "Caramba, que garota bonita." E em seguida: "Ih, droga, é a doidinha do avião, só que com o cabelo bonito."

O pior era que eu entendia, *sim*, o que ele quis dizer. Senti a mesma coisa quando o vi.

— Ahhh, obrigada, Charlie.

— E...

Ai, meu Deus, ele queria que eu retribuísse o elogio.

— Tá. Quando vi o convite para o baile, eu te achei meio bonitinho. Mas só até você olhar para mim. Quando olhei, pensei: "Ah, droga, droga, preciso sair correndo porque odeio aquele cara."

Ele deixou escapar uma risada meio grave e rouca que me fez querer que ele risse com mais frequência.

— Ah, Oclinhos, você nunca me odiou.

Virei de lado e me aconcheguei no cobertor.

— Acredite: naquele voo, odiei você com a intensidade de mil sóis.

— E aí pediu um protetor solar especial, metade orgânico, metade normal.

— Que seja — falei. Então, olhei para a mala. — O que vai fazer quando a gente desligar?

— Lavar roupa e fazer a mala — respondeu ele. — Vai deixar seu carro no trabalho?

— Não, Theo vai dar carona para mim e para Nekesa de manhã.

— Ah, é? — perguntou ele, soando arrogante.

— Cala a boca, eles são só amigos — rebati, defendendo-os, embora soubesse que eles estavam íntimos demais um do outro.

— É claro que são — disse ele. — Você viu aquele emoji fofo piscando que ela mandou para ele no grupo.

— Eu mando aquele emoji piscando para minha mãe — repliquei, embora emojis piscando fossem um sinal de alerta para mim. — Isso não quer dizer nada.

— Claro que não.

— Você vai ser irritante assim na viagem até as montanhas? — perguntei.

— Provavelmente.

Soltei um suspiro longo.

— Vou desligar. Boa noite, Charlie.

— Boa noite, Bailey.

CAPÍTULO VINTE E CINCO

Charlie

Não acredito que vou fazer isso, era só o que eu conseguia pensar — sem parar — no dia em que Bailey e eu fomos para Breckenridge.

O expediente passou voando com o tédio de sempre, mas não conseguia ignorar a maldita ansiedade dentro de mim enquanto esperava ela trocar de roupa. Por que fui concordar com aquele plano ridículo?

Era divertido? Era.

Era o tipo de cenário que tinha mil formas de dar errado? *Com certeza.*

E a última coisa de que eu precisava logo antes de passar horas no carro com Bay era ver Theo sorrindo feito idiota vindo na minha direção.

— Caramba, cara — disse ele, balançando a cabeça enquanto eu me escorava no carro, que estava estacionado embaixo das árvores em frente ao hotel. — Essa vai ser moleza.

— Oi?

Eu até gostava do Theo, no sentido de que não queria que um meteoro caísse do céu e o esmagasse, mas não gostava a ponto de querer conversar com a cobra sorrateira que ele era. Theo era o estereótipo do adolescente rico que gostava de arranjar confusão porque nunca na vida teve que lidar com qualquer consequência.

Estava com o uniforme que todos nós éramos obrigados a usar, mas que ele combinava com um anel no mindinho, um relógio imenso e sapatos com o nome Saint Laurent na lateral. Se isso fosse um filme, eu diria que eles pesaram a mão no figurino do personagem, sem sutileza alguma.

Ainda mais porque ele falava como se nunca tivesse tido um momento de insegurança na vida.

E isso não seria incrível?

Ele se aproximou e sussurrou:

— A aposta...

Fiquei confuso por um instante e achei que ele soubesse sobre a aposta que eu tinha feito com Bailey. Mas de repente...

DROGAAA.

— Foi uma piada — disparei.

Theo me olhou, com aquele cabelo impecavelmente penteado com gel, e me lembrei do nosso almoço no primeiro dia de trabalho, quando ele disse alguma coisa sobre Bailey ser muito certinha e que nenhum cara jamais teria chance com ela.

Antes de saber quanto ele era sórdido, brinquei dizendo que eu teria.

— Aposto cem dólares que você não consegue ficar com ela — disse ele.

Não gostei do seu sorrisinho arrogante, então respondi:

— Fechado.

Mas a última coisa que eu queria era tentar ficar com Bailey. E por dinheiro ainda por cima, pelo amor de Deus.

Só falei aquilo para que Theo calasse a boca.

Mas sabia que Bailey nunca ia entender. Por que entenderia?

Então, se descobrisse que apostei que conseguiria "ficar" com ela... É, Bailey surtaria.

— Qual é o seu problema, cara? — perguntou Theo, a testa franzida de incredulidade. — Vai passar o fim de semana viajando com ela. É sua chance.

— Não estou querendo uma *chance* — rebati, olhando por cima do ombro dele e desejando que calasse a boca. Não só não queria que Bay ouvisse o que ele estava dizendo, mas também não queria que outra pessoa ouvisse e achasse que eu era um babaca como ele. — Eu já disse que foi só uma piada.

— Está ficando com medo de perder? — provocou ele, com um sorrisinho besta.

Eu tinha um milhão de respostas para aquele momento, mas caras como Theo eram imprevisíveis. Se eu dissesse a coisa errada e conseguisse ferir seu ego frágil, ele poderia ficar furioso.

— Não — murmurei, para ver se ele se tocava. — Mas *sei* que não vai acontecer se ela ouvir o que você está dizendo.

E *bum*, funcionou. Theo abriu um sorrisinho babaca e assentiu.

— Vai ser moleza — repetiu ele, baixinho.

Fiquei aliviado quando ele se afastou (depois de um aperto de mão absurdo que incluiu uma batida com o ombro no meu), mas isso não quer dizer que o estresse não continuou pulsando dentro de mim.

Alguma coisa naquela viagem estava me deixando agitado. Não conseguia saber se era o surto iminente que os adultos teriam quando chegássemos a Breckenridge, ou se talvez... se talvez tivesse alguma coisa a ver com passar um fim de semana inteiro com Bailey.

Eu estava... *inquieto* quando entrei no carro e dei a partida.

E essa sensação não foi embora quando Bailey surgiu com um moletom de capuz que parecia que ia engoli-la por inteiro, o cabelo preso num rabo de cavalo e óculos de sol.

Caramba. O nervosismo aumentou para um nível estou--prestes-a-me-jogar-de-um-penhasco quando vi Bailey se aproximar do carro. Juro que ouvi a voz da Taylor Swift cantando "...Ready for It?", perguntando se estou pronto.

Então que os jogos comecem.

Coloquei a mão no bolso para pegar o antiácido e coloquei algumas pastilhas na boca. Vi Bailey erguer a sobrancelha, o que fez com que a voz ansiosa da minha mãe — *Calma, Charlie* — surgisse em minha cabeça.

— Você sabe que, se o sr. Cleveland pegar você estacionado aqui, ele vai surtar, né? — disse ela, abrindo a porta do carona e entrando.

— Não estou preocupado com Cleveland. Ele que *ouse* chamar nossa atenção.

— Uau — falou ela, colocando o cinto, a ponta do rabo de cavalo roçando em seu ombro. — Você é ousado mesmo, hein?

— Claro. Não tinha percebido ainda?

— Acho que me escapou por algum motivo — retrucou ela, pensativa.

Relaxei um pouco.

— Não sei como.

Ótimo. Aquela era a interação normal entre a gente.

— Vamos comprar comida antes de pegar a estrada? — perguntou ela.

— Dã — respondi, engatando a marcha e saindo do estacionamento. — Vamos comprar comida? Isso lá é pergunta que se faça. Que tipo de idiota você acha que eu sou?

CAPÍTULO VINTE E SEIS

Bailey

— Tá, vou pegar essa saída aqui — declarou Charlie.

— Tudo bem — respondi, dando de ombros. — Abasteça onde quiser. Não dou a mínima.

— É o que vou fazer — disse Charlie, os lábios formando um quase sorriso. — Só queria avisar, caso queira esticar as pernas ou algo assim.

— Não, estou bem, mas obrigada. — Ajeitei a postura, mudei a bolsa de lugar e calcei os sapatos. — Acho que *você* precisa esticar as pernas.

— Até parece, Oclinhos. Por favor, né?

Fazia umas seis horas que estávamos na estrada, e tínhamos inventado um jogo ridículo que ia acabar me matando. Sempre que parávamos, saíamos correndo até os banheiros. *Literalmente.* Quem conseguisse correr até o banheiro, fazer o que tinha que fazer, lavar as mãos e ser o primeiro a voltar e encostar no carro era o grande vencedor.

Essa pessoa não precisava pagar pela comida ou pela gasolina, e também podia dirigir e controlar o rádio.

Para o meu azar, ele ganhou em todas as nossas paradas.

E na última meu pé ficou preso no cinto de segurança quando tentei me livrar dele no instante em que o carro parou, e o resultado foi um buraco na calça legging e um joelho ralado ao sair correndo atrás de Charlie.

Era um pouco injusto, pois ele não tinha vergonha nenhuma de gritar "licença, licença" e basicamente sair atropelando as pessoas, e eu não conseguia continuar correndo quando dava de cara com elas.

Mas dessa vez ia ser diferente. *Dessa vez* eu ia ganhar.

— Temos três postos de gasolina no caminho. Qual você quer?

— Não — falei, revirando os olhos. — Não me deixe escolher por pena. Você não precisa ter pena de mim só porque eu ainda não ganhei.

— Ah, meu bem — disse ele, todo doce, mas deixando escapar uma risada, sem tirar os olhos da estrada. — Mas eu *tenho* pena de você. Machucou feio o joelho.

— E você jogou álcool em gel no meu machucado!

— Para não infeccionar — respondeu ele, sorrindo, e eu deixei para lá.

Ele até que foi legal quando eu caí. Deu para perceber que se sentiu mal. Foi bem fofinho.

— Parada do Eddy — falei. — Vai, idiota.

— Essa é a minha garota — comentou ele, rindo ao dar a seta.

Não sei por quê, mas o jeito como ele disse "essa é a minha garota" me fez sentir um quentinho no peito.

Fiquei olhando pela janela quando ele entrou no posto, indo em direção à bomba de gasolina. A regra era que ninguém podia sair enquanto o carro não estivesse desligado.

— Você parece tensa — observou ele, indo devagar em direção às bombas de gasolina cobertas. — Está tudo bem aí?

— Não me distraia — falei, olhando de relance para ele.

O que foi um erro, porque Charlie estava rindo como se nunca tivesse visto nada mais divertido que eu, preparada para saltar do carro.

— Quer saber por que você nunca vai ganhar esse jogo? — perguntou ele.

— Ah, mas eu vou, sim — respondi, mordendo a bochecha para não retribuir o sorriso.

— Porque você não tem instinto assassino.

— Tenho, sim — rebati, inclinando o tronco para a frente quando ele começou a desacelerar.

— Não tem, não — disse ele, e mesmo sem olhar consegui *ouvir* o sorrisinho em sua voz. — Se você entrar correndo no banheiro e tiver só uma cabine livre, mas tiver uma pessoa na sua frente, você vai empurrá-la e entrar?

É claro que não. Mas o que eu respondi foi:

— Se for para ganhar de você, vou.

— Mentirosa — acusou, com a voz arrastada, e o jeito como ele falou atraiu meu olhar de volta para ele.

Havia um ar de desafio em seus olhos escuros quando eles encontraram os meus e no sorrisinho malicioso que surgiu em seus lábios. Se fosse qualquer outra pessoa me olhando daquele jeito, eu diria que era um flerte bem óbvio.

Mas era o Charlie.

Era só a adrenalina da competição.

Certo?

Ele desligou o carro, e abrimos as portas com tudo. Nós dois saltamos e corremos em direção à porta da loja de conveniência, e pela primeira vez eu estava na frente por um fio de cabelo.

— Estou logo atrás de você, Oclinhos — disse ele, tentando me distrair.

— Cala a boca — falei, abrindo a porta com as duas mãos, sem desacelerar ao entrar na loja.

As pessoas que estavam na fila do caixa olharam para nós quando passamos voando, mas mantive o foco nos banheiros.

— Vou pela esquerda — declarou Charlie, ofegante, e ouvi-lo me perseguindo tinha um ar totalmente aniquilador.

— Seguindo à frente pela direita — falei, arfando.

Os banheiros nos aguardavam nos fundos, e nenhum de nós dois diminuiu a velocidade ao chegar lá. Entrei com tudo na cabine, fiz o que tinha que fazer, lavei as mãos mais rápido do que nunca e saí correndo, ignorando os olhares ao passar correndo pelas geladeiras de refrigerante e sair porta afora.

O caminho até o carro estava livre, e Charlie não estava à vista.

Eu finalmente ia controlar o rádio.

Corri até o carro, bati no capô com ambas as mãos — conforme ditavam as regras — e só então comecei a saltitar, embora estivesse sozinha ao lado do carro.

Depois de alguns segundos, me perguntei o que estava acontecendo.

Cadê o Charlie?

O casal do carro que estava do outro lado da bomba me olhou de soslaio, como quem diz: "Ela está alterada?" Então, dei um sorrisinho e entrei no carro.

Fiquei me perguntando onde é que ele estava. Será que Charlie estava bem? Será que tinha acontecido alguma coisa? Será que teve algum problema? Quando puxei a bolsa para pegar o celular, ele começou a tocar.

— Aff. — Eu me atrapalhei, mas finalmente consegui pegar o celular, vi que era Charlie ligando e levei o aparelho à orelha. — Você perdeu. Venha encarar sua vergonha.

— Não posso — disse ele, e sua voz estava... *estranha*.

— O que foi? — perguntei. — Está passando mal?

— Não — respondeu ele, baixinho. — Bem, sim, meio que acho que vou passar mal em breve.

— O quê? — Meu coração acelerou ao ouvir o Charlie tão... *abatido*. — Você está bem? Posso ajudar?

Ele soltou um suspiro.

— Derrubei a chave.

— Hum... — *O quê?*, pensei. — Então pega.

Mais um suspiro.

— Esse é o problema. Não tem como.

— Caiu num buraco ou algo assim?

Ai, meu Deus. Como a gente ia chegar antes da meia-noite se ele tivesse derrubado a chave em um buraco?

— Algo assim. Caiu no mictório.

— O quê? — indaguei, e olhei para trás, para os fundos do posto. — Então... está fácil de pegar, não?

— Eu... hum... — Ele pigarreou, muito constrangido. — Eu não *consigo*.

Fiquei ali parada por meio segundo.

— Charlie, está me dizendo que a chave está bem aí, no mictório, mas você não consegue pegar?

Ele ficou em silêncio por um instante.

— É.

Não entendia o porquê daquilo, mas o conhecia o suficiente para saber que havia um *porquê*.

— Tem mais alguém no banheiro? — questionei.

— Não.

— Estou indo aí.

Peguei a bolsa, desci do carro e voltei para a loja de conveniência. Eu me senti uma idiota quando todas as pessoas por quem eu tinha passado correndo olharam para mim, mas mantive o foco na porta do banheiro nos fundos.

— Charlie? — chamei ao chegar ao banheiro masculino e abrir um pouco a porta. — Posso entrar?

— Pode. — Ouvi Charlie responder.

Abri a porta e, quando entrei, encontrei Charlie com uma cara péssima. Ele me olhou com a sobrancelha erguida e o cabelo bagunçado, como se tivesse passado a mão nele várias vezes. Ah, queria tanto implicar com ele.

Mas não fiz isso. Como eu poderia?

Não pude evitar o nó no estômago. Ver Charlie tão... *não* Charlie era uma surpresa perturbadora.

— Primeiro e o mais importante: você fez xixi *na* chave? — perguntei.

Ele curvou o canto dos lábios um pouquinho de nada.

— Claro que não.

— E ela está... — falei, apontando com o queixo para o mictório ao lado dele.

— Sim.

Ele saiu da frente para que eu visse a chave no mictório. Parecia limpo até, e fiquei surpresa por ele não ter simplesmente pegado a chave.

Sim, mictórios de posto eram supernojentos, mas tinha imaginado algo muito pior.

— Entrei correndo rápido demais e não consegui acertar o bolso.

— Aff! — exclamei, olhando para o mictório, então estremeci e me comprometi com a tarefa. — Vou pegar.

— Ai, minha nossa — disse ele, gemendo, franzindo o nariz como uma criança encarando um vegetal indesejado. — Que nojo...

Quis abraçar Charlie. Não sabia *por que* ele era fisicamente incapaz de enfiar a mão no mictório sujo, mas o conhecia bem o bastante para saber que ia preferir qualquer coisa a deixar que alguém testemunhasse um momento que ele sem dúvida classificava como de "fraqueza".

— Por que não vai comprar os lanches... já que eu venci — falei, na esperança de fazê-lo sorrir. — E abastecer o carro? Eu já vou.

Ele voltou a ficar sério.

— Tem certeza? É bem nojento.

Assenti.

— Não tem problema. Compre balas de alcaçuz e um energético para mim, por favor.

— Beleza.

Quando voltei para o carro passados alguns minutos, depois de lavar a chave com água quente, sabão e um banho de álcool em gel, ele ainda parecia incomodado.

— Olha só, Bay, sobre o que aconteceu... — começou.

— Eu não ligo, Charlie — resmunguei. — Comprou minhas balas?

Uma ruguinha se formou entre suas sobrancelhas.

— Está no banco da frente, no console.

— Legal. E meu energético?

— Também — respondeu ele.

— Ótimo — falei, cruzando os braços. — Eu não faço questão de dirigir, só quero controlar o rádio. Beleza?

Ele assentiu.

— Beleza.

Entramos no carro, pegamos a estrada e ficamos um tempo em silêncio até Charlie dizer:

— Eu sinto que preciso...

— Não precisa — interrompi, estendendo o braço e enfiando uma bala na boca dele, e fiquei olhando para sua mandíbula quando Charlie começou a mastigar na mesma hora, sem questionar. — Nem aconteceu nada, na verdade. A não ser que você *queira* falar sobre isso, nesse caso ficarei feliz em ouvir. Agora, o que realmente importa: você prefere country ou pop?

— Posso dizer nenhum dos dois? — perguntou ele, tirando uma das mãos do volante para segurar a ponta da bala de alcaçuz.

Ele tirou os olhos da estrada por um instante e analisou meu rosto com tanta intensidade que pareceu estar procurado alguma coisa.

— Pode, mas não vai mudar o fato de que essas são as opções — expliquei, sentindo meu rosto esquentar.

Ele soltou um suspiro.

— Pop, eu acho.

— Então vamos de pop.

Procurei a música mais irritante possível no rádio, e o tempo voou com as paisagens que o Colorado nos oferecia. Os álamos eram de um amarelo vibrante e se espalhavam pelas montanhas por onde a estrada passava, e de repente lembrei por que as pessoas se mudavam de Nebraska e nunca mais voltavam.

Aquele lugar era de tirar o fôlego.

— Olha só isso — falei, apontando para um riacho que corria paralelo à estrada. — Que lindo!

— É a vigésima primeira vez que você diz isso — retrucou ele, pegando a lata de energético que estava no porta-copos.

— Eu sei, mas é impossível parar.

— Percebi — observou ele, mas eu sabia que Charlie concordava comigo.

Alguma coisa na paisagem e no ar da montanha deixou nós dois mais relaxados, fez com que sentíssemos que estávamos de férias.

— Eu meio que não quero chegar, é estranho? — questionei, mordendo a bala.

— Não — respondeu ele, tomando outro gole.

Vi seu pomo de adão subir e descer quando ele engoliu, e algo naquele movimento foi... *sexy?*

Foi esquisito, Bay. Não sexy, sua idiota.

— Você não sabe o que vai acontecer quando chegar lá e *odeia* isso — continuou ele, largando a lata. — Aqui, no carro, não tem mistério. Você só está na estrada com seu colega de trabalho incrível.

— Deve ser isso mesmo — concordei. — Não a parte do colega de trabalho incrível, mas o resto.

— O que eu não vejo a hora — disse ele, estendendo o braço para pegar mais um alcaçuz sem tirar os olhos da estrada — é de não ter que pensar em nada que está acontecendo na minha casa. Quero acordar todos os dias e só pensar em como vou irritar a Oclinhos.

Tirei uma bala do pacote e a segurei em frente ao rosto dele.

Ele mordeu, então virou a cabeça e riu para mim de um jeito que me fez sentir um frio na barriga.

Pigarreei e olhei pela janela.

— Em que você não quer pensar?

— Bay — disse ele, e soltou um ruído em protesto, que era um misto de rosnado e gemido. — Se eu responder, vou estar pensando.

— Mas ainda não chegamos, então tudo bem — retruquei.

Tinha certeza de que ele ia mudar de assunto, mas, em vez disso, revelou:

— A primeira coisa em que não quero pensar é na Becca e no Kyle. A segunda coisa em que não quero pensar é na gravidez da minha mãe.

— *O quê?* — indaguei, parando de mastigar. — Quando você descobriu? Por que não me contou?

Charlie franziu o cenho e inclinou a cabeça para o lado. Os óculos de sol dele eram tão escuros que eu não conseguia ver seus olhos, mas sabia que ele tinha sido pego de surpresa pela minha pergunta.

— Minha mãe me contou ontem à noite — respondeu ele. — Mas não é nada de mais.

— Você vai ter mais um irmão — falei, tentando animá-lo.

— É *claro* que é.

— É — replicou ele, contido, e não entendi o que quis dizer.

— Você está chateado? — questionei, baixinho, como se isso pudesse melhorar as coisas. — Quer dizer, se eu descobrisse que meu pai ia ter outro filho, acho que ia surtar.

— Sério? — perguntou ele, suas emoções ainda indecifráveis.

— Sério. Quer dizer, meu relacionamento com ele já está estranho e estamos distantes, então como mais um filho ia ajudar?

— Podemos não falar sobre isso? — pediu ele, com um suspiro, mas não foi de um jeito grosseiro. Charlie só parecia exausto. — Estou feliz por eles e tenho certeza de que vai ser ótimo, minha irmã está superfeliz, mas ainda não sei muito bem como estou me sentindo.

— Claro — falei, cruzando os braços e apoiando os pés no painel. — Então vamos falar sobre a Becca.

— Espertinha — disse Charlie, me olhando de relance, balançando a cabeça e sorrindo ao esticar o braço para tirar meus pés do painel. — Por que não falamos sobre o Zack, então?

— Ah, não, obrigada — respondi, feliz por ele estar sorrindo de novo. — Passo.

— Alguma novidade? — perguntou Charlie, tirando os óculos e deixando-os no painel. — Conversas promissoras, troca de olhares, algo do tipo?

— Na verdade, a gente meio que não se vê nem se fala.

— Como assim? — quis saber, fazendo uma careta. — Como ainda está toda apaixonadinha por ele se vocês nunca se veem nem se falam?

— Estou apaixonada pela *lembrança* que tenho dele — expliquei, me perguntando por que eu parecia me sentir mais à vontade explicando isso para ele que para Nekesa. — E porque as coisas entre a gente não terminaram de verdade.

— É, estou sabendo desta última parte — comentou ele, esticando o braço para trocar a música, embora não fosse sua vez. — Mas como vai se reconectar com ele se vocês não têm nenhum contato?

— Olha, não sei. Tenho certeza de que vamos acabar nos esbarrando.

— Vocês têm o mesmo grupo de amigos? — perguntou ele.

— Eu encontro a Becca o tempo todo porque temos os mesmos amigos.

— Hum... não — respondi, sem querer parecer uma boba. — A gente meio que anda com grupos diferentes.

— Ele não é um megaleitor com um bilhão de amigos na internet?

Isso me fez olhar para ele surpresa, porque eu nunca tinha falado da minha conta sobre livros no Instagram.

— Você tem Instagram? — indaguei.

Ele abriu um sorrisinho, mas não respondeu. Em vez disso, questionou:

— Por quê? Você quer ser minha amiga?

— Já sou sua amiga, seu idiota — provoquei, um pouco chocada por ele ter me encontrado nas redes sociais.

— Colega de trabalho — corrigiu ele.

Revirei os olhos, o que o fez dar uma risadinha.

Nesse momento, meu celular vibrou.

Nekesa: Meus pais estão me tratando como se eu tivesse matado alguém.

— Estou me sentindo tão mal por ela... Por Nekesa não poder vir na viagem.

— Mas se ela estivesse aqui, você não estaria comigo — retrucou Charlie, dirigindo com só uma mão no volante.

— Verdade — falei, respondendo à mensagem. — Pelo menos ela tem Aaron e Theo para lhe fazer companhia.

Charlie fez um barulhinho, e olhei para ele.

— O que foi?

Ele deu de ombros.

— Você gosta do Theo? — perguntou ele.

— Ah, gosto — respondi, embora o achasse um pouco irritante. — Ele é de boa.

— Não confio naquele cara — revelou Charlie, o que me deixou surpresa. Theo e ele pareciam se dar bem sempre que todos nós trabalhávamos juntos nos fins de semana.

— É por causa da aposta?

— O quê? — questionou ele, com a voz meio estridente. Então, se virou para mim com os olhos semicerrados. Ele estava... sei lá, diferente. — Do que você está falando?

— Ué, da APOSTA... — O que foi *isso*? — Esqueceu?

— Ah é, é verdade — respondeu ele, bem mais calmo. — Mas o que eu não confiar nele tem a ver com *isso*?

Dei de ombros e peguei meu energético.

— Não faço ideia.

— Enfim... você devia mandar uma mensagem pro Zack — disse ele, mudando de assunto.

— *O quê?*

Olhei bem para ele, que continuou dirigindo como se não tivesse acabado de sugerir do nada que eu mandasse uma mensagem para o meu ex-namorado que estava em um novo relacionamento.

— Você devia mandar uma mensagem para ele agora, enquanto estou com você, para não perder a coragem. Por que esperar?

— *Por que esperar?* — repeti, me virando para ele no banco do carro para que ele visse bem minha cara confusa. — Bem, para começo de conversa, ele tem uma namorada.

— E daí? — perguntou ele, dando de ombros, convicto de que a namorada não era um problema. — Você não vai chamar o cara pra sair. Vai conversar com ele como amiga.

— Nós não somos amigos. Nunca fomos.

— Pare de ser tão prática e medrosa. Mande algo bem qualquer coisa, tipo: "Sabe a minha senha da Netflix?"

— Por que ele saberia a minha senha da Netflix? — indaguei.

Ele balançou a cabeça, como se *eu* fosse a idiota.

— Ele não sabe. Mas não sabe que você sabe disso.

— Desculpa, mas... no que isso vai me ajudar?

— Vai reestabelecer a conexão — explicou ele, com um suspiro. — Você manda o que eu disse, e ele responde que não sabe. Aí você diz: "Droga... achava que você não sabia, mas não custava tentar."

Ainda não entendia como isso ia me ajudar.

— Ele vai, lógico, mandar um "foi mal", aí você vai ter a oportunidade de dizer algo engraçado e fazer Zack ficar pensando em você — afirmou ele.

— Como assim, "pensando em mim"?

Era um plano idiota, uma ideia sem qualquer mérito, mas...

— Isso é com você. Primeiro mande a mensagem — disse Charlie —, e eu vou ajudando conforme a conversa for avançando.

— Não — berrei. Não estava nem um pouco interessada em envolver Charlie nesse assunto, mas por algum motivo aquilo estava me deixando animada. — Não vai dar certo.

— É *claro* que vai dar certo, a mensagem vai cumprir seu propósito — disse ele, olhando para a estrada à frente.

— Que é?

— Fazer Zack lembrar que você é engraçada e interessante.

— Charlie...

— Mande um: "Oi, aqui é a Bay. Posso te fazer uma pergunta?"

— Ele nunca me chamou de Bay, só para constar.

— Que pena — declarou ele, franzindo o cenho como se não entendesse.

Era uma reação estranha, mas mais estranho ainda era o fato de eu ter gostado dela. Parecia que ele estava me defendendo de alguma forma.

— Sério?

Ele se virou para me lançar um olhar penetrante.

— Tá bem. Mande assim: "Aqui é a Bailey. Posso te fazer uma pergunta?"

Não sei o que me deu, mas abri a conversa com Zack. Comecei a rir de nervoso.

— Não acredito que vou fazer isso. "Oi, aqui é a Bailey. Posso te fazer uma pergunta?"

— Mande — incentivou, alto e com um sorrisinho. — Mande logo, sua frouxa.

Respirei fundo, dei mais um gritinho e mandei.

— Meu Deus, mandei.

— Essa é minha garota — elogiou ele, rindo, o que me fez dar outro gritinho.

— Não acredito que fiz isso — comentei, e Zack começou a escrever. — Ai, caramba, ele está digitando!

— Respira — disse Charlie, sem tirar os olhos da estrada.

— É fácil falar — balbuciei, olhando para o celular.

Zack: Oi, pode falar.

Resmunguei um "droga" baixinho.

Eu: É uma pergunta estranha, mas por acaso você sabe minha senha da Netflix?

— Mandei — anunciei, olhando para Charlie. — Perguntei da senha.

— Pare de agir como se tivesse dado início a uma guerra nuclear — respondeu ele, mas achando aquilo divertido. — Não é nada de mais.

Zack: Não faço ideia. Eu deveria saber?

— O que ele disse? — perguntou Charlie, em resposta ao barulhinho que fiz.

Li a mensagem para ele.

— Responde que não e diga algo fofo.

Semicerrei os olhos.

— Você disse que ia me ajudar, Charlie. "Diga algo fofo" não é ajudar!

— Calma, Oclinhos. — Charlie inclinou a cabeça, mantendo os olhos na estrada. — Escreva, hum… "Não, mas a gente esperava que sim" e bota um emoji.

— Isso não é fofo — falei, um pouco decepcionada.

— Usar "a gente" vai fazer Zack pensar que você está com alguém misterioso, e o emoji sorrindo vai manter a conversa descontraída *sem* parecer que você está dando em cima do seu ex. Vai por mim.

Revirei os olhos, mas digitei exatamente o que ele disse. Charlie aproveitou para desrespeitar as regras e mudar a estação de rádio.

Eu: Não, mas a gente esperava que sim. Não sei como, mas não estou acertando de jeito nenhum :)

Enquanto esperava pela resposta, eu me perguntei o que Zack estaria pensando sobre receber uma mensagem minha e só consegui ficar imaginando seu rosto.

Logo em seguida, apareceu:

Zack: Quer a minha?

— O quêêê? — gritei, lendo mais uma vez e imaginando que aquilo devia significar alguma coisa. — Ele perguntou se quero a senha dele!

— Dã — disse Charlie, nem um pouco surpreso. — Agora você manda algo rápido e engraçado que não dê muita margem para uma resposta. Tipo: "Haha, não. Acho que vou ter que encenar toda a terceira temporada de *Breaking Bad*. Mas obrigada."

— Tá, pra começar, nunca vi essa série. Além do mais...

— Eu sei que não — interrompeu. — Qualquer pessoa que conhece você sabe que não assistiu.

— Não entendi — falei, me perguntando por que eu estava aceitando os conselhos dele. — Então por quê...

— Bobinha — cortou ele, olhando para mim. — Essa piadinha falando da série vai fazer Zack pensar que talvez você esteja com *alguém* que assiste.

— Um garoto, né? — falei, boquiaberta com sua genialidade. — Vou fazer Zack pensar que estou com um cara.

— Bingo — disse ele, satisfeito consigo mesmo e dando um sorrisinho arrogante. — Vai dizer sem dizer.

Comecei a digitar as palavras exatas que ele usou, admirada com os conselhos de Charlie.

— Você é bem manipulador, sr. Sampson.

— Todo mundo tem um talento, srta. Mitchell.

Um segundo depois, chegou mais uma mensagem.

Zack: Eu pagaria pra ver isso.

— AimeuDeus — berrei, surtando ao ver que tinha dado certo.

A gente realmente se reconectou. Li a resposta para Charlie e implorei:

— Me diga o que escrever agora, seu gênio diabólico.

— Nada — disse ele, diminuindo a velocidade ao se aproximar da saída que tínhamos que pegar. — Mande um emoji sorrindo e só.

— Não vou desperdiçar toda a conversa?

— Claro que não. — Charlie parecia estar refletindo profundamente quando acrescentou: — Se tem uma coisa que eu conheço bem, é o poder de enrolar alguém.

CAPÍTULO VINTE E SETE

Bailey

Quando chegamos a Breckenridge, a cidade toda iluminada com luzinhas cintilantes na escuridão, traçamos um plano. Eu ia entrar no apartamento e dizer à minha mãe que Charlie veio comigo, não Nekesa, e ele ia esperar no carro por uns cinco minutos. Com sorte, minha mãe ia conseguir aliviar o choque que isso causaria em Scott, e o fim de semana seguiria conforme planejado.

Droga, droga, droga. Como é que eu ia dizer isso a ela? Só agora percebi que fomos adolescentes idiotas ao achar que essa era uma boa ideia. Eles iam *surtar* por eu ter levado um garoto, e iam surtar *ainda mais* por ser o Charlie.

O que eu tinha na cabeça?

Estava sendo babaca. Estava sendo muito babaca enganando minha mãe daquele jeito. Porque interferir na felicidade de Scott era uma coisa, mas interferir na da minha mãe era outra completamente diferente. Nós duas éramos um time, eu e ela, e nunca mentíamos uma para a outra.

Droga, droga, droga, o que foi que eu fiz?

— Relaxa — disse Charlie, procurando uma vaga para estacionar. — Estou quase *ouvindo* seu surto interno.

— Porque foi uma ideia péssima — declarei, bem alto. — No que eu estava pensando?

— Respira — aconselhou Charlie, e quando olhei para ele algo em sua expressão confiante me acalmou um pouquinho. — Vai ficar tudo bem.

— Duvido — falei, balançando a cabeça —, mas vou fingir que acredito.

Enquanto ele dirigia em direção ao apartamento, eu me dei conta de que *Charlie* — Charlie Sampson, o Sr. Nada — tinha me acalmado. Sim, estávamos ficando mais próximos, mas, por algum motivo, alguns momentos pareciam ter um peso maior.

Ele achou uma vaga em frente ao apartamento do outro lado da rua, e, após dez minutos de pânico, tirei o cinto e saí do carro.

— Me deseje sorte — falei, com as mãos tremendo.

— Boa sorte — cantarolou ele, com uma vozinha boba. — Não estrague tudo, Oclinhos.

— Cala a boca — cantarolei também.

Contornei o prédio e encontrei a porta deles — destrancada —, então entrei.

— Oi? Mãe?

Atravessei o que parecia ser a área de serviço e entrei na cozinha, que era toda de madeira rústica, e quase não acreditei no que vi.

O apartamento era incrível.

A sala tinha o pé-direito alto e vigas de madeira enormes no teto; numa das paredes havia uma lareira feita de pedra que por acaso estava acesa naquele momento. Os móveis eram forrados de couro marrom, e o lugar parecia um chalé de esqui.

Eu amei.

— Bay? — Ouvi minha mãe chamar do andar de cima. — É você?

— Aham — respondi, a distração momentânea dando lugar ao medo que eu estava sentindo. — Acabamos de chegar.

— Vieram rápido — disse ela, e a ouvir descer a escada. — Não acredito que já chegaram.

Ela saltou o último degrau e me abraçou, e quase consegui *sentir* quanto ela estava relaxada. Senti uma onda de culpa quando percebi que estava prestes a estragar isso.

— Acabamos saindo mais cedo do que o planejado porque não queríamos pegar a estrada no escuro.

— Bem pensado — observou ela, olhando para trás de mim. — Cadê a Nekesa?

— É, então… — Hesitei, segurando-a pelo cotovelo e puxando-a mais para perto para conversarmos baixinho. — Houve uma pequena mudança de planos.

— O que aconteceu? — perguntou ela, preocupada.

Meu Deus, eu era uma idiota, minha mãe estava toda preocupada com o bem-estar de todos e eu estava prestes a jogar uma surpresa terrível no colo dela. Olhei para suas sobrancelhas erguidas e seus olhos azuis, e odiei o que estava prestes a lhe dizer.

— Bem, hum... Nekesa acabou ficando de castigo ontem à noite e não pôde vir. Eu não queria vir até aqui sozinha — expliquei, tão nervosa que cada uma das palavras saía com dificuldade. — Então trouxe *outra* pessoa.

— Ah, é? — Ela ainda estava feliz e tranquila. — Quem?

Ela claramente esperava que eu dissesse o nome de uma amiga, e não do garoto de quem seu namorado menos gostava no mundo.

Engoli em seco.

— Charlie — respondi, mantendo o tom de voz baixo e olhando atrás dela em busca de um sinal de Scott. — Eu trouxe o Char...

— *Charlie?* — repetiu ela, com os olhos arregalados. — Está de brincadeira?

— Eu não sabia o que fazer quando a Nekesa cancelou — respondi, falando rápido. — Eu não...

— Ah, não, não me venha com essa — disparou ela, com o indicador apontando para mim e a voz cada vez mais alta, os lábios tensos. — Você tem um celular... pelo qual eu pago. Devia ter me ligado. Não finja que essa era sua única opção!

Tentei manter a voz calma.

— Mas Charlie é meu amigo e tem um carro. É tão diferente assim de trazer a Nekesa?

— É! — Ela cruzou os braços e começou a andar de um lado para o outro. — Já é ruim você ter trazido um garoto, qualquer garoto. Você é bem espertinha e sabe que tem diferença. Mas não trouxe qualquer um, trouxe o garoto que Scott odeia para as nossas férias... Só pode estar de brincadeira.

— Eu sei...

— Isso é de uma audácia... — disse ela, quase gritando. — Além de todo o restante que há de errado nesse plano, é grosseiro e mimado. *Ah, agora eles vão ter que aceitar o que eu quero.* Como pode achar que esse tipo de comportamento é aceitável?

Meu rosto estava fervendo, e eu me sentia muito mal, pois ela tinha razão.

— Desculpa.

Ela balançou a cabeça depressa, irritada.

— Guarde suas desculpas pro Scott.

— Cadê ele, falando nisso? — indaguei ao me dar conta de que, se estivesse lá, Scott teria vindo ao ouvir a gritaria.

Minha mãe parou de andar e mordeu o canto do lábio.

— Ele foi ao mercado.

Fiquei observando seu rosto enquanto ela tentava pensar numa solução, e odiei a culpa que senti ao ver sua mandíbula tensa daquele jeito.

— Charlie já está aqui, será que não tem um jeito de contornar a situação?

Ela balançou a cabeça mais uma vez, irritada, como se não conseguisse acreditar que aquilo estava acontecendo.

— Ah, mas era exatamente com isso que você e Charlie estavam contando, né?

Pior que era, pensei.

— Tá — disse ela, deixando os braços caírem ao lado do corpo. — O plano é o seguinte: *você* vai sair daqui, e eu vou contar ao Scott quando ele chegar.

— Então quer que a gente espere no carro?

— Bailey, não estou nem aí pra *onde* vocês vão esperar — declarou ela, com aquele olhar de mãe que parece enxergar nossa alma. Com os dentes cerrados, continuou: — Tem ideia de quanto estou irritada com você?

— Eu sei, desculpa — falei, sem graça, desejando que houvesse um jeito de aquilo tudo não magoá-la.

— Suas desculpas não significam nada hoje — replicou ela, e seus olhos percorreram o apartamento, como se minha mãe estivesse procurando por uma resposta. — Vão dar uma volta na cidade, sei lá.

— Tudo bem. — Assenti, querendo agradá-la.

— Mando mensagem quando vocês puderem voltar. Não que eu esteja ansiosa por essa conversa agradável.

— Desculpa — repeti.

— Me poupe das suas desculpas — retrucou ela, ainda mais irritada, mas concentrada no plano. — Agora vaza daqui.

Eu estava com uma vontade absurda de chorar, porque odiava quando ela ficava brava comigo. Ainda mais quando eu sabia que merecia.

Saí do apartamento, me sentindo muito mal, e encontrei Charlie atrás do carro com a mala aberta quando atravessei a rua.

— Oi — falei.

Ele ergueu a cabeça e sorriu.

— Oi.

— Minha mãe está *muito* brava — contei, sentindo o estômago embrulhar de tanto pavor e culpa, sem conseguir tirar a cara de irritação dela da cabeça.

A cara de *decepção*.

Fui até onde ele estava, e, depois de fechar a mala, sua mão grande e quente encontrou a minha.

Ergui o olhar de repente, surpresa ao sentir seus dedos se entrelaçando nos meus, e Charlie se aproximou mais um pouquinho.

— Acho que está na hora de começarmos a farsa, né?

Tudo ao meu redor desapareceu quando senti sua pele na minha. Com a respiração trêmula, senti o ar gelado da montanha e pensei *Ai, meu Deus*.

Um carro entrou no estacionamento, mas quase não percebi, pois estava confusa com a intimidade do gesto de Charlie. Seus dedos compridos acariciando os meus, o calor de sua pele; aquilo parecia muito mais sugestivo que apenas dar as mãos.

Era Charlie, e era fingimento, mas meu coração acelerado e o frio que senti na barriga significavam que uma pequena parte de mim pelo jeito não tinha entendido a mensagem.

— Isso é meio chocante, não acha? — perguntei, encarando seus olhos castanhos sob o brilho dourado dos postes da rua.

— Parece que eu devia dar um tapa na sua mão e mandar você parar com isso.

— Parece mesmo — respondeu ele, rindo, e gostei de como os cantos dos seus olhos ficaram enrugadinhos quando ele sorriu para mim, como se fôssemos as duas únicas pessoas do mundo compartilhando aquela piada absurda. — Eu meio que pensei que você fosse me dar um soco por força do hábito.

— Eu nunca fiz isso — falei, também abrindo um sorriso.

— Mas eu nunca tentei pagar na sua mão, então...

— Justo — concordei, me dando conta de que não estava preparada emocionalmente para toda aquela... eletricidade.

Meu cérebro sabia que íamos fingir a viagem inteira, mas eu não tinha previsto a faísca que se acenderia quando ele me olhasse daquele jeito.

Eu ia demorar um pouco para me acostumar.

— Então, o que sua mãe disse exatamente? — questionou ele.

Desencana, Bay. É o Charlie.

— Ela ficou bem exaltada — respondi.

Contei o que ela disse, mas, em vez de passear pela cidade, decidimos ir até uma cafeteria fofa que vimos quando chegamos. Pegamos nossos casacos no banco traseiro e fomos andando, e, embora estivesse um pouco frio, era uma daquelas noites perfeitas de outono em que, desde que a gente esteja em movimento, a temperatura fica agradável.

— Estou morrendo de fome — comentou Charlie quando nos sentamos. — Será que não é melhor comermos antes de voltar?

— Não. Depois que eles marcaram a viagem, minha mãe disse que a cozinha estaria abastecida e que poderíamos preparar o que quiséssemos — falei, tirando a tampa da bebida para que esfriasse mais rápido. — Não preciso dar mais um motivo para ela ficar irritada, então vamos jantar com eles quando pudermos voltar.

Ele envolveu o copo com as mãos grandes e resmungou:

— Tá bem.

— Não está preocupado com Scott, está? — indaguei. — Tenho certeza de que vai ficar tudo bem quando o choque passar.

— Não estou preocupado — replicou ele, abrindo o casaco.

— Só espero que ele não seja o tipo de babaca que vai estragar a viagem da sua mãe ficando emburradinho.

— Viu, é isso que me deixa estressada com esse plano — confessei, tirando o papel que envolvia o copo e tentando aceitar o fato de que não havia como incomodar Scott sem acabar afetando a viagem da minha mãe também. — Não quero que minha mãe fique triste, e se meus planos funcionarem ela vai ficar triste por um tempo.

— Mas — disse ele, erguendo o copo e me lançando um olhar sério —, se *ela* estiver feliz, você não vai estar. Pense primeiro em você, Oclinhos.

Revirei os olhos.

— Você parece um gênio do mal.

— Obrigado.

— Não foi um elogio.

— Essa é a sua opinião — rebateu ele, dando um gole no café e baixando o copo. — Vamos falar sobre o nosso namoro falso.

— É, acho que é uma boa — falei, o nervosismo deixando meu estômago agitado. Dei um gole na bebida. — Você tem um plano?

— Não é exatamente um *plano* — disse ele —, está mais para uma ideia.

Ele se aproximou, e me dei conta de que o Charlie Entusiasmado era uma das versões dele de que eu mais gostava. Seus olhos praticamente brilhavam quando explicou:

— Pensei o seguinte: quando Scott aceitar que estou aqui, nós vamos voltar para o apartamento. Logo depois, quando ele estiver lidando com a minha presença desagradável, ficamos de mãos dadas. Isso vai ser bem chocante, e por hoje acho que está bom.

Fiquei horrorizada, e apavorada, mas ele conseguiu me arrancar uma risada quando imaginei a reação de Scott.

— Estou meio que com pena do coitado do Scott.

— Coitado mesmo — concordou ele, com um sorriso largo.

— A não ser que... acha que a gente devia fazer *mais* que isso?

— Mais? — perguntei, e minha risada se transformou em um sorriso enquanto eu admirava o Charlie Feliz.

— Mais — repetiu ele, olhando fixamente para mim, o sorrisinho travesso se transformando em algo mais intenso — do que ficar de mãos dadas.

Não sei o que me deu, mas ergui o queixo.

— O que mais você está pensando?

— Bailey Rose Mitchell — disse ele, com a voz grave e sexy, o sorrisinho ainda nos lábios. — Está me perguntando que tipo de demonstrações públicas de afeto podemos jogar na cara do Scott?

Meu celular vibrou, e meu coração deu um salto dentro do peito. *Nossa, o que foi isso?* Tirei o aparelho do bolso, e, sim, era minha mãe.

Mãe: Falei com Scott, e ele aceitou a IDEIA de Charlie estar aqui, mas vamos ter que estabelecer algumas regras.

O alívio tomou conta de mim, alívio porque eles não iam fazer Charlie voltar sozinho ou passar o fim de semana em um hotel.

— Olha só — falei, mostrando o celular e tentando ler seus pensamentos enquanto ele lia a mensagem.

Ele parecia o Charlie de sempre, então talvez o momento que idealizei era só ele pensando racionalmente nos próximos passos do nosso plano.

— Estou quase com pena deles — declarou ele, o sorriso voltando aos seus lábios. — Acham que somos só amigos, mas ainda assim precisam garantir, porque são adultos responsáveis, que a gente saiba muito bem que não pode entrar no quarto um do outro escondido ou dar uns beijinhos nas Montanhas Rochosas.

— Ai, meu Deus — falei, rindo, horrorizada como sempre com os cenários chocantes que Charlie gostava de criar.

Ele era mesmo um artista.

Charlie continuou, sorrindo como um bobo:

— Eles vão estabelecer todas essas regras, nós vamos concordar, e eles vão ficar muito felizes. E aí… *tcharam!* Vão *nos ver de mãos dadas e* agarradinhos no sofá. Vão surtar.

Dei risada, mas *agarradinhos no sofá*? Só de pensar minhas mãos começaram a suar e senti um frio na barriga. As mãos de Charlie em *mim*? Meu corpo aninhado no dele?

Ai... ficar agarradinha com Charlie Sampson era perigoso, algo que eu devia evitar a todo custo.

Mas eu era o problema... eu não servia para um namoro falso. Eu era o tipo de pessoa que não gostava nem de abraçar parentes, como ia ficar agarradinha com Charlie?

— Né? — perguntou ele, olhando para mim, esperando uma resposta.

— Oi? — questionei, me dando conta de que tinha me distraído, então assenti de leve. — É, eles vão surtar, sim.

Charlie deu um sorrisinho como se soubesse o que eu estava pensando, o que era impossível. Ele não tinha como saber, mas o brilho em seu olhar fez com que eu me perguntasse se ele também estava pensando em nós dois agarradinhos no sofá.

— Pegue seu casaco, então — disse Charlie, e me dei conta de que ele deve ter perguntado se eu estava pronta para ir.

Voltamos andando para o apartamento, nenhum dos dois estava com pressa para falar sobre "regras", e respirei fundo antes de abrir a porta.

— Pare de se preocupar — falou Charlie. — Estamos de férias, Mitchell.

Olhei para ele e notei que Charlie parecia despreocupado, então soltei o ar.

Ele tinha razão.

Eu estava de férias e ia me divertir.

Nem que isso me matasse.

CAPÍTULO VINTE E OITO

Bailey

— Scott? — gritei.

— O quê?

— Quer espaguete ou fettuccini?

Ouvi Scott murmurar alguma coisa para a minha mãe — eles estavam na sala —, então ele respondeu, parecendo rir:

— Espaguete, por favor.

— Eu não disse? — retrucou Charlie, pegando a caixa de macarrão no armário.

— Achei que ele fosse do tipo que gostava de fettuccini.

— Quando está sozinho — falou Charlie, baixinho —, aposto que ele come aqueles de criança.

— Que doido — comentei, então coloquei a colher no molho de Charlie para experimentar mais uma vez e joguei a colher na pia ao lado das outras quatro que já tinha usado com esse mesmo fim.

Quando voltamos ao apartamento, Scott e minha mãe nos receberam na porta com uma lista de regras. Ele não parecia bravo, o que me pegou de surpresa. Claro, quando ele disse "depois que apagarmos as luzes, Bailey não pode mais sair do quarto" e Charlie bufou, ele fechou a cara, mas ainda assim não saiu do papel de "turista feliz".

Não era o que eu queria, pelo bem do nosso plano, mas pelo bem da minha mãe acho que estava de bom tamanho para a primeira noite.

Depois de listar as regras, eles nos mostraram o apartamento, e todo mundo ficou de bom humor, o que foi uma surpresa.

Fiquei chocada quando Charlie sugeriu que nós dois fizéssemos o jantar.

— Se quiserem descansar, Bailey e eu podemos fazer o jantar. Faço o molho marinara da minha mãe rapidinho, vocês têm os ingredientes, e tenho certeza de que Bay consegue ferver a água.

Scott e minha mãe olharam para nós como se tivéssemos lhes oferecido um milhão de dólares, e eu olhei para Charlie como se ele tivesse enlouquecido.

Mas começamos bem.

— Está muito bom — falei, um pouco chocada que Charlie soubesse fazer molho marinara.

— Acho que minha avó italiana me ensinou a fazer molho quando eu ainda usava fraldas — brincou ele, tirando uma embalagem de antiácido do bolso e colocando uma pastilha na boca.

— Um verdadeiro prodígio — observei, então joguei o macarrão na água fervente. — Vocês ainda se veem bastante?

Ele olhou para mim, mastigando.

— Agora não é hora.

— De falar sobre avós? — perguntei.

— De me lembrar de coisas ruins — respondeu ele, abrindo a gaveta e pegando um garfo grande, que me entregou. — Ah! E é para mexer o macarrão, não para acertar o olho de alguém.

— Obrigada — falei, pegando o garfo. — Por que você sempre toma esses antiácidos?

Ele fez uma expressão indecifrável.

— Oi?

Parecia culpado, ou surpreso, ou... sei lá... alguma coisa.

— Você sempre toma antiácidos, Sampson.

— Ah, isso — disse ele, dando de ombros. — Tenho azia às vezes.

— É só uma azia? — perguntei, sem querer me intrometer, mas ao mesmo tempo querendo *muito* saber mais sobre ele. — Então por que ficou todo esquisito quando eu falei do antiácido?

— Pode parar de falar sobre minhas doenças, sua esquisitinha? — retrucou ele, com um daqueles sorrisinhos. — Agora, por favor, me passe o sal, Intrometida.

— Você está doente? — indaguei, odiando essa ideia.

— Se estou ficando doente com esse seu questionamento? — perguntou ele, mexendo a panela. — Com certeza. Fisicamente? Não.

Entreguei o sal a ele.

— Você é muito complicado.

— E eu não sei? — disse ele, e começou a me dar ordens como se fosse um chef.

Fiquei surpresa ao ver quão habilidoso Charlie era na cozinha.

Preparar o molho, reduzir o extrato de tomate, separar a quantidade de alho triturado que equivale a um dente; ele era um profissional.

Eu basicamente só fazia comida de micro-ondas e pizza congelada em casa.

Quando escorremos o macarrão e estávamos com tudo pronto para servir, Charlie se aproximou. Ele puxou uma mecha do meu cabelo com a mão direita, sorrindo para mim como se compartilhássemos um segredo, e senti meu corpo ficar mais quente.

O aconchego do apartamento, o cheirinho do molho, o sorrisinho em seus olhos quando conversávamos... tudo isso fez com que aquele momento fosse o equivalente a um chocolate quente num dia de neve.

— Vamos servir? — perguntou ele, soltando meu cabelo e pegando o molho.

Lksjflskjfksljfklsdjfklsd, foi o que pensei, sem sentido algum, a respiração presa no peito.

— Vamos — respondi, me sentindo meio tonta com seu toque ao pegar a travessa de macarrão e segui-lo até a mesa com as pernas bambas.

Não sei o que eu esperava, mas o jantar foi tranquilo. Sim, meu estômago embrulhava toda vez que Scott provocava minha mãe ou me chamava de Bay, mas, entre as histórias ridículas de Charlie e as respostas hilárias da minha mãe, isso até que aconteceu bem pouco e a refeição até que foi agradável.

Estranho, né?

Por volta das onze da noite, minha mãe arrumou o sofá-cama para Charlie, e o restante de nós foi cada um para seu quarto. Eu tinha acabado de apagar a luz para dormir quando meu celular vibrou.

Charlie: Quando vamos começar a namorar?

Fiquei olhando para a tela do celular na escuridão, me perguntando como seria ouvir Charlie Sampson dizer aquilo *de verdade*. É lógico que eu não queria isso, mas ainda assim... não pude deixar de imaginar.

Porque as contradições emocionais do Charlie me deixavam... *intrigada*.

Ele ficava o tempo todo me provocando e era a pessoa mais engraçada que eu já tinha conhecido, e eu sabia que ele ouvia Conan Gray e Gracie Abrams sem parar (eu sabia sua senha do Spotify).

Ele era atrevido e extrovertido com os amigos, mas demonstrava certa vulnerabilidade quando falava de si mesmo.

E, embora ele fosse o sarcástico Sr. Nada, eu estava começando a suspeitar que seu jeito implicante se devia não ao fato de ele não sentir as coisas, mas sim ao fato de sentir *demais*. Os problemas familiares, a ex-namorada — Charlie odiava o amor porque odiava como se sentia por amar aquelas pessoas.

Quando Charlie ficava com aquela expressão horrível ao falar sobre Becca, eu não conseguia deixar de imaginar como devia ser — para Becca — ter toda aquela emoção direcionada a ela.

Charlie Sampson olhando para mim como olhou para ela naquela festa?

Nossa, eu ia desmaiar.

Olhei para o celular em minha mão, para a pergunta que ele tinha mandado, e meu cérebro voltou da excursão ao Mundo do Charlie. Pigarreei.

Quando vamos começar a namorar?

Pensar naquilo — no namoro falso — ainda me deixava nervosa.

Eu: Acho que amanhã. Vamos ficar pouco tempo aqui, né?

Charlie: Concordo. E é bom a gente começar logo cedo, não tem por que esperar.

Eu: No que você pensou? Dar comida na boca um do outro no café da manhã?

Charlie: Foi EXATAMENTE isso que pensei, só que eu vou estar sentado no seu colo.

Isso me fez rir.

Eu: VOCÊ vai sentar no MEU colo?

Charlie: É mais interessante assim.

Eu: Verdade.

Charlie: Depois pensei em carregar você no colo o dia inteiro como se fosse um bebê que ainda não sabe andar.

Gargalhei sozinha no escuro.

Eu: Será que a gente pode falar sério por dois minutos?

Charlie: Duvido muito, mas diga.

Eu: Tem alguma coisa sobre você que eu deva saber — ou que a gente deva saber um sobre o outro — como namorado/namorada de mentira?

Charlie: Bem, minha coisa favorita em você é o jeito como sempre morde o interior da bochecha quando eu te provoco.

Fiz um barulhinho com a garganta.

Eu: O quê???

Charlie: É sério. Parece que você não quer que eu saiba que te atingi. Mas, Oclinhos, quando vejo você fazer isso, é tipo um desafio, e não consigo parar até você sorrir para mim.

Deixei escapar mais um barulhinho involuntário — algo parecido com um guincho.

Porque aquela resposta era incrível.

Tentei pensar numa resposta rápida, algo charmoso e meio sarcástico, mas nada me ocorreu.

O que são palavras mesmo?

Levei um susto quando meu celular vibrou de novo.

Charlie: Oi? Não vai me responder?

Fiquei olhando para a tela, mas não consegui pensar em nada.

Charlie Paquerador me deixou sem palavras.

CAPÍTULO VINTE E NOVE

Charlie

Droga.

Fiquei olhando para a tela do celular, esperando Bailey responder e me perguntando em que momento eu tinha perdido qualquer resquício de bom senso. Eu tinha mesmo acabado de admitir para a única pessoa no mundo que não ficava de joguinhos comigo que eu gostava de fazê-la sorrir?

Eu era um idiota.

Sim, Charlie, você com certeza devia admitir que gosta de fazer Bailey sorrir. É um jeito brilhante de garantir que sua colega de trabalho desapareça da sua vida.

A tela do celular acendeu em minhas mãos.

Bailey: Minha coisa favorita em você é como sua voz fica grave e rouca quando você está cansado.

Caramba.

Virei de barriga para cima, a madeira do sofá-cama cutucando minhas costas.

Eu: A única coisa de que você gosta em mim é a minha voz???

Bailey: Não foi isso que eu disse. É a coisa que eu MAIS gosto, porque você está relaxado e tranquilo quando sua voz fica assim. Você fica menos na defensiva.

Na defensiva.

Não fazia ideia de como ela podia me conhecer tão bem, mas de alguma forma Bailey sempre sabia o que eu estava sentindo.

Passei a maior parte da minha vida com a sensação de que ninguém me entendia, e ali estava Oclinhos, vendo quem eu realmente sou.

Bailey: Será que preciso te chamar por um apelido?

Sorri na escuridão, me perguntando qual seria o jeito mais garantido de irritá-la.

Eu: Que tal "meu rei"?

Bailey: Eca.

Imaginei Bailey franzindo o cenho enquanto eu digitava:

Eu: Amor?

Bailey: Você está me deixando com ânsia. Acho que vou te chamar de Charlie mesmo.

Eu: E "deus do sexo"?

Bailey: Ninguém na história do mundo usou "deus do sexo" como apelido carinhoso. Dá pra imaginar??? Exemplo: Pode passar no mercado para comprar leite quando estiver voltando para casa, deus do sexo? NÃO FUNCIONA.

Dei risada.

Eu: Eu iria correndo até a loja de leite se você mandasse essa para mim.

Bailey: A loja de leite?

Senti vontade de rir enquanto digitava:

Eu: Está mordendo a bochecha neste momento, não está?

Bailey: HAHAHA isso é assustador.

Eu: Mas é verdade.

Bailey: Até amanhã.

Dei um sorriso.

Eu: Boa noite, amor.

Bailey: Boa noite... deus do sexo.

Ah. Droga.

O que eu estava fazendo?

CAPÍTULO TRINTA

Bailey

Foi difícil determinar qual foi — *exatamente* — o barulho que me acordou à uma e meia da manhã.

Pode ter sido o vidro quebrando, ou o grasnado, ou o bater selvagem de asas, mas o ganso entrando pela minha janela foi com certeza o responsável.

Acordei de repente, me sentando na cama, e vi pela iluminação vindo da rua que tinha *alguma coisa* no meu quarto, se debatendo na escuridão.

Ai, meu Deus, ai, meu Deus, ai, meu Deus!

Estava com medo de me mexer porque não queria que aquela coisa, o que quer que fosse, me visse, mas isso deixou de importar quando Scott abriu minha porta com tudo e berrou:

— O que foi que aconteceu?!

Ele acendeu a luz, e — *caramba* — tinha um ganso no meu quarto.

Um ganso enorme em frente à janela agora quebrada, gritando loucamente (se é que isso era possível) e meio que rosnando.

— Ai, meu *Deus* — gritou minha mãe atrás dele.

Pulei da cama e corri em direção à porta. Minha mãe me segurou e me puxou para trás de si, como se quisesse me proteger do pássaro.

— Você está bem?

— Estou — respondi, olhando por cima do ombro dela.

O pássaro deve ter atravessado o vidro e, embora estivesse escuro, não parecia machucado.

Só irritado.

De novo, se é que isso era possível.

Acho que eu nunca tinha interagido com um ganso, então meu conhecimento sobre a ave era mínimo.

Scott, com uma cueca boxer e aquelas meias ridículas, se abaixou e pegou uma das minhas botas de cano alto. Incrédula, observei Scott se aproximar do ganso devagar, como se quisesse pegá-lo de surpresa, e por um instante me perguntei se ele ia espancar o animal até a morte com o pé esquerdo da minha bota favorita.

Mas então ele balançou a bota na direção do pássaro.

— Scott — chamou minha mãe, murmurando por algum motivo. — O que você está fazendo?

— Isso é um ganso? — Ouvi Charlie perguntar atrás de mim.

— É — respondi, também sussurrando por nenhum motivo aparente enquanto assistia àquela cena.

— Ah — disse ele, calmo, como se aquilo não fosse nada de mais. — Uau.

O ganso *não* gostou de Scott e começou a grasnar sem parar, a estufar o peito e a rosnar, olhando diretamente para ele.

Scott continuou balançando a bota, quase como se estivesse tentando abanar o ganso, pelo amor de Deus, e parecia um idiota.

Mas de repente *funcionou*.

O ganso deu uns passos desajeitados, então bateu as asas e saiu voando pela janela.

Por onde antes havia vidro.

Em um instante, o quarto ficou incrivelmente silencioso.

E frio.

Scott largou minha bota e foi até a janela devagar.

— Não — disse minha mãe, baixinho. — Scott. Ele pode voltar.

Isso o fez parar e olhar para trás.

— Ele não está tentando nos *matar*, Em.

Charlie abafou o riso atrás de mim, e deixei escapar uma risada disfarçada de tosse.

Minha mãe entrou no quarto, se esgueirando até Scott, que olhava pela janela. Ele colocou as mãos na cintura enquanto observava a paisagem lá embaixo e, depois de um tempinho, anunciou, em voz alta:

— O ganso foi embora.

— Escutem aqui — disse minha mãe, com o cabelo meio despenteado e de camisola. — Preciso que vocês prometam que vão respeitar as regras.

Fiquei ali parada com meu pijama, segurando o travesseiro contra o peito, sem olhar para Charlie — não podia olhar.

— É claro que vamos respeitar as regras — falei, exausta de repente. — Mesmo que tivéssemos segundas intenções, o que não temos, não tem nem porta para fechar. Nenhuma privacidade. Eu é que não vou seduzir um garoto no meio da sala, correndo o risco de qualquer um entrar.

— Espera, você disse "seduzir" de novo? — perguntou Charlie, um sorrisinho em sua voz. — A gente já não falou sobre usar esse termo?

— Shh. — Quase rosnei. Só queria voltar a dormir.

— Um de vocês dorme no sofá-cama, e o outro vai ter que dormir no chão. Tem uma pilha de lençóis e cobertores em cima daquela cadeira — informou minha mãe.

Depois que o ganso foi embora, Scott — que foi claramente o herói da noite, quer eu goste ou não — cobriu a janela com papelão e fita adesiva. O dono do apartamento prometeu que alguém viria consertar a janela pela manhã, mas o ar gelado continuou entrando pelo buraco, então fui transferida para o andar de baixo.

Para a mesma sala onde Charlie estava dormindo no sofá--cama.

Por isso a paranoia com as regras.

— Bem, boa noite, então — disse minha mãe, nos dando as costas e indo até a escada.

— Boa noite — respondeu Charlie, com sua voz mais bajuladora. — Bons sonhos.

— Vou vomitar — falei, balançando a cabeça. — Você é muito puxa-saco.

— Eu gosto da sua mãe — comentou ele, ainda sentado no sofá-cama, onde estava desde o incidente com o ganso. — E quero que ela goste de mim. O que tem de errado nisso?

— Me deixa com ânsia, mas não é errado — repliquei, achando aquilo meio fofo, e olhei para os cobertores. — E aí, quem fica com o sofá?

Ele franziu a testa.

— Você. Dã.

Agora *eu* franzi a testa.

— O que quer dizer com isso?

— Quero dizer que não vou deixar você dormir no chão para eu dormir no sofá.

— Ai, meu Deus, isso é tão machista — falei, colocando as mãos na cintura. — Se eu fosse um garoto, aposto que me deixaria dormir no chão.

— Não é machista, Oclinhos. É amiguista — respondeu ele.

— Charlie...

— Só quis dizer que você é minha amiga — explicou, com certa irritação na voz. — E eu não quero que fique desconfortável. Então pode ficar com o sofá.

— Mas se eu fosse um *garoto*...

— Beleza, então, durma no chão, *parceiro* — retrucou ele, irritado. — Boa noite.

— Espera!

— Foi o que pensei — replicou ele, com um sorrisinho presunçoso.

— Primeiro, obrigada por reconhecer que somos, de fato, amigos — falei, sem saber ao certo por que o uso daquela palavra ao se referir a mim parecia algo tão importante. — Segundo, e se a gente decidir no pedra, papel e tesoura?

— Meu Deus, é mais fácil dizer "amiga" que "colega de trabalho". Só isso.

— Sei — cantarolei. Não queria deixar aquela passar.

— Pense um pouco — disse Charlie. — O que sua mãe, e o Grande Otário, vão pensar se descerem para tomar água e virem que não deixei você dormir no sofá?

Ah... ele tinha razão.

— Vão achar que você é um babaca.

— E ele pagou a viagem para você, não para mim — acrescentou ele.

— Verdade — concordei.

— Então o sofá é seu, Mitchell, vou fazer uma cama no chão pra mim.

Ele se levantou, e meu olhar foi atraído para a calça do seu pijama.

— O que foi? — perguntou ele, indiferente, como se nem imaginasse por que eu estava olhando.

— Nada — falei, pressionando os lábios e balançando a cabeça. — Eu só, hum... gostei muito da sua calça.

Charlie estava usando uma calça cor-de-rosa com corações vermelhos. A estampa já era *um pouco* incomum para um pijama masculino, mas o fato de ele ter quase dois metros de altura e a calça ser uns dez centímetros mais curta que sua perna deixava tudo *muito* estiloso.

— Minha irmã mais nova me deu de presente — comentou ele, apontando o indicador para mim. — Então, se tirar sarro de mim por isso, você é um monstro.

— Não estou tirando sarro — falei, tentando muito não rir e ao mesmo tempo achando fofo demais ele usar a calça que a irmã lhe deu. — Na verdade é bem sexy. Mostra o suficiente do tornozelo para ser sexy sem ser vulgar.

— Ah, eu sei — disse ele, colocando a mão na cintura como se quisesse fazer uma pose. — Minha calça de coração conquista *todas* as garotas.

— É claro que sim.

Meus olhos subiram até sua camiseta, e Charlie estava *mesmo* sexy nela. Era só uma camiseta velha e desbotada, mas o tecido macio revelava o peitoral definido e surpreendentemente largo por baixo, e eu não conseguia parar de olhar.

Era tão... torneado.

E firme.

Quer dizer, tinha até aquele vãozinho no meio.

Charlie era sarado???

Ahhhhh, qual era o meu problema?

Assenti em silêncio, fazendo um esforço para lembrar o que ele tinha acabado de dizer e tentar voltar ao normal depois de admirar o físico de Charlie.

Ele interrompeu meus pensamentos, dizendo:

— Me dá só um minutinho para trocar o lençol do sofá-cama, e aí você pode ir dormir.

— Por acaso você *fez* alguma coisa com o lençol? — perguntei, sorrindo para aquela versão superprestativa de Charlie.

— Não — respondeu ele, com o cenho franzido e parecendo ofendido.

— Então acho que posso dormir no lençol em que você ficou deitado por menos de uma hora.

Ele tirou os olhos do sofá-cama e olhou para mim.

— Tem certeza? — perguntou.

— Aham.

Ele foi até a pilha de lençóis e cobertores, então olhou para o chão. Vi uma expressão surgir em seu rosto, um lampejo do que vi no banheiro do posto.

— Charlie, fique com o sofá-cama. Eu durmo em qualquer lugar.

Ele franziu a testa... de novo.

— Caramba, Bay, por favor, não seja legal comigo como se eu...

— E se a gente fizer uma cama com as almofadas do sofá? — sugeri, interrompendo Charlie de propósito, porque o fato de ele ter algum problema com germes não importava para mim. Além disso, eu não queria que ele achasse que eu tinha percebido. — Assim, você não dorme no chão, mesmo dormindo no chão. Entendeu?

— Bailey — disse ele, engolindo em seco. — Só para.

— Charlie — falei, cruzando os braços. — Se quiser que eu finja que não sei, é o que vou fazer, porque não quero que fique constrangido. Mas você é meu amigo. Se fosse Nekesa no seu lugar, eu a ajudaria a achar um jeito de se sentir à vontade.

— Colega de trabalho — corrigiu, fazendo um barulho como se não quisesse concordar comigo, abrindo aquele seu sorrisinho. — E o que estava dizendo sobre as almofadas do sofá?

Fui até lá e comecei a juntar as almofadas que já estavam no chão.

— A gente só precisa fazer um colchão com elas — expliquei.

Joguei as almofadas em uma área livre do chão no canto da sala, e Charlie pegou as almofadas das duas poltronas grandes que ficaram em frente à lareira e acrescentou-as à minha pilha. Então, abriu um lençol de elástico tamanho king.

— Sabe, você até que é uma colega de trabalho bem bacana — disse Charlie, me lançando um olhar que pareceu importante. Significativo.

Parecia que ele estava reconhecendo que nossa amizade era mais que só trabalho, embora estivesse dizendo o oposto.

— Eu sei. — E, depois de ajudá-lo a arrumar a cama no chão, fui para o sofá-cama. — Você se importa se eu ligar a TV? Perdi um pouco o sono.

— Não — replicou ele, e apertou um interruptor que fez a sala mergulhar na escuridão, exceto pelo brilho da TV.

Fiquei ouvindo Charlie se ajeitar nas almofadas.

— Está minimamente confortável? — perguntei, parando em um episódio antigo de *New Girl*.

— Não é tão ruim — sussurrou.

— Nick Miller é o cara.

— Winston — retrucou Charlie. — Ele é que é o cara. Só é muito subestimado.

Ficamos assistindo por um tempo, comentando baixinho e rindo, e eu já estava quase dormindo quando Charlie disse:

— Só para constar, minha germofobia não é tão séria assim.

Fiquei olhando para a escuridão.

— Só para constar, não me importo se for séria — respondi.

— Eu só, tipo, tenho nojo de banheiros públicos e da ideia de dormir no chão da casa de um desconhecido. Eu comeria uma almôndega que caiu na mesa ou lamberia seu dedo numa boa, isso não me incomodaria nem um pouco.

— É sério que você disse isso? — indaguei, rindo, me aconchegando nas cobertas e me perguntando por que aquilo não era constrangedor, uma festa do pijama improvisada com Charlie.

Estava sonolenta, confortável e bem relaxada; o oposto de constrangida.

— É sério, eu nem ando com álcool em gel ou lencinhos umedecidos — insistiu ele, parecendo querer muito me convencer.

Mas ele não precisava fazer isso. Eu não sabia nada sobre a situação de Charlie, mas já tinha sofrido experiências terríveis com ataques de pânico, então eu *entendia*. Só porque o cérebro dele fazia com que seu corpo tivesse reações físicas a certas coisas, isso não queria dizer que ele era... sei lá... qualquer outra coisa que não exatamente o que devia ser.

— Eu te desafio a comer uma almôndega que caiu na mesa.

— Deve ser mais limpa que seu dedo — retrucou ele, em tom de provocação. — Ouvi dizer que você enfiou a mão em um mictório hoje.

— É verdade. Pensei, tipo: "Meus dedos estão muito limpos. Será que tem algum mictório imundo em que eu possa enfiar a mão?"

Ele riu, e eu virei e fechei os olhos de novo.

— Obrigada de novo por vir comigo, Charlie.

— Obrigado por me convidar — disse ele, e esperei que estivesse sendo sincero.

Porque eu queria que ele estivesse se divertindo tanto quanto eu estava (o que era uma surpresa).

— Boa noite, Charlie.

— Boa noite, Bailey — respondeu ele, a voz grave e rouca na escuridão da sala.

CAPÍTULO TRINTA E UM

Bailey

Acordei com o aroma — e os sons — do café da manhã.

Abri os olhos, pisquei, peguei os óculos e tentei me situar.

Sala, sofá-cama — *entendi*.

Olhei para a esquerda, mas Charlie não estava no chão. As almofadas e a roupa de cama estavam todas empilhadas num canto, como se ele nem tivesse dormido ali.

Peguei o celular — sete e meia da manhã.

Nenhuma mensagem de Zack, não que eu tivesse olhado o celular por isso.

— Bom dia, flor do dia.

Virei para a direita, e lá estava Scott, sentado à mesa tomando café.

— Bom dia — falei, abrindo um sorriso para o bom e velho Scott.

Era difícil ficar irritada com sua presença no café da manhã considerando que ele tinha organizado aquela viagem e nos protegido do ganso assassino.

— Charlie e sua mãe estão preparando o café da manhã, espero que esteja com fome.

— Eu comeria alguma coisa, sim — menti, tirando o cabelo do rosto.

Eu não era muito fã de comer de manhã cedo, então ficaria feliz só com um pouco de café. Eu me levantei e fui até a cozinha. Assim que cheguei à porta, me deu vontade de rir.

Minha mãe estava sentada num banquinho, falando sobre a defesa do time de futebol americano Kansas City Chiefs, e Charlie fazia ovos mexidos.

— Bom dia — cumprimentou minha mãe, sorrindo.

— Uau — disse Charlie, os olhos brilhando ao olhar para mim. — Bom dia, descabelada.

Mostrei o dedo do meio para ele.

Ele riu.

Minha mãe sorriu.

— Tem frappuccino na geladeira — comentou ela.

— Ai, graças a Deus — respondi.

— Então, Emily, acha que o time tem chance se ele ficar a temporada inteira fora? — perguntou Charlie, mexendo os ovos e continuando o papo sobre futebol americano com minha mãe, que era torcedora fanática do Chiefs. — Quer dizer...

Abri a geladeira e peguei uma garrafa de frappuccino de chocolate, sem conseguir acreditar que tinha acabado de ouvir Charlie chamar minha mãe de *Emily*. Quando foi que eles se tornaram melhores amigos? Era fofo, mas me deixava um pouco desconfortável.

Não queria que minha mãe, que não fazia ideia do que estava acontecendo, se afeiçoasse a meu namorado de mentirinha.

Não tinha como isso acabar bem, né?

— Quer dizer, é só um jogador, então é claro que eles têm chance, mas vai ser bem mais difícil sem ele — respondeu minha mãe.

Não quis ficar mais nenhum minuto assistindo àquela cena, porque me sentia muito culpada.

A tampa do frappuccino saiu com um clique.

— Vou tomar um banho — declarei.

— Mas o café da manhã está quase pronto — retrucou minha mãe.

Ela sabia que eu nunca comia nada de manhã, então estava dizendo aquilo só para garantir que eu não ia magoar Charlie por não comer a comida que ele estava preparando. Pigarreei.

— Não estou com fome.

— Mas Charlie fez um banquete — insistiu ela, olhando para Charlie como se ele fosse o Papai Noel.

— Vou comer quando sair do banho — garanti a ela.

— Vá pentear esse cabelo — provocou Charlie.

Gostei da expressão tranquila em seu rosto, mas também me perguntei como ele podia estar tão à vontade conversando com minha mãe e preparando o café da manhã.

Fiquei pensando nisso enquanto tomava banho, mas eu pensava em praticamente tudo no chuveiro. Pensei no "plano" — agora que estávamos lá, será que ia mesmo dar certo? Se desse, será que minha mãe ia ficar arrasada?

E o que estava acontecendo com Charlie? Tivemos vários *momentos* no dia anterior, e eu não sabia ao certo se era só eu ou se de fato estava rolando algo a mais.

— Não — falei em voz alta no banho, colocando xampu na mão, porque aquela ideia era *impossível*.

Não havia nada rolando entre mim e Charlie além das emoções complexas que envolviam nossas vidas individuais e não tinham absolutamente nada a ver com "nós dois" como um casal.

Ele não usava nem a palavra "amiga" para se referir a mim; sem dúvida, não havia nenhum clima de romance no ar.

Quando me convenci a relaxar e voltar lá para baixo, as coisas já não estavam mais tão relaxadas assim. Os três estavam sentados à mesa, minha mãe e Scott tomando café da manhã enquanto Charlie falava sobre o namorado da mãe (o rosto de Scott estava vermelho).

— Ele não é uma má pessoa — continuou Charlie, levando a caneca aos lábios. — Mas ele não devia estar na própria casa, com os próprios filhos, em vez de dormir na casa da minha mãe toda noite?

Minha nossa. Não acreditei que ele disse aquilo.

— Sobrou ovo? — questionei, entrando na sala. — Estou morrendo de fome.

Minha mãe ficou muito feliz em me ver, Charlie abriu um sorriso e Scott parecia prestes a sair correndo.

— Deixa comigo — disse Charlie, dando um gole no café e se levantando. — Eles já comeram, mas eu estava esperando você.

Assim que entramos na cozinha, ouvi Scott dizer para minha mãe em um sussurro alto:

— Não gosto desse garoto.

— Ah, ele não estava falando de você — respondeu ela, defendendo Charlie naquele tom de voz materno que era bom para acalmar os ânimos. — Perguntei sobre a mãe dele, e ele respondeu. Só isso.

Olhei para Charlie, que piscou para mim. Então, ele semicerrou os olhos e sussurrou:

— Espera. Venha aqui.

— O que foi? — questionei, me aproximando dele embora não soubesse ao certo por quê. Então, baixei o tom de voz: — O que você vai fazer?

Ele olhou para mim, acenando bem de leve com a cabeça em direção à mesa, e me dei conta do que ele estava planejando no instante em que colocou as mãos na minha cintura. Teoricamente, estávamos na *cozinha*, mas o apartamento tinha um conceito aberto que deixava a maior parte do cômodo visível.

Estávamos bem no campo de visão deles, mas era convincente nós acharmos que não daria para perceber, então, se eles parassem de discutir e olhassem para a cozinha, veriam o namoro falso.

É claro que *eu* só conseguia pensar no calor dos dedos de Charlie, que apertavam minha cintura com delicadeza. Senti que minha respiração ficou presa na garganta quando olhei para seus lábios.

— A gente devia se beijar — murmurou ele.

— *O quê?* — sussurrei, quase sibilando, e fiquei vermelha. — Está falando sério?

— Quer dizer, se estiver com medo de se apaixonar por mim, eu entendo — respondeu ele, também sussurrando, com um sorrisinho arrogante. — Mas ele vai surtar e vai ser per-fei-to.

Ele tinha razão quanto a Scott, considerando o que havia acabado de acontecer na sala. Eu sabia disso, mas todas as minhas terminações nervosas estavam em curto só de pensar em beijar Charlie, em Charlie Sampson *me* beijando.

Coloquei as mãos nos ombros dele, desejando ser corajosa o bastante para fazer isso, apesar do frio na barriga. O nervosismo dominou meu corpo, mas consegui replicar, calma:

— Vamos nessa, Sampson.

Seus lábios tocaram os meus, e meu cérebro registrou depressa os detalhes sensoriais; a leve pressão de seus dedos deslizando pelas minhas costas, o som de um garfo tilintando contra um prato à mesa e o cheiro do bacon no fogão. Respirei fundo, pronta para um beijão que parecesse verdadeiro.

Mas primeiro Charlie me deu só um gostinho.

Seus olhos permaneceram abertos, enrugadinhos nos cantos ao estabelecermos um contato visual risonho por causa do nosso segredinho, e ele mordeu meu lábio inferior. Juro que senti aquela mordiscada reverberar em cada terminação nervosa do meu corpo, então ele abriu meus lábios com os seus, inclinou a cabeça e me deu um beijo intenso; olhos fechados, respiração sincronizada, lábios quentes.

Eu me esqueci de tudo — de respirar, de fingir, de pensar —, e Charlie me beijava como se o dia houvesse acabado de amanhecer e ele tivesse sonhado comigo a noite toda. *É o Charlie* — foi o único pensamento consciente que surgiu na minha mente, mas as palavras não foram capazes de me fazer lembrar que o beijo era de mentirinha, e eu só consegui ouvir o ritmo instável de sua respiração.

O som era exatamente o mesmo da *minha* respiração instável, e algo nessa similaridade me fez encolher os dedos dos pés e agarrar os ombros dele.

Quando Charlie se afastou e olhou para mim, pisquei rápido, tentando acompanhar o que estava acontecendo. *Onde eu estou mesmo?* Tudo girava ao meu redor, nervosismo, prazer, choque e dúvida, até que ele abriu um sorrisinho travesso.

Um sorrisinho *tão* travesso.

— Nossa, Oclinhos — disse ele, apertando minha cintura e rindo com os olhos escuros semicerrados. — Eu beijo muito bem, não querendo me gabar, é só um fato, mas, olha, você é *muito* talentosa.

Minhas pernas ficaram bambas, e não sabia se conseguia manter os olhos abertos enquanto ele me encarava com aquele olhar provocante.

— Não sei se agradeço ou dou um soco em você por essa crítica brilhante — declarei, por fim.

— Vocês não iam pegar ovos? — perguntou Scott da sala, mas não consegui tirar os olhos de Charlie.

— Nós vamos — respondeu Charlie, ainda com aquele sorrisinho impressionado.

Olhei para a mesa, e — *caramba* — minha mãe e Scott estavam olhando para nós, em choque. Minha mãe estava boquiaberta, e Scott parecia que tinha acabado de descobrir quem era o assassino de um mistério.

Com as mãos trêmulas, peguei um prato do escorredor.

— Só preciso esquentar um pouco os ovos no micro-ondas — falei, depressa.

Charlie os ignorou e disse para mim:

— Caramba, Mitchell, sabe o que isso significa?

Lancei um olhar para ele como quem diz: "Eles estão olhando para nós." E me afastei. Precisava de distância. Fui até a frigideira, fora do campo de visão deles.

— Infelizmente acho que você está prestes a me dizer.

Ele se aproximou, escorou aquele corpo alto e comprido na geladeira e cruzou os braços.

— Podemos usar este fim de semana para aprimorar nossas *habilidades*, se é que você me entende, porque não sentimos nada um pelo outro.

Franzi a testa, mas logo desfiz esse gesto que poderia me entregar, pois não queria que ele soubesse o que eu estava pensando. Mas... *não sentimos nada um pelo outro?* Ele estava no mesmo beijo que eu? Porque eu poderia dizer várias coisas a respeito daquele momento e *não sentir nada* não era uma delas.

Peguei um pouco de ovo mexido da frigideira e coloquei em meu prato.

— Foi mal, o quê? — indaguei.

— Pense bem — disse ele, e, quando ergui o olhar, o sorrisinho idiota continuava ali. — As pessoas só se beijam quando sentem alguma coisa pela outra, certo? A gente nunca pratica, nunca treina para melhorar, é um sistema falho. Mas você e eu, nós podemos ser beijoqueiros olímpicos, Bay, porque temos a oportunidade de treinar.

Larguei a colher e peguei o prato, sem saber ao certo se estava entendendo o que ele queria dizer. Charlie queria treinar beijar? *Comigo???* Eu me esforcei para soar indiferente ao replicar:

— Você *só* pode estar brincando.

— Escuta — disse ele, se endireitando e pegando meu prato com suas mãos grandes, os olhos escuros e brilhantes focados nos meus. — Não seria legal tentar coisas novas e receber um feedback sincero? Você pode morder meu lábio inferior e lamber o canto da minha boca, testar uma possível provocação, e eu posso te dizer "não, isso foi estranho" ou "nossa, que incrível".

Olhei para ele e hesitei por um instante. Será que havia um vazamento de gás no apartamento? Porque Charlie estava dizendo coisas ridículas que me deixavam corada e meio tonta. *Lamber o canto da minha boca.* Pigarreei e tentei parecer tranquila:

— De jeito nenhum.

— Você não está entendendo. Posso tentar dar um nó na sua língua com a minha, e você pode me dizer se parece que estou tentando comer sua boca ou se ficou arrepiada. — Charlie estava ficando animado com a ideia, os olhos brilhando como quando ele inventava novos jogos no trabalho. — Por favor, me diga que vai pensar nessa oportunidade de aperfeiçoar nossas habilidades, Baybay.

Dar um nó na sua língua com a minha. Olhei para seus lábios. Pigarrei.

— *Nunca mais* me chame assim — falei, me esforçando para parecer calma e relaxada, quando na verdade a sensação era a de que eu estava afundando na água, puxada pela atração fortíssima que de repente comecei a sentir entre nós dois.

Percorri todo o rosto dele com os olhos — cílios longos, olhos escuros, nariz imponente, queixo anguloso —, mas não consegui encontrar o Sr. Nada. Tudo que eu via quando ele abria aquele sorrisinho brincalhão era o Charlie que sabia fazer molho marinara e conversava sobre futebol americano com minha mãe.

E que beijava como se conhecesse segredos muito, MUITO obscuros.

Droga.

Controle-se, Bailey.

Franzi os lábios, me obriguei a ignorar a atração e me concentrar em suas palavras. *Aperfeiçoar nossas habilidades.* Dava para perceber que ele achava que era uma ótima ideia, mas aquilo era loucura. Tudo bem a gente fingir namorar, mas eu *não* ia deixar que ele me usasse para beijar outras garotas.

Qual era o problema dele?

Na verdade, qual era o *meu* problema por me importar tanto?

— Foi mal — declarou, mas não parecia nada arrependido.

— E eu *não* vou ser usada para você "treinar seu beijo".

Ele ficou boquiaberto como se nem tivesse considerado a possibilidade de eu recusar.

— Por que não? — perguntou.

— Por que *não*? — repeti, incrédula. — Porque o objetivo de um beijo é ser compartilhado com uma pessoa de quem a gente gosta. Se eu quiser melhorar, vou praticar com alguém de quem eu goste e quando for a hora certa. Obrigada.

Zack, talvez.

É, Zack.

Claro que é Zack.

— Ah, Oclinhos — disse ele, decepcionado com minha resposta. — Você está desperdiçando uma oportunidade incrível com essa crença boba.

— Isso é o que você acha — respondi, sem entender ao certo por que me sentia tão decepcionada.

— Vai se arrepender, mas tudo bem — falou Charlie, endireitando os ombros e parecendo muitíssimo *indiferente* a tudo aquilo. — Quer bacon?

Nossa, ele desencanou bem rápido, não? Esfreguei os lábios um no outro — *café e pasta de dente.*

— Sim, por favor.

CAPÍTULO TRINTA E DOIS

Charlie

Bailey e eu passamos o dia fazendo trilha enquanto a mãe dela e Scott esquiavam. Scott pareceu ter ficado irritado por irmos sozinhos em vez de ficar com eles, mas segurei a mão de Bailey e apoiei seu discurso não-tenho-interesse-em-aprender-a-esquiar.

— Olha só — disse ela, abaixando-se à margem de um riacho. Então, juntou as mãos, mergulhou-as na água gelada e levou um pouco à boca. — Bebendo água como um verdadeiro homem das montanhas.

— Sabe que um animal pode ter feito cocô na neve, que derreteu e mandou a água com bosta rio abaixo até as suas mãos, né? — perguntei, chocado com a capacidade dela de *não* pensar no quanto isso era nojento.

Ela deu de ombros, sorrindo para mim.

— Está gelada e deliciosa. Estou com sede, então não ligo se for água de cocô — disse.

Balancei a cabeça, horrorizado e impressionado na mesma medida. Porque, por mais que Bailey fosse esquentadinha com algumas coisas, era supertranquila com outras.

Eu sempre ficava surpreso com sua disposição de se adaptar aos imprevistos.

Deve ter sido por isso que tive a ideia do beijo. Era muito imaturo, nada parecia mais infantil que "vamos treinar nosso beijo", mas aquele beijo na cozinha foi viciante, e eu estava louco pela próxima dose.

Beijar Bailey deveria ser como fazer qualquer outra coisa com ela. Divertido, uma disputa, uma discussão que me proporcionava uma satisfação estranha; eu diria isso ao descrever nossa amizade.

Mas o beijo foi totalmente diferente.

Foi quente, doce e um pouco fora de controle, com os dedos dela nos meus ombros e o cheiro de seu xampu em meu nariz. Ela foi o oposto do que eu esperava, e, para falar a verdade, aquilo estava mexendo comigo.

— Aqui — falei, estendendo minha garrafa de água para ela.

— Meus germes são melhores que água de cocô.

— São mesmo? — questionou, piscando para mim do jeitinho dela, como se conseguisse saber exatamente o que eu estava pensando e reprovasse a maior parte. Mas pegou a garrafa. — Quer dizer, sua boca estava na minha, e agora minha boca está com água de cocô. Então, se eu beber isso e você me beijar depois, sua boca vai ficar com água de cocô...

— Pare — pedi, balançando a cabeça ao vê-la seguir a linha de raciocínio de uma criança.

— Tudo bem — respondeu ela, toda alegrinha.

Não consegui tirar os olhos dela por um instante, porque Bailey estava tão bonita. Usava calça jeans, uma blusa de lã grossa marrom e um lenço xadrez no cabelo, o que devia parecer sem graça, mas nela funcionava, ainda mais com aqueles óculos escuros de atriz de filme antigo.

Combinava com ela, uma vibe meio acho-que-essa-blusa-nem-é-do-tamanho-certo-mas-nossa-ela-está-perfeita.

Linda, mas era Bailey.

Isso acontecia comigo às vezes quando eu olhava para ela. Em um instante era Bailey, enrugando o nariz de irritação enquanto fazia alguma tarefa como reorganizar os aplicativos no celular, no instante seguinte era uma garota com cabelo escuro e cacheado, cílios compridos e sardas que imploravam para serem contadas.

Era como aquele filme *Sexta-feira muito louca*, mas em uma pessoa só.

Seria levemente preocupante se suas respostas espertinhas não estivessem sempre ali para me lembrar de que, no fundo, ela ainda era aquele rostinho fofo de aparelho piscando sem parar no aeroporto de Fairbanks.

CAPÍTULO TRINTA E TRÊS

Bailey

Depois de fazer trilha o dia inteiro, eu estava pronta para tomar um banho quando voltamos para o apartamento. Nós íamos jantar em uma churrascaria chique, então me arrumei no banheiro do andar de cima, já que ainda não tinham arrumado a janela do meu quarto. Fiz tudo com calma, me dedicando aos cachos e a uma maquiagem mais pesada nos olhos. Não sei por quê, mas parecia importante que eu estivesse bonita.

Eu estava desenhando a pontinha do delineado estilo gatinho (fina o bastante para matar alguém, é claro), pertinho do espelho e bem concentrada. De repente minha mãe apareceu na porta.

— Quando você e Charlie começaram a namorar? — sussurrou.

Olhei para ela pelo espelho, e minha mãe parecia surpresa, e era seu direito, após o susto que demos nela no café da manhã. Eu mentia muito mal e na hora não consegui lembrar se a gente tinha inventado uma história.

— Ah, meio que vindo para cá.

— Hum... — disse ela, assentindo e olhando para mim, como se estivesse organizando as informações na cabeça. — Então é recente.

— Pois é.

— Hum... — repetiu ela.

Não sei por quê, mas me pareceu a resposta correta. Ela ficou aliviada por não ter sido um namoro secreto do qual ela não sabia.

— Bem, gosto muito do Charlie, mas não apressem as coisas, tá bem?

Assenti e respondi com um convincente:

— Tá.

Mas, depois que ela saiu, a frase *não apressem as coisas* ficou pairando na minha mente. Porque, embora no geral estivéssemos indo devagar (porque o namoro não era de verdade), a química entre a gente parecia loucamente rápida.

Talvez por termos ido de quase amigos a dormir no mesmo cômodo e dar um beijo no café da manhã. Foi na velocidade da luz, e devia ser por isso que eu me sentia tão inquieta perto de Charlie.

Era por isso.

Só isso.

A trilha — momento em que não havia ninguém por perto — foi confortável, então, enquanto guardava as maquiagens e passava spray fixador no cabelo, me lembrei de que não havia por que ficar nervosa.

Era tudo fingimento. Charlie parecia não ter nenhuma dificuldade de virar a chavinha, e eu ia canalizar essa energia e não me preocupar com cada faisquinha que aparecesse, porque era só efeito colateral da nossa atuação incrível.

Ou algo do tipo.

Coloquei o vestido preto e desci a escada correndo para procurar o sapato na mala.

— Uau — disse Charlie, que estava ao pé da escada, e eu quase o atropelei.

Ele me segurou pelos braços para me parar, e sorriu, os olhos percorrendo todo o meu corpo.

— Você está incrível, embora eu não goste de você assim — declarou, com a voz grave, os dedos pressionando com delicadeza a minha pele. — Sério, Oclinhos.

Não sabia se era parte da atuação ou não, mas o tom de sua voz fez com que eu encolhesse meus dedos dos pés. Porque, seja qual fosse sua intenção ao dizer aquilo, eu *queria* que ele estivesse sendo sincero.

Um elogio de Charlie equivalia a três de outra pessoa.

— Cala a boca, idiota — falei, esticando o braço para puxar sua gravata.

Ele estava muito gato — estava mesmo — com uma calça preta, uma camisa de botão xadrez e uma gravata preta.

— Até diria que você está bonito se não soubesse que bebe água de cocô.

— Que amor — retrucou, soltando meus braços e puxando um dos meus cachos. Então olhou para meus lábios e ergueu as sobrancelhas. — Posso, namorada?

Eita. Aí estava a atuação incrível, porque ao ouvi-lo me chamar de namorada, senti meu corpo inteiro esquentar. Olhei para seus lábios e *ah, ele quer me beijar de novo.*

É só uma brincadeira, aproveite e pare de pensar demais.

Assenti, e seus olhos ficaram enrugadinhos com o sorriso quando eu disse:

— Claro, namorado.

Ele colocou as mãos em meu rosto e aproximou os lábios dos meus.

— O que você quer? Romântico e fofo, ou sexy e intenso?

— Posso escolher como se fosse num cardápio? — brinquei, porque meu coração acelerou de repente.

— Isso — respondeu ele, abrindo mais um daqueles sorrisinhos encantadores. — Qual é o seu pedido?

Pensei nas opções.

— Tá. Então finja que está obcecado por mim e que eu acabei de contar que vou me mudar para a Moldávia amanhã. Esse vai ser nosso único beijo, então precisa ser épico.

— Por que a Moldávia? — perguntou ele, franzindo a testa, confuso.

— Por que *não* a Moldávia? Quer dizer, é um país costeiro, né?

— Acho que não — respondeu ele, sorrindo. — E não fica do lado da Ucrânia?

— Fica? — sussurrei, sentindo um frio na barriga com os olhos dele tão perto dos meus que parecia que nossos cílios iam se tocar. Minha voz mal saiu quando eu disse: — Não lembro.

— Olha, não faço a menor ideia — concordou ele, se aproximando ainda mais, a voz grave e baixinha.

— E aquele beijo? — sussurrei, seus olhos fazendo com que eu me sentisse mais ousada do que era.

Ele segurou meu rosto com mais firmeza e me beijou com certa força. *Uma força gostosa.* Ele me beijou de língua, inclinando a cabeça em um ângulo perfeito para que o beijo fosse mais intenso, mais quente.

Nossa...

Quando Charlie beijava, não havia hesitação. Era como se ele soubesse exatamente o que eu desejava e entregasse isso como num passe de mágica, com um toque a mais que eu nem sabia que queria. Um arrepio percorreu todo o meu corpo quando esse garoto talentoso de algum jeito usou a sucção para deixar o beijo ainda mais gostoso, e apoiei minhas mãos em seu peito.

Ele fez um barulhinho — *um gemido?* — e disse, com os lábios pertinho dos meus:

— Gosto de sentir suas mãos em mim quando beijo você.

— Gosta? — murmurei, mexendo os dedos levemente sobre sua camisa.

— Aham — respondeu ele, e seu olhar me deixou meio sem ar.

Ele voltou a me beijar, os dentes mordiscando bem de leve meu lábio inferior, e...

— Caramba — reclamou Scott, vindo da cozinha. — Será que podem segurar um pouco a onda?

Eu me afastei de Charlie num pulo, mas sua mão segurou a minha, os dedos entrelaçados nos meus.

— Foi mal — falei, esfregando os lábios um no outro, o rosto pegando fogo.

— É, foi mal — acrescentou Charlie.

Olhei de soslaio para ele, sentindo um súbito calor. Queria rir, um riso bobo, quando sua mão apertou a minha.

Nesse instante, minha mãe desceu a escada, dissolvendo a tensão quando Scott disse quanto ela estava linda. Foi nojento, e minha vontade foi de tirar aquele sorrisinho da cara dele na base do tapa, mas eu também não pude deixar de reconhecer que minha mãe estava radiante.

Droga, droga, droga.

A emoção do nosso beijo passou enquanto eu observava os dois. Ela merecia estar feliz daquele jeito. Eu *queria* que ela fosse feliz daquele jeito.

Mas não era tão simples assim, porque... e se aquela felicidade mudasse tudo?

Meu pai parecia feliz quando começou a namorar Alyssa, mas poucos meses depois nossas conversas semanais por Zoom pararam e ele passou a se esquecer de responder às minhas mensagens.

Ele se lembrava de escrever comentários engraçados quando Alyssa o marcava no Instagram, mas se esquecia de falar com a própria filha. Eu odiei tanto aquilo tudo, porque seria mil vezes pior se isso acontecesse com minha mãe.

Porque minha mãe era mais que só uma mãe; ela era tudo para mim.

E o que aconteceria com *nós duas* se Scott se tornasse o grande *NÓS*?

Entramos no carro dele e fomos até o restaurante. Fiquei em silêncio no banco de trás enquanto eles conversavam sobre o chef da noite, então Charlie se aproximou de mim.

— Posso dar um feedback sobre o beijo?

— *Não* — respondi.

Franzi a testa, irritada, porque minhas preocupações estavam estragando a diversão e por pensar em Charlie criticando o jeito que eu beijava.

Mas, droga, eu precisava saber.

— Fala.

— Cuidado com o som ofegante que você faz quando um cara beija você — disse ele, baixinho, e sua voz fez com que um arrepiozinho de nada percorresse minha espinha. — É sexy demais, alguém pode entender errado.

— Desculpa, mas (a) não faço nenhum som ofegante, e (b) mesmo que eu fizesse, você vai mesmo me criticar por ser sexy demais?

Ele abriu um sorriso tão grande que era quase uma risada.

— Hum, (c) você faz, sim, e (d) claro que não. É um som maravilhoso que quase me fez esquecer quem eu estava beijando. Mas com grandes gemidos vêm grandes responsabilidades. *Quase me fez esquecer quem eu estava beijando.* Não gostei dessa frase, embora fosse esse o combinado. Era tudo faz de conta, mas, pelo amor de Deus, ninguém quer ouvir que a pessoa que beijou gostou de esquecer quem estava beijando.

Respondi só:

— Entendi.

— Aliás — continuou ele, em um volume normal —, li sobre uma cidade-fantasma de mineração de ouro que fica a uma hora daqui. A gente devia ir lá amanhã.

— Ah, claro — concordei, dividida entre a decepção pela facilidade com que ele mudou de assunto e o entusiasmo com mais um dia explorando lugares sozinhos.

— Queria que reconsiderassem a ideia de esquiar — interveio Scott, olhando para mim pelo retrovisor, cheio de expectativa. — E fossem com a gente amanhã.

— Ah... — falei, olhando para o rosto dele pelo espelho e me sentindo mal.

Ele era um cara legal, e eu estava tentando sabotá-lo, atrapalhar seu namoro com minha mãe e sua viagem. A culpa me corroeu por dentro enquanto Scott olhava para mim como quem está realmente tentando.

Charlie olhou para mim, as sobrancelhas erguidas para me lembrar de que eu devia evitar a tentativa de formar um vínculo pai e filha. Respirei fundo.

— É, acho que Charlie e eu podemos passar parte do dia com vocês e *depois* ir até a cidade-fantasma.

De soslaio, vi Charlie balançar a cabeça devagar, decepcionado, e Scott abriu um sorrisão.

— Claro — disse ele.

— Você é tão frouxa... — sussurrou Charlie.

Mas eu o ignorei e fiquei olhando pela janela.

Como eu ia ser cruel com Scott o tempo todo se ele não parava de fazer coisas legais?

* * *

O jantar foi incrível.

A comida na churrascaria era exorbitante (no bom sentido).

Pão, salada, massas, bifes e batatas — parecia três refeições em uma, e eu devorei tudo. Meu pai era quem mais gostava de carne na nossa família, então, tirando um hambúrguer de vez em quando, não comíamos muita carne.

Por isso a tentativa de comer até o último pedaço.

Minha mãe e Scott tomaram bastante vinho, ficaram alegrinhos e se desligaram um pouco da minha presença e da de Charlie.

Por isso foi tão divertido.

Primeiro, Charlie e eu apostamos o que as pessoas na mesa ao lado iam pedir. Eu fiz mais pontos, por isso, quando voltássemos para o apartamento, Charlie teria que lavar toda a louça que eu tinha deixado na pia. Parecia cruel fazer isso em uma viagem, mas apostas só são apostas se todos cumprirem sua parte.

Palavras do Charlie, não minhas.

Depois disso, começamos um jogo que envolvia deixar a comida do outro intragável. Não foi planejado — só aconteceu naturalmente. Primeiro, disse a Charlie que provasse minhas batatas, mas ao segurar o garfo em frente ao seu rosto, elas caíram no molho da costela. Como penitência, tive que provar um pouco daquele molho grumoso, o que me fez engasgar, e nós dois rimos.

Então, coloquei raiz forte em seu risoto e o obriguei a provar, o que levou a mais risadas, já que ele estremeceu, cheio de nojo. Quando Scott pagou a conta, minha barriga estava doendo de tanto rir baixinho.

Nós quatro passeamos por Breckenridge depois do jantar, e fiquei feliz por Charlie estar exagerando na atuação, colocando o braço nos meus ombros, ainda mais porque seu corpo estava quente e o meu não.

— Vocês têm sempre que ficar tão grudados assim? — perguntou Scott, olhando para Charlie, mas com um sorrisinho para variar. — Quer dizer, até semana passada eram só amigos.

Eu ri, porque ele tinha razão, e Charlie também riu.

— Verdade — concordou Charlie —, mas quando a gente abre os olhos, não dá mais para fingir que não viu.

— Sério, Charlie? — provoquei. — Isso foi, é... profundo...

— Só se for nas profundezas da baboseira — disse Scott.

E minha mãe completou, rindo:

— Baboseira é apelido!

— Pode ser — disse Charlie, olhando para eles —, mas a questão é que, agora que vi o que Bay pode ser para mim, olhar para ela como se fosse só minha amiga é impossível.

Eu *senti* essas palavras, senti o potencial daquilo enquanto andávamos. Meu estômago deu uma cambalhota quando senti o cheiro de seu perfume e seu braço quente me pressionando contra seu corpo.

Eu me permiti fingir que ele estava falando sério por meio segundo.

Arregalei os olhos ao ouvir a voz da minha mãe cantarolando um:

— Que fofooo.

— Uau — sussurrei para Charlie com sarcasmo, torcendo para que ele não tivesse percebido que eu estava toda derretida no abraço. — Mandou bem.

Mas... era estranho que naquele momento eu tenha desejado que suas palavras fossem verdadeiras? Aquilo tudo era só uma brincadeira, e o Charlie Sampson de verdade era um pé no saco, mas naquele momento nas montanhas, sob um luar lindo, eu quis que o Charlie de mentira estivesse sendo sincero.

Ai, meu Deus, ai, meu Deus, ai, meu Deus.

Eu precisava me controlar.

Nada daquilo era real, e eu precisava parar de me esquecer disso.

— Né? — disse ele, sério, e então virou a cabeça para o outro lado.

Quando chegamos à pista de patinação na praça da cidade, minha mãe e Scott decidiram que queriam patinar, embora não estivessem com roupas adequadas. Charlie e eu ficamos ao lado da pista, observando por alguns minutos enquanto eles patinavam de roupa social, muito fofos apesar da idade.

— Acho que nosso namoro falso não está tendo o efeito desejado — comentei, vendo Scott gesticular loucamente enquanto minha mãe ria.

— A gente só precisa exagerar mais — respondeu Charlie. — Causar mais atrito.

— Acha mesmo que faria diferença? — perguntei, me sentindo desanimada ao ver que as pessoas mais velhas estavam se divertindo mais que eu.

— Prefere não fazer nada? — questionou ele.

Olhei para ele de soslaio.

— Sério. Risco *versus* recompensa — continuou ele, muito seguro. — O risco não é alto, a não ser que beijar seja arriscado, então por que não continuar?

Inclinei a cabeça e me virei para ele.

— Então você está dizendo...

— Podemos ficar aqui vendo eles patinarem, ou podemos seguir com o plano e deixar o casal pouco à vontade.

Ele queria me beijar de novo?

— Vamos nessa — falei, um pouco rápido demais, mas a verdade era que *eu* estava morrendo de vontade de beijar *Charlie* de novo.

Na verdade — disse a mim mesma, deixando meus olhos passearem pela covinha no seu queixo —, beijar Charlie era uma ótima ideia. Porque sempre há faíscas nas primeiras vezes que a gente beija alguém; é normal.

Então era racional pensar que, quando mais eu beijasse Charlie e menos isso fosse uma novidade, menos faíscas sairiam e tudo esfriaria mais rápido.

Isso!, pensei quando ele olhou para mim. *Esse é o plano.*

— Essa é minha garota — replicou Charlie.

Ele pegou minha mão e me levou até um pinheiro enorme. Continuávamos em público, mas a árvore nos dava um pouco de privacidade. Apoiei as costas no tronco quando ele aproximou os lábios dos meus, tão perto que minha respiração se misturou com a dele, mas de repente ele parou.

Deixou os lábios pairarem sobre os meus, os olhos escuros me encarando.

Isso fez com que eu sentisse a descarga de adrenalina se espalhar por todo o meu corpo, e ele esperava que eu desse o primeiro passo.

Coloquei as mãos no peito dele, me sentindo ousada ao morder o lábio inferior dele. Ele ofegou quando lambi o canto da sua boca, inclinei a cabeça bem de leve e fechei os olhos, sentindo uma confiança louca que era nova e inebriante.

Charlie ficou o tempo todo parado enquanto eu provocava, mas de repente ele se aproximou, me pressionando contra a árvore, seus lábios assumindo o controle. Foi como a chuva de verão dando lugar ao estrondo do trovão, mudando abruptamente de um chuvisco para um aguaceiro iluminado por raios.

Ele segurou meu rosto com firmeza — mas não de um jeito doloroso —, e seu corpo colou no meu, e Charlie fazia loucuras com os lábios e a língua. Tudo foi esquecido quando ele me beijou como se eu fosse me mudar para a Moldávia e aquela fosse a última vez que nos veríamos.

Charlie me beijou como se tivesse passado anos reprimindo essa vontade e finalmente estivesse se entregando.

Nenhum beijo na história da humanidade foi tão bom quanto aquele, e agarrei sua camisa com as mãos e me esforcei para retribuir com a mesma perfeição — e atenção — que eu estava recebendo.

Um barulho irrompeu a tempestade, e ouvi passos vindo na nossa direção.

Charlie se afastou e olhou para mim, seus olhos percorrendo todo o meu rosto. Ele não deu nenhum sorrisinho nem fez nenhuma piadinha, e sua voz saiu grave quando disse:

— Eles estão observando a gente.

— Oi? — perguntei, tocando meus lábios com o indicador. — Estão?

Seu pomo de adão subiu e desceu quando ele engoliu em seco, assentindo.

— Pararam de patinar e estão conversando. Uma conversa *dramática*.

— Sério?

— Sério — respondeu ele, olhando para a pista. — Acho que acabou a lua de mel.

— Hum, que ótimo — resmunguei, ainda num estado de torpor pós-beijo. Coloquei o cabelo atrás da orelha. — É. Que ótimo.

Isso atraiu seus olhos de volta ao meu rosto, e seus lábios lentamente formaram um sorrisinho.

— Sabia que você fica maravilhosa quando está tontinha por causa de um beijo, Mitchell?

Sorri para ele também, com calor apesar da noite fria de outono. "Tontinha" era exatamente como eu estava me sentindo; alegre, inebriada, zonza por causa de Charlie — tanto pelo beijo quanto pelo elogio inesperado. Aquele *maravilhosa*, com o sorrisinho, parecia ser o que ele diria da coisa mais linda que já tivesse visto.

— Não, eu *não* sabia — falei, mordendo a bochecha para conter um sorriso. — Obrigada.

Ele acariciou minha bochecha com o dedo e murmurou:

— Minha coisa favorita. — Então, virou a cabeça e gritou: — Está frio, Emily, será que a gente pode voltar e tomar um chocolate quente ou vocês vão patinar a noite inteira?

CAPÍTULO TRINTA E QUATRO

Bailey

— Oclinhos?

Eu estava deitada no sofá, olhando para o teto.

— Oi.

— Sabe que não tem problema nenhum gostar dele, né?

— De quem?

— Do Scott — respondeu Charlie, com a voz rouca de sono.

— Isso não muda em nada seu relacionamento com seu pai.

— *O quê?* Charlie! — exclamei.

Então, me sentei e olhei em sua direção, embora não conseguisse enxergar mais que sua silhueta na escuridão. Eu não queria que ele dissesse aquilo, porque já estava me esforçando para manter a decisão sobre o plano-de-me-livrar-do-Scott.

— Não devia estar me ajudando a sabotar esse namoro?

— Calma — replicou ele, achando aquilo divertido. — Estou aqui para estragar o fim de semana dele, relaxa. Mas, falando sério, ele é um cara legal e, se você mudar de ideia, não tem nada de errado nisso.

— Bem, não vou mudar de ideia — falei, balançando a cabeça e tentando esquecer quanto Scott era "um cara legal", porque isso não tinha importância; não era essa a questão. Minha preocupação era preservar a normalidade da minha vida, a rotina reconfortante da minha família de duas pessoas. — E não estou nem aí para quão legal ele é. Não quero que ele vá morar na minha casa e mude tudo.

— E tudo bem — disse ele. — Agora deite e se comporte.

— Vai se ferrar — retruquei, fazendo exatamente o que ele tinha dito. Virei de lado. — Então, qual é a história dos seus pais, Charlie?

De repente, queria saber mais sobre meu cúmplice.

— Eu só sei o básico — continuei —, que o namorado da sua mãe é um babaca e agora eles estão grávidos, mas você nunca conta nenhum detalhe, já eu reclamo o tempo todo.

— Para resumir, é um saco — respondeu ele, mas o tom de sua voz me fez pensar que ele estava se esforçando para soar entediado. — Depois do divórcio, meus pais focaram no futuro deles, sem olhar para trás. Meu pai casou de novo e está esperando um filho com a esposa, e minha mãe está tentando dar certo a todo custo com Clark. E agora eles também vão ter um filho.

Não quis insistir, porque a última coisa que queria era lembrar Charlie de sua infelicidade, mas de repente me peguei sedenta por seu histórico.

— Você gosta da esposa do seu pai?

— Ela é de boa, mas só vou para lá duas vezes por ano, então como vou saber?

— É, por que isso? — Tirei as meias embaixo da coberta e continuei: — Não quero parecer uma criancinha chorona, mas não entendo nossos pais. Todo mundo age como se fosse normal, mas para mim é bizarro um pai aceitar que o filho more em outro estado.

— Mas eles têm responsabilidades, Bailey — disse ele, todo sarcástico. — Carreiras, imóveis e filiação a clubes que não podem simplesmente cancelar.

— Que baboseira — falei, bufando, e me veio à cabeça os amigos de golfe do meu pai. — Não estou pedindo para ser o centro do mundo deles nem nada do tipo, mas eles não deviam se incomodar com isso, com o fato de nunca nos verem? Não deviam sentir uma dorzinha no peito sempre que imaginam nosso rosto?

— Oclinhos — disse Charlie, a voz grave com uma cadência doce e empática. — Você sente uma dorzinha no peito sempre que imagina o rosto do seu pai?

Raramente falávamos sério, então talvez tenha sido o cansaço, mas, em vez de fazer uma piadinha, respondi com sinceridade:

— Toda vez. — E senti a tristeza me dominar ao me lembrar da risada do meu pai. Ele ria como o Papai Noel, uma risada lenta, grave e alta, e parte de mim se perguntou se ele sabia como era a minha risada. Senti um bolo na garganta. — É quase como um pânico, acho que tenho medo de, se não nos encontrarmos logo, esquecer como ele é. Ou que ele esqueça completamente de mim.

— Ah, querida — disse ele.

Pisquei para afastar as lágrimas na escuridão.

Charlie me chamar de *querida* era agradável e reconfortante e me atingiu tão em cheio que aquela partezinha emotiva de mim, que eu tinha que fingir que não existia, despertou.

— Não tem problema, eu estou bem — falei, e minha voz saiu tensa.

Aquela doçura toda tinha o poder de me aniquilar.

— Tudo bem se não estiver. Quando foi a última vez que falou com ele?

Parecia que meu coração estava batendo um pouco mais pesado de repente, e me concentrei no assunto importante que vinha tentando evitar.

— Essa é a questão. Nekesa comentou que sou sempre eu que vou atrás, que ligo ou mando mensagem primeiro, então decidi provar que ela estava errada. Decidi esperar até que *ele* viesse falar *comigo*.

— Ah, droga — replicou ele. — Isso faz quanto tempo?

Engoli em seco.

— Quatro meses e três dias — respondi.

Ele não disse nada, e eu me senti uma idiota. Sabia que Charlie não estava me julgando, mas *eu* estava. Eu estava no último ano na escola, e era patético sentir saudade do meu pai como uma criancinha do jardim de infância que ainda chupa o dedo.

Fechei os olhos, querendo afastar as emoções, mas de repente Charlie se aproximou. O sofá-cama afundou, e ele me abraçou de um jeito tão único que eu ri, surpresa. Ele colocou a perna comprida em cima de mim e me puxou mais para perto, me abraçando de conchinha.

— Como se eu fosse conseguir dormir assim — murmurou.

— Charlie — falei, rindo. — Vá dormir, estou bem.

— Não — respondeu ele, me abraçando ainda mais apertado. — Você só vai ficar bem depois que ficar de conchinha comigo por pelo menos dez minutos, vai por mim.

Dei umas risadinhas.

— Você é um idiota.

— Seu cabelo tem cheiro de abeto — disse ele, respirando fundo. — E desespero.

— Você sabe qual é o cheiro do desespero?

— É claro que sei.

E ficamos em silêncio, mas era um silêncio confortável.

Fiquei ali deitada, triste e relaxada em seus braços, e não quis falar nem me mexer nem fazer nada que pudesse alterar aquele momento. Meu coração acelerou porque ele estava me abraçando, e essa reação parecia ser meu novo normal, mas melhor que a adrenalina era a sensação de estar envolta pela preocupação de Charlie, protegida por seu apoio caloroso.

Cheguei a pensar que ele estivesse dormindo, mas então ele sussurrou:

— Sinto muito que seu pai seja um babaca egoísta.

— Mas ele não é — afirmei, fechando os olhos, me sentindo exausta de repente. — Só está muito ocupado.

— Você merece mais que isso — retrucou ele, soando ofendido por mim.

— Você também — declarei, sincera. Virei de frente para ele e quase desejei não ter feito isso, porque a máscara de espertinho tinha desaparecido totalmente. Sua expressão era gentil, vulnerável, e uma onda de carinho me atravessou. — Você não é o babaca que finge ser.

Vi sua garganta se movimentar quando ele engoliu em seco antes de responder com a voz rouca:

— Vai por mim, sou, sim.

— Charlie… — falei, sorrindo e olhando para seu rosto.

Aqueles olhos escuros, as sobrancelhas desenhadas, o nariz proeminente — eu amava o rosto dele. Quer dizer, eu *gostava* do rosto dele. Senti o coração na garganta quando meus olhos o percorreram por inteiro, passeando por tudo. De início, não ousei encará-lo, mas de repente não consegui desviar o olhar.

Ele estava olhando para mim de um jeito intenso, como se estivesse esperando que eu o visse. Tive dificuldade de respirar quando aqueles olhos escuros como a noite fixaram nos meus lábios, e de repente seu rosto se aproximou do meu.

Fiquei meio tonta ao olhar para ele porque sabia — eu *sabia* — que aquilo não era mais um jogo.

E não fazia sentido, mas eu não queria que fizesse.

Eram os lábios do *Charlie* se aproximando dos meus. Eram *meus* lábios, se abrindo para ele na escuridão da sala. Subi as mãos trêmulas até seus ombros e senti as mãos grandes e quentes dele na minha cintura, e minha respiração ficou ofegante e a dele, profunda.

Fui à loucura quando ele me beijou, minha mente de repente repleta de lembranças do Charlie do Colorado, de situações que me fizeram *sentir* coisas por ele. Seu sorriso enquanto corríamos pelos postos de gasolina. A vulnerabilidade que demonstrou com as questões de ansiedade que estava enfrentando.

A calma na pergunta "isso é um ganso?" enquanto Scott empunhava um calçado.

E o modo como ele me abraçou quando fiquei triste... Ai, meu Deus.

Ele afastou os lábios dos meus por um segundo — só um pouquinho — e disse:

— Bay.

Mas não foi uma fala qualquer. Sua voz saiu grave e sensual, e ele disse meu nome como se fosse uma maldição ou uma exaltação, algo que mexia com ele, para o bem ou para o mal.

Ele inclinou a cabeça, seus dedos me apertando de um jeito que me fez sentir o calor de suas mãos através da calça, então começou a me beijar de um jeito que exalava desejo. Senti que meu coração ia explodir, e ele me beijava de um jeito tão intenso, longo e quente, fazendo meus dedos dos pés se curvarem embaixo das cobertas.

Agarrei seus ombros com mais força, com vontade, o que o fez afastar a cabeça mais uma vez. Ele não disse nada desta vez ao olhar para mim, e não pareceu necessário. O contato visual foi, de alguma maneira, gentil, questionador e sexy, tudo ao mesmo tempo.

Seus lábios voltaram a se aproximar dos meus, mas, antes que eles se tocassem, Charlie afastou a cabeça de repente.

— Ouviu isso?

— O quê? — perguntei.

Não tinha ouvido nada, mas também estava loucamente desorientada, como se tivesse acabado de recobrar a consciência após um ano em coma, então acho que não teria ouvido nem um trem de carga.

Seus olhos encontraram os meus, e eu desejei ser capaz de ver o que ele estava sentindo, o que estava pensando.

— *Droga!* — exclamou Charlie, então saltou do sofá-cama, caiu, foi engatinhando até a cama no chão e se cobriu com o cobertor.

Foi quando eu ouvi.

Passos na escada.

Fiquei ali deitada, os olhos bem fechados, fingindo dormir, e Scott desceu. Ouvi seus passos pesados seguindo até a cozinha. Ele abriu um armário e abriu a torneira. Pareceu uma eternidade, ele se arrastando por ali.

Vai logo, caramba!

Enquanto isso, meu cérebro começou a repetir: *o que acabou de acontecer, o que acabou de acontecer, O QUE ACABOU DE ACONTECER NO SOFÁ-CAMA?*

Scott saiu da cozinha, e meu coração começou a bater *mais forte* quando ouvi ele subir a escada e fechar a porta.

Prendi a respiração e esperei.

Será que Charlie ia voltar?

— Nossa, essa foi por pouco — comentou ele do chão do outro lado da sala. — Ele teria surtado se tivesse descido um minuto antes.

— É — falei, sem saber ao certo o que dizer.

Ele parecia... *normal*, o que era bom, porque eu conseguia facilmente imaginá-lo surtando com aquilo, e essa era a última coisa que eu queria.

No entanto, será que eu queria que ele ficasse *indiferente* depois do que tinha acabado de acontecer?

Acho que não, porque eu não estava *nada* indiferente.

— Vou ligar a TV — declarou ele, e ouvi o farfalhar das cobertas. — Se você não se importar.

— Hum. Tá — respondi, puxando as cobertas até o queixo.

Ele não vai dizer nada? Isso era estranho, não era? Era bizarro se comportar como se aquilo não tivesse acabado de acontecer, né?

É claro que *eu* não ia tocar no assunto.

Não, era muito melhor ficar deitada ali, com mil perguntas. Será que ele ficou *mesmo* indiferente, ou será que sentiu alguma coisa e não gostou? Será que estava arrependido? Será que estava só *praticando*?

Virei de lado, para ficar de costas para a cama de Charlie no chão, e cerrei os dentes para conter um suspiro.

Porque eu não tinha dúvida de que ia passar a noite em claro, pensando no que tinha acabado de acontecer.

CAPÍTULO TRINTA E CINCO

Charlie

Em geral, eu me considerava um babaca inteligente. Era capaz de gabaritar uma prova de matemática (quando eu queria) e acertava todas as respostas dos jogos de conhecimentos gerais que passavam na TV, mas não era bom em tomar decisões maduras.

Um exemplo: Bailey Mitchell.

Fiquei olhando para a TV, mas não estava nem ouvindo o episódio de *Seinfeld* que estava passando porque meu cérebro não parava de gritar *QUAL É O SEU PROBLEMA?* tão alto que eu não conseguia ouvir mais nada.

Qual é o meu problema?

Beijar Bailey sob o pretexto do namoro de mentirinha... tudo bem.

Era engraçado, na verdade, que ela e eu conseguíssemos curtir um pouco enquanto colocávamos em prática nosso plano de sabotar Scott. Isso, meus amigos, era o que chamamos de unir o útil ao agradável.

Mas beijá-la porque olhei para ela e fiquei com vontade?

Que burrice...

Porque nada de bom viria daquilo. Bailey com certeza estava deitada no sofá-cama toda desnorteada. Ela ia surtar, as coisas iam ficar estranhas e tudo ia mudar.

Era idiota que eu tivesse sido cuidadoso o bastante para rotulá-la como "colega de trabalho", e não amiga, só para garantir uma compreensão mútua entre nós dois, e fui burro ao tentar absorver sua tristeza em meu corpo por osmose porque não gostei de ouvir que ela estava chateada.

Mas a cara dela; caramba, a cara dela foi demais para mim.

Bailey me encarou com os olhos marejados, e de repente vi alguém com um machucado que eu queria fazer sarar com um beijo, a amiga engraçada que precisava ser convencida de seu valor, e uma garota estonteante cujos lábios me chamavam, com promessas de longos suspiros.

Junte isso ao impacto emocional de me conectar com cada uma das palavras que ela usou para descrever seus sentimentos sobre a vida em família, e o que mais eu poderia ter feito?

Ainda bem que Scott apareceu, se arrastando escada abaixo como um urso desembestado invadindo um acampamento onde todos estão dormindo, porque não sei o que teria acontecido se ele não tivesse nos interrompido. Não posso falar por Bailey, mas eu sabia que *eu* teria perdido total contato com meu lado inteligente. A burrice tinha assumido o controle, e eu estava mil por cento focado em mergulhar fundo e me afogar em Bailey Mitchell.

Qual era o meu problema?

Não tinha escolha. Precisava consertar a situação.

CAPÍTULO TRINTA E SEIS

Bailey

— Tem certeza de que não quer tentar, Bailey? — perguntou Scott, animado.

Ele e minha mãe estavam todos sorrisos com seus equipamentos de esqui, e eu disse a mim mesma que o brilho no rosto dela tinha a ver com as férias tão necessárias, e não com a companhia de Scott.

— Não, obrigada — falei, apontando para a cafeteria em um chalé ao lado do teleférico. Charlie e eu fomos com eles em vez de sairmos sozinhos, cancelando o plano da cidade-fantasma para deixar minha mãe feliz, e tomamos café da manhã todos juntos antes que ela e Scott vestissem as roupas de esqui. — Pretendo ler em frente à lareira com um chocolate quente nas mãos o dia todo, parando apenas para acenar quando vocês vierem recarregar as energias.

— Charlie? — chamou Scott, erguendo as sobrancelhas. — Vamos adorar se você for com a gente.

Aff, ele era *mesmo* um cara legal, convidando Charlie embora ele o irritasse o tempo inteiro.

— Obrigado — respondeu Charlie, os dedos apertando os meus —, mas se alguém não ficar de olho nessa aqui... sabe o que ela pode fazer.

Eles foram para a pista, e nós entramos. Eu estava com o estômago embrulhado, preocupada achando que as coisas iam ficar estranhas entre a gente depois do que tinha acontecido no sofá-cama. Ainda não sabia o que achar a respeito dos meus sentimentos por ele, mas preferia descobrir sozinha, desde que nossa amizade continuasse igual.

Meu Deus, *por favor*, que tudo continue igual.

O celular de Charlie tocou quando chegou nossa vez de fazer o pedido e, ao olhar para a tela, ele disse:

— É minha mãe. Pede para mim para eu atender, por favor?

Eu me esforcei para fazer uma expressão tranquila.

— Claro.

— Pois não? — perguntou o barista com gorro de esqui.

Fiz o pedido e fui até o fim do balcão, mas fiquei olhando de vez em quando para Charlie, que estava ao lado da janela da frente do café.

Será que era *mesmo* a mãe dele, ou será que era a ex que não o deixava em paz?

E por que pensar que podia ser a ex fez com que meu estômago se embrulhasse mais ainda? Eu não tinha nada a ver com ela.

Esse pensamento me fez pegar o celular para dar uma olhada nas minhas mensagens — nada de Zack.

Alguns minutos depois, vi Charlie guardar o celular no bolso e vir na minha direção, parando ao meu lado.

— Foi mal. Pelo jeito ela acabou de se dar conta de que não sabe quem é minha amiga Bailey, então estava pirando.

— Está tudo bem agora? — indaguei, me lembrando de seu tom ao falar sobre a família.

— Ah, está — respondeu ele, pegando nossas bebidas quando o barista as colocou no balcão. — Falei que você é certinha, então agora ela está bem feliz.

Revirei os olhos e dei as costas para ele, indo em direção ao sofá grande em frente à lareira.

— Quer mesmo passar o dia inteiro lendo? — questionou ele, largando a caneca na mesinha lateral e tirando a jaqueta.

— Para mim seria incrível, mas se preferir fazer outra coisa… — Dei de ombros, também largando a caneca e me jogando no sofá.

Ele semicerrou os olhos.

— O que deu em você hoje? Desde quando quer fazer o que eu quiser?

Dei de ombros mais uma vez.

— Só estou tentando chegar a um acordo já que é nosso último dia.

— Você está surtando por causa do beijo ontem — acusou ele, abrindo um sorrisinho como se fosse divertido.

— Não estou, não — respondi, sem saber ao certo como agir.

Era bom que ele pelo jeito não estivesse surtando, mas, de novo, não devia aparentar sentir *alguma* coisa?

— Ah, está, sim… vamos, Oclinhos, não minta para *mim* — insistiu, colocando os pés na mesinha de centro. — Admita.

— Tá bem — falei, ajeitando os óculos no nariz e virando para ficar de frente para ele. — *Estou* um pouco… *confusa* com o beijo.

— Bem — disse ele, ainda indiferente. — É a vida.

Ele estava tão de boa, tão nem aí para nada, que me perguntei se aquelas emoções eram tudo coisa da minha cabeça.

— Sério? *É a vida* é sua análise da situação?

Seu sorrisinho desapareceu, e ele engoliu em seco, parecendo… alguma coisa.

Constrangido, talvez? Nervoso? Ele pegou o café e indagou, sem olhar para mim:

— Meu Deus, e por que a gente precisa analisar a situação?

— A gente não precisa — rebati, desejando desesperadamente saber a *verdade* sobre o que ele estava sentindo. — "É a vida" diz tudo. Tudo que precisava ser dito se resume com a brilhante frase "é a vida".

Isso fez com que ele olhasse para mim, mas sua expressão estava indecifrável, exceto pelo leve movimento de sua mandíbula se contraindo.

— O que foi? — perguntei, me arrependendo da grosseria porque isso *definitivamente* não ia restaurar a normalidade entre nós. Eu me obriguei a imitar um de seus sorrisinhos sarcásticos, desesperada para dissipar a tensão. — Para de me olhar assim, seu esquisito.

— Foi mal — disse ele, os olhos escuros percorrendo meu rosto, e o sorrisinho aparecendo por um instante breve antes de ele levar o café até a boca. — Agora leia esse livro para mim.

— Como é que é? — perguntei.

Ele tomou um gole, os olhos enrugadinhos cheios de malícia, então inclinou o tronco para a frente para largar o café na mesinha de centro.

— Eu não trouxe um livro, então você vai ter que ler em voz alta.

— Por que eu faria isso?

— Por que você não faria? — retrucou ele, e olhou para o meu livro. — Tem vergonha do que está lendo?

— Não — respondi. Eu estava relendo *Driblando o duque* acho que pela vigésima vez. — Mas duvido que seja sua praia.

— Ficção histórica?

— *Romance* histórico — esclareci.

— Meio erótico?

— Na verdade, não.

— Então leia em voz alta.

Revirei os olhos.

— Só se você ler as falas do duque — sugeri.

— Ele é legal?

— Ah, é.

— Gostoso?

— Muito.

— Tá bem — concordou ele, dando de ombros. — Eu leio.

— Não! — exclamei, sem conseguir acreditar. — Sério?

— Só vou ler porque você tinha certeza de que eu não ia aceitar. Não posso deixar você ter razão, né?

Ele chegou mais perto para que nós dois conseguíssemos ver as páginas. Abri o livro, contei a ele o que estava acontecendo e onde eu tinha parado e comecei a ler.

— "Ele sorriu". — Li em voz alta. — "Ela corou quando seus olhares se encontraram, mas isso certamente se devia ao calor do ambiente."

Ergui a cabeça, e os olhos escuros de Charlie estavam brilhando daquele jeitinho travesso. Ele pigarreou e leu com um sotaque britânico ridículo, parecendo o limpador de chaminés de *Mary Poppins*:

— "Srta. Brenner, gostaria de dar um passeio pelos jardins?"

Começou com algumas risadinhas, e após mais algumas páginas nós dois estávamos gargalhando. Só Charlie mesmo para transformar a leitura em uma atividade barulhenta, hilária e *nada* relaxante. Parecia algo de que ele se cansaria rápido — um de seus joguinhos —, mas ele acabou se interessando pelo livro.

Passamos horas sentados naquele sofá rindo e lendo de um jeito engraçado. E, quando Charlie se levantou para pegar mais café para nós, eu me dei conta de que ele talvez tivesse me proporcionado o encontro perfeito.

Quer dizer, não era um encontro e era de manhã, mas, se eu lesse sobre aquela cena em um livro, com certeza criaria uma coleção no Pinterest, porque seria um daqueles capítulos que lemos sacudindo as pernas e gritando no travesseiro.

Eles estão lendo juntos em uma cafeteria!

Fiquei observando Charlie colocar um pouco de leite no café dele e me perguntei se o Sr. Nada tinha desaparecido para sempre. Porque, quando olhava para ele agora, eu só via meu amigo Charlie. Ele ainda me deixava muito confusa, mas não tinha nada a ver com o babaca que eu achava que fosse.

Estranho como as coisas podem mudar tanto em tão pouco tempo.

Talvez eu devesse parar de pensar demais no que dizia respeito a ele, parar de estabelecer regras e julgamentos a respeito de quem ele era, quem eu era, e quem nós dois éramos juntos. Porque, se eu não tivesse simplesmente aceitado a explicação *é a vida* que Charlie deu sobre a noite anterior, talvez não tivéssemos aquela manhã perfeita.

É a vida.

Ele olhou para mim, franzindo o cenho, como quem diz: "Que cara é essa?" Ele vinha na minha direção com nossos cafés nas mãos, e eu nem tentei conter o sorriso que tomou conta de todo o meu rosto.

Porque agora eu tinha um novo lema. Uma nova maneira de pensar.

Até atravessarmos a fronteira e deixarmos o Colorado para trás, eu não ia ficar pensando demais. Em nada. Nem em Charlie, nem em meus pais, nem em Zack... em nada. Cada ação que acontecesse, cada palavra dita — tudo seria atribuído ao fato de que *é a vida.*

E seria só isso.

É a vida.

Fim de papo.

Acabamos saindo da cafeteria e passeando, mas, quando a cidade ficou cheia de turistas, decidimos fazer uma trilha. Fiquei feliz quando Charlie sugeriu ir até a trilha atrás do apartamento antes de ir para casa, porque parecia uma ideia péssima ficar sozinha em casa com ele.

Não que eu achasse que podia acontecer alguma coisa — passamos o dia tranquilos —, mas eu não tinha certeza de que minha postura relaxada de "é a vida" seria capaz de sobreviver àquele tipo de turbulência interna.

A trilha era belíssima — pinheiros, riachos gorgolejantes e esquilos amigáveis —, e caminhar pelo terreno íngreme foi tão divertido quanto no dia anterior. No caminho de volta, no entanto, minhas pernas estavam doendo.

— Podemos sentar? — perguntei, apontando para uma clareira com um tronco caído que estava implorando que alguém sentasse ali. — Preciso de um tempinho.

— Quer ser comida por um urso? — questionou ele, o olhar provocante escondido pelos óculos escuros.

— Quero sentar, Charlie — choraminguei. — Minhas pernas estão cansadas. Estou disposta a arriscar ser atacada por um urso.

— Não — disse ele, então parou de caminhar, se aproximou e inclinou a cabeça. — Já estamos quase em casa, donde vai poder se jogar no sofá e nunca mais levantar.

— Não diga "donde" — falei, revirando os olhos. — E como assim você não está cansado?

Isso fez Charlie sorrir.

— Sou resistente, Oclinhos.

— Ah, me poupa.

— Quer que eu leve você nas costas? — perguntou ele, agora se divertindo às minhas custas. — Posso levar você montanha abaixo como se fosse uma criancinha sonolenta que precisa de um cochilo, se suas perninhas não aguentarem.

— Eu devia aceitar só para castigar você — respondi, apontando para o tronco. — Mas, neste momento, aquele tronco precisa de mim.

— Não seria um castigo. Pode ser meu treino do dia — retrucou ele, alongando as pernas. — Suba.

Normalmente, meu cérebro teria derretido em uma poça de preocupações neuróticas ao ouvir isso — *E se eu for pesada demais? E se ele achar que estou sedentária? Será que vou entrar em combustão espontânea por estar agarrada ao corpo do Charlie?* —, mas, em vez disso, pensei: *É a vida.*

Estou cansada, meu amigo tem boa resistência, ele me carrega montanha abaixo — é a vida.

Pulei nas costas dele e me enrosquei em seu corpo.

— Boa garota — disse ele, rindo, e começou a andar na mesma hora.

Seu ritmo estava mais rápido, o que significava que eu estava atrasando a caminhada, mas eu não ia me preocupar com isso porque *é a vida.*

Além disso, era estranho eu estar gostando da firmeza com que ele segurava minhas pernas?

É, provavelmente era, mas é a vida.

— Obrigada — falei, percebendo que o pescoço dele tinha cheiro de sabonete — por poupar minhas pernas. Eu estava quase morrendo.

— Claro que estava — concordou ele, sarcástico, e inclinou a cabeça. — Agora fica quieta.

Parei de falar, mas nem imaginava *por que* não estava falando.

— Droga, ouviu isso? — sussurrou ele.

— O quê? — perguntei.

— Shh… escuta.

Ele parou de andar, e foi quando ouvi um gato miando.

Olhei para as árvores à nossa frente, sem dizer nada, então Charlie olhou para cima e disse:

— Ah, não. Coitadinho.

Acompanhei seu olhar e, caramba — um gatinho cinza minúsculo estava em um galho bem alto.

Um galho *muito* alto.

— Ah, não — falei, e a bolinha de pelos continuou miando. Desci das costas do Charlie deslizando. — Como ele vai sair dali?

Não sei o que eu esperava, mas, sem dizer uma palavra, Charlie começou a subir na árvore. Por sorte, o tronco era antigo e cheio de nós, mas o gatinho estava no *alto*, e Charlie tinha ficado maluco.

— Charlie — chamei, nervosa. — Você não vai conseguir subir até lá.

— Claro que vou — murmurou ele, com uma voz suave para não assustar o gato. — Só falta mais um pouquinho.

Semicerrei os olhos por causa do sol, e ele foi subindo.

— Estou indo, amiguinho, espere por mim, tá? — pediu ele, subindo ainda mais. — Vou tirar você daí, conseguir um cobertor quentinho e um pouco de comida, tá?

O gatinho continuou miando, e eu fiquei ouvindo, incrédula, e Charlie falava com o bichinho com a voz mais fofa do mundo. Algo naquele cantarolar mexeu comigo, e *eu* me senti acalentada, embora ele não parasse de subir naquela árvore imensa.

— Eu sei, amiguinho — continuou ele, e meu coração derreteu ao ver toda a atenção de Charlie se concentrar no bem-estar daquele gatinho. — É muito assustador aqui, né? Mas vou tirar você daqui, não se preocupe.

Meu coração estava quase saindo pela boca ao ver Charlie subindo cada vez mais alto.

— Cuidado, Charlie.

— Estou tomando cuidado — garantiu ele, com a mesma voz suave que usou com o gato. — Quase lá.

Como eu pude achar que ele era um babaca? Charlie Sampson era um amor e muito gentil por dentro, embora esse interior estivesse envolto em um ceticismo seco, e senti um orgulho estranho ao vê-lo se aproximar do gatinho.

Quantas pessoas simplesmente começariam a subir na árvore naquela situação?

Ele chegou ao galho logo abaixo de onde estava o gatinho e começou a falar ainda mais.

— Vou pegar você em um instantinho e preciso que você não se assuste, tá? Um arranhão tudo bem, mas, por favor, não pule. Você pode se machucar.

Dei alguns passos para ficar bem embaixo dele, muito estressada com quão alto ele tinha subido. Quem sabe se caísse em *mim*, e não no chão, ele não morresse.

Ele esticou o braço e — graças a Deus — pegou o gato de primeira.

E, em vez de tentar fugir, a bolinha de pelos enterrou a cabeça no colarinho do Charlie, que o acariciava.

— Bom trabalho, amiguinho. Foi um bom garoto, sentado quietinho esperando por mim — disse Charlie, no ouvido do gatinho. — Você é um gatinho tão bonzinho.

Fiquei observando Charlie pendurado na árvore, abraçando e cuidando do bichinho, e era inegável.

Eu estava gostando de Charlie Sampson.

Droga.

CAPÍTULO TRINTA E SETE

Bailey

A viagem de volta foi como a de ida — divertida, descontraída —, mas com o bônus do gatinho fofo do Charlie, Bolinha de Pelo. O nome foi eu que dei, um prêmio por ganhar o desafio "o que eles vão pedir para o café da manhã?" antes de pegarmos a estrada. Charlie quis conversar com a mãe antes de levar o gato para casa, então minha mãe sugeriu que o levássemos para nossa casa e ele pudesse passar lá para pegá-lo assim que tivesse a permissão dela. Charlie era tão cuidadoso com o gato que me deixava até enjoada, e eu estava fascinada por esse lado sensível dele.

Quando voltamos para o apartamento com o gato, Scott correu até o mercado e voltou com uma caixinha de areia, comida e um brinquedinho, e os três — Scott, minha mãe e Charlie — passaram a noite inteira empolgados com o felino.

A droga do gato estragou tudo.

Porque agora, além de ficar distraída achando lindo quanto Charlie ficou bobo com aquele gato, eu não podia mais evitar o óbvio depois de ter visto todos eles amando tanto o gatinho.

Scott era um cara legal.

Ele era doce e atencioso, e até deu uma chance ao Charlie apesar de tudo que ele fez para tirá-lo do sério.

Então como eu poderia continuar tentando estragar tudo? Ainda mais vendo que minha mãe gostava tanto dele?

Isso estava me deixando estressada, e, quando eu pensava em Scott entrando nas nossas vidas para sempre, esse estresse alcançava a enésima potência.

E lá se foi o lema descontraído "é a vida".

Mas, enquanto seguíamos pela estrada, eu me senti melhor que na noite anterior, porque agora eu tinha um plano.

Depois de passar *horas* acordada naquele sofá-cama, pensando em meus sentimentos por Charlie e obcecada com os motivos pelos quais eles eram terríveis, cheguei a uma conclusão.

Não tinha importância.

Não tinha. E daí se eu tinha sentimentos novos e confusos pelo Charlie?

Eu tinha ficado fissurada pelos sentimentos em si — *O que eles significam? Será que são reais? Como podemos ser amigos se de repente estou tão caidinha por ele?* —, mas aí percebi que o que *importava* não eram os sentimentos em si.

Era o que eu ia fazer com eles.

E eu não ia fazer *nada* com eles.

Porque eu sabia que Charlie não sentia o mesmo por mim. Eu sabia que ele *gostava* de mim, tinha quase certeza de que se divertia comigo, e certeza absoluta de que gostava de me beijar.

Caramba, o beijo dele...

Mas nunca vi o rosto de Charlie mudar quando olhava para mim como se iluminou quando ele viu Becca naquela festa. E, depois da rejeição que senti quando Zack seguiu em frente depois do término, eu não estava disposta a me contentar com "quase" e "gostar".

Eu não queria me contentar com o mínimo, e ponto-final.

Então, ia pôr em prática o que aprendi com meus pais — que sentimentos acabam indo embora, principalmente quando surgem novos sentimentos — e mudar aquela situação.

— Então, eu tive uma ideia — declarei quando entramos em Lancaster e soube que em uma hora estaríamos em casa.

— Ah, não — disse Charlie, colocando uns antiácidos de laranja na boca.

— Nada de "ah, não" — falei. — Nem um pouco de "ah, não". Só estava pensando que, agora que a viagem acabou, talvez seja uma boa hora para a gente começar a sair de verdade, sabe? Sem faz de conta.

Ao dizer isso, me dei conta de que — caramba! — eu achava uma boa ideia *mesmo*. Não só para aplacar a obsessão com Charlie; talvez estivesse na hora de tentar superar Zack.

— Oi? — disse ele, a voz tensa, e me olhou com uma ruga entre as sobrancelhas.

— Não eu e você — acrescentei rápido ao perceber a expressão de horror em seu rosto. — Com... outras pessoas.

Ele revirou os olhos e voltou a olhar para a estrada.

— É mesmo, Oclinhos?

— Você disse que Eli queria me chamar para sair, e eu tenho uma amiga, Dana, que é linda, inteligente e engraçada — sugeri, tentando parecer tranquila. — A gente devia se jogar num encontro duplo.

— Primeiro de tudo, por favor, nunca diga coisas como "se jogar num encontro duplo" — disse ele, mastigando o antiácido.

— Tudo bem. Me arrependi assim que as palavras saíram da minha boca.

— Segundo, como é que é?

Charlie parecia irritado, e eu gostei um pouco disso. *Ele está chateado com a ideia de me ver saindo com outra pessoa?* Será que estava chateado por eu sugerir isso depois do fim de semana que tínhamos acabado de passar juntos?

— O que foi? — indaguei, tentando soar supertranquila.

— *O que foi?* Você tem uma amiga linda, inteligente e engraçada, e só agora fala dela? — perguntou ele, sem tirar os olhos da estrada, mas parecendo se divertir com aquela conversa. — Você anda escondendo as coisas de mim.

Um calor invadiu meu rosto — caramba, meu corpo inteiro —, e fiquei constrangida com a rapidez com que me deixei levar por pensamentos positivos. Ignorei o desconforto na boca do meu estômago.

— Acho que eu não sabia que você estava à procura de alguém.

Nesta hora ele olhou para mim, mas sua expressão era indecifrável.

— Acho que eu também não sabia — respondeu ele.

Meu Deus, como era possível eu já estar com saudade do meu namorado de mentira?

— Então vamos providenciar esse encontro duplo — incentivei, me obrigando a lembrar que forçar aquela situação era a melhor maneira de salvar a nossa amizade, sem vínculos emocionais estranhos.

— Vamos — concordou. — A gente devia fazer algo idiota, tipo jogar boliche.

— Jogar boliche não é idiota — murmurei. — Eu participava de uma liga de boliche aos sábados de manhã quando estava no ensino fundamental, era muito divertido.

— O que foi que a nerdzinha disse?

— Que seja — falei, olhando pela janela. — Eu fazia parte da equipe Strikers de Sábado, e era demais.

— Não consigo ouvir com sua nerdice gritando tão alto. A gente vai jogar boliche ou não?

Assenti.

— Vamos.

Ele olhou para mim e ergueu a sobrancelha.

— Sabe que não pode me beijar quando estivermos no encontro, né? — provocou ele.

Soltei uma risada disfarçada de tosse e respondi:

— Sim, eu sei.

— Tenho certeza de que vai ser tentador, agora que você sentiu o gostinho do Especial do Charlie, mas…

— Ecaaaaa… Especial do Charlie parece um sanduíche de língua de boi no pão tostado — interrompi aquele discursinho.

— Saboroso — resmungou ele.

— E é *você* quem precisa desse aviso, já que não conseguiu ficar longe dos meus beijos durante todo o fim de semana — retruquei, mexendo com ele, alcançando a bolsa para pegar uma bala.

— Não conseguia mesmo — concordou ele, o que me fez tirar os olhos da bolsa em choque. Ele continuava olhando para a estrada, os olhos enrugadinhos ao sorrir. — Amei a parte do beijo do nosso plano.

— Eu também — falei, surpresa com a honestidade.

Ele assentiu.

— Pena que você recusou o treino intensivo.

— Acho que praticamos bastante — respondi.

Ele ficou em silêncio por um instante, então disse:

— É, acho que qualquer coisa mais intensa que aquilo teria me matado.

Gostei da expressão em seu rosto quando ele disse isso. Era suave e engraçada, como se ele estivesse sendo sincero quanto à própria fraqueza. Não sabia o que responder, então virei e olhei para a caixa de transporte em cima do banco detrás.

— Ahhh, o Bolinha de Pelo dormiu.

— Ele teve um fim de semana difícil — comentou Charlie com um sorrisinho. — Precisa descansar.

Quando ele finalmente parou em frente ao meu prédio, minha mãe e Scott estavam lá, tirando as coisas do carro. Isso era bom, porque eu não saberia como *não* ficar constrangida na hora da despedida depois de tudo que aconteceu.

Mas então Scott pegou minhas coisas, minha mãe pegou o gato e acenamos quando Charlie foi embora, e fiquei com saudade dele no instante em que vi seu carro desaparecer.

Eu não estava pronta para o fim da viagem.

Quando entramos em casa, me afastei deles o mais rápido possível. Bolinha de Pelo e eu pegamos nossas coisas, fomos para o meu quarto e fechamos a porta, felizes por ficarmos sozinhos com nossos pensamentos. Meu gato, Fofinho, ficou miando à minha porta — ele sabia que estava acontecendo alguma coisa —, mas o ignorei porque sabia que minha mãe lhe daria toda atenção do mundo. Eu me joguei na cama e peguei o celular enquanto o gatinho andava nos meus travesseiros.

Eu tinha *muita coisa* para contar para Nekesa.

Mas, antes mesmo que eu terminasse de escrever a primeira mensagem, Charlie ligou.

Deitei de barriga para cima.

— Você já chegou em casa? — questionei.

— Já — respondeu ele, e ouvi vozes no fundo. — Estou em casa, mas não sabia que o namorado ia trazer os filhos para cá. Então preciso conversar com você e meu gato antes que eu surte.

— Namorado desgraçado — falei, com os dentes cerrados, odiando pensar que Charlie tinha voltado para casa e visto *aquilo.* Com as conversas que tivemos no Colorado, parecia que eu o conhecia melhor que antes. Agora eu sabia que isso o *incomodava*, muito, e não achava mais que ele não se importava porque estava sendo um babaca sarcástico. — Quer vir para cá?

— Acho que devo ao Scott algumas horas sem mim — respondeu Charlie. — Ele poderia ter sido um babaca comigo na viagem e não foi.

— Meu Deus, odeio quando você diz esse tipo de coisa — reclamei, principalmente porque estava sentindo o mesmo em relação a Scott.

— Eu sei, foi mal — disse ele.

Ouvi uma porta fechando, e tudo ficou mais silencioso.

— Deixa eu falar com meu gato — pediu.

Estendi o braço por cima da cama, peguei o Bolinha de Pelo e o segurei.

— Diga oi, Bolota.

O gato ergueu o rostinho para o celular e esfregou o queixo no aparelho.

— Foi mal, acho que ele não quer conversar agora — falei, fazendo carinho na cabeça do bichinho enquanto ele andava em círculos em meu peito.

— Coloque o celular na orelha dele — disse Charlie.

— Tá. — Estendi o celular. Charlie começou a falar e, embora eu não conseguisse ouvir o que ele estava dizendo, percebi que estava usando *aquela* voz. E, sério, o gatinho começou a miar, todo agitado e empolgado como se quisesse muito que Charlie aparecesse.

Coloquei o celular de novo na orelha, rindo quando o gatinho começou a enfiar o rosto no espaço entre minha orelha e o aparelho.

— Ai, meu Deus, ele ama tanto você que chega a ser ridículo.

— Podemos fazer uma chamada de vídeo? Estou com saudade dele — disse Charlie.

Fiquei boquiaberta e reagi com um sobressalto. Alto.

— Charlie Sampson, você virou uma manteiga derretida por causa desse gatinho.

— É, eu sei.

— Nunca imaginei que você fosse tão… fofo.

— Eu sou fofo, tipo, o tempo todo.

— Nunca, na verdade, mas tudo bem.

— Me mostra meu gato.

— Tá bem.

Apertei o botão e, em um instante, ele surgiu na tela do meu celular.

— Espera — disse ele.

Quase tive outro sobressalto ao vê-lo em pé em seu quarto só de bermuda, sem camiseta. Sempre achei que fosse todo definido, mas *caraaaaaaamba*, dava para ver que ele levava a academia muito a sério.

Charlie saiu da tela por um instante, e logo voltou, vestindo uma camiseta.

— Cadê meu gatinho?

Peguei o gato e segurei-o em frente ao celular.

— E aí, amiguinho — cumprimentou Charlie, e meu coração apertou quando o vi sorrindo para o gatinho.

Ver *aquela* expressão no rosto de Charlie parecia uma recompensa. Ele continuou falando com o Bolinha de Pelo — com aquela vozinha fina —, e então disse:

— Tá bem, agora deixe eu falar com a Oclinhos.

Eu ri e larguei o gato, para que Charlie e eu pudéssemos nos ver.

— Se contar a alguém que virei um bobão por causa daquele gato, eu mato você.

— Não vou contar para ninguém. Só para a Dana.

— Ah, é — disse ele, se sentando na cama. — Você já combinou tudo?

— Olha, a gente *acabou* de chegar em casa. Mas você precisa falar com Eli *antes*. Se não fizer isso acontecer, não fica com Dana.

Ele abriu um sorrisinho.

— Vou mandar uma mensagem para ele agora.

— Acha que eu vou gostar dele?

— Você não falou com ele na festa?

— Falei, mas você *conhece* o Eli. Acha que ele faz meu tipo? Que temos coisas em comum?

Ele semicerrou os olhos, como se estivesse pensando.

— É, pior que acho — declarou.

— Legal.

— E a sua amiga? — perguntou Charlie, erguendo a sobrancelha. — Quer dizer, sim, nós dois somos bonitos, engraçados e inteligentes, mas temos *outros* interesses em comum?

Voltei a deitar de barriga para cima e disse:

— Ela é toda sarcástica, como você, e joga vôlei.

— O que vôlei tem a ver *comigo*?

— Vocês dois claramente gostam de esportes.

Ele ergueu a sobrancelha, achando graça.

— Como assim, claramente?

Revirei os olhos e senti meu rosto esquentar.

— Pelo seu peitoral dá para ver que você gosta de suar. E você sabe disso.

— Baybay — provocou, aproximando o rosto da câmera —, você ficou me secando?

Caramba, ele sempre foi sexy assim? Pelo amor de Deus, era uma videochamada, e eu prendi a respiração como se ele fosse se aproximar e me beijar.

Pigarreei.

— Vou dizer à Dana que você é um babaca convencido. Tchau.

Ele riu e disse:

— Mando mensagem depois que falar com Eli.

CAPÍTULO TRINTA E OITO

Charlie

— Foi mal pelos meus pais — disse Dana, colocando o cinto de segurança.

— Tudo bem — respondi, ligando o carro e dando a ré.

O perfume dela era maravilhoso, e me perguntei que cheiro era aquele.

— Eles parecem ser legais.

Eles pareciam *mesmo* legais, embora tenham me interrogado por dez minutos, mas eu não estava nem aí para os pais dela. Para falar a verdade, estava morrendo de medo daquele encontro duplo, ainda que Dana fosse gente boa.

Por quê? Ah, é, porque eu era um idiota.

Eu *sei* que homens e mulheres não podiam ser amigos. Para mim, aquilo era inegável. Mas, de algum jeito, eu tinha ultrapassado os limites com Bailey. Num minuto éramos só colegas de trabalho que se tiravam do sério, no outro ela estava colocando a mão num mictório por mim.

Caímos na armadilha e viramos "amigos", mas em algum lugar desse percurso — *é claro, seu idiota* — eu fiquei fascinado pelo jeito como ela piscava rápido quando se surpreendia, pelo som ofegante de sua risada quando estava com sono e pela forma como sabia quando alguma coisa ia me deixar chateado, antes mesmo de acontecer.

Em algum lugar entre Omaha e Colorado, eu me apaixonei loucamente por Bailey Mitchell. Só conseguia pensar nela, o tempo todo, e às vezes eu tinha a sensação de que seria capaz de tudo — *tudo* — só para garantir que ela ficasse feliz.

Então, sim, foi quase um tapa na cara quando ela disse que arranjaria um encontro com Dana para mim, mas foi necessário. Foi um balde de água fria, que me lembrou que eu não tinha interesse nenhum em algo a mais com ela, porque relacionamentos nunca duravam.

Todo mundo que eu conhecia — sem exceção — me dizia que eu estava errado. Todo mundo tentava me convencer de que o amor verdadeiro e o "felizes para sempre" eram possíveis.

Mas isso simplesmente não era verdade.

Sim, havia motivos óbvios ao qual qualquer terapeuta conseguiria atribuir minhas crenças: a separação de meus pais, todas as pessoas com quem saí deixaram de gostar de mim, meus avós todos se divorciaram — até o casamento de meus tios e tias não deu certo.

Ninguém que eu conhecia fazia parte do grupo "felizes para sempre".

Qualquer um poderia passar o dia defendendo os méritos do amor verdadeiro, mas, na minha opinião, não valia a pena arriscar.

Sempre tinha um fim.

E depois do fim, não havia nada.

Quando Becca e eu nos sentávamos juntos na aula de biologia, a gente ria, brincava e trocava mensagens com piadas internas sobre o significado do acrônimo do nome do sr. Post (Uwe). Ficava ansioso para a aula porque ela era divertida com Becca.

Era bom ter alguém com quem se divertir.

Mas, depois que a gente namorou — e acabou terminando —, *paramos* de conversar naquela aula. Ela ficava olhando para o celular ou conversando com Hannah (que se sentava do outro lado dela) todos os dias, e eu... me sentia sozinho.

Todos os dias.

Droga.

Mas era por isso que Bay e eu precisávamos voltar a ser "colegas de trabalho irritantes". Era bom estar com ela, e eu não queria perder isso.

Caramba, eu pareço um doido.

— Eles são meio superprotetores — explicou Dana, e pelo canto do olho percebi que ela mexia no celular.

— Aquilo que eu vi era uma foto sua fantasiada de *rato* pendurada na parede? — perguntei, me obrigando a fazer um esforço. — É uma escolha ousada de fantasia para uma criança.

— Não — respondeu ela, rindo e largando o celular no colo. — Quer dizer, sim, tem uma foto, mas foi de quando participei de uma apresentação de balé de *O Quebra-Nozes*. Não era uma fantasia.

— Ah — falei, assentindo. — Faz mais sentido.

— É — disse ela, pegando o celular de novo.

Foi basicamente isso durante todo o trajeto até o boliche, uma sessão de perguntas e respostas sem graça. Não tinha nada de errado com Dana, mas não havia química nenhuma entre nós dois.

No entanto, chegamos ao boliche, eu me perguntei se não estava só cansado. Quase não dormi na noite anterior, e o cachorro me acordou cedinho, então talvez eu só estava cansado demais para *sentir* qualquer coisa.

— Bailey! — exclamou Dana, erguendo o braço para gritar para o outro lado do lugar lotado.

Segui seu olhar e avistei Eli e Bailey em frente ao balcão dos sapatos.

Caramba, então minha capacidade de *sentir química com outra pessoa* pelo jeito estava normal.

Bailey estava de calça jeans, uma blusa de lã grossa e os óculos novos de armação tartaruga que ela meio que tinha odiado, mas eu achava bem bonito. O tom claro da blusa deixava seu cabelo escuro ainda mais brilhoso e o verde de seus olhos, mais claro. Eli se aproximou um pouco para ouvi-la, e eu soube que ele devia estar sentindo o cheiro floral do hidratante que ela sempre usava.

Coloquei a mão no bolso e peguei um tablete de antiácido. *Será que não tem como injetar isso direto nas minhas veias, Universo?*

— Vamos — chamou Dana, mas eu nem tinha me dado conta de que estava ali parado havia um tempo, encarando Bailey.

Segui Dana em meio à multidão, e quando chegamos ao balcão, Eli abriu um sorriso.

— Você já quebrou algum osso? — questionou ele.

— O quê? — perguntei, lançando um olhar para Bailey, que me olhava com uma ruguinha entre as sobrancelhas.

— Eu estava falando para Bay que de tanto tomar esses antiácidos seus ossos devem ser superfortes, né? Por causa do cálcio — explicou ele, e Dana deu uma risadinha. — Você toma esse troço desde que a gente se conhece.

— Infelizmente já quebrei dois dedos, o pulso e o cotovelo — disse, sentindo meu rosto esquentar. — Então sua teoria já caiu por terra.

Todos nós rimos, depois pegamos os sapatos e fomos para uma pista. Tentei ignorar o que senti ao ouvir aquele comentário de Eli, porque não precisava de uma maldita crise de refluxo. Tinha ido a uma consulta no consultório do dr. Bitz naquela manhã e, embora eu tivesse me sentido uma criancinha ao ouvi-lo dizer que "não tem nada de errado com você, Charlie, é só o jeito como seu corpo reage ao estresse", de repente me peguei repetindo essas palavras na minha cabeça.

Continuei tentando conversar com Dana, mas não senti nenhum interesse da parte dela. Ela estava muito mais interessada em curtir com Bailey e Eli do que em me conhecer melhor, e por mim tudo bem.

Enquanto isso, Bailey parecia estar se esforçando para chamar a atenção de Eli, e eu *odiei* aquilo.

Odiei que ela estivesse se esforçando tanto, porque o que isso significava?

Mas, acima de tudo, odiei o fato de isso me deixar com tanto ciúme.

CAPÍTULO TRINTA E NOVE

Bailey

Por que Charlie foi logo com aquela camiseta?

Eu me sentei ao lado de Eli à mesa que registrava a pontuação, sem a menor ideia do que dizer a ele (porque não tínhamos literalmente nada em comum) e me esforçando para ir além das respostas monossilábicas. Mas sempre que Charlie fazia uma jogada e se alongava depois de soltar a bola, uma faixa de pele entre o cós da calça e a barra da camiseta ficava exposta. Não era nada de mais — nada sensual, pelo menos —, mas me fazia lembrar do quão musculoso ele era e do quão gato ele estava sem camisa quando fizemos a chamada de vídeo para Charlie conversar com o gato.

Isso me lembra da sensação de estar perto dele.

Charlie fez um strike, então virou e veio andando em direção à mesinha.

— Ele está alcançando a gente — falei para Eli, observando Charlie se afastar da pista.

— É — respondeu ele, também olhando para a pista.

— Sua vez — disse Charlie à Dana, com um sorrisinho de provocação. — Mas o que acha de tentar *derrubar* os pinos dessa vez?

— Muito engraçadinho — retrucou ela, retribuindo o sorriso ao se levantar e ir em direção à fileira de bolas. — Arrogante demais para um cara que só está com 67 pontos, não acha?

Por que aquele flerte era tão irritante? Eu *queria* que ela gostasse de Charlie, mas será que ela precisava ser tão… tão… risonha?

Aquilo estava me dando ânsia.

— Estou *deixando* você ganhar de mim — anunciou ele. — *De nada*, Dana.

Ela deu outra risadinha, e senti que precisava de um dos antiácidos de Charlie.

— E você pode dar uma limpadinha na minha bola quando eu terminar — rebateu ela, erguendo o queixo e abrindo um sorriso que me fez cerrar os punhos.

Nossa, será que tinha como aquele encontro ficar ainda mais irritante?

Vinte minutos depois, me dei conta de que a resposta a essa pergunta era COM CERTEZA.

— Não acredito que você estava naquele show — comentou Eli, sorrindo com os dentes perfeitos. — Que mundo pequeno.

— Né? — concordou Dana, rindo e pegando o refrigerante. Ela era quase da altura de Eli. — Só tinha umas cinquenta pessoas na plateia, no máximo. Quais eram as chances de nós dois estarmos lá?

— Sua vez, Eli — disse Charlie, sentado à mesa ao meu lado. E na sequência resmungou, baixinho: — Menos papinho, mais boliche.

Observei meu par naquela noite, belo e alto, pegar uma bola e se preparar para se aproximar da pista.

— Vê se não vai tropeçar de novo, hein? — provocou Dana, o que o fez virar com uma carinha muito linda, fingindo ter ficado irritado.

Ele fez um strike, e, quando estava voltando, Charlie disse:

— Pode sentar aqui.

Eli se sentou ao meu lado na mesa.

— Ei, Eli — falou Charlie —, já te contei que Bailey também morava no Alasca?

Ele olhou para mim.

— Sério? De onde você é?

— De Fairbanks — respondi.

— Ah, eu morei na Base Aérea de Eielson — disse ele, apontando para si mesmo. — Quase vizinhos.

— Legal — repliquei, assentindo.

Então nós dois sorrimos e olhamos para a pista à frente.

Pense, sua idiota, pense em alguma coisa interessante para dizer. Eli era legal, e eu precisava colocar a cabeça no lugar e esquecer o que sentia por Charlie.

Charlie derrubou oito pinos.

— Você costuma ir muito pra lá? — perguntei para Eli.

— Não — respondeu ele, então olhou para trás. — Você é a próxima, Dana. É bom já ir se preparando.

— Para acabar com você? — questionou ela, sorrindo. — É, já estou cuidando disso.

Droga. Desde o instante em que Dana e Eli se juntaram para tirar sarro de Charlie quando ele deixou a bola cair, parecia haver um clima de flerte entre os dois. Não importava o que eu dissesse, ou quanto Charlie fosse engraçado, aqueles dois só prestavam atenção um no outro.

Eu queria gritar: "*Olhe para mim, Eli!*"

Charlie jogou de novo e acertou dois pinos, mas, quando se virou, só eu estava olhando para ele. Eli gesticulava para Dana, para que ela fosse jogar, e ela respondeu fazendo uma reverência dramática muito fofa que o fez rir alto.

— Sua amiga está caidinha por mim — murmurou Charlie, irônico, ao passar por mim para pegar refrigerante.

Levantei e fui atrás dele, já que Eli parecia entretido provocando Dana.

Eu me certifiquei de que nenhum dos dois estava olhando para mim e disse:

— Eli não está nem um pouco interessado em mim.

— É, eu percebi — respondeu ele. — Mas eu não levaria para o lado pessoal, sua amiguinha nem riu quando eu contei para ela a história da manteiga.

— O quê? — perguntei.

Naquela manhã, ele derrubou manteiga no chão, pisou em cima, escorregou e caiu, e de alguma forma a manteiga foi parar no olho dele. Eu cheguei a chorar de rir quando ele me contou essa história engraçadíssima.

— Acho que esses dois são idiotas por não se interessarem por nós.

— Também acho — disse ele.

— Mas não desista — sugeri, vendo Dana jogar a cabeça para trás, rindo de algo que Eli tinha dito. — Ela é incrível, e acho que vocês se dariam bem. Sabe, se Eli não estivesse aqui.

Ele me olhou como se eu estivesse maluca, mas disse:

— Vou tentar. E ele ama o Chicago Cubs. Talvez falar disso atraia a atenção dele.

— Acha que preciso de beisebol para conquistar um cara? — perguntei.

Ele olhou para mim, em silêncio.

— Que insulto — resmunguei, dando uma cotoveladinha na sua costela. — Talvez eu devesse dar um gostinho do Especial da Bailey para o Eli.

Charlie sorriu com os olhos, embora seus lábios não tenham se mexido.

— Sanduíche de língua de boi no pão tostado?

Eu me aproximei e disse, baixinho:

— Não. Moldávia, mas com as mãos no peito dele.

Eu esperava que ele desse risada, mas, em vez disso, ele se aproximou — ou talvez eu tenha imaginado isso — e olhou fixamente para os meus lábios.

— Nem ouse fazer isso — declarou.

Meu coração acelerou com a intensidade daquele olhar.

— Não quer que a gente se beije? — perguntei, quase sussurrando, a respiração presa nos pulmões.

— Você que escolhe quem quer beijar ou não — retrucou, com a mandíbula cerrada. — Mas a Moldávia é minha.

— Sua vez, Charlie! — gritou Eli.

Pisquei rápido quando nos afastamos, e voltei a escutar os sons do boliche.

O que foi isso?

Nesse momento, Charlie deu um sorrisinho calculado e disse:

— Hora de jogar aquela bola e acertar no amor.

Ele foi até a fileira de bolas, me deixando com o corpo inteiro eletrizado.

* * *

Depois do jogo, fomos jantar na lanchonete do boliche. Charlie e Eli ficaram conversando sobre um amigo em comum enquanto esperávamos os lanches, e Dana me puxou no canto para dizer:

— Então, gostou do Eli? — perguntou ela, olhando para os garotos e logo voltando a olhar para mim. — Ele é tão engaçado e fofo... Você tem sorte de o Charlie ter arranjado esse encontro.

— É. Mas para falar a verdade, nem conversei muito com ele.

Dana assentiu e olhou — mais uma vez — para os dois.

— E o que você achou do Charlie? — indaguei. — Bonitinho, né?

— É — respondeu ela, dando de ombros. — Quer dizer, ele é legal, mas não senti nenhuma atração, sabe?

Olhei para Charlie e me lembrei do rosto dele ao ver Becca na festa, do seu sorriso triste, e não quis que ele fosse rejeitado logo no primeiro encontro depois do término. Ainda mais porque seus amigos agiram como se ele fosse um eremita desde que levou um pé na bunda.

— Ele é muito engraçado depois que você o conhece melhor, dê uma chance.

— Não quero que ele ache que tem chance quando não tem.

— Eu sei — falei, soltando um suspiro ao perceber que isso seria pior. — Foi mal. É que Charlie é meu amigo, e eu queria encontrar alguém para ele.

— Acho muito legal vocês dois serem tão próximos — comentou Dana. — Eu ia amar ter um amigo homem.

Olhei para Charlie mais uma vez e, quando ele abriu aquele sorrisinho idiota, todo lindo de calça jeans e camiseta de manga comprida, eu me perguntei se ele não teria razão desde o começo. Será que era mesmo possível sermos só amigos? Porque, olhando para ele, o que eu sentia era muito mais que amizade.

Droga.

Voltamos para a mesa, e o jantar foi mais ou menos como o boliche. Charlie e eu tentamos atrair a atenção dos nossos pares, mas eles pareciam estar desinteressados.

Citei o Chicago Cubs, mas, quando Eli perguntou "Você torce para os Cubs?", e eu respondi que não, o diálogo virou só mais uma tentativa constrangedora de puxar papo.

No fim da noite, enquanto vestíamos os casacos e devolvíamos os sapatos de boliche, Dana disse:

— Preciso buscar meu carro na oficina em Blondo, deixei ele lá para trocar os pneus, mas não estou com a menor vontade de ir.

— Eu moro em Blondo — comentou Eli, com os olhinhos brilhando como se o carro com pneus novos de Dana fosse a melhor notícia que ele já ouviu. — Posso deixar você lá no caminho de casa, se quiser.

O rosto de Dana se iluminou.

— Sério? — indagou ela.

— Mas você disse que iria comigo até a Target depois do boliche, Dana — reclamei.

— Aposto que Charlie não se importa de ir com você — interveio Eli, me dando o maior fora disfarçado. — Certo, Charlie?

Agora, sim, eu podia me considerar uma coitada.

— Claro — respondeu ele, me olhando como se quisesse saber o que eu estava sentindo com aquele fora. — Quero ir ver meu gato mesmo, e agora posso comprar um brinquedo para ele.

Dana e Eli pareciam querer pular de alegria quando se despediram de nós e foram andando em direção ao carro. Já Charlie e eu fomos até o carro dele em silêncio, cada um perdido nos próprios pensamentos.

— É sério que *nós dois* levamos um fora? — questionou ele quando chegamos no carro.

Esperei enquanto ele destrancava o veículo.

— Pelo visto, sim.

— Dana contou para você o que ela me disse quando fiz uma pergunta sobre a faculdade? — disse ele.

— Não.

— Eu perguntei se ela ia fazer faculdade em outra cidade ou por aqui mesmo. Sabe, só para demonstrar interesse pela vida dela, né?

Assenti.

— E...

Charlie revirou os olhos de um jeito engraçado.

— Ela disse, com estas palavras: "Não estou procurando um relacionamento no momento."

— *Mentira!* — falei, abrindo a porta do carona e entrando no carro. — Isso é tão arrogante, achar que *você* está procurando um relacionamento, e ainda por cima com ela.

— E nem respondeu à pergunta. Continuo sem saber se ela vai para a Faculdade Cristã, para Harvard ou para a Universidade de Palhaços!

Tentei não rir.

— Então — continuou ele, com um sorrisinho —, como é considerado grosseiro gritar QUEM FOI QUE TE PERGUNTOU? na cara de alguém, tive que guardar tudo isso dentro do meu coraçãozinho.

Nessa hora não consegui mais segurar a risada.

— "Quem foi que te perguntou?", muito bom.

— Era isso ou: "Vaza da minha pista de boliche."

Já estava gargalhando quando ele ligou o carro e saiu do estacionamento.

— Pelo menos Dana conversou com você. Eu fiquei invisível para o Eli a noite toda.

— Acho que ela jogou um feitiço nele — retrucou Charlie.

— Como assim?

— Lembra daqueles filmes dos *Descendentes*? Que a Mal joga um feitiço no rei Ben e faz ele se apaixonar por ela? — perguntou ele, pegando o celular do bolso. — Aposto que Dana fez isso com o Eli.

— Porque essa seria a única explicação, né?

— Pois é — respondeu ele, conectando o Bluetooth no rádio para colocar uma música. — Aliás, já que ninguém nos ama e não temos nenhuma perspectiva de encontrar um pretendente, o que acha de irmos aos bailes das nossas escolas juntos?

Eu me virei para ele de repente.

— Está falando sério?

Ele estava falando sério? Queria que a gente fosse aos dois bailes *juntos*? Eu estava me esforçando tanto para ignorar meus sentimentos por Charlie; será que eu conseguiria ir ao baile e usar roupa de gala com ele sem me perder completamente naquele sentimento?

Ele assentiu.

— Claro. É o último ano do ensino médio, e minha mãe vai ter um ataque do coração se eu faltar. Não estou a fim de ninguém, então se eu for com você e vice-versa pelo menos a gente sabe que vai se divertir, né?

Até que fazia sentido.

Fazia sentido, e poderia ser um alívio para meu coração partido.

— Sim. Vamos — concordei.

Você é uma idiota, Bailey.

— Ok, então — disse Charlie, da mesma forma que responderia se eu dissesse que quero parar no posto para ir ao banheiro.

Ele virou na L Street, e me perguntei se alguma vez passou pela cabeça de Charlie que eu poderia estar a fim dele. Ele agia como se nada tivesse mudado entre a gente desde a viagem. Será que acreditava mesmo nisso?

— Aliás, eu amava esses filmes quando era criança — falei, tentando agir com naturalidade, apesar de estar imaginando Charlie de smoking dançando em minha mente.

— Dos *Descendentes*? — perguntou ele, abrindo um sorrisão.

— Acho que não é muito descolado admitir isso, mas eu também. A música da Mal e do pai dela era incrível.

Dei uma risada.

— Você acabou mesmo de dizer "incrível"? Para definir a música "Do What You Gotta Do"?

Ele soltou uma gargalhada e se esticou um pouco para colocar a mão no bolso.

— Baybay sabe o nome da música. Que doida.

— *Você* que é doido.

— Um doido que sabe cada palavra daquela música incrível — retrucou ele, pegando uma pastilha de antiácido.

Isso me fez gargalhar, mesmo que eu também soubesse a letra.

Paramos na Target a caminho de casa, e com Charlie a experiência foi totalmente diferente do que teria sido com Dana.

Para começar, ele comprou pipoca quentinha na barraquinha em frente à loja, porque, segundo ele, fazer compras é mais divertido comendo alguma coisa. Eu mal estava prestando atenção enquanto ele pedia, apenas observava as pessoas ao redor, mas aí ouvi Charlie pedindo duas pipocas pequenas — uma com manteiga, outra sem — e, na sequência, uma embalagem grande para que ele pudesse misturar as duas.

— Não acredito que você se lembra disso — falei, baixinho, ainda mais porque o moço da barraquinha ficou superirritado com aquele pedido.

Senti um aperto no peito com o sorriso que ele me deu, com aqueles olhos escuros enrugadinhos.

— Como esquecer suas peculiaridades, Oclinhos?

O momento se estendeu por um segundo a mais, nós dois sorrindo um para o outro, e de repente tudo mudou. Parecia que era uma troca mais profunda, olhando no fundo dos olhos um do outro, e as lembranças de nossos beijos logo invadiram minha mente.

— Estou sem balde de pipoca, pode ser um saco grande? — questionou o moço.

Virei a cabeça de forma abrupta e me dei conta de que meu coração estava acelerado.

— Pode, sim. Obrigado — respondeu Charlie.

Ao voltar a olhar para mim, o semblante de Charlie era sereno. Como se ele *não* tivesse sentido o que eu senti.

Como assim? Ele *tem* que ter sentido, né?

Minha nossa, será que eu estava perdendo a capacidade de interpretar os *sinais*?

— O que viemos fazer aqui, afinal? — perguntou ele.

Queria passar na Target porque tinha um vestido em liquidação que eu tinha me arrependido de não ter comprado. Contei isso a ele, e, quando a gente foi pegar um carrinho para que Charlie pudesse se escorar em alguma coisa enquanto andávamos, ele me convenceu a experimentar o vestido.

Levei o vestido até o provador, e, um segundo depois de fechar a porta, uma pipoca caiu na minha cabeça. Bati o cabelo, abri o botão da calça e disse:

— Pare com isso, Sampson.

— Não gosto de ficar entediado — rebateu ele, do outro lado da porta. — E acertar a sua cabine é um desafio.

Outra pipoca caiu no banco ao meu lado.

Peguei a pipoca e a joguei por cima da porta.

— Acertei? — questionei.

— Essa passou longe, Mitchell — respondeu ele. — Se eu fosse você, subiria no banco para poder dar uma olhada. Assim a chance de me acertar é maior.

— Está tentando me convencer a fazer papel de idiota, né? — falei, me perguntando como Charlie conseguia ser muito mais divertido que qualquer outra pessoa.

Então uma pipoca caiu na minha cabeça. Outra vez.

Coloquei o vestido enquanto pipocas choviam sobre mim e subi no banco.

E, quando olhei por cima da porta, ele estava bem ao lado dela. Tipo, se escorando mesmo.

— Não parece desafiador — comentei, rindo, surpresa ao ver seu rosto virado para cima. — Você está só largando as pipocas na minha cabine, porque você é gigante. Seu preguiçoso.

— Saia logo e me mostre o vestido — disse ele, sorrindo para mim.

— Tá bem.

Senti um friozinho na barriga ao saltar do banco e sair da cabine.

— Gostei — elogiou ele, me olhando de cima a baixo com cuidado e fazendo um gesto com o dedo, pedindo que eu desse uma voltinha.

Obedeci, e Charlie assentiu.

— Ele parece uma roupa que uma criança usaria nas férias. Compra.

— Não sei se era bem essa a imagem que eu queria passar — falei, me olhando no espelho.

— Tá, parece algo que uma aluna novata usaria para convencer o diretor de que ela é comportada.

— Ai, caramba — resmunguei, virando para ver as costas. — Acho que não quero mais esse vestido.

— Espera, espera, espera — disse ele, inclinando a cabeça de leve e cruzando os braços. — Já sei. Parece algo que a melhor amiga esquisitinha de uma comédia romântica usaria.

— Se está tentando me convencer a comprar o vestido, está fazendo um péssimo trabalho — declarei, voltando para a cabine para trocar de roupa.

— Estou *implorando* que você compre — respondeu ele, e meu coração quase parou ao ouvir o som rouco de sua voz.

Fiquei ali, congelada em frente ao espelho, analisando cada palavra de seu comentário, algo que agora já era normal para mim.

— É mesmo? — perguntei devagar, tentando soar indiferente.

— Você sabe que sim — replicou ele, parecendo quase… derrotado.

O que isso queria dizer? Que ele gostava de mim com aquele vestido e não queria gostar? Porque não queria me iludir, ou porque não queria sentir algo?

— Vou procurar o brinquedo do gato.

— Aham. Beleza. — A mudança brusca de assunto me fez hesitar por um instante enquanto tirava o vestido.

— Você me encontra no corredor de animais de estimação? Já vou indo pra lá.

— Pode ser — concordei, com a sensação de que ele estava impondo uma distância entre nós dois de propósito.

Quando abri a porta do provador, meu celular vibrou.

Tirei o aparelho da bolsa, imaginando que fosse uma mensagem de Charlie sobre brinquedos para gatos.

Mas era de Zack.

Zack: Fiquei curioso. Afinal, você encenou os episódios de *Breaking Bad* ou trocou a senha?

CAPÍTULO QUARENTA

Charlie

— Ai, minha nossa, Charlie!

Ergui os olhos do passarinho de brinquedo com catnip que eu estava segurando e vi Bailey vindo correndo na minha direção — literalmente — com um sorriso de orelha a orelha. Não sei como, mas ela conseguia sorrir de um jeito que era meio inocente (como uma menininha de seis anos que acabou de espiar o Papai Noel no telhado) e sexy (como uma mulher que sabia *muito bem* o que queria) ao mesmo tempo.

Isso me deixava maluco, juro.

— O que foi? — perguntei.

Ela segurou meus braços e me chacoalhou.

— Você não vai *acreditar*. Você é um gênio!

— Opa, já estou gostando disso — declarei, um pouco decepcionado quando ela me soltou.

— Ele mandou mensagem — contou ela, meio que cantarolando, e deu um gritinho. — Zack me mandou mensagem!

O quê? Não era isso que eu esperava que Bailey dissesse, e foi como um soco no estômago. Ela estava tão animada, e a felicidade se devia ao fato de o ex ter mandado mensagem.

Que maravilha...

— Eu não disse? — falei, pigarreando e tentando ignorar a tensão que percorria meu corpo. — O que ele respondeu?

Ela pegou o celular e leu a mensagem, radiante, como se nunca tivesse ficado tão feliz na vida.

— O que eu respondo?

Mande ele ir pro inferno. Dava para ver que o cara era um idiota e não merecia Bailey, mas seria melhor para mim se eles voltassem, não seria?

— Eu responderia algo vago, tipo: "Digamos que você perdeu um show e tanto."

Ela abriu um sorriso maior ainda.

— Perfeito.

Fiquei observando Bailey digitar a mensagem, fazendo uns barulhinhos de filhotinho feliz, tão fofa que minha vontade era socar alguma coisa, mas então ela olhou para mim e seu sorriso se desfez.

— Espera aí.

— O que foi? — perguntei, feliz por ela não estar mais radiante por causa de Zack, mas também já sentindo saudade da sua empolgação.

Seu olhar percorreu meu rosto, como se estivesse refletindo.

— Ele tem namorada.

Fiquei em silêncio.

— Ele não devia estar me mandando mensagem se tem namorada, né? E eu não quero ser escrota, trocando mensagem com o namorado de outra garota.

Bailey franziu o cenho, preocupada, e começou a piscar um pouco mais rápido.

— Vai ver eles terminaram — falei, tentando fazer com que ela se sentisse melhor e ao mesmo tempo torcendo, como um idiota, para que não fosse verdade.

— Pode ser — murmurou ela. — É melhor eu tentar descobrir.

— Não é má ideia — respondi, sabendo que ela não estava mais ali.

Sua mente não estava mais ali comigo, na gente. Estava em *Zack*.

Por que de repente eu odiava tanto isso?

E, conforme íamos em direção ao caixa, me dei conta de que, *caramba*, eles podiam mesmo voltar.

Aff.

Entre todos os cenários que passavam pela minha cabeça, nunca considerei a possibilidade de eles voltarem. Não até aquele instante.

E não. Não. NÃO.

O que ia acontecer com nós dois?

CAPÍTULO QUARENTA E UM

Bailey

— Mas está tudo sob controle — disse Nekesa, com uma boa dose de desconfiança, se sentando à mesa com a bandeja com o almoço. — Certo?

— Está, sim — respondi, me sentando ao lado dela com meu sanduíche de frango. — Só fiquei um pouco nervosa.

— Então vamos acrescentar fazer compras na Target à lista de coisas que deixam você arrepiada perto do Charlie — declarou ela, olhando para o vestido que tinha dado início à conversa. — De coisas que deixam você nervosa.

— Já passou — garanti, tentando convencer a nós duas. — Eu estava cansada, chateada por causa do Eli e emocionada por ele se lembrar da pipoca. Foi um somatório dessas três coisas, e tudo por acaso.

Já fazia quase uma semana que tínhamos ido à Target, e me senti absolutamente normal todas as vezes que trocamos mensagem e trabalhamos juntos.

— Sei — disse ela, abrindo o leite. — Aliás, Theo sabia que isso ia acontecer.

— O quê? Como assim?

Maldito Theo.

— Quer dizer, não contei nada para ele sobre os seus sentimentos e o que aconteceu em Breckenridge, mas ele imaginou que o namoro falso poderia estragar a amizade de vocês.

Ergui o queixo, sentindo que precisava me defender da opinião intrometida de Theo.

— Bem, ele estava enganado.

Ela olhou para mim com o cenho franzido.

— Bay, você *acabou* de dizer que...

— Ele. Estava. Enganado — interrompi Nekesa, erguendo a mão.

Aliás, para ser sincera, ele não estava *nada* enganado. O namoro falso mudou tudo, *sim*. Agora Charlie não era só meu colega de trabalho engraçado; ele era a pessoa em quem eu pensava o tempo todo, a pessoa que eu *queria* que pensasse em *mim* o tempo todo.

Quando descobri que Zack *ainda* estava namorando, em vez de ficar arrasada, eu fiquei só um *pouquinho* triste, de tanto que eu pensava em Charlie.

Sim, ele era a pessoa por quem eu *fingia não sentir nada*, porque, se Charlie descobrisse, isso ia estragar nossa relação de "apenas colegas de trabalho".

— Tá bem — replicou ela, balançando a cabeça devagar e estendendo o braço para pegar a pizza. — Se você diz...

— Oi, gente — disse Dana, sentando-se ao lado de Nekesa com um sorriso enorme no rosto. — Tudo bem?

Dana andava insuportável naquela última semana. Eli e ela estavam caidinhos um pelo outro, e ela só sabia falar disso. Se alguém dizia que o céu é azul, ela falava da cor dos olhos dele. Se alguém reclamava do cheiro do lixo, ela falava toda poética sobre o cheiro dos cabelos de Eli.

Era fofo e grudento, tudo ao mesmo tempo.

— Bem — respondi, pegando uma fatia de queijo. — Como vai a vida na ilha dos apaixonados?

Ela começou a contar uma história sobre como eles tinham passado cinco horas estudando na Starbucks na noite anterior, e eu precisava admitir que meio que achava os dois um casal bonito. Dana sempre foi uma das minhas amigas mais legais — um amor de pessoa —, então acho que era a vez dela de ficar radiante de felicidade.

— Eli disse que a mãe de Charlie vai passar a noite fora da cidade e ele talvez chame algumas pessoas para ir até a casa dele — disse ela, animada. — Você vai?

Charlie havia comentado comigo, mas não tinha exatamente me convidado.

Não que eu fosse aceitar. Estava me esforçando muito para ignorar meus sentimentos supérfluos por ele e tinha a sensação de que colocaria todo esse progresso em risco se saísse com Charlie de novo.

Além disso, se Becca aparecesse e ele olhasse para ela *daquele* jeito, bem, acho que eu morreria.

— Acho que não, não conheço muito bem os amigos dele.

— Nem eu — retrucou ela, chacoalhando uma caixinha de leite. — Mas você me conhece, conhece o Eli.

— Verdade. É... quem sabe... — respondi, embora não houvesse a menor chance de eu ir.

Nenhuma.

Como se estivesse ouvindo nossa conversa lá do outro lado da cidade, na escola dele, Charlie me mandou mensagem uma hora depois.

Charlie: Está fazendo o quê?

Eu: Lendo na biblioteca.

Charlie: Qual livro?

Abri um sorriso.

Eu: O reino de cinzas e diamantes.

Charlie: EU DISSE PRA VOCÊ NEM SE DAR AO TRABA-LHO DE LER ESSE!!! É só uma galera da realeza com poderes mágicos, transando.

Eu: Depois dessa descrição, é impossível não ler.

Charlie: Sua pervertida.

Eu: É "srta." Pervertida para você, obrigada.

Ainda não conseguia acreditar que ele tinha lido aquele livro. A mãe de Charlie lia bastante, e, como ela não parava de falar sobre quanto o livro era bom, ele resolveu dar uma chance.

E *odiou*. Ficou uns vinte minutos vociferando sobre quão ruim o livro era.

Eu: Ler é subjetivo. Só porque você não gostou, não quer dizer que o livro não seja bom.

Charlie: Você diz cada coisa.

Eu: Você também.

Charlie: Aliás, se eu chamar algumas pessoas para virem aqui em casa hoje à noite, você vem, né?

Fiquei olhando para aquelas palavras, toda felizinha por ele querer que eu fosse. Ainda que fosse só como amiga, era bom saber que ele queria minha presença.

Eu: Pouco provável. Vou passar o fim de semana fazendo um trabalho de literatura.

Charlie: Você diz cada coisa. Vou mandar o endereço por mensagem.

Eu não ia, mas a insistência me deixou de bom humor o dia inteiro.

Quando cheguei da escola, minha mãe já estava em casa, e não havia nenhum sinal de Scott. Ela estava sentada no sofá, vendo *Poldark* (tinha acabado de começar a série), e sorriu para mim quando entrei.

— Está de folga hoje? — perguntou, com Bolinha de Pelo dormindo em seu colo na maior paz.

— Aham. Não trabalho nas sextas — respondi, tirando o sapato e me abaixando para acariciar a cabeça do Fofinho.

— Oba! — exclamou ela, animada. — Scott tem um compromisso hoje, então pensei que seria divertido sair para comer pizza. Só você e eu, como nos velhos tempos.

Foi a melhor ideia que já ouvi. Larguei minha mochila.

— Eu topo, vamos.

Ela olhou para o relógio.

— São quatro e meia — disse.

— Tá bem — respondi, me jogando no sofá ao seu lado. — A gente vê mais dois episódios e vai.

— Fechado.

Era bom, só nós duas. Eu nem sabia mais quanto tempo fazia que não curtíamos juntas, sozinhas, mas a sensação era de aconchego, de lar, de tudo que era reconfortante. Era um momento que parecia que nada tinha mudado, como se tudo de novo e ameaçador tivesse desaparecido do horizonte, e minha vontade era me envolver naquele momento e tirar um bom cochilo.

Fomos sugadas pela série, a ponto de ficarmos surpresas com a escuridão quando finalmente desligamos a TV.

— Não é à toa que estou morrendo de fome — comentou minha mãe, pegando as chaves. — Não como desde o almoço.

— Ross Poldark é um idiota — murmurei, calçando os sapatos.

Ela virou para mim de forma abrupta.

— Desculpa, você disse que ele é um *idiota*? — perguntou.

— Aff — falei, balançando a cabeça. Sabia o que me aguardava. — Sim, eu disse que Ross Poldark é um idiota.

Ela olhou para mim e sorriu. A brincadeira boba que fazíamos estava de volta e ia começar.

— Ross Poldark é tão idiota que foi para a guerra e deixou a noiva com o primo — disse ela, trancando a porta após sairmos.

— Ross Poldark é *tão* idiota — falei, enquanto andávamos até o carro — que ceifa o campo inteiro de trigo sem fazer um coque no cabelo.

— Ross Poldark é tão idiota — disse ela, pegando a estrada — que diz à esposa aonde está indo quando dorme com a ex.

Quando chegamos ao Zio, pegamos uma mesa nos fundos, a mais perto da lareira, e pedimos uma pizza. Era tão bom, tão relaxante, poder ser cem por cento eu mesma, porque não tinha mais ninguém ali com a gente.

Era estranho passar tanto tempo com alguém e ainda assim não ser a mesma coisa, porque não éramos só eu e ela. Parecia que fazia *muito tempo* que eu não fazia algo com minha mãe, embora estivéssemos juntas todo dia.

Porque Scott sempre estava lá.

Ele não *fazia* nada de errado quando estava lá em casa, mas sua presença mudava tanto o clima que ficava irreconhecível.

Eu sentia tanta falta daquilo…

Sabia que era drama, mas parecia que eu podia relaxar perto da minha mãe pela primeira vez em um bom tempo.

— Seu pai contou que vai se mudar? — questionou ela.

— *O quê?* — Não tinha a intenção de falar tão alto, mas não conseguia acreditar no que estava ouvindo. Ele ia se mudar?

Olhei para minha mãe, e sua expressão disse tudo. Ele ia se mudar e não tinha me contado ainda. Não sei o que era mais deprimente: eu talvez nunca mais pisar na casa onde cresci, ou nem passar pela cabeça do meu pai me contar.

— Ele vendeu a casa e vai se mudar para um apartamento no centro. Você não sabia mesmo?

Balancei a cabeça e senti meu corpo entorpecer, me lembrando da sala onde o Papai Noel tinha deixado minha casa da Barbie quando eu tinha seis anos e onde meus pais caíram na gargalhada — juntos — quando eu gritei de alegria.

— Não — respondi.

— Achei que ele tivesse contado assim que tomou a decisão — disse ela, preocupada. — Quando foi a última vez que você falou com ele?

— Hum, faz tipo… alguns meses.

— *Como é que é?* — indagou ela, preocupada e se inclinando na minha direção. — Vocês brigaram ou algo assim? Por que faz tanto tempo?

— Não brigamos — repliquei, tentando agir como se não estivesse surtando por dentro. — Eu só… é… Era sempre eu que ligava para ele, então decidi deixar que ele tomasse a iniciativa. Sabe, pensei em esperar até meu pai ligar.

— E faz meses que ele não liga? Ah, querida. — Minha mãe deu a volta na mesa e me abraçou. — Qual é o problema dele?

Dei de ombros, sem saber o que dizer, mas contar a ela de alguma forma fez a ausência dele doer menos. Minha mãe fazia parte do nosso trio, então conhecia meu pai, conhecia *nós dois*, e parecia que ela sabia exatamente quão mal eu me sentia.

— Surpresa!

Ahhh! Levei a mão ao peito, assustada, e, ao desviar os olhos do olhar compreensivo da minha mãe, vi Scott, sorrindo para nós como se não nos visse havia anos. Ele estava de terno e gravata, todo arrumado, o que tornava toda aquela cena meio cômica, já que tinha interrompido algo importante.

O que diabos estava acontecendo?

Cerrei os dentes, tomada de amargura por ele estar lá. Só conseguimos aproveitar algumas poucas horas a sós antes que Scott voltasse a nossas vidas.

Minha mãe me soltou e deu um gritinho, também como se não o visse havia anos.

— O que está fazendo aqui? — quis saber, animada.

— Queria comer pizza — respondeu ele, ainda com aquele sorriso enorme.

— Ai, minha nossa, senta aí — ofereceu ela, toda feliz por vê-lo. — Tem espaço para todo mundo.

Decepcionada, observei Scott escolher a cadeira de frente para a minha mãe.

— Tá bem — disse ele, sentando-se. — Se você insiste.

Ele chamou o garçom e pediu uma garrafa de vinho, tagarelando sobre aquele ser seu novo vinho favorito porque lembrava a noite que fomos à churrascaria em Breckenridge.

— Foi uma noite muito especial para mim, porque tive uma epifania enquanto a gente jantava — contou ele.

Eu me lembrei de Charlie e eu, estragando a comida um do outro no restaurante.

— Que epifania? — perguntou a minha mãe, apoiando o queixo na mão.

— Olhei para a nossa mesa — sussurrou, com a voz suave e doce —, quando estávamos todos rindo, e me dei conta de que aquilo era tudo de que eu precisava para ser feliz para sempre.

Ah, me poupa, pensei.

— Claro, e uma hora depois fiz você cair de bunda no gelo — disse minha mãe, rindo. — Então talvez tenha sido uma epifania descalibrada.

Eles compartilharam uma risadinha fofa, e eu peguei o celular, pois preferia rolar a tela sem pensar em nada a ouvir os dois curtindo a companhia um do outro.

Sabia que estava sendo infantil, mas era muito chato.

A gente estava se divertindo muito sem ele.

Agora *eles* estavam se divertindo muito sem mim.

— Bailey.

Ergui o olhar.

— Oi.

Scott sorriu.

— Posso roubar sua atenção um segundinho?

— Ah, sim. Pode. — *Não é o suficiente ter roubado a dela?* Ergui as sobrancelhas. — O que foi?

— Bem, é o seguinte — disse Scott, pegando a mão da minha mãe por cima da mesa e olhando para ela. — Emily.

Por que foi que ele me encheu o saco se vai falar com minha mãe? Ele se aproximou um pouco mais dela, sorrindo, e continuou:

— Minha vida não é mais a mesma desde que eu conheci você. Tudo ficou mais iluminado, mais intenso, mais feliz. Minha filha me ensinou o que é felicidade, mas você, Emily, você multiplicou essa felicidade. Mil vezes.

Espera...

Meus ouvidos começaram a zumbir e fiquei tonta. *Não, não, não, não, não, não, não.*

Não tinha como aquilo ser o que parecia, ainda mais porque não fazia tanto tempo que eles namoravam.

NÃO.

Meu coração acelerou quando ele se levantou da cadeira, se agachou num joelho só, tirou uma caixinha do bolso e a estendeu na direção da minha mãe.

Isto não está acontecendo.

Meu Deus, por favor, não. *Por favor, não faça isso.*

— Quer casar comigo?

Foi como se o ar tivesse sido sugado dos meus pulmões. Levei a mão à boca quando os olhos da minha mãe se encheram de lágrimas e ela sorriu como se aquilo fosse tudo o que ela mais queria. Pisquei várias vezes, e tudo ao meu redor virou um borrão.

Por favor, diga não, pensei, meu coração se partindo quando ele sorriu para ela com lágrimas nos olhos.

— Sim — disse ela, rindo e chorando ao mesmo tempo, e senti uma dor no peito quando ele tirou o anel de dentro da caixinha e o colocou no dedo dela. — Ai, minha nossa!

Ele se levantou, os dois se abraçaram, as pessoas ao redor aplaudiram, e eu tive a estranha sensação de estar sozinha no mundo. Na teoria, eu sabia que não era verdade, mas era o que diziam a dor e a sensação de nostalgia em meu peito.

Fiquei ali sentada, entorpecida, quando a roda de mais uma vida nova começou a girar. Pelo resto da minha vida, seriam minha mãe e Scott.

— Dá pra acreditar? — indagou minha mãe, saindo do abraço e sorrindo para mim, a mão estendida.

— Não — respondi, balançando a cabeça e me esforçando muito para sorrir. Peguei a bolsa que estava pendurada na cadeira e a coloquei no ombro. — Preciso ir, esqueci que prometi encontrar o Charlie hoje. A gente se vê em casa.

— O quê? — perguntou ela, o sorriso diminuindo um pouquinho. — Você vai embora?

— Eu tenho que fazer uma coisa — falei, contendo as lágrimas e abrindo um sorriso largo para ela. — Mas fiquem e comemorem. Parabéns!

Andei o mais rápido possível até a saída porque não queria cair no choro e estragar aquele momento.

Não sei como, mas consegui aguentar até virar a esquina e entrar em uma farmácia antes de começar a chorar de soluçar alto.

CAPÍTULO QUARENTA E DOIS

Charlie

— Olha só — disse Eli, abrindo o armário onde Clark guardava a bebida.

— Caraaaaa — falou Austin, com um sorrisinho bobo, apontando para a garrafa de uísque Jack Daniel's. — O que é isso?

— Nem pensar — declarei, estendendo o braço por cima da cabeça dele e batendo a porta do armário. — São do babaca, e prefiro que arranquem todas as minhas unhas a ouvir aquele cara me dando uma bronca.

Meu celular vibrou, e o tirei do bolso.

Bailey: Tem como você vir me buscar?

Odiei quanto isso me deixou feliz, saber que ela viria para a festa. Eu me sentei na bancada num pulo.

Eu: Acho que sim. Cadê seu carro, Oclinhos?

Austin tirou um pack de cerveja da mochila do beisebol e colocou na geladeira, e me perguntei com quantas pessoas eles tinham comentado sobre a festa.

Bailey: Estou na farmácia da 132nd com a Center. Vim andando porque eu e minha mãe estávamos jantando, e aí Scott apareceu do nada e pediu ela EM CASAMENTO.

Droga. Droga.

Eu: Ela aceitou?

Por favor, diga que não, pensei.

Bailey: Sim.

Eu: Que droooga. Você tá bem, Mitchell?

Ela não estava; eu sabia que não. Embora não conseguisse vê-la, sabia muito bem como o rosto de Bailey estava naquele momento, e isso partiu meu coração.

Bailey: Eu saí correndo do restaurante e agora estou aos prantos na farmácia, implorando por uma carona para casa. Não tem problema, né?

Ah. Ela não estava mandando mensagem porque queria uma carona para vir à festa; ela estava mandando mensagem porque precisava ser resgatada.

Fazia sentido.

Tirei a chave do bolso e desci do balcão.

Eu: Claro que não. Espere aí, estou a caminho.

— Festa cancelada — falei, colocando o celular no bolso sem fazer contato visual com meus amigos. — Tenho que ir.

— *Como é que é?* — questionou Austin, a voz aguda de incredulidade. — Você está brincando, né?

— Nem pensar, cara — disse Eli, balançando a cabeça e apontando para o meu peito. — O que foi que aconteceu? Você não pode dar pra trás agora. A gente já chamou todo mundo.

— É uma emergência — retruquei, sem nenhuma intenção de contar sobre Bailey. — Tenho que ir *agora*. Vamos remarcar para amanhã.

— Que *droga* — resmungou Austin, revoltado. — Não acredito que está fazendo isso. É por causa da Becca?

— O quê? — perguntei, observando a mudança na expressão de Austin.

Ele sabia que tinha ultrapassado os limites com aquele comentário, mas percebi que era uma pergunta genuína.

— Por que isso teria a ver com *ela*? — indaguei.

Ele deu de ombros e respondeu, mais baixo:

— É você que tem que me dizer.

— É só ela mandar uma mensagem que você vai correndo — acusou Eli, erguendo as mãos naquela pose universal que diz "sou inocente". — Não quero ser babaca, mas é o que você faz.

Eu meio que quis dar um soco nele, porque ele estava sendo babaca mesmo, mas isso não significava que estava errado.

— Tenho mesmo que ir — falei, passando por eles em direção à porta. — Eu dou um dinheiro para vocês fazerem outra coisa, e a festa fica para amanhã.

— Que droga — reclamou Eli, quase fazendo um biquinho ao abrir a geladeira, supostamente para pegar a cerveja. — Pra onde é que eu vou levar a Dana agora?

CAPÍTULO QUARENTA E TRÊS

Bailey

Charlie parou em frente à farmácia e, quando entrei no carro, abriu um sorrisinho de pena para mim.

— Ah, Oclinhos, seu rosto está partindo meu coração.

Eu sabia que minha maquiagem estava um pouco borrada, mas a reação dele indicava que devia estar muito pior do que eu imaginava. Estava tão anestesiada esperando Charlie chegar na farmácia que nem pensei em pegar o celular para dar uma olhada em meu rosto.

— Obrigada por vir me buscar — falei, fechando a porta e olhando pela janela para a chuva que começava a cair.

— Obrigado por me tirar de casa — respondeu ele, engatando a marcha. — Eu estava morrendo de tédio, mas agora tenho com quem implicar.

— Espera, não ia dar uma festa hoje?

— É amanhã — respondeu ele, ligando o rádio.

Fomos até a casa dele, e fiquei feliz por ele ter me deixado ficar em silêncio durante o caminho. Eu sabia que estava sendo irracional e infantil, e talvez tivesse estragado o que deveria ter sido um momento incrível para minha mãe por ter ido embora, mas não queria ter uma conversa lógica sobre isso.

Eu me sentia péssima. Era besteira, porque o mundo não ia acabar e ninguém estava morrendo; os pais das pessoas se casavam de novo o tempo todo.

Mas eu estava arrasada.

Isso provavelmente significava que eu era imatura, mas, sempre que pensava que minha mãe ia se casar com Scott, sentia um aperto no peito. Era sufocante o pânico que eu sentia das mudanças que eu não podia mais evitar.

Olhei para o céu chuvoso atrás dos limpadores de para-brisa e me perguntei quanto tempo eu ainda tinha antes que tudo começasse a mudar, antes que o pequeno fragmento que tinha restado da minha família se transformasse.

Respirei fundo, trêmula, ao lembrar que meu pai ia se mudar. Além de tudo, meu pai e a nova esposa iam recomeçar a vida num lugar novo. Parecia que o mundo estava desmoronando e cedendo sob meus pés, e não havia nada que eu pudesse fazer para desacelerar tudo aquilo.

Eu não era uma criança; sabia que ia me adaptar.

Mas, caramba, eu não estava preparada para abrir mão do meu passado.

Da minha família.

Da vida que eu tinha.

Em breve — talvez já tenha até acontecido —, as regras mudariam. Não seríamos mais minha mãe e eu explorando o mundo juntas. Seriam ela e *ele*, e eu seria apenas parte do mundo que *eles* teriam de explorar juntos, como um casal.

Quando paramos em frente ao prédio, Charlie deu a volta até o meu lado do carro e se agachou.

— O que está fazendo? — perguntei. Não estava no clima para brincadeiras.

— Vou levar você nas costas — respondeu ele, olhando para mim por sobre o ombro, a expressão séria e gentil. — Vem, Bay.

Hesitei, mas depois pensei: *Que se dane.*

Subi nas costas dele e me senti bem. Abraçar o corpo de Charlie era reconfortante porque era como se ele fosse meu apoio emocional — literalmente. Ele subiu a escada comigo nas costas, e fechei os olhos, descansando o rosto em suas costas fortes.

Obrigada, Charlie.

Já lá dentro, ele me deixou no sofá. Antes que eu pudesse dizer uma palavra, Charlie olhou para mim e disse:

— Vou dizer o que vai acontecer hoje. Pronta?

Fiquei com vontade de sorrir.

— Pronta.

— Vou fazer uma cabana com cobertores de frente para a TV, onde vou distrair você com uma maratona dos meus filmes ruins favoritos. Vamos comer besteira, pedir sorvete no delivery como se fôssemos reis e não vamos falar de nada que não deve ser dito. Entendido?

Nessa hora eu sorri, embora a gentileza dele me desse vontade de chorar.

— Entendido.

E nesse momento um cachorrinho branco minúsculo que eu nunca tinha visto subiu no sofá. Eu nem o tinha ouvido fazer barulho até aquele instante, mas ali estava ele.

— Oi, neném — falei, estendendo a mão e acariciando sua cabecinha.

— Bailey, este é o Undertaker.

Olhei para Charlie.

— Você só pode estar brincando. Essa coisinha minúscula é o Undertaker?

Ele deu de ombros e foi até o corredor para pegar os cobertores e, de lá, gritou:

— Ei, qual é o número de celular da sua mãe?

Soltei um suspiro, deixando o cachorrinho subir em meu colo e pensando na expressão surpresa da minha mãe quando eu saí do restaurante.

— Que pergunta estranha.

— Só quero avisar que você vai dormir aqui para ela não ficar preocupada — disse ele. — Para você não precisar fazer isso.

Não tinha planejado dormir na casa de Charlie, mas estava deprimida demais para ficar pensando demais no assunto. Dei o número e soltei outro suspiro. O que eu ia fazer? Quer dizer, claro que eu não tinha escolha no que dizia respeito ao estado civil da minha mãe, mas eu ia ter mesmo que *morar* com Scott e a filha dele? Será que a gente ia se mudar para a casa dele?

Será que eu ia ter que dividir o quarto com a filha dele?

Senti as lágrimas voltando só de pensar em me mudar e morar com pessoas que eu mal conhecia.

— Oclinhos — disse Charlie ao voltar para a sala segurando um monte de cobertores. — Tire os sapatos, solte o cachorro, vá buscar comida na cozinha e, quando você voltar, vai estar tudo pronto.

— Está bem.

Tirei o casaco e os sapatos e fui até a cozinha, impressionada com a casa de Charlie. Era *muito* mais legal que o meu apartamento, e a despensa estava cheia de comidas gostosas. Peguei balas de alcaçuz, um saquinho de pipoca, um pack de Pepsi Zero e uma caixa de bolinhos.

Quando saí, Charlie revelou sua obra de arte com um:

— *Tcharam*!

Ele tinha usado cadeiras e caixas organizadoras para transformar boa parte da sala em uma cabana. Fiquei observando ele colocar dois travesseiros e dois edredons lá dentro.

— Você fez uma cama no chão? — perguntei, impressionada com tamanha gentileza.

Ele saiu da cabana rastejando e olhou para minhas mãos cheias de comida.

— Boas escolhas, Oclinhos.

— Obrigada — respondi, ajeitando os óculos.

— Você pode entrar na minha cabana de cobertores — ofereceu Charlie, apontando com ambas as mãos como se fosse um apresentador de TV mostrando um prêmio.

— É muita gentileza sua.

Entramos e empilhamos a comida no espaço entre nós dois, nos deitando nos cobertores. Apesar do turbilhão de emoções, eu não conseguia parar de pensar que estava deitada ao lado de Charlie.

E que já tinha feito isso antes.

— Então, o primeiro filme é um dos meus filmes ruins favoritos. *Napoleon Dynamite*.

— Ai, minha nossa.

— Eu sei — respondeu ele, colocando o filme para passar e na mesma hora dando início a comentários engraçadíssimos que me faziam cair na gargalhada, mais do que quando eu assistia ao filme sozinha (também era um dos meus filmes ruins favoritos).

Comemos enquanto o filme passava, e ele quase me fez esquecer tudo.

A campainha tocou, e Charlie saiu da cabana para buscar o sorvete, baunilha para ele, chocolate para mim, e nos deitamos embaixo dos cobertores e devoramos tudo.

— E aí, Oclinhos, está tudo bem? — quis saber, olhando para mim e segurando uma colher cheia de sorvete em frente à boca.

— Sim — respondi.

— Mesmo?

— Mesmo.

— Mesmo, mesmo?

— É o seguinte — falei, lambendo minha colher e sentindo o nó na garganta voltar. — A não ser que ele queira ir morar no meu... apartamento sem a filha... eu *não vou* ficar bem.

Ele engoliu em seco.

— Entendi.

— Tipo, como é possível? — perguntei com a voz embargada ao imaginar a situação. — Como é possível ficar bem indo morar na casa de outra pessoa com gente que você nem conhece direito?

Ele não respondeu, só assentiu e me deixou reclamar um pouco enquanto tomávamos sorvete.

— E, por falar em se mudar, meu pai vai se mudar e nem me contou. Então, tipo, como alguém se *esquece* de contar para a filha que vai se mudar? Mesmo que fosse aceitável nunca ligar para mim, será que eu não surgiria na mente quando ele contasse para a ex-esposa ou quando estivesse empacotando as coisas do meu antigo quarto?

Charlie ergueu a colher.

— Olha, você sabe que eu sou a favor da teimosia, mas talvez devesse ligar para o seu pai — disse Charlie, voltando a mergulhar a colher no sorvete e tomando mais uma colherada. — Talvez seja bom conversar sobre isso com ele.

— É ridículo — respondi —, mas acho que vou começar a chorar, tipo, que nem um bebê, se eu ouvir a voz dele.

— Será que isso seria tão ruim assim? — retrucou ele, olhando para mim do jeito mais gentil que eu já vi.

Minha visão voltou a embaçar, então pisquei rápido e mudei de assunto.

— A gente devia misturar os sabores. Me dá um pouco do de baunilha.

Ele ficou ofendido.

— Quer que eu divida meu sorvete?

Peguei uma boa colherada do meu sorvete de chocolate e joguei no de Charlie.

— Toma. *Nós dois* vamos dividir.

— Calminha aí — disse ele, fingindo estar indignado, segurando meu braço com sua mão enorme. — E se eu não quiser o seu sorvete?

— Ah, você quer, sim — provoquei, erguendo o queixo. — Não consegue parar de pensar nisso. Está *morrendo de vontade* de experimentar meu sorvete.

Ele olhou para a minha boca, sorrindo.

— Vai ficar me provocando com esse seu sorvetinho?

Abri a boca para responder que só estava oferecendo o sorvete, mas então hesitei.

Nossa, só mesmo Charlie para me fazer esquecer de tudo a ponto de começar a flertar com ele.

Ele olhou para a minha boca de novo, como se estivesse pensando seriamente em algo, e disse:

— Pare de me distrair, estou perdendo o filme.

Por volta das três da manhã, depois de termos tomado sorvete demais e assistido a mais dois filmes, olhei para Charlie e vi que estava dormindo. Ele ficava fofo dormindo, o que não tinha nada a ver com quando estava acordado. Os olhos fechados, aqueles cílios enormes encostando na pele, a testa sem rugas de preocupação.

Seus lábios e sua mandíbula estavam relaxados, e minha vontade era de nunca mais sair daquele forte bobo.

Virei de lado e me cobri. Se Charlie estava dormindo, era melhor eu dormir também.

Mas não era tão fácil assim.

Fechei os olhos, mas sempre que fazia isso eu começava a pensar nos meus problemas e no quanto minha vida ia mudar.

Agora que eles estão noivos, será que vão querer morar juntos logo de cara?

Quando será que vai ser o casamento?

Será que vão viajar na lua de mel e me deixar em casa sozinha com uma nova irmã que eu nem conheço?

Vou ter que conhecer os pais do Scott? Será que eles vão querer ser meus avós?

Abri os olhos, mas fiquei encarando a parede iluminada pela TV e *continuei* pensando. Porque, por mais que eu quisesse pensar que ia ficar tudo bem e resolvesse torcer pelo melhor, a verdade era que tudo que eu tinha medo de que acontecesse estava acontecendo.

Peguei o celular — ao lado do travesseiro, onde eu o tinha deixado e ignorado o tempo todo em que estive aqui — e virei a tela para cima. Seis mensagens não lidas. Suspirei e comecei a ler.

As primeiras cinco eram da minha mãe:

Mãe: Eu te amo, Bay, a gente vai dar um jeito.

Mãe: Me liga. Eu te amo.

Mãe: Falei com Charlie, estou feliz que esteja segura.

Mãe: Estou com saudade, mande mensagem ou ligue se quiser conversar.

Não consegui ler a última porque meus olhos estavam cheios de lágrimas. Eu sabia que estava sendo patética e imatura, porque tudo que eu queria naquele momento era chorar no colo da minha mãe.

Enxuguei as lágrimas e vi que a outra mensagem era do meu pai.

Pai: Sua mãe acha que a gente precisa conversar. Me liga ou me manda mensagem quando quiser, Bay. Eu te amo.

Larguei o celular no tapete porque as lágrimas não paravam de cair. Embora eu soubesse que era bobagem, não conseguia parar de chorar. Fiquei deitada ali no silêncio da cabana, tomada pela saudade — do meu pai, da minha mãe, da família que fomos um dia. Fazia anos que eles estavam divorciados, mas eu ainda sentia um vazio de tristeza quando a vida mudava mais uma vez, sempre achando outro jeito de me deixar triste e pensativa.

Quando eu ia finalmente me acostumar com tudo aquilo?

— Bay.

Senti a mão de Charlie em minhas costas, mas não quis virar. Uma coisa era ele me ver um pouquinho emotiva no Colorado, outra era ele me ver aos prantos. Pigarreei.

— Oi.

— Vira pra cá.

Funguei.

— Não quero.

— Por favor — pediu ele, e deu para ouvir o sorriso em sua voz.

Enxuguei meus olhos com a pontinha do cobertor e virei. Charlie estava apoiado em um dos braços, mais alto que eu.

— Será que poderia não olhar para mim? — perguntei.

Ele deu um sorrisinho.

— Mas você fica linda com o rosto e os olhos vermelhos. Não consigo parar de olhar para você.

Revirei os olhos e soltei uma risada disfarçada de tosse.

— Você é um babaca.

Seu sorriso desapareceu.

— Você não devia ficar chorando no escuro sozinha. Devia ter me acordado.

— Ah, claro, com certeza. "Ei, Charlie, acorda. Quero espernear como um bebezinho, você não pode perder."

Dessa vez foi *ele* que revirou os olhos.

— Você entendeu o que eu quis dizer.

Não respondi.

— Eu estou aqui pra te ajudar — continuou ele, a expressão séria na escuridão do forte de cobertores. — É para isso que servem os amigos.

Isso me fez sorrir.

— Nossa, Charlie, por um acaso você acabou de dizer que é meu amigo? Que não sou só uma colega de trabalho?

Ele cerrou a mandíbula, e seus olhos passearam por todo o meu rosto.

— Talvez — disse.

— Quero que você admita — provoquei. — Diga: "Gosto de você como amiga, Bailey".

Ele olhou no fundo dos meus olhos.

— Quem sabe eu talvez goste de você mais que uma colega de trabalho — declarou.

Engoli em seco, sem conseguir desviar o olhar do dele. Charlie pronunciou essas palavras de propósito? Será que ele gostava *mesmo* de mim? Sempre que ficava um clima assim entre a gente, ele logo dava a entender que não era a fim de mim.

Mas... será que tinha alguma chance de ele *estar* a fim de mim? Não sei como, mas consegui dizer:

— Ah, é?

Ele estendeu a mão e brincou com a cordinha do meu casaco, e pude jurar que senti um calor no peito.

— É — falou, sem tirar os olhos da cordinha.

Meu coração estava quase saindo pela boca.

— Pensei que fosse só eu.

— Não é — respondeu ele, e olhou para a minha boca.

Prendi a respiração quando ele aproximou o rosto do meu e senti o ar dentro da cabana ficar pesado de expectativa. Encarei seus cílios longos, e então ele fechou os olhos e me beijou. Soltei um suspiro, me sentindo preenchida por Charlie em todos os sentidos, e toquei sua bochecha, meus dedos memorizando o calor e a maciez de sua pele.

Ele ofegou quando passei as mãos pelo rosto dele, e me lembrei do que ele disse no Colorado. *Gosto de sentir suas mãos em mim quando beijo você.* Era inebriante saber disso.

Senti o travesseiro macio sob minha cabeça, e o corpo dele pairava acima do meu, se inclinando sobre mim. Tive a sensação de que sua boca se lembrava de tudo e estava retomando do ponto onde tínhamos parado naquele sofá-cama em Breckenridge.

Seus lábios eram quentes e sua boca, doce por causa do sorvete. Foi um beijo lento e intenso, sem início nem fim, sua língua me dando o gostinho do beijo dele aos pouquinhos.

Ouvi sua respiração trêmula — assim como a minha — quando ele soltou a cordinha do meu casaco e apoiou a mão no chão.

O movimento aproximou nossos corpos, e ele ficou mais diretamente em cima de mim, e gostei disso. Sentir Charlie sobre mim era um indício do que estava por vir, o que me deixava animada e nervosa ao mesmo tempo.

Desci as mãos, abraçando seus ombros, o que trouxe sua mão mais para perto, e ele ficou apoiado nos dois braços. Ele interrompeu o beijo, eu abri os olhos, e Charlie estava incrivelmente *lindo*, uma mecha de cabelo pendendo na testa, um lampejo nos olhos escuros.

Essa pausa durou alguns segundos, como se alguém dissesse "preparar, apontar, já!", então seus lábios voltaram aos meus, mais agitados e insistentes. Passei as mãos pelas suas costas enquanto ele me beijava, memorizando os músculos definidos de suas costas com a ponta dos dedos.

O beijo ficou mais urgente e nossa respiração, mais pesada. Desci minhas mãos até sua lombar. Não sabia que uma lombar podia ser tão sexy, tão íntima. Ele estava de camiseta, mas pareceu algo totalmente sensual quando passei as mãos no lugar onde ele provavelmente tinha aquelas covinhas.

Eu estava meio ofegante quando ele dobrou os braços, quase fazendo uma prancha, colando nossos corpos. Ouvi minha própria respiração irregular — parecia alta demais dentro da cabana improvisada — ao sentir todo o seu corpo sobre o meu.

Talvez eu tenha soltado um gemido quando seus lábios foram descendo pelo meu pescoço, até ele enterrar a cabeça em minha clavícula. Senti seus dentes e sua língua em meu pescoço, e minha reação foi arquejar as costas com a surpresa daquela sensação, o que aproximou ainda mais nossos corpos.

E de repente…

— É melhor a gente parar — sussurrou ele, a respiração quente em meu ouvido, os dentes na minha orelha.

Senti as pálpebras pesadas quando me obriguei a abrir os olhos. Charlie era pura tentação me olhando com aqueles olhos castanhos reluzentes e o cabelo bagunçado por mim.

— O quê? — indaguei, sem fôlego.

Com a respiração quente ainda em minha clavícula, ele disse:

— Foi uma noite cheia de emoções, e não quero que pareça que estou tirando vantagem de você.

— Mas você não está — rebati, memorizando a sensação de seu corpo pressionando o meu no chão, dos nossos corpos juntos na maciez da cama que Charlie tinha montado. — Não tem nada a ver.

— Não acredito que vou dizer isso — respondeu ele, a voz grave e rouca —, mas acho melhor a gente dormir um pouco e continuar isso depois, com a cabeça no lugar.

Ele me deu um beijo gentil, um selinho que pareceu uma promessa íntima, e eu assenti.

— Tem razão.

— Nossa, amo quando você diz isso — provocou ele, sorrindo para mim.

— Você *me* ama, ponto — retruquei, devolvendo a provocação, e ergui a mão, traçando a linha de seu queixo com o dedo.

— É — disse ele, mas seu sorriso desapareceu e ele engoliu em seco. — É melhor a gente dormir agora, Oclinhos. A realidade vai voltar em algumas horas.

— É — falei, um pouco inquieta com o que vi em seu rosto.

Então ele me deu mais um beijo e deitou me abraçando, minhas costas em seu peito, e eu disse a mim mesma que a expressão que vi em seu rosto era só sono.

— Boa noite, Charlie.

Senti sua respiração em minha nuca.

— Boa noite, Bailey.

CAPÍTULO QUARENTA E QUATRO

Charlie

Ouvi a respiração dela ficando mais lenta e soube que tinha pegado no sono.

Já a minha estava irregular porque meu coração estava acelerado como se eu tivesse acabado de correr um quilômetro. Dormir era a última coisa que estava passando pela minha cabeça naquele momento.

Meu cérebro estava entrando em parafuso.

O que você fez? O que você fez? O que você fez, seu idiota?

Eu estava ferrado.

Eu estava *tão* ferrado.

Eu estava mais que ferrado.

Porque Bailey estava em meus braços, e seu cheiro era maravilhoso. Ela estava aconchegada em mim como se ali fosse seu lugar no mundo, e eu queria *muito* que fosse.

Caramba, como eu queria que o lugar dela fosse ali comigo.

Queria poder enterrar o nariz em seu cabelo com cheirinho de coco e ficar ali para sempre, abraçado com o sentimento mais verdadeiro que já senti. Mas eu não podia.

Senti um nó se formar na minha garganta, deitado ali no escuro com ela, e me dei dez minutos antes de me levantar.

Precisava sair dali.

E, quando os dez minutos acabaram, eu me dei mais dez.

Eu estava tão ferrado.

CAPÍTULO QUARENTA E CINCO

Bailey

Eu não sabia direito onde estava quando acordei.

A cabana me confundiu, com os cobertores pendurados, mas, assim que virei a cabeça e vi o travesseiro de Charlie, eu me lembrei de tudo.

— Charlie? — chamei, sentando e pegando o celular. Eram nove e meia da manhã. Ajeitei o cabelo e saí dali engatinhando. Não vi Charlie, e a casa estava silenciosa. — Charlie, cadê você?

Espiei o corredor. Não queria pegar Charlie se vestindo nem nada, então decidi pegar um copo de água. Assim que entrei na cozinha, vi o bilhete.

Precisei dar um pulo na rua, é só bater a porta ao sair.

O quê? Li mais uma vez, virei o papel, e me perguntei o que aquilo queria dizer. Por que ele sairia sem me acordar? E "é só bater a porta ao sair" não dava exatamente a entender que ele estava feliz com o que tinha acontecido na noite anterior, ou que tinha saído para me surpreender com donuts de chocolate.

Mandei uma mensagem para ele.

Eu: Não acredito que me deixou sozinha na sua casa, idiota. ;)

Fiquei inquieta com sua ausência, mas devia ser coisa da minha cabeça.

Esperei alguns minutos, mas ele não respondeu, então calcei os sapatos, vesti o casaco e fui embora. Eu não tinha interesse nenhum em ficar sozinha na casa da mãe de Charlie. Era invasivo e constrangedor, como se eu estivesse esperando que alguém me flagrasse onde eu não deveria estar.

Só do lado de fora do prédio — cuja porta trancou quando saí — eu me dei conta de que meu carro não estava ali. Aff... Charlie tinha ido me buscar; como fui me esquecer? Não queria incomodar Charlie, já que nem sabia para onde ele tinha ido, então mandei uma mensagem para Nekesa.

Eu: Você pode vir me buscar? Sei que está de castigo, mas talvez você possa sair se disser a seus pais que meu carro quebrou?

Nekesa: Seu carro quebrou?

Eu: Não, mas é complicado.

Nekesa: Onde você está?

Eu: Na casa do Charlie.

Nekesa: Cadê o Charlie?

Eu: Não faço ideia.

Nekesa: Meu Deus, estou indo. Me manda o endereço.

Enquanto eu esperava Nekesa, repassei mentalmente a noite anterior várias vezes. E fui ficando cada vez mais confusa. Nós não tínhamos admitido o que sentíamos? Não tínhamos dado um novo passo?

Então por que Charlie não tinha me respondido ainda?

Para de pensar demais, disse a mim mesma.

Nekesa chegou, e fomos até a Starbucks para que ela pudesse "ter uma trégua do castigo por cinco minutos", e eu contei o que tinha acontecido.

E eu contei mesmo; contei tudo.

Contei sobre o pedido de casamento, sobre Charlie ter ido me buscar, sobre a cabana de cobertores e sobre o beijo.

Depois de se engasgar com o café, ela coçou a sobrancelha e disse:

— Mas vocês só disseram que são mais que colegas de trabalho, não foi?

Caramba. Essas foram de fato as únicas palavras que dissemos.

Mais que colegas de trabalho. Não é nenhuma confissão de amor.

Será que eu estava tão sensível que interpretei algo que não significava nada como algo importante? Nessa hora me bateu uma tristeza — droga, droga, droga — ao pensar no que ela estava dizendo.

Mas ele foi tão gentil, e eu me senti tão íntima dele; claro que aquilo significava mais do que "colegas de trabalho". O beijo — caramba, *os beijos* — com certeza colegas de trabalho não se beijam daquele jeito.

Não é?

Engoli em seco e respondi:

— Foi.

Ela mordeu o lábio.

— Será que ele não podia estar fazendo aquela piadinha de "somos só colegas, não amigos"?

— Não — falei, desconfiando de mim mesma. — Quer dizer... *sim*, é possível, mas você não estava lá. O clima entre a gente...

— Vocês estavam sozinhos, no escuro, deitados juntos em uma cama — disse Nekesa, erguendo as sobrancelhas. — Ele é *homem*, Bay. Às vezes eles dizem coisas...

— Não. — *Não*. Balancei a cabeça. — Não foi assim. Foi ele que pediu que a gente parasse.

— Só estou dizendo que você pode ter entendido a situação de um jeito e ele de outro, só isso.

Suas palavras ficaram se repetindo em minha cabeça no caminho até a minha casa... Será que ela tinha razão? *Será* que foi isso? Será que foi algo menos importante para ele do que foi para mim?

E por que ele não me respondia, droga?

Assim que ela parou em frente ao meu prédio, todos os pensamentos sobre Charlie desapareceram porque era hora de encarar a realidade.

Meu Deus, eu *não queria* fazer isso.

Eu conhecia minha mãe e sabia que ela ia me abraçar e dizer que tudo ia ficar bem.

Porque, para ela, ia mesmo.

Ela ia ter um marido novo maravilhoso.

Droga, e se Scott estivesse lá? E se eles quisessem se sentar *juntos* para conversar sobre isso comigo?

Senti meu estômago embrulhar.

E se eles já tivessem decidido como nossa vida ia ser dali em diante?

— Obrigada por me buscar — falei, soltando o cinto de segurança e abrindo a porta. — Nossa, você não sabe quanto eu não quero entrar.

— Imagino — respondeu ela, com um sorriso empático. — Boa sorte.

— Obrigada.

Entrei, subi as escadas o mais lentamente possível e respirei fundo antes de entrar em casa. Fechei a porta bem devagar.

— Mãe? — chamei.

Larguei a bolsa na entrada e tirei os sapatos.

— Bay? — A voz da minha mãe parecia vir do quarto dela.

— Oi.

Ela saiu do quarto — sozinha, ainda bem — e me lançou um olhar questionador. Vi em seus olhos que ela não sabia dizer se eu estava brava, ou triste, ou bem.

— Oi — replicou ela.

— Desculpa por ter ido embora daquele jeito. Espero não ter estragado sua noite — falei, tomada pela culpa ao ver a expressão em seu rosto.

Aquele era o único pedido de casamento que Scott faria, e eu estava me sentindo mal por ter estragado o momento de alguma forma.

— Está tudo bem — respondeu ela, pegando minha mão e me puxando em direção ao sofá. — Como está o Charlie?

Tentei engolir, mas parecia haver uma pedra em minha garganta.

— Ah, você sabe, daquele jeito dele.

— Podemos falar sobre o noivado? — perguntou ela, com a voz tão gentil que fiquei triste. Triste por causar estresse ao seu "felizes para sempre" e triste por mim, pelo que eu ia perder.

Assenti, mas não consegui fazer mais que isso.

Ela pareceu decepcionada com meu silêncio.

— Então, você não gosta do Scott? — indagou.

Eu me lembrei de Scott implicando com Charlie por causa das demonstrações públicas de afeto no Colorado e me dei conta de que na verdade eu gostava, *sim*, dele, só não gostava do lugar que ele ocupava em meu mundo. Não sabia se ela ia entender isso.

— Não é que eu não goste dele, só não quero a mudança que ele vai trazer pra nossa vida — respondi.

Ela inclinou a cabeça.

— Como assim? — questionou.

Respirei fundo e decidi ser sincera.

— Não quero me mudar. Tipo, tenho certeza de que você vai querer se mudar para a casa dele se vocês se casarem, mas não quero me mudar para uma casa nova. Não quero morar com ele e definitivamente não quero morar com a filha dele, que eu nem conheço. Como vou achar isso normal, entrar com minhas coisas no espaço de outras pessoas?

Eu odiava o fato de estar ficando emotiva de novo.

— É uma casa bacana — comentou ela, estendendo o braço e acariciando meu cabelo. — Com um quarto bem bonitinho que ninguém está usando. E é no porão, com uma sala toda equipada e uma minicozinha que ninguém usa, então seria quase como ter um apartamento só para você.

Senti uma dor no estômago ao ouvir a confirmação de que nos mudaríamos para a casa dele. Minha visão ficou turva, e desejei poder simplesmente desligar minhas emoções.

— Bailey — disse ela, paciente. — Sei que mudanças são difíceis, mas eu não aceitaria se achasse que não seria bom para você.

Soltei um suspiro.

— Eu sei.

Mas não estava sendo sincera. Eu sabia que ela só queria o melhor para mim, mas também sabia que ela era otimista e achava que tudo sempre ia dar certo.

— Tenho certeza de que vai ser maravilhoso, Bay — garantiu ela, ainda acariciando meu cabelo, como fazia quando eu era pequena. — Só peço que você dê uma chance. Tudo bem?

— Aham — respondi, assentindo.

Pelo visto aquilo ia mesmo acontecer, quer eu quisesse ou não.

Tentei ligar para Charlie depois de uma longa conversa com minha mãe, dizendo a mim mesma que era o que eu teria feito se a gente não tivesse se beijado.

Mas ele não atendeu. Caiu na caixa postal pela primeira vez desde que nos conhecemos.

Mandei uma mensagem para ele.

Eu: Minha mãe acabou de confirmar que VAMOS nos mudar para a casa do Scott.

E duas horas depois ele ainda não tinha respondido.

Então não era coisa da minha cabeça.

Se fosse outra pessoa, eu poderia pensar que ela estava ocupada demais para responder.

Mas eu *conhecia* Charlie.

Sabia quais eram seus horários no trabalho (ele estava de folga hoje), sabia que ele não largava o celular, sabia o que a família dele estava fazendo naquele dia (viajando), e sabia que ele estava sozinho em casa.

Não havia nenhum motivo — tirando, sei lá, um acidente — para ele não ter me respondido. Então só havia uma explicação.

Ele estava me evitando depois de a gente ter se beijado.

Eu me joguei na cama, morrendo de vergonha, confusa e triste com o que parecia ser uma rejeição. Porque, por mais incomum que fosse nosso relacionamento — primeiro como estranhos que não se gostavam, depois como colegas de trabalho e então meio que amigos —, ele nunca tinha feito nada que fizesse com que eu me sentisse mal.

Ele *sempre* me provocava, mas nunca tinha sido cruel.

Que babaca, pensei quando Fofinho pulou na minha cama com um miado resmungão. *Que grandessíssimo babaca.*

Porque ele me conhecia — me conhecia *de verdade*. Sabia quais eram minhas ansiedades e preocupações, e *sabia* que algo assim deixaria meu cérebro fritando.

E pelo jeito não estava nem aí.

Talvez ele fosse mesmo o babaca que eu achei que fosse no início.

Parte de mim achava ridículo eu estar irritada, porque teoricamente Charlie nunca me prometeu nada.

Mas a parte de mim que estava irritada discordava, porque, caramba, ele tinha, *sim*, feito uma promessa. Podíamos não ter rotulado nosso relacionamento, mas quando ele me beijou, me fazendo parar de chorar, foi como uma promessa. Quando ele me abraçou enquanto eu chorava, foi como uma promessa. Talvez não uma promessa de que seria meu namorado, mas uma promessa de ser *alguma coisa* na minha vida.

Ele *sabia* que era *alguma coisa* na minha vida, e parecia uma ofensa ele não se importar de me deixar sozinha quando sabia que eu precisava dele. Se ele me mandasse mensagem sobre alguma coisa que estivesse acontecendo entre sua mãe e o namorado dela, eu responderia — até estando irritada —, porque, independentemente de qualquer coisa, eu me importava com os sentimentos dele.

Mas dava para ver que não se importava com os meus.

Senti meus olhos começarem a arder com as lágrimas ao perceber que tudo que tinha acontecido entre nós não passava de uma grande mentira.

E eu caí. Caí como um patinho.

Como pude ter sido tão idiota?

CAPÍTULO QUARENTA E SEIS

Bailey

Respirei fundo, esfreguei os lábios um no outro — tinha acabado de passar gloss — e abri a porta de entrada dos funcionários. Charlie tinha me ignorado o fim de semana inteiro, e agora teríamos que trabalhar juntos. Eu estava triste, magoada e muito irritada. Não fazia ideia de como ia agir perto dele.

Ou como ele ia agir perto de mim.

Senti um frio na barriga ao abrir a porta dos fundos que levava à área atrás da recepção. Pendurei o casaco e a bolsa em um gancho e entrei pela porta que levava ao balcão.

— Oi, Bailey.

Fiquei olhando para a cara de Theo, confusa. Dei um passo para trás — ele era péssimo em respeitar o espaço dos outros.

— O que está fazendo aqui? — perguntei.

— Ah, que simpatia — provocou, sorrindo e arrumando o crachá. — Obrigado por não me querer aqui.

— Foi mal — falei, querendo dar logo um fim ao papo-furado para saber onde estava Charlie. — É que eu não esperava... Quer dizer, você nunca trabalha às terças. Hoje não era o dia do Charlie?

— Era — respondeu ele, abrindo a gaveta de materiais de escritório. — Ele teve um problema esta semana, então trocamos.

— Ah — murmurei, engolindo em seco o observando Theo pegar uma caixa de grampos. — O que aconteceu?

— Ele não disse — respondeu Theo, abrindo e começando a abastecer o grampeador. — Só disse que não poderia vir na terça e na quinta.

Fiquei ali parada, congelada no lugar, ao me dar conta do que estava acontecendo.

Caramba, Charlie estava me evitando mesmo. Tipo, me evitando a ponto de *mudar* o horário de trabalho só para não me encontrar. Meu estômago se revirou, e fiquei meio enjoada ao me dar conta da realidade por trás de sua ausência — do *planejamento* por trás de sua ausência.

Ele estava disposto a fazer de tudo para não me encontrar. Por acaso eu era tão patética que ele não suportaria estar no mesmo espaço que eu?

Droga.

Será que fui tão patética e desesperada quando chorei nos braços dele que (depois de me beijar) ele não queria mais nem me ver?

Será que Charlie era tão cruel assim?

Trabalhei com Theo, entorpecida, grata por ter sido um dia movimentado. Os check-ins foram constantes por causa de um evento estudantil, então consegui *não* enlouquecer pensando em Charlie enquanto fazia malabarismos com chaves e pulseirinhas de atividades.

Assim que as coisas se acalmaram, no entanto, decidi agir.

Que se dane, eu precisava saber.

Peguei o celular e mandei uma mensagem para Charlie.

Eu: Não acredito que você trocou seu horário só pra me evitar. Será que podemos conversar? Não ignora minha mensagem, por favor.

Levei um susto ao ver que ele estava digitando. Caramba, ele finalmente ia reconhecer que eu existia? Senti uma ansiedade excruciante enquanto as três bolinhas se mexiam.

Então uma mensagem surgiu na tela.

Charlie: Será que podemos NÃO conversar, Oclinhos? Vamos só deixar pra lá.

Li a mensagem três vezes, a ânsia piorando a cada leitura.

Vamos só deixar pra lá.

Eu já sabia, mas ainda assim me dar conta de que eu tinha razão a respeito de Charlie foi como levar uma facada no peito. Ele estava me evitando e queria *continuar* me evitando.

Ai, minha nossa.

Ele não perguntou da minha mãe, ou como eu estava, nem tentou virar aquela página dizendo algo cruel com aquele jeito gentil dele.

Não, ele só queria "deixar pra lá".

Eu sinceramente nem sabia o que isso queria dizer. Ele queria voltar a ser só meu amigo, ou nem isso?

Fui até o depósito para fazer o inventário das camas, cobertores e berços extras, mas, assim que entrei, encostei a cabeça na parede e fechei os olhos.

Aquilo era demais.

Charlie sempre me avisou que homens e mulheres não podiam ser amigos.

Pelo jeito ele tinha razão.

E eu o odiava por isso.

CAPÍTULO QUARENTA E SETE

Charlie

Droga, droga, droga.

Olhei para a mensagem e me senti um babaca, mas o que eu ia dizer? A verdade? A verdade era que, sim, mudei meu horário para evitar Bailey, porque não sabia como lidar com meus sentimentos.

Ou com os dela.

Aumentei o volume da música, mas não ajudou em nada. Conan Gray só piorava as coisas — ele sempre piorava as coisas, mas eu era um masoquista —, e Volbeat não me ajudou na missão de abafar os pensamentos que rondavam minha cabeça.

Pensamentos ridículos e patéticos que não tinham importância alguma.

Porque eu estava fazendo a coisa certa ao fingir que aquela noite não tinha acontecido.

Eu queria ignorar a realidade e só *ficar* com Bailey? Claro que sim.

A noite com ela na cabana improvisada foi... Caramba, existe uma palavra para descrever? Foi tudo, e eu quase quis chorar quando saí e deixei Bailey lá sozinha.

Não tinha a intenção de beijá-la naquele dia. Meu único objetivo era deixá-la menos triste, mas, quando ela olhou para mim com aqueles olhos grandes com os quais eu sonhava, fui egoísta. Ignorei o bom senso e me entreguei, aceitando tudo que ela estava me oferecendo e clamando por mais.

Idiota.

Talvez meu egoísmo tivesse estragado tudo. Se eu não tivesse beijado Bailey, ela estaria presente na minha vida todos os dias — ou pelo menos nos dias em que trabalhássemos juntos.

Mas agora tudo estava uma bagunça.

Ou ela ia querer um relacionamento, o que não ia acontecer porque isso destruiria nossa amizade, ou havia ficado tão irritada comigo por ter me afastado que o que a gente já tinha estaria arruinado.

E o mais assustador era que eu não tinha um plano. Pela primeira vez na minha vida, não fazia ideia do que fazer. Troquei de horário por pura procrastinação, porque precisava me afastar dela até decidir que rumo tomar.

Porque tudo que eu sabia era que, se a encontrasse naquele momento, ou falasse com ela ao telefone, eu poderia muito bem tomar outra atitude idiota como beijá-la de novo ou chamá-la para sair.

Implorar a ela que me amasse para sempre.

E aí seria o fim de Charlie e Bailey.

Então, eu ia dar um jeito de consertar tudo para que nada mudasse.

Se é que ela já não me odiava a ponto de se afastar de mim para sempre.

CAPÍTULO QUARENTA E OITO

Bailey

— Então o porão vai ficar praticamente só para você — declarou Scott, estendendo o braço como se dissesse: "Tudo isto é seu." E acompanhei seu olhar por todo o lugar. — Vai ser como ter um apartamento só seu.

Abri um sorriso e assenti.

— Legal.

Minha mãe abriu um sorriso enorme de apoio, e percebi que ela estava feliz por eu estar tentando. Eu me dei conta de que não tinha escolha, então achei melhor tentar aceitar aquilo de vez.

Scott terminou de apresentar a casa — *nossa* casa dali a um mês — e nos levou para almoçar no centro. Eles estavam todos animados conversando sobre a mudança — *só mais um mês, e tudo vai estar pronto* —, o casamento — *seis meses* — e a lua de mel (em Bora Bora), e eu enchi a boca de batata frita o mais rápido possível.

Porque é difícil se livrar de velhos hábitos.

Cada célula do meu corpo queria lutar contra Scott, contra toda aquela mudança em minha vida.

Em vez disso, respirei fundo e tentei acreditar que tudo ficaria bem.

Coloquei a última batata frita na boca e meu celular tocou. Atendi porque vi que era Nekesa.

— Oi.

— Oi, hum… será que você pode vir aqui? — Ela estava chorando. — Tipo, agora?

— Está tudo bem? — perguntei.

— Está — respondeu ela, fungando. — Não. Quer dizer, fisicamente eu estou bem, mas… Aaron e eu terminamos…

Ela começou a chorar, então olhei para minha mãe e disse:

— Preciso ir.

Quando cheguei lá, Nekesa estava sozinha em casa, tinha um acúmulo de rímel no canto do olho e seu nariz estava bem vermelho. Eu a abracei e senti sua dor enquanto ela chorava em meu pescoço.

Por fim, ela se acalmou um pouco, então fomos até a cozinha e eu fiz um chá enquanto ela me contava o que tinha acontecido.

— Então, pouco tempo atrás, quando Theo me deu carona pra casa na volta do trabalho, ele me beijou.

— *O quê?* — perguntei, quase gritando. — Theo *beijou* você?

Ela assentiu, triste.

— Beijou, e eu não o impedi.

Fiquei olhando para ela, deixando que Nekesa terminasse, e uma onda de culpa repentina me deixou meio enjoada.

— Já faz um tempinho que eu sinto alguma coisa por ele, e eu tinha noventa por cento de certeza que era só amizade. Mas, quando ele veio me beijar, eu... hum... acho que meio que deixei. Para ver como seria.

— Ai, minha nossa — falei, chocada.

— Eu sei — disse ela, balançando a cabeça. — Durou só uns dois segundos, e eu me afastei. Percebi que era só amizade mesmo, mas aí contei pro Aaron, e ele *surtou*.

— Você contou pra ele? — quis saber.

Eu sabia que meus olhos estavam arregalados, esperando Nekesa terminar a história, e não conseguia deixar de pensar que parte daquilo era culpa minha. Se eu tivesse falado alguma coisa para ela, contado que eu achava que Theo era meio babaca, será que o resultado seria outro?

— Eu tinha que contar — respondeu ela, fungando. — Precisava ser sincera, porque eu amo o Aaron. Então contei e disse assim: "Não estou interessada nele, foi um erro." E ele pirou. Disse que ia acabar com Theo e, quando eu disse a ele para parar com aquilo, ele começou a chorar, Bay.

— Ah, não — repliquei, me sentindo péssima por eles. — Ele chorou?

— Ele disse que me ama — resmungou ela, a voz tensa —, mas que eu claramente preciso de algo que ele não pode me dar.

Por que não fui mais enfática quando vi os dois de paquera? Por que fiz aquela aposta ridícula com Charlie? A culpa estava me corroendo por dentro.

— Amiga — falei, abraçando-a enquanto ela chorava. — Sinto muito. Tenho certeza de que Aaron só precisa de um tempo para esfriar a cabeça, e depois ele vai voltar. Ele ama tanto você.

Soltei Nekesa, e ela enxugou os olhos e respirou fundo.

— A questão, Bay, é que é tudo culpa minha. Eu tinha um namorado e, embora teoricamente não estivesse acontecendo nada, eu estava muito íntima do Theo.

Engoli em seco, achando que não conseguiria me sentir pior do que já estava.

Ela balançou a cabeça.

— Eu confundi as coisas. Caramba, queria poder voltar no tempo e impor uma distância, sabe?

Beleza, eu estava enganada. Eu podia, sim, me sentir pior.

Não conseguia nem olhar em seus olhos de tanta culpa por todas as vezes em que minha intuição me disse para avisá-la. Embora não fosse meu papel ditar o nível de intimidade que ela podia ter com seus amigos, talvez eu pudesse ter pelo menos engolido o constrangimento e conversado com ela.

— Sei.

— Por que você não me deu um tapa? — perguntou ela, revirando os olhos. — A próxima vez que eu for burra e confundir as coisas com um garoto, pode, por favor, me dar um tapa? Vou considerar o gesto de amizade mais gentil de todos. Prometo.

É, eu era mesmo o demônio e a Pior. Amiga. Do. Mundo.

— Nada do Charlie ainda? — questionou ela.

— Nada — respondi, forçando uma expressão indiferente, mas só de ouvir o nome dele eu já sentia um aperto no peito. — Mas você não precisa se preocupar com isso agora.

— Por favor? Por favor, me deixe pensar em outra coisa que não seja a desgraça que fiz com a minha vida.

Dei de ombros, embora a apatia fosse o oposto do que eu estava sentindo. Eu me alternava entre a vontade de chorar porque sentia falta do meu amigo e a vontade de ir atrás de Charlie e dar um soco nele de tão furiosa que eu estava.

— Tudo bem. É, nada ainda. Acho que ele é oficialmente só um cara que eu conhecia.

— Como assim? — quis saber Nekesa, irritada. — Entendo vocês não estarem em sintonia quando se trata de sentimentos românticos, mas ele era seu *melhor* amigo. Como ele pôde simplesmente sumir?

Franzi o nariz.

— *Você* é minha melhor amiga.

— Eu sei, mas ele também é. Vocês têm aquela química de amizade instantânea.

— A gente tinha — corrigi, pigarreando para tentar afastar o aperto na garganta.

— Tinha — concordou ela, com um suspiro. — Caramba, a gente é patética.

— Verdade.

— Quer pedir uma pizza?

Pedimos uma pizza grande de pepperoni e comemos direto da caixa enquanto maratonávamos *Ted Lasso*. A série é leve e fez a gente se sentir melhor. Tão melhor, na verdade, que, quando Dana mandou mensagem para nós duas, perguntando se queríamos ir com ela e Eli comemorar o aniversário deles num restaurante (os dois faziam aniversário no mesmo dia — muito fofo, né?), aceitamos na hora.

Depois de confirmar que Charlie não ia, claro.

Nós nos arrumamos sem pressa, fazendo *babyliss* no cabelo uma da outra e dando atenção demais a detalhes como a ponta do delineado e o esmalte perfeito. Ela me emprestou uma saia xadrez vermelha e preta e um suéter felpudo, e foi com um vestido laranja.

Quando entramos no restaurante, estávamos nos sentindo ótimas.

Até que vimos os dois.

Dana e Eli estavam rindo, sentados um de frente para o outro, com mais algumas pessoas que eu não conhecia. Todos pareciam estar se divertindo muito, e havia alguns presentes empilhados no centro da mesa.

Mas também à mesa, com as roupas do trabalho, como se tivessem acabado de sair do Planeta Diversããão, estavam Charlie e Theo.

Fiquei sem ar na hora e odiei Charlie por fazer com que eu me sentisse assim. Queria não me importar, mas o zumbido em meus ouvidos e o calor em meu rosto contavam outra história.

— Que droga! — exclamou Nekesa, com o canto da boca. — Por acaso o universo está de brincadeira com a gente?

Eu mal a estava ouvindo, porque meus olhos estavam presos ao Charlie. *Nossa, eu estava com tanta saudade dele* — e fazia só uma semana. Por mais que eu dissesse que estava tudo bem, a verdade era que ele tinha deixado um vazio em meu peito.

Não o Charlie do beijo — eu não conhecia *aquele cara* tão bem assim.

Mas o Charlie que era meu colega de trabalho/amigo, para quem eu mandava mensagem trinta vezes por dia e com quem conversava no telefone quase todo dia, tinha deixado um vazio doloroso.

Fazia mesmo só uma semana?

— Vamos — disse Nekesa, me lançando aquele olhar inabalável. — Vamos nos sentar naquelas cadeiras e tentar nos divertir.

— Talvez seja pedir demais — murmurei.

— Só tenta — pediu ela, então deu a volta na mesa e se sentou na cadeira vaga entre Dana e Theo.

A única outra cadeira vaga era ao lado de Charlie, mas eu não sabia se eu era forte o bastante para fazer com que minhas pernas andassem naquela direção.

Droga.

Foi como se Charlie tivesse ouvido meus pensamentos, porque olhou para mim. Mas, em vez de fazer a coisa certa e desviar o olhar — ou pelo menos parecer constrangido —, ele deu um sorrisinho provocante.

Sério mesmo?

Canalizei minha Nekesa interior e fui até a cadeira vaga, embora preferisse me sentar nas chamas do fogo do inferno. Assim que me sentei, virei para Dana e Eli.

— Feliz aniversário, gente — falei, forçando meus lábios a darem um sorrisinho alegre. — Perdi o karaokê?

Ouvi Theo dizer alguma coisa para Nekesa sobre o carro dele estar na oficina e Charlie ter lhe dado carona, o que explicava a presença dele, já que nem conhecia o casal que estava fazendo aniversário.

— Que nada — respondeu Dana, tão feliz que fiquei contente por Eli não ter se interessado por mim. — Vai começar em cinco minutos.

— Maneiro — sussurrei.

Olhei para o outro lado da mesa, e Nekesa estava em uma conversa intensa com Theo.

Eu estava tentando me inclinar um pouco, sem dar muito na cara, quando ouvi:

— Assim vai cair da cadeira, Oclinhos.

Olhei para Charlie, que estava olhando para mim com aquele sorrisinho de sempre. O que me deixou muito irritada. Como ele ousava agir como se tudo estivesse normal? Abri um sorriso bem falso — só mostrando os dentes — e virei de costas para ele.

Eu estava prestes a falar com Dana, mas Charlie perguntou:

— Vai cantar?

Olhei para ele.

— O quê?

Charlie apontou com a cabeça para o bar.

— Quando o karaokê começar. Vai cantar, Mitchell?

— Duvido muito — respondi, desejando que ele me deixasse em paz.

Ouvi Eli dizer alguma coisa para ele, então Nekesa, Charlie e Eli começaram uma conversa animada. E eu fiquei sentada ali, no meio de duas conversas, como uma boba. Queria muito ir para casa, mas também estava tão feliz por ver Nekesa sem chorar que ia aguentar quieta pela felicidade dela.

Sabe, já que a tristeza dela tinha dedo meu.

O karaokê começou, e finalmente consegui relaxar. Ainda mais porque Charlie parou de falar, e todos os outros começaram. Dana e Eli cantaram "Señorita", da Camila Cabello e do Shawn Mendes, e foram muito bem.

Ficaram ainda mais fofos.

Eles formavam o casal perfeito. E fiquei até meio enjoada.

Nekesa subiu e cantou "Party in the U.S.A.", da Miley Cyrus, o que foi horrível, mas todo mundo cantou junto, então ficou divertido. Eu estava conversando sobre a cantora com Eli quando ouvi as primeiras notas da próxima música.

Não.

Fechei os olhos e me recusei a olhar para o palco.

— Bailey — chamou Charlie no microfone. — Bailey Mitchell. Venha cantar comigo.

"Do What You Gotta Do" estava tocando, e Charlie começou a cantar a música da Disney. Muito mal.

Ouvir Charlie cantando essa música me fez trincar os dentes e cerrar os punhos. A cena me fez lembrar do que já tínhamos sido um dia, de como éramos ótimos juntos, e da facilidade com que ele simplesmente desistiu de tudo.

E agora, pela conveniência de estarmos no mesmo lugar, ele achava que podíamos retomar de onde paramos como se nada tivesse acontecido?

Eu me levantei e fui até a saída — precisava ir embora dali. Precisava de ar, de espaço, de um lugar sem Charlie. Senti seus olhos em mim enquanto andava e, quando abri a porta, ouvi Charlie parar de cantar e me chamar no microfone.

— Bailey!

Não.

Eu não ia parar, não ia voltar.

Fui até a lateral do restaurante para ninguém me ver e esfreguei a nuca com ambas as mãos.

— Bailey? — disse Charlie, vindo correndo, e senti uma agitação no peito ao ver que ele parecia confuso, surpreso por eu não querer cantar com ele.

— Pelo amor de Deus, Charlie, será que pode me deixar em paz? — Deixei os braços caírem ao lado do corpo. — Você parece ser ótimo em me abandonar, então não devia ser tão difícil assim esquecer de mim.

Ele fez um barulhinho com a garganta, e parecia magoado. Culpado, como se ele soubesse que foi um babaca.

— Eu não abandonei você, eu só...

— Você *literalmente* me abandonou na sua casa e está me ignorando desde então — rebati, com um tom estridente do qual não gostei. — Não me entenda mal, não estou nem aí, mas você age como se estivesse confuso por eu não ser mais sua amiga.

— Eu sabia que isso ia acontecer — murmurou ele.

— Sabia que *o que* ia acontecer? — perguntei, quase gritando.

— Isso — respondeu ele, agitado e frustrado. — Eu sabia que *isso* ia acontecer. Eu *avisei* que isso ia acontecer.

— Está falando da sua teoria idiota? — perguntei, minha voz saindo cada vez mais alta. — *Isso* não aconteceu porque éramos amigos. *Isso* aconteceu porque, assim que tivemos um momento íntimo e verdadeiro, você surtou e sumiu.

— Eu não surtei — retrucou ele, agora mais alto —, mas sabia que você ia achar que aquele beijo significava alguma coisa, e não quis que isso acabasse com a nossa amizade.

Aquilo foi um tapa na cara, como se ele fosse o maduro da situação e soubesse que a bobinha da Bailey ia se apaixonar. Como se eu fosse uma idiota que só queria saber de amor.

— Olha, para começo de conversa, não foi *só* um beijo, Charlie, e você sabe bem disso — falei, piscando rápido e tentando manter a linha de raciocínio. — Mas se teve algo que acabou com a nossa amizade, foi você ter me ignorado. Amigos não fazem isso.

— Amigos, amigos... — repetiu ele, e suas palavras saíram quase como um gemido. — Que palhaçada.

— Não, sua teoria é que é uma palhaçada.

— É mesmo? — questionou ele, se aproximando. — Porque acabei de me dar conta de que nem falamos que eu ganhei nossa aposta. Porque não era nenhuma palhaçada. Eu disse há muito tempo que Theo e Nekesa iam acabar se pegando, e eu tinha razão. Você apostou na amizade e perdeu porque ela é impossível.

— O Theo *contou* pra você que beijou Nekesa? — indaguei. Então não havia dúvidas de que Theo também era um babaca.

— Como assim? — Nekesa apareceu atrás de Charlie, onde pelo jeito estava escondida.

Droga, droga, droga.

— Do que vocês estão falando? — quis saber Nekesa, dando um passo em minha direção. — Vocês não apostaram *de verdade* que a gente ia se pegar, né?

— Não! — quase gritei, entrando em pânico com ela olhando para mim daquele jeito. Pigarreei, e meu coração acelerou.

— Não foi nada disso. — Como eu ia explicar aquilo? — Quer dizer, Charlie e eu... *conversamos* sobre isso.

Conversamos? Minha nossa, Bailey!

Ela ficou de queixo caído e olhou de mim para Charlie.

— Que tipo de pessoa faz uma aposta sobre a melhor amiga?

— Não foi bem assim — falei, desesperada para convencê-la.

— Charlie achou que...

— Charlie é um grande fã de apostas — interrompeu Theo.

Eu nem tinha percebido que ele estava ao lado de Nekesa, mas quase não estava conseguindo acompanhar aquela conversa, que dirá perceber quem estava ao redor. Ele olhou para Charlie, bravo, o que me deixou irritada porque aquilo não era da conta dele. Quer dizer, sim, ele fazia parte da aposta, mas eu não estava nem aí para como Theo estava se sentindo.

Theo cruzou os braços e disse:

— Essa não foi a única aposta que ele fez.

Não consegui me segurar e revirei os olhos.

— Não é por nada, não, Theo, mas eu...

— Vai se ferrar, Theo — replicou Charlie, preparado para brigar.

— Ah, é sério isso? — perguntou Theo, como um idiota com aquele *sorrisinho* no meio do caos. — Eu, me ferrar?

— Nos poupe do seu machismo — murmurei, sem paciência.

— Machismo? — repetiu Theo, o sorrisinho virando um sorriso largo e sarcástico. — Ele fez uma aposta sobre *você*, Bailey.

— O quê? — indaguei, sem entender.

— Theo — disse Charlie, com os dentes cerrados. — Cala a boca.

Ele estava furioso, o rosto vermelho e os olhos cortantes fixos em Theo, o que me deixou com ainda mais raiva.

— Não, cala a boca *você*, Charlie — falei. — Do que você está falando, Theo?

Theo continuava todo satisfeito consigo mesmo, como se fosse um titereiro e estivesse se divertindo muito puxando as cordas das marionetes.

— Charlie fez uma aposta sobre *você* — declarou Theo, em alto e bom som, olhando bem para mim. — Comigo.

— O quê? — questionei, tirando o cabelo do rosto e olhando de Theo para Charlie. — Como assim?

— É — disse Nekesa, olhando para Theo, confusa, e Eli e Dana surgiram atrás dela. — Do que você está falando?

Charlie cerrou a mandíbula, olhando para mim.

— Charlie e eu fizemos uma aposta há alguns meses — revelou Theo, agora falando com Nekesa. — Antes de sermos todos amigos. Charlie apostou que conseguiria ficar com a Bailey.

Semicerrei os olhos.

— *Ficar comigo?*

Senti o rosto quente de vergonha quando o olhar cheio de culpa de Charlie se desviou para um ponto logo acima do meu ombro.

— Foi da boca pra fora, Bay — rebateu ele, baixinho. — Não significou...

— Só pode ser brincadeira — falei.

Fiquei tonta — não, *entorpecida* — ao me dar conta da verdade. Colorado, o sofá-cama, a cabana de cobertores — foi tudo só para ele ficar comigo e *ganhar uma aposta*. Não era surpresa alguma ele ter desaparecido antes de eu acordar; ele já tinha ganhado.

A menos que... Meu estômago se revirou quando me dei conta de que tudo que vivemos, tudo que dissemos um ao outro, que compartilhamos, foi só para ele ficar comigo. E o que isso queria dizer?

Eu me senti uma idiota. Será que *algum dia* fomos amigos? Ou todo o nosso "relacionamento" foi só Charlie tentando ganhar uma aposta?

— Bay — chamou ele, a expressão indecifrável a não ser pelas bochechas vermelhas. — Você precisa saber...

— *Cala a boca* — falei.

Eu não era uma pessoa violenta, mas estava fervendo de raiva e minha vontade era bater em alguma coisa.

Em *alguém*.

Porque ele era *só* o Sr. Nada. Todas as vezes que olhei para ele e pensei que Charlie não se resumia a primeira impressão que eu tive... Foi tudo inocência minha, meu otimismo patético.

Ele era o Charlie do aeroporto, e eu era uma idiota.

— Dana — disse Nekesa, e minha atenção se desviou de Charlie para ela. Nekesa ergueu o queixo. — Será que pode me dar uma carona? Não quero entrar no mesmo carro que a Bailey.

Odiei a expressão no rosto dela, porque parecia tão decepcionada comigo quanto eu estava com Charlie.

— Espera — pedi, estendendo a mão desesperada e entrando na frente dela. — Por favor, me deixa explicar...

— Está de brincadeira comigo? Você não tem que explicar nada — disse ela, com as narinas dilatadas e balançando a cabeça de desgosto. — Foi mal, Bay, mas não consigo... Eu... Por quê? — Foi tudo que ela sussurrou antes de se afastar.

Fiquei olhando Dana ir atrás dela, me sentindo um monstro.

— Bailey.

Voltei a olhar para Charlie, e seu rosto estava sério de um jeito que eu nunca tinha visto. Quase parecia *assustado*, o que era impossível, porque ele precisava ser capaz de sentir *alguma coisa* para sentir medo.

— O que foi, Charlie? — perguntei, furiosa, tentando conter minhas emoções e as lágrimas. — *O quê?*

— A aposta não significou nada — declarou ele, dando um passo em minha direção. — Sei que foi errado, mas foi antes de virarmos amigos...

— Colegas de trabalho — corrigi.

— *Amigos* — insistiu ele.

— É mesmo?

Eu o odiei naquele momento por estar com aquela expressão. Ele estava olhando para mim, o olhar intenso, e não era justo seu rosto ainda parecer tão familiar para mim. A ponto de eu saber que sua sobrancelha esquerda era um pouquinho mais grossa que a direita e que ele tinha uma pintinha minúscula perto da boca. Seu rosto parecia o rosto do meu melhor amigo, de um amigo em quem eu podia confiar em qualquer circunstância.

— Então você foi um péssimo amigo.

— Não diga "foi" — rebateu, engolindo em seco e cerrando a mandíbula. — Não somos algo do passado, Bay.

— *Você* fez a gente ser algo do passado — falei, com a voz embargada. — Não eu.

— Bailey...

— Tenho que ir.

Virei de costas para ele, meu coração acelerado e meu rosto queimando, e fui em direção ao carro. Estava quase correndo, desesperada para que ele não dissesse mais nada. Eu não daria conta de ouvir mais nada. Não queria perdoá-lo — não podia perdoá-lo — porque ele não servia para ser amigo de ninguém.

Não meu amigo, pelo menos.

Ele já tinha dito isso no voo de Fairbanks, mas eu não quis ouvir.

CAPÍTULO QUARENTA E NOVE

Bailey

As duas semanas seguintes passaram em um borrão de horror. Minha casa agora era só uma lembrança de tudo que já foi um dia, com caixas de mudança espalhadas e minha mãe fazendo várias viagens até a casa de Scott com objetos como abajures, velas e fotos. Não parecia mais um lar, um refúgio; era só um lugar onde dormiríamos até nos mudarmos.

Mas pior que isso foi eu ter ficado sozinha de repente. Nekesa, a amiga que sempre esteve ao meu lado, desaparecera. Nenhuma mensagem, nenhuma ligação, nada; eu era minha única companhia. Ia para a escola sozinha, ia de uma aula para a outra e voltava para casa sozinha.

Não sei se já me senti tão sozinha alguma vez na vida.

Eu tinha certeza de que minhas amigas virtuais me dariam apoio emocional, mas parecia uma história muito dramática para despejar em pessoas que tinham a sorte de estar a milhares de quilômetros de distância.

E eu ficava exausta só de pensar no que tinha acontecido, então escrever sobre isso seria ainda pior.

Estava cogitando pedir demissão, porque até o trabalho não era mais a mesma coisa. Pedi transferência para o setor de Check--Out de Equipamentos na manhã seguinte ao aniversário de Dana e Eli, porque era covarde demais para encarar Nekesa e não queria ver Theo ou Charlie nunca mais, então eu passava horas terrivelmente tediosas entregando coisas como patins e pranchas de snowboard para crianças que pareciam não lavar as mãos.

A única coisa boa era que meu pai estava conversando comigo de novo. Minha mãe deve ter dado um puxão de orelha nele, porque ele tinha voltado a mandar mensagem o tempo todo.

Pai: Adivinhe onde eu comi ontem.

Eu: No McKennas?

Pai: Boa. Aliás, comi o especial da Bailey.

Essas palavras me fizeram lembrar de *língua de boi no pão tostado*, mas me obriguei a me concentrar nas lembranças com meu pai, não nas bobeiras de Charlie.

Eu: Espaguete com linguiça?

Era o que eu pedia no McKennas quando tinha cinco anos, e até hoje meu pai fazia o mesmo pedido quando ia lá.

Era estranho. Eu estava começando a sentir menos saudade de casa quando ele falava da minha cidade, o que considerei um progresso. Era como ver uma foto antiga e desbotada, uma lembrança de outra época da minha vida. Eu sorria e me imaginava lá, mas não tinha mais aquele desejo desesperador de voltar e retomar aquela vida.

Era provável que isso queria dizer que eu estava finalmente aceitando que aquela parte da minha vida tinha chegado ao fim.

Eu estava superando.

Charlie me mandava mensagem todo dia, mas eu o ignorava.

Ele começou com pedidos de desculpa, me bombardeando com mensagens pesarosas se justificando. Como não respondi, ele passou a mandar memes engraçados, coisas das quais ríamos juntos antes de ir tudo por água abaixo.

Agora eram mensagens do nada dizendo que estava com saudade, que sempre me deixavam com vontade de chorar. Ele não era romântico, então quando mandava coisas como "olha o que achei no meu celular hoje, estou com saudade" com uma foto minha com o gato dele — e ele —, de quando fazíamos videochamadas, parecia que era mais que só uma imagem.

Parecia que ele também tinha sentido a magia, e isso doía tanto que comecei a apagar suas mensagens sem nem ler.

Falando no gato, minha mãe levou o Bolinha de Pelo para a casa de Charlie, como se fôssemos um casal se divorciando e trocando a guarda dos filhos. Bolinha de Pelo era filho de pais separados, pelo amor de Deus, e esse final infeliz fechando o ciclo era deprimente demais.

Naquela noite de quinta-feira, quando eu estava morrendo de tédio e ainda faltava uma hora para terminar o expediente, ouvi alguém se aproximando da Estação Interestelar de Equipamentos — ou seja, meu guichê.

Por favor, não peça nada.

Só queria ficar rolando a tela do celular sem pensar em nada e ignorar o mundo.

— Oi.

Soltei um suspiro, levantei a cabeça e vi Nekesa.

Aquilo fez meu estômago embrulhar e meu coração acelerar; nossa, fiquei *nervosa* ao ver Nekesa.

Eu me levantei da banqueta e me aproximei, sem saber o que dizer ou como olhar para ela. Sorrir parecia errado, *não* sorrir também. Então só disse:

— Oi.

Ela olhou para meu cabelo.

— Está de coque? Sério?

Assenti, concordando com o que sabia que ela estava pensando. Ela tinha opiniões fortes sobre coques.

— É, eu desisti.

— Olha, preciso retirar uma prancha de bodyboard para um hóspede que vem mais tarde. Pode registrar a cobrança no quarto 769? — perguntou ela, ignorando completamente meu comentário sobre o coque. — Por favor.

— Posso — respondi.

No computador, naveguei pelos campos necessários até chegar à tela certa. Meu rosto estava pegando fogo, minhas mãos estavam tremendo, e eu não sabia se era de culpa ou de medo de que nunca mais voltássemos a ser amigas.

Pela expressão dela, vi que ia pegar a prancha e ir embora, e sabia que precisava dizer alguma coisa.

Era agora ou nunca.

Mas *o quê?*

O que eu poderia dizer para fazer Nekesa me perdoar?

— Eu sinto muito — falei, tirando os olhos da tela do computador e dizendo a primeira coisa que me veio à mente. — Sou uma idiota e uma péssima amiga e mereço seu desprezo, mas eu *imploro* que você me perdoe.

Ela franziu as sobrancelhas.

— Eu sei, eu sei, eu sei — continuei depressa, o mais rápido que consegui, tentando pensar em mais jeitos de fazê-la me ouvir enquanto estava ali na minha frente. — Até meu pedido de desculpa é irritante, né? Mas só quero que você saiba que eu nunca torci para que você traísse Aaron nem achei que fosse fazer isso...

— Bailey...

— E eu apostei *em* você. Apostei que você não ficaria com Theo. Não que isso mude alguma coisa...

— Será que pode calar a boca? — indagou ela, franzindo ainda mais as sobrancelhas. — Ficar se humilhando assim é patético.

Minhas palavras congelaram dentro da boca, porque eu não conseguia acreditar que ela tinha me mandado calar a boca.

Mas aí ela abriu um sorrisinho que me fez querer chorar de felicidade. Meus olhos *realmente* se encheram de lágrimas, porque eu sentia tanta falta dela.

— O que você fez foi muito escroto. Tipo, *muito* escroto — disse ela.

Assenti e funguei.

— Eu sei.

— Mas Charlie me disse, depois que ele e Theo brigaram, aliás, que você só aceitou a aposta para provar que ele estava errado. E me disse que ficou se sentindo muito mal o tempo todo.

— Fiquei mesmo — acrescentei, concordando. — Não que isso seja desculpa.

Minha nossa, onde eu estava com a cabeça? Era surreal eu ter aceitado fazer aquela aposta.

Maldito Charlie.

— Você está bem? — perguntei, me dando conta de que ela também estava lidando com a própria solidão. — Com a coisa toda do Aaron, digo.

Ela fez um biquinho e deu de ombros.

— Acho que estou bem, mas sinto falta dele.

Engoli em seco e assenti.

— Muita falta — acrescentou ela, e ficou tão triste que tive vontade de abraçá-la, embora soubesse que ela não ia deixar.

— Vocês chegaram a conversar? — quis saber, desejando ter o poder de consertar a situação para ela.

Ela fez que não com a cabeça.

— Estou com muito medo de ligar para ele.

É, eu entendo. Entendo *muito bem*.

— Mas você devia ligar.

Ela só soltou um suspiro, como se não tivesse nem ideia do que fazer, e disse:

— Pode me dar uma carona depois do trabalho? A bateria do meu celular acabou, e não quero esperar meu pai vir me buscar.

— Está brincando? — falei, tentando não sorrir; sem sucesso. — É claro que posso!

— Menos — disse ela, rindo.

— Foi mal.

Uma onda de alívio tomou conta de mim.

O resto do expediente correu melhor, agora que eu sabia que talvez ficasse tudo bem entre a gente. E, quando dei uma carona para ela no fim da noite e ela já foi contando uma história logo de cara, como se nada tivesse acontecido, fiquei em êxtase. Quando estávamos perto da casa dela, Nekesa virou para mim.

— E você, conversou com Charlie? — indagou.

Só de ouvir o nome dele senti um aperto no peito. Balancei a cabeça.

— Ele me manda mensagem de vez em quando, mas eu não respondo. Vou continuar ignorando até ele desistir.

— Tem certeza de que é isso que você quer? — perguntou ela, e fiquei meio surpresa.

Depois de tudo que tinha acontecido, eu achava que ela fosse querer Charlie longe da gente para sempre.

— Sim — falei, entrando no bairro dela.

Quanto mais rápido Charlie sumisse, mais rápido eu poderia parar de desperdiçar tempo pensando nele.

É claro que isso não estava dando muito certo até então.

— Então, quer saber da briga? — questionou ela, virando e colocando os pés no banco.

— Eles brigaram mesmo? — quis saber, olhando para ela de soslaio, incapaz de imaginar aquilo, porque nenhum dos dois era de brigar. — De verdade? Fisicamente?

Olhei para Nekesa de novo, e ela assentiu com vontade.

— No primeiro dia que trabalhamos juntos depois do restaurante, eles se estranharam. Charlie passou o tempo todo em silêncio, não trocou uma palavra com ninguém e, quando Theo disse algo idiota tipo "sorria, flor do dia", ele explodiu.

— Explodiu? — perguntei, olhando para ela. — O que ele disse?

Por mais que eu o odiasse, não gostava de imaginar Charlie bravo.

Aff, qual era o meu problema?

— Olha para a frente — disse ela, e eu obedeci. Ela continuou: — Acho que ele gritou, tipo: "Será que pode não falar comigo, seu babaca?" E Theo estufou o peito e disse: "Qual é o seu problema, cara?" — contou ela, imitando a voz dos dois.

— *Não acredito* — falei, incrédula.

Charlie era o espertão, o tipo de idiota que bancava o indiferente. Não era do tipo que gritava na cara das pessoas.

Ou será que era? Será que eu sabia mesmo o que se passava na cabeça de Charlie Sampson?

Soltei um suspiro porque, apesar de tudo, eu ainda tinha a sensação de que o conhecia, *sim*.

— Pois é — concordou ela, e vi com o canto do olho que estava assentindo. — Aí Charlie falou: "Por que você teve que abrir essa sua boca gigante pra Bailey, seu fofoqueiro ridículo?" E aí Theo empurrou Charlie. E Charlie retribuiu o empurrão, mais forte, jogando Theo contra a parede.

Isso me fez pisar no freio com tudo quando chegamos a um sinal fechado e olhar para Nekesa enquanto o choque, a preocupação e o estresse me atingiam, tudo de uma vez. Com os pensamentos a mil, tentei entender aquilo tudo.

— Não pode ser verdade — falei, voltando a colocar o pé no acelerador e tentando dirigir com responsabilidade enquanto quase morria, chocada.

Também fiquei preocupada com a ansiedade de Charlie, me perguntando quantos antiácidos ele estava tomando por dia, o que me deixou irritada, porque ele não merecia minha preocupação.

Mas, que saco, eu estava com *saudade* dele.

Eu sentia falta do meu amigo, ainda que tivesse sido tudo uma grande mentira. Sentia falta das suas provocações e de como ele sempre sabia o que eu estava pensando e de quanto eu me sentia à vontade só de *estar* com ele.

Eu jamais o perdoaria por me tirar esse conforto.

— Eu separei os dois — contou ela —, porque não gosto de briga. E depois que Theo disse algo do tipo: "Ninguém mandou você sair apostando em todo mundo como se estivesse em um cassino."

Balancei a cabeça.

— *Nisso* Theo tem razão.

— É, mas aí Charlie quase arrancou o mamilo dele de tanto torcer.

Isso… não era o que eu esperava, e olhei para ela com o canto do olho.

— Theo gritou, tipo berrou de dor mesmo, e Charlie não parava de torcer com a maior força, e aí ele disse: "A sua sorte é que eu não sou violento, senão teria te dado um soco."

Quando parei em frente à casa dela, desliguei o carro e ficamos sentadas ali.

Nada no mundo fazia mais sentido.

— Inacreditável, né? — comentou ela.

Assenti.

— E eles fizeram as pazes? Theo e Charlie?

— Venha dormir aqui em casa hoje — convidou Nekesa, abrindo a porta. — E não, não fizeram. Charlie pediu demissão.

Ele pediu demissão? Charlie *pediu demissão?*

— Manda uma mensagem para sua mãe, aí eu te conto tudo.

Falei com minha mãe sobre dormir lá, entramos e Nekesa me contou que Charlie pediu demissão e eles não ouviram mais falar dele. Era ridículo eu estar preocupada depois de tudo o que ele fez, mas eu estava.

Ele não precisava da minha preocupação.

Subimos até o quarto dela, vimos episódios antigos de *Project Runway*, e me senti contente pela primeira vez em um bom tempo. Nekesa era meu segundo lar, de certa forma — não a casa dela, mas *ela* —, e o mais próximo que as coisas chegavam de estar *bem* era quando eu estava com ela.

O terceiro episódio estava começando quando meu celular vibrou.

Charlie: Ainda quero ir com você ao baile. Por favor, vá comigo. Quero consertar tudo isso. Estou com saudade.

— Ai, caramba, ele vai me matar — resmunguei, suspirando, odiando o fato de ainda conseguir ouvir aquelas mensagens narradas perfeitamente com a voz dele. Sentir saudade dele já era ruim, mas, quando ele me mandava mensagens que eram exatamente o que eu queria antes que tudo desmoronasse, meu coração doía.

Nekesa leu a mensagem e soltou um muxoxo, sempre a defensora. Ela pegou o celular e mandou uma mensagem para Charlie:

Eu: Aqui é a Nekesa. Será que pode deixar Bay em paz? Não tem como consertar isso. Você estava certo, vocês NÃO podem ser amigos. Aliás, ela vai ao baile COMIGO. Tchau.

Eu sabia que devia estar rindo ou comemorando, porque ele merecia aquilo e precisava sumir da minha vida.

Mas parte de mim ainda não queria que ele sumisse.

Algo dentro de mim quis impedir Nekesa de mandar aquela mensagem, porque... e se funcionasse?

— Eu vou com você? — perguntei, tentando não ficar triste por causa do comentário dela sobre Charlie e eu não podermos ser amigos.

— Você já comprou um vestido, não comprou? — indagou ela, largando o celular e pegando um pacote de pretzels.

— Já.

Eu tinha comprado um na promoção do ano anterior.

— Então por que não? — perguntou Nekesa, jogando um pretzel na boca. — Quem é que precisa de homem?

CAPÍTULO CINQUENTA

Charlie

Fiquei sentado na cama olhando para o celular na minha mão, me sentindo arrasado.

Vazio.

Era como se meu estômago fosse feito de chumbo e estivesse esmagando todos os meus outros órgãos, e nenhum antiácido fosse capaz de me ajudar.

Porque finalmente estava tudo acabado.

Eu sempre soube que isso ia acontecer, mas a sensação foi mil vezes pior do que eu imaginava.

Eu nunca mais ia receber uma mensagem de Bay. Nunca mais ia fazê-la franzir a testa com minhas palavras, ou ouvir sua risada meio surpresa quando ela tentava se segurar, mas não conseguia, nunca mais ia ouvi-la respirar fundo ao se dar conta de que estávamos prestes a nos beijar e nunca mais ia ouvir seu "boa noite, Charlie" sonolento por ligação.

Mil pequenos momentos que juntos eram tudo que eu sempre quis.

Mas eu joguei tudo fora.

Na minha opinião, aquele velho ditado que diz que é melhor ter amado e ter perdido era uma grande mentira. Nunca é melhor ter e perder. Ter e perder era uma tortura lenta e dolorosa, e estava acabando comigo.

Nossa, como foi que eu consegui estragar tudo?

Minha intenção era, sim, sumir e dar um fim em qualquer sentimento romântico, mas eu não queria *magoá-la*, embora soubesse que isso não fazia nenhum sentido. Eu queria distância para pensar no que fazer, mas não tinha a intenção de fazê-la pensar que não era importante para mim.

Droga, eu definitivamente não tinha a intenção de fazê-la pensar que a gente só se envolveu por causa de uma aposta idiota de um babaca.

Mas aqui estávamos nós.

Meu celular vibrou em minha mão, e meu coração acelerou, mas a decepção pesou ainda mais quando vi que não era Bailey nem Nekesa.

Era Becca.

Becca: E aí?

Pensei no rosto de Becca, mas aquela onda familiar de emoções desenfreadas não veio. Vi os três pontinhos surgirem na tela, mas não senti nada.

Nada além da decepção por não ser *Bailey*.

Becca: Acabei de voltar do cinema. Vimos o Jurassic Park novo e é muito ruim.

Ela deve ter ido com Kyle, mas ainda assim não senti nada ao imaginar os dois no cinema.

Era assim que funcionava? Era preciso ter o coração destruído mais uma vez para esquecer a primeira pessoa que o destruiu?

Malditos relacionamentos.

Peguei o antiácido que ficava ao lado da cama.

Eu: Estou aqui no meu quarto, deprimido porque estraguei tudo com a Bailey.

Becca: Ai, caramba, eu SABIA que você estava super a fim dela, comentei com o Kyle depois da festa! Me conta tudo. Talvez eu possa ajudar.

Eu me deitei na cama e fiquei olhando para o teto, porque... como assim?

Becca tinha partido meu coração e seguido em frente, e mesmo assim ela... continuava ali.

O que é que estava acontecendo?

Eu: Por que você faria isso?

Becca: Ué, porque você é meu amigo... DÃ.

Eu era amigo dela? Becca e eu éramos *amigos*?

Provavelmente era para ser bacana, devia ser como um daqueles momentos em que tudo parece se encaixar, não é? *Foi assim que Charlie Sampson descobriu que estava errado desde sempre.*

Mas isso não importava.

Por que com quem eu ia compartilhar essa história? Bailey era a única que ia entender, a única pessoa para quem eu queria contar, e eu estraguei tudo porque era um idiota.

Valia a pena arriscar com Bailey, e eu perdi a oportunidade.

E agora sentia tanta falta dela que a sensação lembrava a de um ataque cardíaco.

CAPÍTULO CINQUENTA E UM

Bailey

O baile aconteceu *um dia* depois de nos mudarmos oficialmente para a casa de Scott. Lucy, a filha dele (que conheci na semana anterior e me pareceu uma garota legal), passou aquele fim de semana na casa da mãe, então consegui adiar um pouco aquela situação toda de "oi, sou sua nova irmã".

Eu estava pegando um refrigerante na geladeira quando Scott entrou pela porta dos fundos. A brisa gelada de outono entrando com ele.

— E aí? — falei.

Ele sorriu e fechou a porta antes de tirar o casaco e o pendurar na cadeira da cozinha.

— Oi.

Fechei a porta da geladeira. Parecia surreal aquele ser o meu novo normal.

— Estou morrendo de fome — reclamou ele, abrindo o armário e pegando um pacote de salgadinhos. — Se Deus quiser, ainda vai ter chili na geladeira.

— Bem, então hoje é seu dia de sorte, porque está na prateleira de cima — respondi, abrindo de novo a geladeira para pegar e entregar a ele.

Ele abriu um sorriso ao pegar o pote.

— Espertinha.

— É sério — comentei, distraída. — Sinto que Deus está neste chili.

— Tá bem — disse ele, rindo. — Citar *The Office* só vai me fazer gostar mais de você, Bailey, então pode parar.

Hesitei por um instante, chocada, sem saber ao certo o que ele queria dizer.

— Ah, Bailey — falou ele, inclinando um pouco a cabeça. — Sei que isto aqui não era o que você queria.

— O quê? — perguntei, já sabendo aonde ele queria chegar.

Ele abriu um sorriso compreensivo e se jogou em uma das cadeiras.

— Quer dizer, também não era o que minha filha queria.

— Scott, eu não...

— Mas eu amo sua mãe — continuou, dando de ombros, e seu sorriso vacilou um pouco quando ele abriu o pacote de salgadinhos. — Eu amo sua mãe e quero construir uma vida com ela. Não quero magoar você, nem ninguém, e não quero mudar sua vida.

Ele fez tudo parecer tão simples, tão fácil. Eu não sabia o que dizer, então dei um gole no refrigerante e fiz um barulhinho de compreensão, uma versão sem palavras de "eu sei".

— Não espero que ame logo de cara isso tudo das nossas famílias se juntando, mas espero que fale o que está sentindo — disse ele, tirando a tampa do chili e colocando-a na mesa. — Se não gostar de alguma coisa, quero saber. Se amar alguma coisa, quero saber também.

— Tá bem — concordei, assentindo como se estivéssemos de acordo, sendo que tudo que eu queria era sair daquela cozinha. Ele estava sendo legal, mas eu não estava preparada para conversar sobre a nossa situação, ainda mais com ele. Segurei a lata de refrigerante com força e assenti mais uma vez. — Beleza.

A decepção tomou conta de seu rosto, e seu sorriso desapareceu, e fui me dirigindo até a porta.

Eu estava quase saindo quando ele declarou:

— Meus pais se divorciaram quando eu tinha catorze anos, Bailey.

Isso me fez parar e olhar para ele.

— Minha mãe começou a sair com um cara um ano depois da separação, e fomos morar na casa dele alguns meses depois. — Ele olhou para o nada como se estivesse assistindo a uma lembrança. Seu rosto estava relaxado, como se a história já não o machucasse mais. — Ainda me lembro da sensação de estar na casa dele. Como se aquilo tudo fosse errado, e o cheiro era estranho, e eu estava sendo obrigado a morar com estranhos em uma casa que não era um lar para mim.

— Sério? — perguntei, virando, surpresa com as suas palavras e com o fato de ele estar compartilhando aquilo comigo.

— Sim — respondeu ele, assentindo e mergulhando um salgadinho no chili. — Eu odiei tanto aquilo. E, para falar a verdade, foi por isso que demorei tanto para pedir sua mãe em casamento. Eu não queria isso para você.

— Demorou? — questionei, tentando implicar com ele de brincadeira. — Foram o quê, três meses?

— Ah — disse ele, inclinando a cabeça como se não soubesse ao certo o que dizer. — Bem, é o seguinte...

Puxei uma cadeira e me sentei à mesa, curiosa.

— Diga.

Scott fez um barulhinho, a cabeça ainda inclinada como se estivesse pensando se devia abrir o jogo ou não.

— A verdade é que comecei a sair com sua mãe no ano passado.

Ele olhou para mim com expectativa, como se estivesse esperando pela minha reação. Continuou:

— Mas combinamos que eu só ia frequentar a casa de vocês quando fosse sério.

Espera... *Ano passado?* Fiquei olhando para ele sem conseguir acreditar, tentando acompanhar o raciocínio.

— Então está dizendo que, quando a gente se conheceu, fazia meses que você estava saindo com a minha mãe?

Scott assentiu.

— Nós não estávamos guardando segredo, mas também não queríamos que você se preocupasse com algo que podia não dar em nada.

Eu não sabia como reagir.

— Isso é, hum... atencioso. — Foi o que consegui dizer, e foi genuíno. Ele passou *meses* longe da mulher com quem estava saindo, só para ajudar a filha dela a se adaptar.

— Não sei como vão ser as coisas no dia a dia, mas prometo que vou fazer tudo que estiver ao meu alcance para que você se sinta em casa, tá bem?

— Nossa. — Assenti e continuei, com a voz embargada: — É... obrigada. Obrigada por me contar isso.

Ele ficou me olhando por um tempo em silêncio e, do nada, estava me abraçando. Foi um abraço apertado e envolvente, que fez com que eu me sentisse melhor com tudo que estava acontecendo.

Com uma ligeira esperança de que tudo ia ficar bem.

Nekesa e eu nos arrumamos no porão, e era tão bom tê-la de volta em minha vida. Eu estava radiante de tanta felicidade, nós duas rindo e arrumando o cabelo — e, sim, ter o porão inteiro só para mim não era *nada* mal. Tomamos drinques sem álcool na minicozinha e nos espalhamos por todo o espaço.

Depois que minha mãe tirou várias fotos, encontramos Dana e Eli num restaurante para nosso jantar chique.

Mas, quando a recepcionista nos levou até nossa mesa, passamos por uma mesa grande com pessoas da nossa escola, e Aaron era uma delas.

Sem acompanhante, ainda bem, mas mesmo assim...

— Juro, quais são as chances? — perguntou Nekesa, meio alto, para todo o restaurante ouvir.

E era daqueles restaurantes escuros e silenciosos, à luz de velas, com toalhas de mesa brancas e um clima sofisticado.

Nós nos sentamos à mesa, e, embora estivesse rindo, conversando e aparentemente se divertindo, percebi pela ruga entre as sobrancelhas de Nekesa que ela estava ciente até demais da presença dele.

— Podemos ir para outro lugar se você quiser — sussurrei.

— Eu adoraria ir para um restaurante mexicano com um vestido chique.

Ela fez que não discretamente.

— Eu amo você por dizer isso, mas está tudo bem.

— Bem, se mudar de ideia é só falar.

O garçom veio anotar nossos pedidos, e Nekesa e eu fomos arrebatadas pelo entretenimento delicioso que eram Dana e Eli. Eles contaram uma história engraçadíssima sobre o dia que Dana caiu da escada, completando as frases um do outro. De repente, Aaron se aproximou.

Fiquei nervosa na hora, preocupada com a possibilidade de ele fazer escândalo por ainda não ter superado o fato de Nekesa ter beijado Theo. Pigarreei.

— Oi, Aaron — cumprimentei.

— Oi, Bailey — respondeu ele, constrangido, o que me fez relaxar um pouco.

Ele parecia estar nervoso, não agressivo, então me recostei na cadeira e soltei o ar devagar.

Então, ele olhou para Nekesa e disse:

— Oi.

— Oi, Aaron. Tudo bem? — replicou ela, sorrindo, mas o sorriso não alcançou seus olhos.

— Você está maravilhosa — elogiou ele, os olhos azuis sem piscar, percorrendo todo o rosto dela. — Sério.

O sorriso de Nekesa diminuiu só um pouquinho, e ela respondeu, meio rouca:

— Obrigada.

— Você fez esse vestido, não fez? — questionou ele, os olhos arregalados e cheios de orgulho. — Dá para perceber.

— Aaron? — disse ela, perguntando, só pelo tom de voz, o que ele queria.

— Sei o que eu disse e retiro tudo — declarou ele, rápido, se aproximando dela e abaixando levemente o tom de voz. Eu arrastei a cadeira para o lado para que ele coubesse entre nós duas, e ele se agachou e continuou, com a voz trêmula: — Tudo é uma droga sem você, e nada mais importa, só quero poder falar com você todos os dias.

Nekesa assentiu sem muita vontade, mas vi seus lábios relaxarem e soube que ela ia acabar cedendo uma hora ou outra.

— Eu fui uma pessoa horrível e não mereço outra chance, mas estou aqui, implorando — disse ele, apoiando as mãos na beirada da mesa. — Não quero atrapalhar sua noite, mas queria que você soubesse disso.

Olhei ao redor, e metade do restaurante parecia estar observando quando ele se levantou, virou e começou a voltar para sua mesa. Eu imaginei que ela o perdoaria, mas não esperava que se levantasse da cadeira tão rápido a ponto de derrubá-la.

— Aaron.

Ela não só derrubou a cadeira, mas literalmente saiu correndo e saltou nas costas dele.

Sem perder um segundo, Aaron ergueu as mãos e segurou as pernas dela, ajudando-a a aterrissar como se estivesse esperando que ela pulasse. Ele colocou Nekesa no chão, e os dois ficaram se olhando sem parar de sorrir.

Então ele a abraçou, e eles se beijaram.

Fiquei muito feliz por ela, mas meu coração estava doendo de saudade. O restaurante inteiro começou a aplaudir, e eu contive lágrimas de felicidade quando ele a abraçou apertado, levantando-a do chão.

Ele pegou uma cadeira e se juntou a nós, o que foi divertido porque eu adorava Aaron, mas não ideal porque acabei ficando de vela, ainda mais quando tive que me sentar no banco traseiro do carro da Nekesa depois que Aaron dispensou os amigos para ir com a gente até o baile.

Quando chegamos ao baile, ficou ainda pior.

Nekesa e Aaron dançaram todas as músicas, e, embora ela fizesse questão de ver como eu estava com frequência, eu disse que queria que ela dançasse. E eu queria *mesmo*, mas também me sentia excluída e sozinha na nossa mesa porque Dana e Eli também dançaram todas as músicas juntos.

— E aí, linda? — Ouvi alguém dizer, e, quando virei, era Zack. — Você está maravilhosa.

Claro. Eu estava sentada sozinha como uma boba, então por que Zack não viria me cumprimentar depois de todo esse tempo, não é, Universo?

Eu tinha parado de responder Zack depois da nossa pequena troca de mensagens na Target, mas parecia já fazer uma eternidade, porque as coisas com Charlie tinham ofuscado todo o restante que estava acontecendo em minha vida.

Zack estava todo de preto — terno preto, camisa preta, gravata preta —, e me dei conta de que a camisa dele estava um pouco apertada. O comentário de Charlie sobre o moletom infantil me veio à mente, e eu senti um frio na barriga.

— Obrigada — falei, sentindo o rosto quente. — Você também.

Ele abriu um sorriso largo e passou a mão na camisa.

— Eu e a galera combinamos uma coisa meio máfia, todos de preto. Foi ideia do Ford.

Assenti e sorri, sem conseguir lembrar qual dos amigos dele era o Ford.

— Maneiro.

— Quem é seu par? — perguntou ele, olhando ao redor. — O Sr. *Breaking Bad*?

Senti uma pontada de satisfação com o comentário, mas, claro, isso logo fez com que eu me lembrasse de Charlie.

— Não, é a Nekesa — repliquei. Olhei para a pista e vi Nekesa dançando com Aaron. — Bem, *era* Nekesa.

Ele deu risada, e me dei conta de que tudo tinha mudado.

E ao mesmo tempo nada tinha mudado.

Porque eu ainda o achava bonito. E charmoso. E gentil.

Mas não *sentia* nada.

— Bem — disse ele, desviando o olhar para meu vestido por um segundo antes de voltar para meu rosto. — É melhor eu voltar, só queria dar um oi. Sinto falta de conversar com você.

— Eu também — falei, ofegante.

Ele se afastou, mas não tive a menor vontade de impedi-lo.

— Vocês dois vão voltar, ou o quê?

Olhei para a esquerda, e Dana e Eli estavam de volta à mesa. Dana fez a pergunta sorrindo, e eu logo balancei a cabeça.

— Não, ele só veio dar um oi.

— Fiquei sabendo que ele e Kelsie terminaram — comentou ela, se jogando na cadeira ao meu lado. — Então fiquei pensando...

— Espera, o quê? — perguntei, com os olhos semicerrados.

— Terminaram? Quando?

— Acho que semana passada — replicou ela, se aproximando. — Por quê, você está interessada?

Era a notícia que eu estava esperando, mas aquele meu desespero de reatar com o Zack tinha desaparecido.

Eu não me importava mais.

Antes que eu pudesse responder, Eli questionou:

— Você ainda está brava com o Sampson?

— Oi? — indaguei, olhando para a gravata-borboleta e me perguntando quanto exatamente ele sabia. — Como assim?

— Ele chamou umas pessoas para ir na casa dele, eu perguntei se você ia, e ele disse que não porque você estava brava com ele.

Ah, é verdade... ele chamou um pessoal para ir na casa dele um dia depois da noite da cabana improvisada. Acho que acabei esquecendo.

— Ah, é.

— Tudo bem, você não é a única — disse ele, sorrindo. — Austin ficou tão irritado quando Charlie cancelou a festa do dia anterior que acho que eles estão sem se falar até hoje.

Do dia anterior?

— Ele ia dar duas festas?

Por algum motivo, fiquei irritada ao pensar em Charlie curtindo várias festas no fim de semana em que ele partiu meu coração.

Eli balançou a cabeça.

— Era para ser na sexta-feira. Levamos a cerveja, convidamos todo mundo, e eu estava quase abrindo a primeira lata quando Charlie recebeu uma mensagem e de repente soltou: "Tenho que ir, festa cancelada."

Hesitei por um instante.

— Espera, o quê? O que aconteceu?

Ele deu de ombros.

— Não faço ideia. Ele só disse que aconteceu uma coisa importante e que precisava ir. E mandou a gente vazar.

— Mas a gente foi para a casa do Dave e do Buster e foi superdivertido — interveio Dana. — Então deu tudo certo.

Ouvi um zumbido. Charlie cancelou a festa para ir me buscar? Fiquei distraída ao lembrar a rapidez com que ele respondeu que estava a caminho quando pedi uma carona.

Não perguntou nada, não disse "preciso só me organizar aqui", só mandou um "estou indo".

Minha nossa. Não pode ter sido isso que aconteceu, pode? Mas, assim que esse pensamento surgiu, o pensamento *para que ele pudesse ficar com você e ganhar a aposta* anulou o outro. *Droga.*

Depois disso, consegui ficar mais meia hora, mas quando começou a tocar "The Last Time" fui obrigada a ir embora. Todas as músicas do relançamento do *Red* faziam com que eu me lembrasse de Charlie, e só de ouvi-lo eu começava a pensar em pinheiros e garotos subindo em árvores.

Disse à Nekesa que não estava me sentindo bem, que ia chamar um Uber e, embora ela tenha sido gentil e se oferecido para me levar para casa, eu sabia que aquela era a melhor noite de sua vida e não quis que ela fosse embora.

Pelo menos ela estava feliz.

Soltei um suspiro, atravessando o térreo enorme do centro de convenções. Senti que falhei na missão de me divertir e agora estava sendo obrigada a chamar o Uber da vergonha e voltar para a casa de Scott. Já estava quase na porta quando vi dois seguranças impedindo alguém que parecia estar tentando entrar na festa.

— É só para alunos do West High, senhor. Não podemos deixar você entrar — disse o homem mais alto.

— Não quero entrar na festa. Só quero falar com uma pessoa.

Ai, minha nossa! Meu coração disparou ao ouvir a voz. Era *Charlie?*

Parei de andar e estiquei o pescoço para tentar ver quem estava falando com os seguranças. Charlie estava lá, tentando entrar no nosso baile?

— Não podemos deixar você entrar — insistiu o homem mais baixo. — Você precisa ir embora...

— Eu só preciso de dois minutos — disse ele, agitado.

— Minha nossa... Charlie? — chamei, dando um passo para o lado, e *caramba*, era ele mesmo.

Meu corpo me traiu, e senti um baita frio na barriga ao olhá--lo de cima a baixo, deixando que meus olhos assimilassem a roupa social, os olhos escuros, o cabelo grosso de que eu sentia tanta falta, e de repente mal conseguia respirar.

Que saco... aquela reação me deixou irritada.

— O que está fazendo? — indaguei. — Para com isso antes que seja preso.

Ele virou a cabeça de repente e olhou para mim como se não conseguisse acreditar no que estava vendo. Seu cabelo estava bagunçado, o rosto meio vermelho, e ele hesitou por um instante, deu um passo para trás, se afastando da dupla de seguranças.

— Bailey? — falou ele.

Você não tem esse direito, pensei. Ele não tinha o direito de dizer meu nome daquele jeito, como se quisesse me encontrar ali. Não tinha o direito de olhar para mim com as sobrancelhas erguidas. Não tinha o direito de me fazer sofrer por ele.

— Boa noite, Charlie — disparei, empurrando a porta e saindo.

O ar fresco atingiu meu rosto quente enquanto eu procurava pelo Uber na escuridão. O centro da cidade cheirava a comida apimentada e figueiras, e eu tentei me acalmar. Então Charlie estava lá com um terno maravilhoso... Mas e daí?

Sua presença com certeza não tinha nada a ver comigo.

— Bailey — chamou ele, e o som de sua voz atingiu meu peito em cheio, cutucando meu coração e me enchendo de saudade de... alguma coisa.

Virei e ali estava ele, tudo de que eu sentia falta, com aquele paletó preto e olhar intenso. Não sabia por que ele estava ali, mas queria que fosse por minha causa, ao mesmo tempo que queria que ele desaparecesse. Bufei.

— O que foi? — questionei.

Ele se aproximou, chegou tão perto que eu senti o cheiro do seu sabonete, que eu sabia qual era porque ele tinha deixado no chuveiro da hospedagem em Breckenridge. Com uma expressão indecifrável — fechada e séria —, ele disse:

— Preciso consertar as coisas entre a gente.

Balancei a cabeça e dei de ombros, olhando para um ponto acima do ombro dele, porque olhar para seu rosto era muito difícil. Eu tinha lembranças perfeitas daquele nariz imponente, daqueles olhos de chocolate, e essas lembranças ainda me destruíam.

— É tarde demais, Charlie.

— Por favor, não diga isso — implorou ele, olhando para meu vestido, distraído, como se estivesse reorganizando os pensamentos, então seus olhos voltaram até os meus. Ele descansou uma das mãos na frente do terno. — Sinto falta da minha melhor amiga. Sinto falta de *você*. Eu só ignorei meus sentimentos por você e o que aconteceu naquela noite porque estava com medo de que *isso* acontecesse. Que ironia, né?

— Não é nenhuma ironia. Você fez uma aposta e foi pego no flagra, e isso se chama lidar com as consequências — respondi, soltando um suspiro e me perguntando quando aquilo tudo com Charlie ia começar a doer menos. — Mas não importa, Charlie.

— Importa, sim — rebateu, todo concentrado, como se estivesse tentando me convencer, então soltou um grunhido e colocou as mãos em um lugar diferente do terno. — Eu nunca tive um relacionamento bom... nunca. Todos deram muito errado. Então, quando comecei a me apaixonar por você, me obriguei a ignorar, a negar meus sentimentos, porque eu não ia aguentar perder você se a gente ficasse junto e acabasse terminando.

— Você achou que me *magoando*, e me ignorando, não fosse me perder? — perguntei. Eu tinha quase certeza de que ele estava inventando uma desculpa qualquer só para que eu o perdoasse. — Você é mais inteligente que isso, Charlie... por favor.

— Eu sei — disse ele, com um suspiro. — Achei que, se pudesse simplesmente ignorar você até bolar um plano, eu conseguiria consertar tudo. Mas aí...

Ele parou de falar, e eu soube que nós dois estávamos pensando a mesma coisa.

— A aposta — falei.

— A aposta não teve nada a ver com o que aconteceu... nada. Juro. Era só o Theo sendo... Theo — replicou ele, contraindo e relaxando a mandíbula, olhando para mim. — Mas nós dois, você e eu, éramos... *nós dois.*

— *Nós dois?* — repeti, ofegante, querendo muito acreditar nele.

— Era mágico, acolhedor. O que tivemos no Colorado... — disse ele, a voz meio rouca. — Nós dois éramos *tudo.*

Enfiei as mãos nos bolsos do vestido, confusa, sentindo uma pontinha de esperança percorrer meu corpo.

— Sabe quanto foi que eu me apaixonei por você? — perguntou ele, parecendo se achar ridículo. — Acho que foi naquele dia no restaurante, quando você me ensinou a comer pizza do jeito certo.

— Você disse que o que eu fiz com a pizza era um sacrilégio — rebati, sem nem me dar conta direito do que os meus lábios diziam, concentrada em seu olhar misterioso e seus cílios longos.

Ele balançou a cabeça, como se a lembrança ainda o deixasse perplexo.

— Eu me lembro de ficar olhando para o seu rosto enquanto você me explicava com toda a paciência e pensar: "Como alguém pode ser tão interessante e irritante ao mesmo tempo?"

Por acaso era para ser um elogio?

— E aí eu experimentei — continuou, franzindo a testa como se estivesse olhando para uma equação que não fazia sentido. — Experimentei com a única intenção de tirar sarro de você, mas senti os sabores e você tinha toda a razão, e eu me dei conta de quanto você é única.

— Única — repeti, apática, ainda sem saber aonde ele queria chegar.

— Bailey, você é, sem dúvida, a pessoa mais interessante que eu já conheci.

Meu coração acelerou quando ele disse essas palavras como se tivesse *mesmo* se apaixonado por mim.

— Interessante?

— Muito — respondeu ele, os olhos queimando nos meus.

— Quando você está por perto, todas as células do meu corpo, todos os nervos, todos os músculos, cada respiração, só prestam atenção em você.

Meus joelhos quase cederam, e eu senti que ia desmaiar.

Um carro buzinou.

— Que saco — resmungou Charlie.

Desviei os olhos dele e avistei meu Uber. O homem fez um gesto com as mãos indicando que não tinha a noite toda, então eu disse, meio tonta, meio entorpecida:

— É o meu Uber.

— Posso ligar para você mais tarde? — perguntou ele. Então falou, baixinho: — Droga.

Charlie passou as mãos no paletó e inclinou a cabeça em direção ao ombro.

— O que está fazendo? — indaguei, vendo Charlie apoiar a cabeça no ombro, como se estivesse segurando um celular ali, e manter as mãos coladas no peito. — O que você está fazendo?

Como se quisesse responder à minha pergunta, a cabecinha de Bolinha de Pelo saiu do paletó do Charlie.

— *Bolinha de Pelo?* — falei, olhando para aquela carinha cinza e fofa, e me afastando da porta do carro.

— Não quero atrapalhar — disse o motorista do Uber —, mas, se você não entrar, vou cancelar.

— Ah...

— Eu levo você para casa — ofereceu Charlie, segurando o gato contra o paletó com uma das mãos enquanto a outra acariciava a cabecinha dele. — Por favor?

Olhei para aquele filhotinho lindo... O gato me convenceu.

Eu me abaixei para falar com o motorista:

— Desculpa.

— Tudo bem, tchau.

Fiquei vendo o motorista se afastar, então virei para Charlie.

— Por que você trouxe o gato?

Ele olhou para os próprios sapatos, então por sobre meu ombro — para qualquer lugar que não fosse meu rosto, pelo jeito.

— Como foi o baile? — questionou, querendo mudar de assunto.

Semicerrei os olhos e insisti:

— Por que escondeu o Bolinha de Pelo no paletó?

Ele soltou um ruído de frustração, como um misto de gemido e rosnado.

— Eu só, é... eu tive uma ideia, mas então percebi que era idiota, mas aí já era tarde demais para levar o gato de volta para o carro.

Não sei por quê, mas o constrangimento de Charlie com o que estava acontecendo me fez sentir um quentinho no peito. Aquele lado vulnerável dele era meu favorito, mesmo depois de tudo que tinha acontecido.

— Me diga qual foi a ideia idiota. Fala a verdade.

Ele segurou Bolinha de Pelo contra o peito e acariciou sua cabeça por um tempo. Sem olhar para mim, replicou:

— Eu ia dar o Bolinha de Pelo para você.

— *O quê?* Mas você ama esse gato.

Ele soltou um suspiro e finalmente criou coragem para me encarar, o olhar envergonhado.

— Espera. Achou que ia me convencer a te perdoar me dando o gato? — indaguei.

— Não... é pior que isso — disse ele, olhando para o Bolinha de Pelo. — Eu queria mostrar que você pode confiar que eu nunca mais vou desaparecer. Então pensei que, se desse o Bolinha de Pelo para você, seria um gesto importante, porque você sabe quanto eu amo esse gato. Achei que isso poderia provar que eu vou estar por perto porque vou querer ver o gato de vez em quando, tipo, para sempre.

Olhei fixamente para ele, sem saber o que dizer. Minhas mãos tremiam, e meus ouvidos zumbiam, porque Charlie quase me deu o gato dele.

O gato que ele amava. Pelo qual era apaixonado.

— Mas, no caminho até aqui, enquanto ensaiava o que ia dizer para você, me dei conta de que não podia fazer isso com o Fofinho.

Assenti, e meus olhos arderam um pouco, porque aquilo fazia sentido.

Charlie realmente pensara nos sentimentos do meu gato.

Charlie era um babaca cético, mas era um babaca cético que fazia coisas como resgatar animais de árvores, fazer macarrão para minha mãe e levar garotas bêbadas até em casa e...

— Por que você cancelou sua festa naquela sexta-feira? — perguntei, dando um passo à frente, lembrando de repente o que Eli tinha dito, ansiosa para que Charlie confirmasse. Eu estava ofegante e me sentia prestes a explodir. — Era para a festa ser na sexta, mas você expulsou seus amigos e remarcou para sábado. Por quê?

Seus olhos passearam por todo o meu rosto, e juro por Deus, só de me olhar parecia que ele estava me envolvendo com os braços. Ele colocou a mão que estava livre em meu rosto e disse, apenas:

— Eu tive que cancelar.

Soltei um suspiro ao deixar meu rosto descansar na mão dele.

— Por quê?

Ele engoliu em seco.

— Porque você precisava de mim — explicou ele.

Porque você precisava de mim.

— Você cancelou a festa só para ir me buscar?

Aquilo era demais, maravilhoso demais, e eu precisava ouvir da boca dele.

— Nada mais importava — respondeu ele, encostando a testa na minha.

— Acho que a gente devia se beijar agora — falei, encorajada por suas ações, por sua disposição de largar tudo quando precisei ser resgatada.

— Acho uma ótima ideia — falou ele, a voz rouca e os lábios pairando sobre os meus.

Fiquei sem fôlego quando Charlie me beijou, porque desta vez era real. Verdadeira, louca e inegavelmente autêntico. Sua respiração trêmula, meus dedos trêmulos, seu beijo intenso me devorando; era a perfeição.

Ele se afastou e olhou para mim, os olhos reluzindo com aquela provocação que tinha tudo a ver com Charlie Sampson.

— Nossa, eu amo o beijo da Moldávia.

— Você lembra — falei, rindo, me lembrando de Breckenridge.

— Claro que lembro — respondeu ele, a honestidade transparente em seu tom de voz enquanto ele acariciava meu rosto com o polegar. — Quando eu tiver cem anos, ainda vou me lembrar de você com aquele vestido preto, os pés descalços e o sorrisinho ousado.

— E eu achava que você estava só me usando para praticar uns beijos — provoquei, me derretendo em seus braços.

— Eu também — admitiu Charlie, abaixando a cabeça até seus lábios pairarem logo acima dos meus. — Mas aí o seu Especial da Moldávia fez com que eu nunca mais quisesse beijar outra pessoa.

CAPÍTULO CINQUENTA E DOIS

Charlie

Quando Bailey me encarou com aqueles olhos lindos que tinham a capacidade incrível de enxergar cada pedacinho de mim, fiquei muito agitado. Minhas mãos tremiam, e eu queria tocar cada centímetro do seu corpo, só para me convencer de que aquilo era real.

De que ela era real.

Precisei perdê-la para me dar conta de que amá-la não era um risco.

Nem um pouco.

Ela podia não me amar, podia me amar por um tempo e depois não amar mais, mas cada minuto *com* Bailey valia o fim que poderia (ou talvez não) chegar.

Eu continuava achando essa história de "felizes para sempre" uma piada, mas por que não curtir a sorte grande que era ter a presença de Bailey pelo tempo que fosse?

— No que você está pensando? — quis saber ela, franzindo as sobrancelhas escuras. — Seu rosto está estranho.

Acariciei a cabeça do Bolinha de Pelo, me sentindo feliz.

— Estou pensando que quero levar você para um encontro. Um encontro *de verdade*.

— Para onde? — perguntou ela, mordendo o interior da bochecha para que eu não soubesse que tinha gostado da ideia.

Eu amava a forma como sua mente funcionava.

— Para todos os lugares onde quis beijar você — falei, e me dei conta de que era uma ideia incrível. — O Saltolim, meu carro, seu carro, o aeroporto, aquela pizzaria...

— Você não quis me beijar no aeroporto — interrompeu, com um sorriso largo. — A gente se *odiou* no aeroporto.

— Não, *você* me odiou — retruquei, olhando para suas sardas sem acreditar que era ela ali, na minha frente. — Eu vi você na esteira das bagagens, depois que aterrissamos.

— O quê? — questionou ela, com uma boa dose de desconfiança, mas sorrindo. — Sério?

Assenti.

— Você não me viu, mas eu fiquei vendo você passar gloss e depois tirar o excesso com um lenço.

Ela soltou uma risada disfarçada.

— Está de brincadeira, né?

Balancei a cabeça, lembrando a cena.

— Alguma coisa na sua boca e no aroma do gloss de morango que senti durante o voo inteiro me deixou intrigado.

Bailey estendeu o braço e acariciou o Bolinha de Pelo, sorrindo para mim de um jeito que me fez sentir que ela não precisava de mais nada no mundo para ser feliz.

— E aí você quis me beijar — falou.

Assenti e aproximei os lábios dos seus.

— E aí eu quis beijar você.

EPÍLOGO

Bailey

— Aceita este homem como seu legítimo esposo?

— Aceito — disse ela, com um suspiro, sorrindo para ele.

— Acha que ele vai me bater se eu fingir me opor? — sussurrou Charlie.

— Shh — repreendi, vendo minha mãe sorrir para Scott.

— E se eu sentar na almofada de pum que enfiei na sua bolsa escondido?

— Shh — murmurei, lançando um olhar irritado para Charlie, sabendo que ele nem tinha uma almofada de pum.

Ele deu uma piscadinha, o que me fez revirar os olhos. E sorrir. Charlie passou o dia todo enchendo meu saco com sarcasmo, piadas e joguinhos ridículos sobre casamento que eram inadequados e encantadores. Ganhei dele no jogo em que cada um tinha que inventar uma letra nova para "Lá vem a noiva…"

Nekesa e Aaron foram os jurados — e, assim que saíssemos do casamento, Charlie teria que comprar um milkshake para mim.

Meus versos, bem bobos:

Lá vem a noiva
Querendo vomitar
Todos estão olhando
Mas ela só pensa em se embebedar

Os do Charlie, que nem rimavam e faziam os meus parecerem uma obra-prima:

Lá vem a noiva
Ela não está linda?

O vestido é de renda, a cabeça sem lêndeas
Lá vem a noiva. É isso aí, panacas.

Então, basicamente, Charlie estava dando o seu melhor — o dia todo — para me distrair e para que eu estivesse bem enquanto minha mãe se casava de novo.

E eu estava bem, o que foi uma surpresa.

Ainda não estava muito entusiasmada com a mudança, e não tinha me adaptado totalmente à vida na casa de Scott, mas não era tão horrível quanto eu imaginava.

Minha nova irmã, Lucy, era muito querida.

E ela não se dava *nada* bem com Kristy, a prima malvada.

Meu celular vibrou, e olhei para a tela.

— Não devia ficar olhando para o celular no meio de um casamento — sussurrou Charlie, o que me fez soltar mais um *shh*, abrindo a mensagem.

Pai: Você está bem, filhota? Eu te amo.

Engoli em seco, sorri e guardei o celular de volta na bolsa. Ia responder depois da cerimônia. Eu me acomodei ao lado de Charlie e fiquei assistindo à minha mãe se casar com Scott. Ela estava tão feliz, e ele também, e por mais que me doesse admitir isso, eles meio que pareciam ter sido feitos um para o outro.

Depois da cerimônia, o DJ começou a tocar uma música calminha, a pequena multidão festejando. O evento aconteceu em um salão do Planeta Diversãããooo, que os pombinhos escolheram devido ao meu desconto de funcionária, e a família inteira ia dormir lá para aproveitar as atrações do fim de semana.

— Sabia que foi aqui que a gente se conheceu? — disse Charlie, enquanto dançávamos ao som de uma música lenta do Ed Sheeran.

Olhei para as estrelas no teto e sorri, me lembrando dos longos dias de treinamento.

— Acho que você esqueceu o aeroporto de Fairbanks.

— Não. Foi aqui que o Charlie conheceu a Bailey — respondeu ele, os olhos percorrendo todo o meu rosto. — Antes disso, você era a Oclinhos e eu era o...

— Sr. Nada — interrompi, rindo ao me lembrar do Charlie no aeroporto com aquela camiseta idiota.

— Eu era o Sr. Nada — concluiu ele. — O Planeta Diversããão foi onde ficamos amigos.

Assenti, sentindo um quentinho de felicidade.

— E depois paramos de ser amigos.

— Mas já somos amigos de novo — acrescentou ele, abaixando a cabeça e murmurando em meu ouvido. — E agora estamos apaixonados.

Eu ri e respondi, baixinho:

— Você *precisa* parar de dizer isso, Sampson.

— O quê? — Ele ergueu a cabeça e fingiu uma inocência frustrada, com um sorrisinho no rosto. — Eu achava que "apaixonados" fosse a palavra adequada. Você prefere "amantes"?

— "Amantes" é terrível — falei, me aproximando e respirando fundo, um pouco inebriada com a proximidade do seu perfume, e me perguntei como era possível eu estar tão feliz.

Fazia poucos meses que estávamos namorando, mas parecia muito mais porque, como um passe de mágica, nada tinha mudado. Quer dizer, nós nos beijávamos muito mais que antes — dã —, mas ele continuava sendo meu melhor amigo, a pessoa com quem eu mais me divertia.

Acho que nós dois ficamos chocados ao perceber que o namoro não estragou a nossa amizade.

— Mas "apaixonados" é quase tão ruim quanto — falei. — Acho que você devia dizer logo que me ama.

— Bem, isso parece não correspondido e desesperado — disse ele, fingindo estar frustrado, fazendo um beicinho e estendendo o braço para brincar com a alça do meu vestido.

— Você sabe que eu também vou dizer — respondi, erguendo a mão para passar o dedo em seu nariz. — Vai.

— Eu te amo, Oclinhos — declarou ele, a voz cheia de sentimento e os olhos escuros fixos nos meus.

— Eu também te amo, Sr. Nada.

TRILHA SONORA DA BAILEY E DO CHARLIE

1 You're on Your Own, Kid | Taylor Swift
2 all my ghosts | Lizzy McAlpine
3 Already Over | Sabrina Carpenter
4 Crash My Car | Coin
5 Nobody Knows | The Driver Era
6 Smoke Slow | Joshua Bassett
7 All I Want Is You | U2
8 I Can't Be Your Friend | Aidan Bissett
9 Best Friend | Conan Gray
10 Struck By Lightning (feat. Cavetown) | Sara Kays
11 Break My Heart Again | Finneas
12 I Could Do This All Night | Ben Kessler
13 All That I'm Craving | Aidan Bissett
14 Friend | Gracie Abrams
15 Karma | Taylor Swift
16 2am | Landon Conrath
17 Over Tonight | Stacey Ryan
18 Me Myself & I | 5 Seconds Of Summer
19 kiss cam | Zachary Knowles
20 Oh shit...Belezsare we in love? | Valley
21 Frequent Flyer | Devin Kennedy
22 lowercase | Landon Conrath

AGRADECIMENTOS

Primeiro e mais importante, agradeço a VOCÊ, lindo leitor, por escolher este livro. Você transformou meus sonhos mais loucos em realidade, e sou eternamente grata. Mil vezes obrigada! Kim Lionetti, você é a agente dos SONHOS, e sou muito sortuda por ter você. Você é um misto de amiga divertida, agente durona, advogada e quase uma mãe (embora eu seja mais velha que você) que às vezes tem que me dizer para sossegar um pouco. Sou muito feliz por ter você e a BookEnds ao meu lado.

Obrigada, Nicole Ellul, minha editora incrível. Você sempre me faz trabalhar mais e acrescentar mais emoções, e não sei o que faria sem sua visão brilhante. Você torna minha escrita muito melhor. Ah, e desculpe pelos e-mails cheios de divagações. Eu diria que vou tentar parar, mas sei que não vou (*nem* tentar *nem* parar).

Agradeço a todos da SSBFYR, especialmente a Emily Ritter, a Anna Elling e a Amanda Brenner — tem sido uma jornada incrível, e não quero que acabe nunca. Vocês, trabalhadores dedicados, fazem tanto pelos livros e pelos autores, e nunca vou conseguir agradecer o bastante.

Liz Casal, você é uma artista tão talentosa, e nunca vou conseguir agradecer o suficiente por suas capas deslumbrantes. Elas encantam meu corpo e alma, e eu amo, amo, amo todas. Sarah Creech, suas habilidades de design são incomparáveis. Obrigada por sempre entregar mais do que eu esperava.

Como sempre, devo muito às comunidades do Bookstagram e do BookTok. O amor de vocês pelos livros e sua criatividade incrível sempre me inspiram. Ainda não consigo entender como podemos ter a sorte de contar com vocês; não merecemos tanto (como Wayne e Garth).

E obrigada, Haley Pham e Larissa Cambusano, por nos entreterem com sua leitura deliciosamente contagiante.

Agradecimentos aleatórios a pessoas aleatórias por me trazerem alegrias aleatórias: Taylor Swift, Lori Anderjaska, Emma, Eva, LizWesNation, Diana, Cleo, Chaitanya, Mylla, Berkletes, Becca, Anderson Raccoon Jones, Gracie Abrams, Tiffany Fliedner, Roxane Gay, o séquito de Wes Bennett e o entregador do correio, que ainda não me denunciou às autoridades por persegui-lo quando estou esperando meus livros.

E à minha família: mãe, isso está ficando redundante, mas devo tudo a você por fazer da biblioteca uma parte tão importante da minha infância. Eu te amo; você é uma INSPIRAÇÃO, e sei que coisas incríveis estão por vir. 2024 vai ser o Ano da Nancy. ;)

Pai, sinto sua falta todos os dias.

MaryLee, não mereço uma irmã tão incrível quanto você e não vejo a hora de ler os SEUS livros.

Aos meus filhos — Cass, Ty, Matt, Joey e Kate —, eu amo vocês mais que tudo nessa vida. Bem... tirando talvez os energéticos. E espaguete. Ainda assim, é muito amor, então vocês deviam se sentir gratos. #gratidão

E, **KEVIN** (viu, coloquei seu nome em negrito e em maiúsculas), deixei você por último porque você é o primeiro. Você é minha felicidade, meu sol, o centro do meu mundo. Eu fico animada todos os dias quando ouço seu carro entrando na garagem depois do trabalho porque meu ser humano favorito chegou. (Como um cachorrinho, eu sei.) Ainda não entendo como conquistei você, para falar a verdade. Você é a melhor pessoa que já conheci — inteligente, engraçado, gentil —, e eu te amo. Fico muito feliz que tenha me dado uma chance na época em que trabalhava no hotel, me deixando conquistar você com minhas artimanhas com o inalador.

1ª edição	AGOSTO DE 2024
reimpressão	JULHO DE 2025
impressão	LIS GRÁFICA
papel de miolo	HYLTE 60 G/M²
papel de capa	CARTÃO SUPREMO ALTA ALVURA 250 G/M²
tipografia	MINION PRO